사막의 모래바람

사막의 모래바람

최경주 연작소설

삶창

사막의 모래바람

최경주 연작소설

김
대
위

김 대위는 오전 해가 중천을 향하자 그늘진 건물을 따라 걸으며 큰길 사거리로 나갔다. 모처럼 머리를 다듬고자 단골 미장원 유리문을 지그시 밀었다. 딸랑 종소리가 울렸다.

"어서 오세요. 오늘 평일인데 쉬세요?"

소파에 기대어 안경 너머로 신문을 보고 있던 오십 대 중반 미용사가 신문을 접으며 반겼다.

"일이 뜸해요. 나이 먹어서 써주는 곳이 있어야지. 눈도 예전만 못하고."

김 대위는 미용사가 권하는 자리로 가 앉으면서 말했다.

"이제 쉴 때도 되셨잖아요?"

김 대위 목에 미용 보자기를 두르고 관자놀이를 짚으며 머리 모양을 살폈다.

"무슨 소리를, 아직 한창땝니다."

"젊을 때 일 많이 하셨으면 쉬서야죠."

이 머리는 잘 안다는 듯 분무기를 뿌리자 물방울이 머리 위로 내려앉았다.

"그런가? 많이 돌아다녔죠. 안 가본 곳이 없으니."

"중동을 몇 번 다녀오셨다고 했나요?"

"중동뿐이겠습니까? 베트남, 호주, 인도, 전 세계 방방곡곡 안 가본 곳이 없지요."

"외국 생활이 재밌나 봐요, 자주 가셨으니."

"가끔 마법 같은 일도 생겨 놀랍기도 하지만, 놀러 간 게 아니니 하루하루가 고되죠."

"머리가 아직 짧은데, 귀밑으로 돌아가면서 다듬기만 할까요?"

"네."

미용사는 늘 하던 대로 기계를 목뒤 머리끝에 대더니 어느새 기계를 내려놓고 가위질을 시작했다. 미용실 여러 냄새가 익숙해질 때쯤 김 대위 눈이 가물가물해졌다.

"사실 제 형부도 사우디를 다녀왔더랬죠. 가지 말라고 그렇게 말렸는데."

김 대위는 눈을 가늘게 떴다. 중동 이야기가 잠을 쫓는다.

"그랬던가요? 몇 년도에 가셨는데요?"

10년이 넘는 단골인데 처음 듣는 말이다. 저 깊숙한 곳에서 나온 이야기리라.

"아마 그때가 70년대 후반쯤 되었죠. 박정희 때였으니 80년도는 안 넘었을 거예요."

"아, 나와 비슷하게 다녀왔군. 그래 돈은 좀 버셨나?"

"돈은 무슨. 아무것도 건지지 못했죠. 아무것도…."

미용사는 가위질하던 손을 허리에 대고 고개를 들어 천장을 보고 깊게 숨을 쉬었다.

"무슨 일이 있었나 봐요? 돈 벌러 갔는데 빈손이라니."

"그때 일을 생각하면 다들 귀신에 홀린 것 같아요. 제정신이 아니었어요. 형부가 광주에서 공무원으로 있었는데, 무슨 바람이 불었는지 그 좋은 직장을 때려치우고 중동을 가겠다고 서울로 올라왔어요. 공무원 월급이라야 얼마 되지 않았던 시기였으니, 중동에 한 2년 있었나, 그런데 형부가 귀국하기 직전에 인천 쪽 여관에서 언니가…."

어이없다는 듯 탄식이 안타까움으로 변했다. 이어 가위질 소리가 불규칙해졌다.

"시대가 그랬죠. 누구나 중동에 가면 돈을 버는 줄 알았으니까."

김 대위는 거울로 미용사의 얼굴을 슬쩍 보고 혀를 찼다.

"그런 것 같아요."

미용사는 잠깐 밖을 보더니 이내 머리로 돌아왔다.

"사는 게 어렵다 보니 이것저것 생각할 틈이 없었죠. 지금 공무원은 할 만하죠."

김 대위는 눈을 감았다. 어디선가 커피 향이 스쳐 간다. 쓴맛의 커피 향이. 미용실 밖으로 차들이 지나가고 멀리 경적이 울렸다. 오토바이가 요란한 엔진 소리를 내며 달려갔다.

"저 오토바이 때문에 깜짝깜짝 놀라요."

미용사가 말을 했다.

"나도 그래요. 헬리콥터가 머리 위에서 지나가는 것 같아. 그런데 언니에게 무슨 문제가 있었나 봅니다."

"있었지요."

김 대위는 미용사의 사연을 들으면서 당시 자기 일들을 되뇌어보았다. 조금씩 커지는 바깥의 소음이 헬리콥터가 머리 위로 날아다니던 과거로 김 대위를 이끌었다.

70년대 초, 김 대위는 베트남 남부에서 전역을 앞두고 있었다.

대대장이 부른다는 말을 전해 듣고 그의 사무실로 가는 중이었다. 우기였나? 습도가 높았고 웅덩이를 몇 개 건너뛴 기억이 있다. 한쪽에서 부상병들이 축구를 하고 있었다.

김 대위가 복도를 지나 문 중령 사무실 앞에 도착하자 진한 커피 향이 그를 맞이했다. 사무실 안에서 문 중령의 화난 목소리가 흘러나오고 있었다. 노크하고 안에 들어갔을 때, 문 중령 혼자였다. 김 대위는 안에 누군가 있을 줄 알았는데 혼자라서 당황했다. 혼자 떠들었단 말인가? 무엇 때문에 그토록 화가 나 있단 말인가.

문 중령이 베트남 해안 지대가 그려진 지도를 배경으로 경례를 받았다. 늦여름 초저녁이라지만, 아직 불을 켜지 않아 천장에 어둠이 드리워졌다. 중령의 상반신 그림자가 베트남 남부 지도에 빠져

들고 있었다.

책상 위에 장교용 권총이 서류를 깔고 누워 있었다. 김 대위 눈이 얼떨결에 권총에 머문 것을 눈치챈 문 중령도 신경 쓰였던지 치우려고 손을 댔다가 멈추었다.

"자네 얼굴은 갈수록 좋아지는군. 전역이 다가와서 그런가? 얼마나 남았나?"

그는 부드럽게 말을 건넸다. 다행히 그의 불만이 대위 자신을 향하고 있지는 않아 보였다.

"3개월 하고 10일 지났습니다."

문 중령은 건성으로 서류철을 펼쳐 보더니 입술을 삐죽이며 이내 덮어버렸다.

중령은 담배를 꺼내 물고 불을 붙였다.

"전쟁 중에 전역이 신기한 건지 아니면 전역이 늦어지는 게 잘못된 건지."

김 대위는 발 모양을 바꾸려다 말았다. 자신의 눈길이 자꾸 권총을 향하고 있다는 것을 깨닫고 시선을 돌렸다.

"이방인과의 전쟁 탓이네. 모든 게 엉망이 되어버렸어. 뒤죽박죽도 이런 뒤죽박죽이 없다고. 이겨도 어디까지 이겨야 이긴 건지 져도 무방한 건지, 전쟁의 밑바닥에 돈이 결부되어 있다고 의심을 하지 않나, 과연 내 피가, 군인의 피가 순수한 건지도 의심스럽고…. 우린 지금 여기서 뭐 하는 건가?"

"전쟁 중입니다."

"맞아, 전쟁 중이지. 빨갱이들하고."

문 중령은 담배를 길게 빨고 입맛을 다셨다. 선풍기를 김 대위 쪽으로 돌려주었다.

"이 보고서가 뭔지 아나? 하나는 자네 그거고, 하나는 내 것이네. 마누라가 집에서 전쟁터로 보낸 거야. 이혼 서류지. 나는 베트남에 와서 전쟁하고 있는데, 마누라는 이혼해달라고 하네."

이마에 주름을 접으며 천장을 보고 담배 연기를 뿜었다. 김 대위는 쓴 미소를 지었다. 문 중령은 의자에 앉아 햇살이 비스듬하게 들어오는 이국의 창을 쳐다보았다. 창밖에는 군인 한 명이 좁은 운동장에서 긴 그림자를 늘어뜨리고 공을 차고 있었다. 왼쪽 손목이 잘린 친구였는데, 국내 복귀를 준비하고 있었다. 손목에 붕대를 감고 공을 이리저리 몰았다. 잠시 후, 다리를 다친 군인 한 명이 목발을 짚고 절뚝거리며 공을 쫓았다. 두 그림자가 엉키었다 풀어지기를 반복했다.

"저들은 지금 자신의 처지를 잊고 공을 차지만, 비행기를 타려는 순간 돌아가지 않겠다고 울부짖을 걸세. 웃기지 않나? 국내를 떠나올 때 이 상황을 알고 왔을까? 가족은 뭘 기대하고 있을까? 일제 밥통, 시계, 카메라. 시체가 되어 가는 것보다는 낫겠지만. 내가 지금 딱 그런 상황이야. 이 순간 내가 베트콩을 죽여야 할지 마누라를 죽여야 할지… 웃기지 않나? 이런 빌어먹을 전쟁이 어디에 있냔 말이야. 이 작은 몸뚱이를 지켜내기가 이리 어렵다니."

김 대위는 뭔가 말을 해야 했지만 달리 할 말이 떠오르지 않았다.

"마누라가 바람이 났을까? 아마 그렇겠지. 재미난 놈을 만났을지도 모르겠어. 내 잠자리에 언제 베트콩의 폭탄이 떨어질지 모르는데, 군인 마누라를 후리지 못해 안달하는 놈은 또 뭔가? 정작 총이 필요한 곳은 그 개자식 상판대기야!"

김 대위는 열중쉬어 자세로 대답도 하지 못하고 무겁게 책상을 누르고 있는 권총을 애써 외면하느라 진땀을 뺐다.

문 중령은 갑자기 낄낄거리며 웃다가 고개를 흔들며 침통한 표정을 지었다.

"머리가 불덩이 같은데, 정신은 말짱하구먼. 내 얼굴이 좋아 보이나? 근래 술을 많이 마시기는 했지만, 엉망일 거야. 머리가 뜨거워. 내 머릿속에 알 수 없는 벌레가 뇌를 들쑤시고 돌아다니고 있어. 망할, 내가 죽일 놈들은 북쪽에 있지 않았나? 휴전선에. 정작 나보다 황당한 놈들은 베트콩들이겠지만. 이놈들은 아마 뭔 일이 일어난 거야 하고 놀랐을 거야. 말도 피부도 다른 놈들이 몰려와 총을 갈겨대니. 자기들 계집을 후리고, 땅을 파서 장사하고 돈도 벌어가고, 이놈이나 저놈이나 죄다 미친 거야. 멀쩡한 바다를 왜 파헤치는 거야, 미군은 이 지독한 열대림에서 뭘 기대하는 거냐고. 도대체 마누라는 이혼하는 법을 어디서 배웠냐고. 별, 별을 달아야 하는데 별은 고사하고 대령도 힘들게 됐으니…. 베트콩을 잡아서 이 땅을 서너 번 덮어도 틀린 일은 틀린 일이야."

그는 신경질을 부리며 책상을 주먹으로 두드리다 이내 머리를 쥐어뜯더니 뜨거운 한숨을 몰아쉬었다.

"자네 뭐 좀 마시겠나? 커피?"

"괜찮습니다."

"얼마 전에 고향 친구를 만났어. 솔직히 지금이야 세상이 바뀌었지만, 우리 집 머슴을 살던 집 아들이었지. 고등학교나 다녔나 모르겠어. 솔직히 알파벳이나 알고 다니는지. 그런데 일제 차를 끌고 나를 찾아왔지 뭔가. 머슴이 일제 차를, 돈을 어떻게 번 거야? 나는 전쟁 중인데 말일세. 비록 후방에서 보급품이나 빼돌리는 잡것들하고 엉켜 있기는 하지만. 이해가 안 가. 여기서 나는 지금 뭘 하고 있는지 모르겠다는 걸세. 마누라는 다른 놈 가랑이에서 놀아나고, 머슴 아들은 돈이나 찔러줄 것같이 굴면서 천운이나 운운하고, 근본 없는 놈이 말이야. 이를테면 이런 거지. 개 백 마리가 달려가고 있는데, 한쪽에 똥이 있는 거야. 그 많은 개 중에 딱 한 마리가 무리에서 뛰어나와 똥을 향해 미친 듯이 달려가지. 왠지 아나? 똥개이기 때문에 그런 거지. 똥개 같은 자식이 나를 가르치러 들었단 말일세. 주둥이에 똥을 잔뜩 묻히고, 경제와 전황을 가르치려고 하더란 말일세. 근본이 천박한 똥개 자식이."

문 중령은 피식거리며 의자 깊숙이 몸을 파묻고 앞에 서 있는 김 대위에게 물었다.

"이게 뭐겠나?"

"인간의 본성 말입니까?"

"관두게나. 머슴 운운하는 세상이 아니니. 한국전쟁 이후에 모든 게 뭉개져버렸어. 누가 똥개를 탓하겠나? 다 잡종이지. 저기 똥이 있어, 개에게는 그게 똥으로 보이나? 아니지, 욕구를 참을 수가 없는 거야. 본성이란 그런 것인데 어찌할 수가 있겠나? 단지 그럴 때가 있다는 거야. 마누라도 어쩔 수 없었을 거야. 젊은 자신을 달래줄 남편은 이역 만리 전쟁터에서 뭐를 하고 있는지도 모르는데 애국심, 인간성만으로 인간의 욕구를 해결해줄 수 없으니, 다른 방도를 찾았겠지. 그걸 누가 탓하겠나? 이 망할 전쟁이 문제지. 왜 여기서 이 지랄을 하고 있는지. 도대체 어떤 놈이 표적이야? 아군만 빼고 다 갈기면 되나?"

잠시 둘 사이에 침묵이 흘렀다. 문 중령은 책상에 놓인 서류를 힐끗 보더니 김 대위를 쳐다보았다.

"어제 이곳 사업자들 모임에 갔었는데, 자네 말을 하더구먼. 노동자들을 들쑤시고 다닌다고? 그렇지 않아도 노동자들이 자주 문제를 일으키는데, 그 말이 사실인가?"

"그런 적 없습니다."

"이곳 노동자들을 선동하려고 귀국하지 않을 거란 말도 있던데."

"아닙니다."

문 중령은 잠깐 생각을 하더니 상관없다는 듯 손을 저었다.

"이제 장사치들 뒤까지 봐달라고 목을 조르네. 부하를 조사해 문서를 내밀지 않나, 위에 탄원을 올리겠다고 으름장을 놓지를 않나, 돈을 그렇게 벌면서 몇만 원에 벌벌 떨면서."

그는 김 대위의 보고서를 무덤덤하게 빨리 넘기더니 덮어버렸다.

"전역하면 장사라도 할 텐가?"

"뭐를 해야 할지 고민을 하고 있습니다."

"뭐든 해야지. 돈도 벌고, 멋지고 젊은 여자를 얻게나. 바람을 피우지 않을 여자로. 지금은 새로운 시대야. 돈이 정치를 먹어버릴 걸세. 나도 다 때려치우고 이곳에 남아 장사나 할까 싶어, 세탁소라도 말일세. 사람을 죽이는 일에 골머리를 썩이지 않아도 되고, 뜻 모를 명령을 받지 않아도 되니."

김 대위는 머리가 아프기 시작했다. 그는 서류 내용이 궁금했다. 또다시 권총이 눈을 끌었다. 문 중령은 권총이 없는 것처럼 행동하고 있었다.

"백 마리의 개가 달려가다가 아흔아홉 마리가 똥을 향해 방향을 틀면 한 마리가 어떻게 하겠나?"

"무슨 말씀인지?"

"아마 이런 생각이 들 거야. 이게 뭐지? 나도 똥을 먹어야 하나? 그런데 똥을 어떻게 먹지? 똥 맛이 이런 건가? 나쁘지 않군. 하지만 똥이 아닌가. 그래도 다른 개들도 다 먹지 않나? 웃기는 일이지. 돈을 벌기 위해 혈안이 돼 등 뒤에서 똥이나 처먹고 있는 놈들이 얼마나 많은지…. 장사꾼들은 시체들 틈에서 돈을 긁어모으고 마누라는 이혼을 하자고 징징대고. 출세만 할 수 있다면 양키들 거시기라도 빨아야 하는데, 그걸 못 하는 놈이 등신이지."

문 중령이 혀를 차며 고개를 흔들더니 입을 다물었다.

긴 침묵이 흘렀다.

"됐네, 가보게."

문 중령이 팔을 탁자에 걸치고 옆으로 앉아 나가도 된다고 손짓을 했다.

김 대위가 경례를 붙이고 돌아서려는데, 문 중령이 책상을 더듬어 권총을 집더니 느닷없이 자신의 입으로 가져갔다.

"대대장님!"

김 대위를 쳐다보는 문 중령의 눈이 동그랗게 변했다. 총소리가 고막을 때렸다. 지도에 피가 튀었다. 총소리를 듣는 순간 지도에 비친 중령의 목에서 밝고 작은 총알구멍을 보았다. 이럴 수가 있나? 착시였나? 더 묘한 일은 총알이 뒷목을 비껴갔다는 것이다. 뒤쪽 볼과 목 사이를 관통했다.

덕분에 김 대위는 조사를 받았다. 문 중령이 왜 갑자기 그랬는지 모르지만, 그는 죽지 않았다.

"아무 일도 아닙니다. 문 중령님은 그냥 열병에 걸린 거예요. 그냥 그게 일이라고 생각을 하신 겁니다. 그럴 때가 있어요. 전쟁터니 가능한 거죠. 일종의 병이에요. 많은 사람이 총이 아닌 전염병으로 쓰러지는데, 자살이라니요. 하지만 누가 신경을 쓰겠습니까, 머리 위에서 폭탄이 날아다니고 베트콩은 어디서든 총을 쏘는데. 제 불알 챙기기도 벅차죠. 마누라가 다른 놈 품 안에 안기는데 더하겠죠. 요즘 여자들이 다 그래요. 세상 물이 달라졌잖아요. 계급이 높다고 예외는 아니죠. 군대서나 계급이지, 나가면 그저 말라붙은 말똥이나 방바닥에 떨어진 밥풀만도 못하죠. 대위님보고 하는 말이 아닙니다. 내 마누라가 뭘 하는지 누가 알겠습니까? 내가 돌아오지 않기를 밤낮으로 기도하는지도 모르죠."

헌병대 상사가 땀을 훔치며 한쪽 눈을 감아 윙크를 하고는 말을 이었다.

"저도 빨리 제대하고 나가서 주머니에 돈을 채웠으면 좋겠어요. 따블빽에 가득 담아서 귀국하는 거죠. 어쩌면 일생에 한 번 있을까 말까 한 기회일지 모르니까요. 그나저나 나갈 때까지만이라도 문제를 일으키지 말아주세요. 이미 북부 전선에서 하역 노동자들 대변하다가 이곳으로 쫓겨오지 않았습니까?"

"대변한 게 아니고 말을 들어줬지."

"노동자들은 천박한 자들입니다. 제가 노동자 출신이라 잘 압니다. 도와줄 때는 꼬리를 흔들지만, 마음에 들지 않으면 목을 뭅니다. 장사꾼이 그걸 아는 겁니다. 그들은 밟히며 사는 운명을 지닌 자들입니다. 명예가 없어요. 그들의 운명에 발을 담그지 마십시오. 왜 똥통을 피해가지 않으시려고 하십니까? 더구나 이곳은 예민한 전쟁터입니다. 남의 목숨보다 내 목숨이 먼저고, 남의 주머니보다 내 주머니가 우선입니다. 정 할 일이 없으면 돈을 버십시오. 돈이 있으면 마누라가 바람을 피워도 걱정이 없습니다. 돈을 따르는 여자는 월남에 퍼부은 미제 소이탄만큼 널렸으니까요."

김 대위는 상사의 전송을 받으며 헌병대 사무실을 나왔다.

미군 전투 헬기가 부대 위를 날아 북쪽으로 이동하고 있었다. 김 대위는 담배를 물고 근처 술집으로 향했다.

베트콩의 공세는 쉬지 않고 이어졌지만, 후방에서는 건설공사를 멈추지 않았다.

김 대위는 밤새 더위로 잠을 설치다가 이른 새벽에 자리에서 일어나 깊은 생각에 잠겼다.

근래 김 대위는 글을 쓰려고 노력 중이었다. 특히 이국을 떠도는 노동자들의 생활상을 담은 글을 쓰고자 했지만, 어떻게 갈피를 잡아야 할지 감이 오지 않았다. 글을 쓰다니, 그는 고개를 흔들었다. 밤새 글을 쓰고 새벽이면 찢었다.

간밤 역시 이국을 떠도는 노동자들의 영혼을 생각하며 몸부림쳤지만, 끝내 글을 쓰지 못했다. 달구어진 몸은 밤새 잠을 설치게 하였고, 이른 아침 부대 밖으로 내몰았다.

부대를 빠져나와 인근 한국인 노동자들이 몰려다니는 부두로 향했다. 아직 새벽안개가 남아 있었다. 앞서 달려오는 자전거들이 뭉쳤다 흩어지는 안개의 음영 같았다. 민간인들의 두 눈이 불안스럽게 앞을 응시하고, 가끔 나누는 대화는 낮은 소리로 다가왔다 멀어져갔다. 이따금 해안선 근처 작업 선박에서 경적이 울리고 알 수 없는 새 떼가 무리 지어 나타났다 사라졌다. 얼마를 걷자, 이른 아침 안개가 걷히어 태양이 습도를 끌어올렸다. 부두 쪽으로 다가갈수록 출근하는 노동자들이 피곤한 몸을 이끌고 느리게 걸었다.

한국말로 나누는 그들의 대화 소리가 귀에 솔솔 들어왔다. 김 대위는 노동자들과 몇 번 섞였다 멀어지기를 반복하며 정처 없이 거닐었다. 관목 숲을 지나고 움막들을 지나자 모래사장이 나타났다.

오전 햇살이 바닷물에 어지럽게 반사되어 눈이 부시고, 파도가 거품을 일으키며 백사장으로 밀려와 모래에 스며들었다. 몇 달째 계속되는 준설 작업으로 파도의 거품은 탁하게 변해 있었다. 그 위로 갈매기들이 파수꾼처럼 머리를 스치듯 낮게 날며 울어댔다.

해안가 모래 위로 뼈만 앙상한 황색 개 한 마리가 어슬렁거리며 기웃거렸다. 전투기가 편대를 형성해 북쪽으로 날아가자 기러기 한 무리가 일제히 날아올라 공중에 흩어졌지만 개는 전투기 굉음에 익숙한지 아랑곳하지 않았다. 개는 킁킁거리며 한곳으로 몰려가는 사람들을 따라갔다. 두 명의 베트남 처녀가 흰 이를 드러내고 웃다가 사람들이 웅성거리는 쪽을 바라보며 의아한 표정을 지었다. 누군가 비명을 질렀다.

김 대위도 실눈을 뜨고 바라보았다. 사람들이 몰려든 곳에 누군가 엎드려 있었다. 연락선이 정박한 부두에서 200미터쯤 떨어진 으슥한 기슭이었다. 몇몇 노동자들이 급하게 뛰어갔다. 더러는 먼발치에서 보기만 할 뿐 움직이지 않았다. 김 대위는 무슨 일인가 싶어 빠른 걸음으로 다가갔다. 구경꾼 대부분이 낡은 티셔츠로 깡마른 몸을 감싼 한국과 필리핀 노동자들이었다.

가까이 가보니 한 사내가 쓰러져 있었다. 김 대위는 사람들 사이를 비집고 들어가 쓰러져 있는 사내의 모습을 보고 흠칫했다. 모래가 묻은 사내의 창백한 얼굴 위로 굳은 피에 뭉친 머리카락이 보였다. 사내는 수초를 움켜쥐고 있었다. 죽기 전에 살려고 몸부림을 친 흔적일 거란 생각이 들었다. 운동화가 벗겨진 한쪽 발은 혈관이 드러나 살아 있는 것 같았다. 색 바랜 흰 셔츠 대부분은 검붉은 핏물에 젖어 있었다. 키는 조금 작은 편이고 여느 노동자처럼 깡마른 체구였다.

사람들이 번갈아가며 목동맥을 짚어보거나 심장을 만졌다. 누군가 방파제 쪽으로 손을 흔들며 사람이 죽었다고 소리쳤다. 사내를 잘 아는 듯한 남자가 다가와 어디에서 무슨 일을 하는 아무개라고 떠들었다. 너무 말이 빨라 신경을 곤두세우고 들어야만 했다. 남자의 목소리는 날카롭게 깨진 유리가 날리듯 허공을 저었다. 멀리서는 비명으로 들렸을 것이다.

그도 사내가 왜 죽어서 그곳에 있는지 모르겠다며 사내의 고향은 경상도 어디고, 용접과 운전을 했고 고향에 처와 어린 자식들이 있다고 발을 구르며, 마치 시장에서 부당한 것을 임의로 고발하듯 떠들어댔다.

김 대위는 수첩을 꺼내 남자가 말하는 것을 적으려다 그만두었다. 구부정한 자세로 올려다보는 헌병대 상사의 째진 눈이 떠오르고, '이건 대위님의 일이 아닙니다' 하는 목소리가 들리는 듯했다.

한동안 남자는 손을 정신없이 흔들며 소리쳤다. 그의 두 눈은 참담했으며, 입가에 흰 거품이 생겼다. 아무도 그를 탓하거나 말리지 않았다. 잠시 후, 어디선가 헌병과 베트남 경찰이 구급차와 함께 나타나 사람들을 해산시키고 시신을 거두어갔다.

김 대위는 온종일 땡볕을 거닐다 저녁이 다 돼 맥주 한 잔을 하고 숙소로 돌아왔다. 낡은 선풍기를 켜고 누운 김 대위의 머릿속에서 생각은 꼬리에 꼬리를 물었다.

시체로 발견된 노동자는 누구고, 누굴 만났고, 누가 그랬을까?

사고가 있은 지 사흘이 지난 날이었다. 김 대위는 40도를 웃돌던 뜨거운 태양이 시들어가는 늦은 오후에 부대에서 가까운 술집에 들렀다. 노동자들을 많이 볼 수 있는 곳이기도 했다.

입구에 대나무 차양을 치고 앞뒤로 창을 터 바닷바람이 솔솔 불어왔다. 그는 한 귀퉁이로 가서 느긋하게 앉아 사람들의 이야기를 들었다. 대부분 목소리를 낮추어 이야기를 나누는데, 유독 옆자리의 사내 둘이 귀에 거슬릴 정도로 큰 소리로 떠들었다. 삼십 대 초반쯤인 사내와 열댓은 더 먹어 보이는 중년 사내였다. 둘 다 술에 취해 있었다. 젊은 사내는 경상도 사투리가 심하게 섞여 있었다.

말을 들어보니 젊은 사내가 자신의 영어 실력이 어디서 왔는지를 들먹이고 있었다. 그는 근처를 지나는 미군과 낯이 익은지 유창한 영어로 인사까지 주고받았다.

"이 모든 행운이 아버지에게서 시작되었죠. 6·25전쟁 때 미군 부대에서 통역을 하셨는데, 아버지는 늘, 영어야말로 신세계로 가는 열쇠라고 입이 마르게 말씀을 하셨죠. 틀린 말은 아니더라고요. 바로 여기서 제가 매일 아버지의 가르침을 경험하고 있으니까요."

떠벌이는 고등학교를 졸업하고 미국으로 건너가 3년간 밑바닥 생활을 하다가 베트남이 돈벌이가 될 것 같아 아는 미군을 통해 왔다고 했다. 그는 미 해군 용역 회사에서 운전기사로 근무하고 있었다. 처음 스치듯 봤을 때는 나이가 김 대위보다 많다고 생각했으나 말투며 이야기 내용이 젊은 듯해 얼굴을 자세히 보니 자신과 비슷해 보였다. 이야기의 주 내용은 젊은 친구가 중년 사내에게 어떤 물건을 구하려는 것으로 둘 다 보급품 다루는 일을 하는 듯했다.

"노예라는 말을 어떻게 하겠습니까마는, 최소한 머슴과 노동자의 차이는 외국 회사에 다녀보면 피부에 와닿죠. 무슨 말인지 아시죠, 형님? 내가 말입니다, 갖은 모멸을 감수할 수 있는 인내력이 있다면 모를까, 차라리 일 없으면 놀지 한국인 회사는 절대로 안 들어갑니다. 물론 형님을 머슴이라고 말하는 건 아닙니다. 말이 그렇다는 거지, 한마디로 한국 회사에서 일하는 건 시간 낭비에 헛고생이거든요. 아마 저는 사흘도 견디지 못할 겁니다. 아니, 하루도요. 자존심이 문제겠지요. 제가 할 말은 아닙니다만, 한국인 회사에서 일하는 사람들을 볼 때면 끔찍한 생각이 듭니다. 베트남 하면 막장 아닙니까? 아니 막장보다 더 못할 겁니다. 이곳은 애초에 우리 체질에 맞지 않는 곳이에요. 이역 만리에 돈을 벌러 왔으면 잠이라도 제대로 자고 먹을 거라도 제대로 먹어야 되는 거 아닙니까? 돈 몇 푼 쥐어준다는 말에 혹해서 줄을 섰을 뿐인데… 다 마찬가지겠지만, 막상 와보면 그게 아니더라 말입니다. 음… 지루하신 모양이네, 그럼 폭동 이야기해드릴까요? 그 일이 왜 일어났는지 말입니다. 물론 들어서 잘 알겠지만요. 내용이야 이런저런 것이 있지만, 무엇보다 당시 사람들이 화를 냈던 것은 한국 회사와 외국인 회사를 비교하면 임금이 두 배, 세 배 차이가 났다는 겁니다. 그게 얼만지 알아요?

많게는 400달러도 된다고 해요. 그것도 좋다 이겁니다. 뭐 전쟁터에 와서 돈 벌겠다는 일 자체가 고생인데, 새삼스럽게 고생했다고 떠들어봐야 자기만 바보 되니까요. 그래도 사람이 어려움은 참아도 차별은 못 참는 거 아니겠습니까?"

젊은 사내는 베트남에 대해 세세한 뒷이야기까지 다 안다는 듯 떠들어댔다.

"다 사연이 있겠지. 다 외국 회사에 들어갈 수는 없잖아!"

장년의 사내는 떠버리 친구가 말을 그치기만 기다리다 시큰둥하게 받았다. 그는 다른 이야기가 하고 싶은 눈치였다.

"문제를 일으키려면 제대로 해야 하는데 이 한국 사람들은 늘 반짝하고 맙니다. 그래서 뭐가 이루어지기는커녕 되레 당하고 말죠. 이게 다 국민성하고 관련이 있어요. 내가 보기에는 그렇습니다. 그게 하루 이틀 만에 생긴 버릇은 아닐 테니 말입니다. 이해하시겠어요? 왜 한국인이겠습니까? 불만은 많지만, 끈기가 없더라 이겁니다. 이해하지 못하는군요. 하긴 여기는 이해하지 못할 일이 너무나 빈번하게 일어나는 곳이니까요."

"노동일을 하는 사람들이 뭐를 어찌한다는 게 쉬운가, 장 씨도 일을 해봐서 알겠지만."

젊은이의 성씨는 장가였다.

"그게 화가 난다니까요. 그 이유라는 게 그럴듯하지 않다니까요, 젠장!"

장 씨는 목소리를 높였다.

"거참 목소리 좀 낮추지. 좋은 이야기도 아니구먼. 달래 노동일을 하나? 못나서 그렇지. 자네만 해도 다른 일을 하지 않나? 능력 없는 놈들이 할 수 있는 일이 이것밖에 없는 걸 어떡하나. 다 그러거니 하고 죽 엎드려 있는 거지. 자네 말대로 억눌리고 당하고 싶은 사람이 어딨나?"

"내 말이 그겁니다. 한국 사람 근성이라니까요, 돈이 된다면 처삼촌 골수까지 파먹는. 다른 사람이야 오죽하겠습니까? 불알 밑까지 손을 밀어 넣고 주물럭거리는데 그러거니 한다니요. 나 원 참!"

그는 손뼉을 치며 이야기에 흥이 나는지 술잔을 들어 시원스럽게 들이켰다.

"자네는 한국 사람과 오랫동안 일을 안 해서 몰라. 외국 사람하고 오래 있으면 외국 사람의 눈이 되는지 모르겠지만."

"그럴지도 모르죠."

중년 사내의 표정에는 짜증이 역력했다.

"불쌍한 노동자가 무슨 안줏거린가! 자꾸 들으니 부아가 치밀라 그러네."

"답답해서 그럽니다. 사는 꼴들이요."

장 씨가 탁자를 손으로 쾅 내리쳤다.

"그 이야기는 그만하지. 자네 애인은 잘 지내나?"

중년 사내는 넌지시 물었다.

"아, 예 잘 지내겠지요."

"나도 가끔 그 집에 가봤는데, 너무 딱딱해. 좀 더 부드럽게 한다면 거래에도 문제가 없겠는데. 장사가 그러면 뻑뻑해지거든. 그러니까 술 마셔서 하는 말이 아니라 내 말은, 그 친구 어머니도 곱상하니 예쁘더란 말이지. 껄껄껄."

"에?"

"자네만 재미 보지 말고, 장사를 부드럽게 하자 이거지. 자네 귀국하면 애인이고 뭐고 다 버릴 것 아닌가?"

"거, 참 노인네. 고개만 돌리면 걸리는 게 여잔데. 물건 같지도 않은 걸 가지고 들이대면서 남의 여자는 또 무슨 말이오. 사실 내가 꾸이년으로 가면 되지만 거기까지 가기가 귀찮아서 형님을 찾는 거요. 같은 동포끼리 챙겨주려고. 달래 내가 아쉬워서 그런 줄 아세요? 그리고 그 아이 한번 사귀고 버리는 그런 애 아닙니다."

"농담이지, 이 사람아! 자네 애인을 두고 한 말도 아니잖나. 어머니가 있어서 하는 말이지."

"내가 그렇게 만만하게 보입니까? 그런 걸 농담으로 하게요. 나이 헛먹으셨어요, 에?"

장 씨는 속이 뒤틀린 듯 반쯤 일어서며 윽박질렀다. 중년 사내도 불쾌한 표정을 지었다.

"지난번에 부둣가에서 죽은 친구가 자네와 무슨 관계가 있다고 이야기들 하던데…."

중년 사내가 눈을 굴리며 은근히 던지는 말에 장 씨는 망치로 맞은 듯 말이 뚝 끊어졌다.

김 대위도 그 말에 귀가 솔깃했다. 중년의 사내는 주정에 가까운

장 씨의 말이 멈춘 것에 흐뭇하게 생각을 하지만 반면에 심한 말을 하지 않았나 싶어 목을 움츠리고 주변을 살펴보았다. 김 대위는 못 들은 척했다. 그들의 말이 멈추자 담배 연기가 자욱한 술집에 다른 이들의 목소리가 크게 느껴졌다. 필리핀 노동자들이 떠들어대고, 미군 둘이 한쪽에서 서로 주먹을 부딪쳐가며 맥주를 병째로 마셔 댔다.

"별 시답지 않은 소리를 다 하네요. 여기는 베트남이란 말예요, 법이 필요 없는. 받아들이기 어려운 일이 허다하게 벌어지는 곳이 죠. 오늘은 취하네요. 형님도 그만 마시고 일찍 들어가십시오. 이런 외지에서는 더욱 그렇죠. 이 바닥 잘 알지 않습니까?"

떠버리 장 씨는 갑자기 말소리를 낮추고 심각한 표정을 지었다. 중년 사내는 흡족한 표정을 지으며 맥주를 마셨다.

"나도 취하는군. 그냥 헛소리거니 생각하게. 나도 흘러다니는 말을 들었을 뿐이야. 이곳이 그런 곳 아닌가! 하지만 말이라는 것이 근거 없이 묻히거나 떠도는 것이 아니라서."

중년 사내도 일어나려는지 가방을 챙기고 입을 닦으며 주위를 둘러보았다.

장 씨와 김 대위의 눈이 마주쳤다. 장 씨는 히죽 웃으며 김 대위에게 말을 던졌다.

"베트남은 다 취한 놈뿐입니다. 군인들도, 민간인도. 전쟁 중이 잖아요. 정상이 이상한 거죠."

장 씨의 말에 김 대위는 섬뜩한 기분이 들었다.

"술집에서 들은 말을 밖으로 가져가면 주정꾼이죠."

김 대위는 관심 없다는 듯 한마디 하고 다른 곳으로 눈길을 주었다.

"그럼요. 사실 별일 아닌데, 그렇게 말을 하니 뭔가 있어 보입니다. 정말로 버려진 석류 껍질같이 아무 의미가 없는 이야기였습니다. 이런 말도 할 필요가 없지만요."

장 씨가 씁쓸한 표정으로 말을 했다. 이내 그는 화가 잔뜩 난 듯 맥주를 벌컥거리며 마시더니 중년 사내에게 간다 만다는 이야기도 없이 계산하고 나가버렸다.

장 씨는 눈썹이 진하고 얼굴은 긴 말 머리 상이었다. 군살 없이 뼈가 그대로 드러난 몰골은 적극적인 성격일 듯싶었고 작고 날카로운 눈은 술수도 보통이 아닐 듯 보였다.

중년 사내도 어정쩡하게 일어나 밖으로 나갔다. 김 대위는 홀로 술잔을 기울이며 그들의 대화를 되새겼다.

가게 한편에서 취객들의 싸움이 벌어졌다. 점원인 사내가 담배를 피우며 다가와 취객을 던지듯 밖으로 밀어냈다. 베트남 사람치고 키가 컸고 꽤 다부진 어깨와 팔뚝이 인상적이었다. 왼쪽 뺨에는 칼자국이 하얗게 흘러내렸다. 자리에서 일어나 밖으로 나가던 김 대위가 그에게 돈을 건네자 그는 거스름돈을 주며 김 대위를 살짝 흘겨보았다. 작고 째진 눈에 분노가 있었다. 외국군에 대한 분노의 눈빛이라는 생각이 들었다.

그날 이후 김 대위는 여기저기 다니는 길목에서 장 씨를 만났다.

그를 볼 때마다 김 대위의 머릿속에 죽은 사내가 스쳐갔다. 그와 무슨 사연이 있을까? 전혀 관계가 없는 일은 아닐 터이다.

김 대위는 죽은 사내 처리가 어떻게 되었나 궁금해서 헌병대에도 가봤고, 몇몇 아는 사람들에게 물어보기도 하고 흘러 다니는 이야기에도 귀를 기울였다. 베트콩이 죽었다는 말도 있고, 강도를 당했다는 말도 있었다. 분명한 점은 자살은 아니라는 것이다. 자신이 봐도 그렇고 누가 하는 말을 들어도 그랬다. 헌병대에서는 강도를 당한 것으로 추측하고 있었다.

사내의 죽음을 쫓던 김 대위가 들은 이야기로는, 죽은 사내는 여러 곳을 전전하다가 이곳에 온 지는 얼마 되지 않았는데 건설노동자로 배관 용접을 하다가 최근 차를 몰기 시작했고, 근처 미군 부대 토목공사 현장에서 일하다가 변을 당했다는 거였다. 그의 동료는 야간 일을 마치고 퇴근하는 길에 죽은 사내를 마지막으로 봤다고 했다. 사실이 무엇이든 이곳은 아직 전쟁 중이었고 깜라인 외곽에서는 가끔 총소리가 나기도 했으니 그가 어떤 일을 어떻게 당했다고 해도 그대로 사실이 될 수밖에 없었다. 누군가 이 사실을 아는 사람이 있다면 그건 장 씨일 거라는 생각이 들었다.

김 대위는 장 씨와 죽은 사내의 관계가 궁금해 견딜 수가 없었다. 장 씨에 대해서 알아보니 그는 미 해군본부에 물품을 대주는 미국 본토 소속 용역 회사에서 물량을 운송하는 운전기사였다. 술집에서 했던 말들이 대부분 사실이었다. 그는 이곳 시장 상인이며 미군 부대, 한국군 부대, 외국인 회사와 노동자들하고도 관계가 깊었다.

혹시 죽은 사내와 여자 문제가 있었나 생각도 해봤지만 확인할 길은 없었다.

한번은 김 대위가 근무하는 부대 내 보급 창고 앞에서 장 씨를 만났다. 미국 용역 회사 트럭을 몰고 왔는지 그 차 앞에서 중사 한 명과 이야기를 나누고 있었다. 김 대위는 손을 들어 인사를 했다. 장 씨는 외면하려다가 다가오는 김 대위를 무시할 수가 없었던지 못마땅한 얼굴로 아는 척을 했다. 떠버리 장 씨는 일을 마쳤는지 김 대위와 몇 마디 인사치레를 나누고 자신의 차에 올라타 빠르게 부대를 빠져나갔다.

"저 친구, 대위님이 군 정보부에서 일하는가 묻데요?"

중사가 조금 전 하던 말을 전해주었다. 중사 앞에는 떠버리에게 건네받은 물품이 몇 상자 놓여 있었다.

"저런 인간들은 밥맛입니다. 오직 돈벌이만 되면 무슨 일이든 하는 놈이죠. 아마 나라도 팔아먹을 인간입니다. 군 수사관들이 저런 놈을 그냥 놔두는 게 이상할 따름입니다. 미군들이 하는 일이라 별 수 없지만. 그런데 대위님. 저 사람과 무슨 감정 있습니까?"

"글쎄, 별 감정 없는데…. 전에 술집에서 한번 보기는 했지만."

김 대위는 장 씨가 사라진 곳을 쳐다보고 침을 뱉었다.

"요즘 군에서 준설 노무자들도 조사하러 다닌다면서요? 폭동 주동자를 찾으려고요."

"저 사람이 그래?"

"예."

"그걸 왜 군에서 조사해? 멍청한 놈 같으니."

"그러게요. 뭔가가 의심스러웠나 보지요?"

중사는 어깨를 한 번 으쓱했다.

"그래서 노동자들이 나를 피하나 보네. 근래 이야기를 하려 들지 않더니…. 근데 저 사내는 언제부터 저 일을 했지? 좀 알아?"

"대충 알지요. 말이 많은 놈이지만 쓸모 있는 말은 없어요. 단지 장사하려면 무슨 말이든 걸라는 좌우명을 가진 듯합니다. 국적을 가리지 않고 말을 걸거든요. 필리핀, 프랑스, 인도…, 미군이었다고도 하던데 잘 모르겠습니다. 숨기는 것도 많아요. 어디까지 진짜인지 모르지만, 그저 그러거니 하는 거죠. 다른 건 몰라도 장사는 잘하는 친굽니다. 기회를 만들어 한몫 잡을 줄 아는 배짱도 있고요. 수완도 좋지만, 운도 좋습니다. 깜라인에서 제일 큰 미 해군 용역회사에서 보급을 운송하는 운전기사니 말이죠. 베트남 사람들에게도 인기가 좋을 겁니다. 베트콩까지도요."

"그게 무슨 말인가?"

"보급하다 보면 상상도 할 수 없는 일에 관해 이야기를 듣게 됩니다. 이곳은 그런 곳이잖아요."

"그런 것까지는 잘 모르겠고, 저 친구에게 예쁜 애인도 있다던데."

"다 아는 이야기죠. 후엔티가 저 친구 애인으로 통하는데 이곳에서는 제일 예쁠 겁니다. 그가 아니면 누가 꿰차고 살겠습니까?"

"한번 보고 싶군, 그렇게 예쁘다면."

"누구나 그렇지요. 시내에 '광화문'이라는 한국인 술집이 있습니다. 그곳에서 제일 예쁜 여자를 찾으면 아마 그녀일 겁니다. 후엔티가 한때 이곳 부대에서 통역해서 저도 잘 알고 있습니다. 지금은 저 사람 도움으로 암시장에서 돈을 벌어 식당을 운영한다는 말도 있습니다. 모녀가 말이죠."

중사는 보고서를 쓰듯 묻지 않은 것까지 들려주었다. 그중에 가장 괜찮은 정보가 식당 위치와 그곳에서 잘하는 음식이었다. 베트남에 와서 음식 괜찮다는 말은 처음 들었다.

김 대위는 오후 업무를 끝내고 중사가 말했던 한국 식당으로 갔다. 그가 말했던 사거리 중심에 '광화문'이라고 쓴 간판이 보였다. 대나무 발을 가르고 안으로 들어서니 술을 마시는 노동자들로 떠들썩했다. 김 대위는 구석에 있는 빈 탁자에 앉았다.

베트남보다는 한국인처럼 생긴 여자가 주문을 받으러 다가왔다. 누가 말을 해주지 않았지만, 중사가 말한 식당을 제대로 찾아왔다면 이 여자가 후엔티구나 생각했다. 한쪽으로 늘어뜨린 긴 머리가 묘한 매력은 있었지만 그저 큰 키에 귀염성 있는 얼굴이었다. 소문만큼 예쁘지는 않았다. 한국어 실력과 경제적 능력으로 부풀려진 말이라는 생각이 들었다. 그녀는 세련된 한국말로 인사를 했다.

"한국말을 잘하시네."

"한국군 부대에서 통역했어요."

그녀의 말에 김 대위는 머리를 끄떡이며 주변을 둘러보았다. 혹시나 장 씨가 눈에 띌까 했지만 보이지는 않았다.

며칠 후 김 대위는 다시 그곳을 찾았다. 후엔티가 기억을 하고 반갑게 맞았다.

오후의 더위로 달구어진 '광화문' 실내는 노동자들이 떠드는 소리와 담배 연기로 가득 차 있었다.

맥주 한 잔을 다 마실 무렵, 가게 앞에 트럭 한 대가 멈춰 섰다. 어디선가 본 듯한 트럭이라고 생각을 했는데 역시 장 씨가 내렸다.

그가 손에 작은 물건을 들고 식당 안으로 들어섰다. 몇이 그에게 인사를 던지자 밝게 웃으며 손을 마주 잡았다. 인사를 마친 장 씨가 식당 안을 둘러보다가 김 대위와 눈이 마주쳤다. 김 대위가 미소를 지으며 손을 들어 보이자 그는 고개를 끄떡이더니 주방 안으로 들어갔다.

십여 분쯤 흐른 후 나타난 장 씨의 손에는 샌드위치가 담긴 접시가 들려 있었다. 가늘게 채를 쳐 소스를 뿌린 양배추와 치즈가 빵 사이로 보였다.

그는 사람들 틈을 비집고 김 대위가 있는 테이블로 와서 앉았다.

"여기까지 오셨군요."

"소문이 자자하니 안 올 수가 있나요. 언제 귀국할지 모르는데."

장 씨가 자리에 앉았다.

잠시 후 후엔티가 장 씨가 마실 맥주와 잔을 가져와 테이블에 내려놓았다. 장 씨는 그녀의 옷깃을 잡아 허리를 굽히게 하고는 김 대위를 가리키며 뭐라고 이야기를 건넸다. 스물댓 정도 됐을 법한 그녀는 장 씨의 말을 들으며 고개를 끄덕이더니 김 대위를 향해 살짝 웃었다. 허리를 굽히고 장 씨의 이야기를 듣는 그녀의 셔츠 안으로 가슴이 살짝 보였다. 누구의 애인이든 그녀의 귀여운 웃음은 전쟁의 고뇌를 잠깐 잊게 해주었다.

장 씨가 맥주를 따른 잔을 내밀자 김 대위도 잔을 들어 가볍게 부딪쳤다.

"트럭을 몰고 왔던데 술을 마셔도 되나요?"

"맥주 정도야… 그리고 여기는 전쟁터 아닙니까! 맨정신에 어떻게 일을 합니까? 이렇게 떠들어대는 노동자들이 안 보이십니까? 여기는 누구나 취하는 곳입니다. 늘 남을 탓하고 자기를 부정하죠. 아마 그러면서 어떤 위안을 얻는 것 같습니다. 그러자면 술이 필요하죠."

장 씨는 처음부터 조금 비스듬하게 앉더니 똑바로 바라보지도 않고 곁눈질로 김 대위를 쳐다보았다. 마치 금방 일어나거나 함께 앉아 있고 싶지 않다는 투였다.

그의 목소리가 낮아 김 대위는 잘 알아듣지 못했다. 뭔가를 은유한다는 생각이 들었지만 못 들어도 상관없기에 다시 묻지 않았다.

"이곳에 한국군 장교들은 잘 오지 않는데, 아마 대위님이 처음일 것 같습니다."

약간은 비아냥거리는 말투였다.

김 대위는 노동자들이 모여 있는 어떤 울타리 안에 들어와 있다는 느낌이 들었다. 마치 자신은 그 울타리와는 전혀 다른 곳에 있다가 잠깐 들어와 앉아 있는 기분이었다. 그들처럼 되려면 말을 거칠게 해야 하고, 감정을 쉽게 드러내면서 부당하게 받는 피해에 대해 불만을 쏟아내야 할 것만 같았다. 하지만 앞에 있는 이 사내는 이 울타리와도 잘 어울릴 뿐 아니라 이와 다른 울타리도 가리지 않을 듯싶었다. 어쩌면 장사꾼의 본모습이 아닐까 생각도 들었다.

"난 대위님이 정보부에 계신 줄 알았어요. 내 뒤를 캐는 게 아닌가 생각을 했으니까요."

"왜 그런 생각을?"

"대위님이 늘 누군가에게 묻잖아요. 아닌가요? 약점을 찾아 물어뜯으려는 셰퍼드처럼 말이죠."

"글쎄요. 그건 아닌데. 아마도 호기심 탓이겠죠."

김 대위는 담담하게 대답했다. 맥주 한 모금을 천천히 넘기고 장씨에게 지나가는 말처럼 한마디 건넸다.

"장 선생, 혹시 진짜 뭔가 숨기는 거 있습니까?"

김 대위는 손가락으로 탁자를 두드리며 노골적으로 그의 안색을 살폈다.

장 씨는 김 대위의 눈길을 피하며 잠시 난처한 표정을 짓더니 이내 알 듯 말 듯 한 미소를 지었다.

"위험한 질문입니다. 곧 전역하실 거라고 하던데. 전역하시면 무슨 일을 하실 겁니까?"

"아직 생각해보지 않았습니다. 귀국하게 되면 뭔가를 하게 되겠죠. 글을 쓸까 기자가 될까 생각도 하고…, 노동자가 될 수도 있겠죠. 아니면 회사에 다닐 수도 있겠고, 결정한 것은 없습니다."

"기자라…, 딱 어울려 보입니다. 제가 관상을 조금 봅니다만 다른 것은 몰라도 장사는 하지 마십시오. 대위님 얼굴에 장사가 안 보입니다. 이마가 훤하니 관운이 있기도 하지만 아마도 학문 쪽이 더 어울릴 것 같습니다."

"그래요. 나쁘지는 않군요. 사실 장사는 아니죠."

"생각이 많아 보입니다. 골격이 두드러진 것이 결단력이 있어 삶에 풍파가 보이기도 합니다만 무엇보다 눈에 깊은 심연이 보입니다. 김 대위 같은 분을 아는데, 세상은 생각보다 많은 이면이 있어서 도리를 너무 따지면 골치만 아픕니다. 아시잖습니까."

시선을 돌리던 김 대위는 가게 앞에 세워둔 장 씨의 트럭을 보았다. 문득 떠오르는 생각이 있었다.

"혹시 미군 물건을 암시장에 팔기도 하나요?"

김 대위의 뜬금없는 말에 장 씨는 어이없다는 듯 웃으며 손을 저었다.

"그럴 리가요. 하늘이 보고 있습니다. 부정을 아무나 하는 게 아니잖아요. 다들 그렇게 말을 하지만 절대 아닙니다. 진짜로요."

장 씨는 껄껄거리며 웃더니 술을 마셨다.

"사실, 일할 때는 술을 많이 하지 않는데 오늘은 좀 당기는군요."

장 씨는 입을 쓱 닦으며 빈 잔을 내려놓았다. 그를 뚫어지게 바라보던 김 대위가 가볍게 웃으며 장 씨에게 몸을 숙이고 물었다.

"저도 베트남 생활을 해봐서 대충은 알고, 또 이해도 합니다. 나만 그런 게 아니고 이곳에서 생활을 하다보면 말 안 해도 다 아는 것 아닙니까?"

"이마가 훤해서 관운인 것 같았는데, 말씀하시는 걸 보니 관운보다는 관재수가 있나요? 질문이 폐부를 찌르는군요. 왜 나에게 공격적인지 이유를 모르겠네요."

장 씨는 눈을 감고 다시 맥주를 들어 조용히 마셨다. 김 대위는 장 씨의 눈꺼풀이 한순간 바르르 떨리는 것을 보았다. 장 씨는 술잔을 놓고 시계를 쳐다보았다.

"전쟁터에서 무슨 일인들 없겠습니까? 더구나 이런 전쟁에는 이해하지 못할 일들이 벌어질 수밖에 없다고 몇 번 말한 것 같은데…. 사실 여기는 장사가 잘 되는 곳이죠. 전쟁에 대한 위험 요소가 그만큼 이익을 보장해주는 것 아니겠습니까. 일꾼만 이곳에 오고 싶어 하는 것은 아니죠. 암시장이 있기는 있어요. 꼭 물건을 파는 데 필요한 곳이 아니라 보급품을 관리하다 보면 필요한 물건을 사야 할 때도 있습니다. 그래서 시장 아니겠습니까?"

장 씨의 그럴듯한 말에 김 대위는 고개를 끄떡거렸다. 김 대위도 장 씨도 취기가 올라 얼굴이 붉어졌다.

"아, 시끄럽군요. 밤낮으로 노동일을 하고도 무슨 힘이 남아 이렇게 떠들어대는지. 죽을 때까지 땅이나 팔 인간들."

장 씨가 탁자를 두드리며 고함을 지르고 가게 안의 사람들을 보며 한마디 했다.

"그래도 돈이 되는 사람들이니 감사할 따름이죠."

장 씨는 잔에 조금 남은 맥주를 마시고 자리에서 일어나는 듯하더니 다시 앉았다. 그는 빈 잔에 다시 술을 채웠다. 김 대위는 장 씨의 말에는 관심이 없다는 듯 술에 취해 떠들어대는 노동자들을 쳐다보면서 고개를 흔들었다. 장 씨 역시 김 대위에게는 관심이 없어 보였다. 자신의 구두를 쳐다보며 잔을 만지작거리던 장 씨는 주방 쪽을 보고 병을 들어 보였다. 후엔티가 맥주와 과일 한 접시를 더 가져왔다.

"글을 쓰시고자 하는데, 노동자들에 대해 잘 알아야 하는 것 아닙니까? 순전히 내 짐작이긴 하지만요. 직접 해보지 않고 쓸 수가 있나요?"

"기회가 되면 해야죠? 아마 남들 못지않게 잘할 겁니다. 노동자의 자식이니까요."

김 대위는 깍지 낀 손을 허벅지에 올려놓고 여유 있는 미소를 지으며 말을 했다. 장 씨는 한 대 맞은 기분으로 등을 뒤로 젖히고 김 대위를 쳐다보았다. 김 대위는 그 모습을 보고 호탕하게 웃었다.

김 대위는 장 씨와 심각하게 대화를 하려고 온 게 아닌데 이상하게 얽히고 말았다는 생각이 들었다. 한번 얽힌 이야기는 풀 길이 없이 더욱 조여지기만 했다. 단순히 후엔티의 얼굴만 보고 맥주 한잔하고 갔더라면 좋았을 하루였다.

"사실 본인 입에서 말이 나와서 말인데, 입바른 소리 빼고 말을 하자면, 대위님은 장교와 어울리지 않는다는 생각이 들긴 했습니다. 뭐랄까, 기질적으로 말이죠. 영락없는 노동잔데 하는 생각 말입니다."

장 씨는 시원하게 손뼉을 치며 말을 했다.

"아버지가 노동으로 가족을 부양했습니다. 언제였던가… 높은 곳에서 떨어져 양다리가 다 부러지셨죠. 왜 일을 하는데 다쳤을까 이해가 안 됐죠. 너무 어려서 그렇기도 했지만."

"그런 일이 있었군요."

"현장 일이라는 게 그럴 수 있겠다 싶기도 하지만, 그때 다섯 명이 함께 다쳤는데, 동료 한 분은 내출혈로 돌아가셨죠. 보상도 못 받았던 것 같아요. 업자가 도망을 치는 바람에 책임질 뭐가 없었죠. 돌아가신 분의 처가 울부짖었는데, 어린 나이에 봐서 그런지 지금도 잊히지 않아요. 그야말로 시장판에 개죽음만도 못한 거였죠."

김 대위의 말끝이 떨렸다.

"말도 안 되는 일을 겪었군요. 대위님이 조금 이해가 될 것 같아요. 현장 일이라는 게 관 뚜껑 열고 발 담근 채 하는 거죠. 엿같은 거고, 배알 꼴리는 거고, 인간이 인간 대접을 못 받는 거지요. 옆에서 죽어 자빠지는 게 부당하게 느껴지지 않을 정도로 말입니다. 베트남도 예외는 아니죠. 더구나 전쟁터니, 그 모멸감은 끝이 없습니다. 많은 것을 감수해야 하죠. 왜 외국인 회사에 다니는 사람보다 400달러씩 덜 주느냐고 따지면 회사 직원들이 어이없다는 표정으로 뭐라고 하는지 아십니까? 계약서가 그렇다고 합니다. 그리고 국내에서 노는 사람들 데려다 이 정도 주면 황송한 것 아니냐고 말합니다."

그때 후엔티가 멀리서 뭐라고 손짓을 했다. 장 씨는 고개를 끄떡거리며 시계를 보았다. 뭐라고 하며 난처한 표정을 짓던 후엔티는 김 대위 눈이 마주치자 다른 일을 하는 척 몸을 돌렸다.

"그러니 노동자들이 기회가 되면 외국인 회사로 옮기려고 하는 겁니다. 돈 벌러 왔는데 바보짓을 하고 있을 수는 없잖아요."

장 씨는 취기에 술을 또 시켰다. 마치 오랜 친구를 대하듯 대위에게 술을 권하기 시작했다.

"자, 한 잔 합시다. 할 일이 남아서 마음이 급하네요."

"취하셨습니다. 오늘 밤은 운전을 그만하시는 게 좋을 듯한데요."

"취하다니요. 어림없는 일입니다. 이깟 술 때문에 일을 하지 마라니. 술 취하면 전쟁을 안 합디까?"

장 씨는 몇 잔을 혼자 연거푸 마셨다.

"김 대위님, 마음이 통하네요. 이참에 우리 재미난 일 하나 도모해보죠?"

"오늘은 그만합시다. 나도 취기가 올라오니, 다음을 기약합시다."

"나 괜찮은 놈입니다. 김 대위님도 솔직히 한몫 잡고 싶은 거 아닙니까? 그게 아니면 이곳저곳 기웃거릴 일이 뭐 있겠어요?"

"아니, 뭔가 오해를 하신 것 같은데…, 그만합시다."

"그럼, 뭐 사람 간만 보고 마는 겁니까? 이런 제안 아무에게나 하는 거 아니니까."

"아니요. 그만 일어나겠습니다."

김 대위가 자리에서 일어나려 하자, 장 씨는 대위의 옷깃을 잡아 자리에 앉혔다.

"내가 무슨 일을 하는 건지나 알고 거절하는 겁니까? 군바리가 목숨을 내놓고 일 년을 벌어도 감당하지 못할 돈을 하루에 벌 수 있는 거예요. 거, 한 푼도 안 되는 계급 내려놓고 삶에 충실하자 이겁니다."

김 대위는 주머니에 손을 찔러 넣고 서서 떠들어대는 장 씨를 보았다. 은근히 부아가 끓어올랐다.

"장 씨가 무슨 일을 하는지 그렇게 말을 안 해도 다 압니다. 기생충처럼 그럴듯하게 말을 하면서 베트콩에 빌붙어 주머니를 채우는 일 말입니다."

"베트콩? 기생충?"

장 씨는 충혈된 눈으로 비웃듯 내려다보는 김 대위를 올려다보았다. 그의 볼살이 바르르 떨렸다.

"머슴 운운하더니. 역시 장교님이시라, 어쩔 수 없군요. 머슴 출신이니 뭐니 하면서 자신을 낮추더니, 그들의 속살을 들춰서 온갖 미사여구로 동정을 표하는 데 깜빡 넘어갔습니다. 그렇지, 역시 쫄따구 때리고 총알받이로 몰아넣는 그 위선이 어디 가겠습니까?"

"위선이라니. 한국 회사에서 일하지 않겠다는 말을 서슴지 않고 하는 염치없는 입으로 군인을 모욕하는 거요? 암시장에서 미군 물품을 빼돌리는 주제에. 돈을 쓸어 담나? 얼마나? 하루에 백 달러쯤? 그 돈은 혼자 처먹나? 솔직히 군인들에게 미안한 마음이나 있어?"

"민간인 죽이는 군인들, 그 군인들 말하는 겁니까? 혹시 주머니에 베트콩 귀라도 전리품으로 가지고 다니는 건 아니야? 한번 보자고, 그 잘난 군인의 상징!"

볼을 긁적이며 꺽꺽 웃는 장 씨의 표정에는 어떤 말에도 지지 않을 수 있다는 자신감이 있었다. 김 대위는 목구멍까지 차오른 분노를 터뜨렸다.

"혹시 한국에 처자식에게 매월 돈을 부치나? 그리고 여기에 또 애인이 있으니, 얼마나 좋아? 남들은 팔다리 잘려 가며 근근이 이 땅을 지키는데, 저 여자가 그럴 만큼 예뻐? 한마디 덧붙이자면 당신은 진짜 염치없는 인간이고 기생충과 다를 바 없어. 할 수 있다면 당장 귀를 잘라버리고 싶어."

"당신의 혀가 총알입니다. 마음껏 쏘세요. 군인이 하겠다는데 누가 말리겠습니까? 내가 기생충이면 당신은 살인자예요. 그걸 부정하지는 못할걸."

"오늘 기생충 한 마리를 기어이 잡아야겠군."

김 대위가 장 씨의 멱살을 잡아 올리고 자신의 옆구리를 더듬어 권총을 꺼내려다 말았다. 주변에서 어어 하는 소리가 났다. 작은 비명도 들렸다.

"이제 본성이 나오는군. 당신은 살인마! 그뿐이야. 나를 이 바닥에 처박아도 그것은 부정할 수 없는 사실이라고."

"내가 악하게 마음만 먹으면 너는 벌써 머리에 바람구멍이 났어."

"그래? 내 머리를 가까이 줄 테니 어디 한번 해봐. 그럴 배짱도 없어 보이는데?"

"아니 그럴 필요 없어. 넌 이 총이 아니라 손가락으로도 죽일 수 있어."

김 대위는 검지로 사내를 가리켰다.

"늘 큰소리만 치는 전형적인 한국 장교 놈들."

장 씨는 김 대위의 손을 거세게 뿌리치고 자리에 앉았다. 그는 김 대위를 외면하고 창밖 먼 곳을 쳐다보았다.

"그 삥쟁이가 너를 지켜주고 있는 건 알아? 개자식아. 지난번 그 친구 니가 죽였지? 아니라고 말할 수 있어? 아니라고 고함쳐보란 말이야. 얼마나 기다려줄까? 놀라는 표정이 꽤 웃긴데 거울이라도 가져다줄까? 어떤 얼굴이 살인마, 살인귀와 닮았는지 직접 보게 말이야."

장 씨는 눈을 가늘게 뜨고 입을 실룩거렸으나 아무 말도 하지 않고 탁자 위 맥주만 쳐다보았다.

"역시 말을 못 하네. 뭐가 문제였어? 이익 배분? 아니면, 너의 부정을 군 수사대에 고발하겠다고 우긴 거야? 암시장에서 문제가 생겼을 수도 있었겠네. 뭔가 있으니까 죽이기는 했겠지. 자, 이제 열을 세지. 하나, 둘, 셋, 말을 해보라고. 넷, 이제 다섯이야. 다섯 남았어. 천천히 세줄까? 뭘 기다리나?"

김 대위의 위압적인 채근에도 장 씨는 여전히 아무 말도 하지 못했다.

"그 잘난 입이 바위처럼 움직이지 않는군. 내 얼굴에 침을 튀기면서 위선자니 살인마니 떠들 때처럼 어디 아니라고 말을 해봐, 니가 이 살인 사건에 범인이라는 것을 증명해보일 테니."

김 대위가 주변을 둘러보았다. 모두 둘을 쳐다보고 있었다. 사람들 뒤에 후엔티가 질린 모습으로 서 있었다.

"당신은 이 세계를 아무것도 몰라. 그저 총질만 하다 왔을 뿐이야. 총질하는 곳이 가장 단순한 곳이지. 맞으면 죽고 맞히면 살고…, 군인이 무슨 사고가 있겠어."

"여전히 헛소리를 멈추지 않네. 계속해. 나는 내 할 일을 할 테니까. 자, 내가 이 길로 헌병대에 가서 아는 모든 것을 떠벌리면 자네는 어떻게 될까? 아니 내 손으로 지금 모가지를 틀어쥐고 데려가 줄 수도 있어."

"마음대로 해. 당신은 미친놈만 될 테니까."

"그 사내가 죽을 때쯤, 당신은 어디 있었지? 그런 알리바이나 있어? 둘이 만나기로 했었지? 어떤 물건을 건네받거나 주려고."

"소설가 양반 작문 실력이 형편없어. 재미가 없다고. 책이 나올 리도 없지만 나오자마자 쓰레기통에 처박힐걸."

김 대위가 나지막하게 물었다.

"혹시 같은 고향이 아냐? 그 사내하고 말이야."

장 씨는 실없는 미소를 흘렸다. 비통함이 스쳐갔다. 그는 길게 숨을 내쉬고는 착잡한 표정을 지었다.

"그렇게 진실이 알고 싶어?"

"아니, 이미 알고 있지! 소설적 상상력까지 동원할 필요도 없이 너무 상세하게. 안 그래? 자만심에 눈먼 인간이 눈앞에 세계를 안다고 장담한 순간 전혀 다른 세계가 나타나곤 해. 혼란에 빠져 이 세계가 아니야 하고 애처럼 울부짖으며 자기 머릿속 세계로 데려가달라고 떼를 쓰겠지.”

“어이가 없네, 이런 말이나 할 시간이 아닌데…. 그 친구가 내 절친한 친구였던 건 사실이지만 내가 죽이지 않았어. 그럴 수가 없지. 설사 내가 암시장에 미군 물건을 빼돌려 판다고 해도 그게 얼마나 되겠어? 금덩어리라도 거래한단 말야? 고작 텐트나 삽, 모기장, 아스피린 정도겠지. 보급을 맡은 운전사가 뭘 실어 나를 수 있지? 늘 감시와 감사가 뜨곤 하는데 말이야. 내가 말한 것 중에 살인 동기가 될 만한 게 있어? 고향 친구를?”

그는 괴로운 표정을 지었다.

“내가 당신들 세계를 어찌 알아? 모기장이나 삽을 팔려고 억지로 미군 부대에 들어가지는 않았겠지? 저기 당신 애인이 어떤 역할을 하는지, 이곳 사장이 낮에는 암시장에서 정말 물건을 파는지, 그 내막을 내가 어찌 알겠냐고. 한 가지 확실한 건 당신 애인 매력으론 못 팔 게 없어 보인다는 거.”

“그만하지. 당신이 진짜 정보부에 있다면 모든 내용을 알고 있겠지. 내가 그를 죽였는지 안 죽였는지. 미안하지만 나에겐 그럴 만한 동기가 없어. 사람을 모함하지 마라고. 술에 취했다고 아무 말이나 해도 되는 것은 아니지!”

“판사에게 할 말을 내게 하는군! 목에 밧줄을 걸 때 마지막으로 그 말을 하지, 그래?"

"당신 잘못 짚었어. 시간이 있다면 잘못된 상상력을 뜯어서 멋지
게 고쳐줄 텐데, 바쁘군. 난 이제 그만 가봐야겠어."

"도망치려고?"

"살인마라는 말 때문에 기분이 나빴다면 사과하지. 때때로 감정
을 통제하기 어렵거든. 이곳에서는 다들 그래. 잘 알고 있잖아. 대
위. 나는 푼돈 때문에 친구를 죽이지 않아. 나는 아무 일도 없을 거
야. 내일도 여기에 와서 밥을 먹을 테고 술도 마실 거야. 그리고 김
대위도 아무 일 없을 거야. 지금까지 말한 것은 술김에 한 말이라고
해두지. 입 다물고 전역에만 신경 쓰라고. 기자 좋지. 거기에나 충
실하라고, 남의 일에 찝쩍대지 말고."

"헛소리! 너는 끝났어. 뒷거래의 대가를 지불하게 될 거야."

"미친놈!"

장 씨는 벌떡 일어나 밖으로 걸어 나갔다. 김 대위가 다가가자 그
는 더 빠른 걸음으로 식당을 빠져나갔다. 후엔티가 김 대위의 앞을
막으며 베트남 말로 뭐라고 퍼부었다. 김 대위는 여자의 어깨를 밀
치고 밖으로 뛰어나가 트럭 운전석에 올라타려는 장 씨의 머리에
총을 들이댔다.

"당장 헌병대로 끌고 가줄까? 아니면 미군 수사대? 지은 죄의 대
가를 지불해야지. 우리 군인들이 적의 총구 앞에서 목숨 걸고 싸울
때 너 같은 놈들이 술 처마시고 온갖 무게를 잡으며 암시장을 걸어
다니는 꼴은 더 이상 못 봐주겠어. 아니면 여기서 한 방 쏴버릴까?

그래도 죄가 되나? 자, 어디 한번 노동자가 어쩌니 저쩌니 개수작 부려보지. 떠들어보라고. 총 앞에서 얼마나 뱃심이 좋은지 알아보자고, 엉? 한마디라도 해봐."

김 대위는 장 씨의 머리를 운전석에 대고 어깨를 눌렀다.

"큭큭큭."

장 씨의 웃음소리가 들렸다. 화가 난 김 대위는 장 씨의 머리채를 뒤로 잡아끌었다. 여전히 장 씨는 웃음을 멈추지 않고 있었다.

"멍청한 군바리, 너 뒤를 보라고!"

김 대위는 멈칫했다. 누군가 허리를 찌르며 바짝 붙었다. 총구였다. 등에서 경련이 일었다. 그 사이 운전석에 탄 장 씨는 여전히 입가에 조소를 머금고 김 대위에게 질책하는 눈빛을 보냈다. 뒤를 돌아보니 어디선가 보았던 건장한 베트남 청년이 서 있었다. 청년의 얼굴에 상처가 보였다. 지난번 술집에서 본 점원이었다. 그는 김 대위에게 시키는 대로 하라는 눈빛을 보내고 권총을 빼앗았다. 그 사내 뒤로 한 명이 더 있었다. 술집 점원인 사내가 김 대위를 밀어 조수석에 태우고 자신도 타고는 문을 닫았다. 나머지 한 명도 재빠르게 짐칸에 올라탔다. 조수석의 사내가 뭐라고 하자, 장 씨가 시동을 걸고 트럭은 달리기 시작했다. 김 대위는 내장을 꺼내놓은 채 머리 껍질이 벗겨지는 상상을 했다. 눈 깜박임조차 힘들 정도로 온몸이 굳었다.

"너 때문에 모든 걸 망쳤어. 처음 볼 때 알아봤어야 했는데… 나까지 난감해졌다고."

홍분한 장 씨가 낮게 힘주어 말을 했다. 그 또한 두려움에 제대로 운전을 하지 못했다. 차가 자주 비틀거렸다.

김 대위는 귓속까지 뜨거워 장 씨의 말이 들리지 않았다.

트럭이 숲으로 들어온 지 20여 분쯤 흘렀다. 눈앞에 보이는 길조차 믿기지 않을 정도로 깊은 숲속인데 그 길은 끊어지지 않고 이어졌다. 총구가 지시하는 방향으로 트럭은 계속 달렸고 숲은 더욱 깊어졌다. 아무도 입을 열지 않았다. 가끔 도마뱀이 느리게 움직이고 원숭이가 그들을 쳐다보았다. 새 떼가 날아오르기도 했다.

"자네 혼자서 죽인 게 아니라 이 친구들과 함께였던 거야?"

김 대위는 두려움을 참으며 떨리는 목소리로 중얼거렸다. 장 씨는 어이없다는 표정을 지으며 힐끗 보고는 고개를 저었다.

"아직도 그 소리…. 이들이 왜 그 친구를 죽여, 죽일 사람이 천지에 깔렸는데. 당장 여기에도 있잖아. 갈기갈기 찢어 죽일 적 장교가. 내장이 목걸이처럼 걸리면 멋진 하루를 마감하겠어. 잘된 일이야!"

갑자기 트럭이 공중으로 튀어 오르며 덜컹거리더니 그대로 엔진이 꺼지고 멈추어 섰다. 김 대위는 머리가 차 천장에 부딪혔다 다시 좌석으로 처박혔다. 차가 길 가운데에 놓인 바위에 걸려 튕긴 것이었다. 장 씨가 다시 시동을 걸며 베트남 사내에게 무슨 말인지 하자 베트남 사내는 손가락으로 앞을 가리키며 흔들었다. 장 씨는 마른 입술을 적시며 곤란한 표정을 지었다. 베트남 사내는 인상을 쓰며 막무가내로 손가락을 흔들었다. 장 씨는 뭔가를 생각하더니 베트남 사내에게 말을 건네고 트럭에서 내렸다.

"김 대위, 오줌 마렵지 않아?"

김 대위는 장 씨를 따라가서 어두운 숲을 향해 소변을 보았다.

"차에 뭐가 들었는데 여기까지 들어온 거야?"

"나도 몰라. 그저 철조망과 공구들, 그리고 이것저것 조금씩. 이게 어디로 팔려가나 했는데…."

"어디로 가는지도 몰랐다고? 거짓말도 잘하네. 지금 나보고 그걸 믿으라는 말이야?"

"나도 이런 경우는 처음이야. 대부분 시장에서 처리하거나 외곽까지 나와서 트럭에 옮겨 실으면 되는데, 여기는 처음이야. 무슨 꿍꿍이가 있나 본데… 자네 때문일 수도 있고."

"어이가 없군!"

김 대위는 슬쩍 뒤를 돌아보았다. 총을 든 베트남 사내 둘이 번갈아 소변을 보며 그들을 지켜보고 있었다.

"도망칠 길 없어? 놈들 아지트까지 가면 살아올 방법이 없을 텐데."

김 대위는 어이없이 웃으며 다시 뒤를 힐끗 돌아보았다.

"꼴좋아. 아까 기세는 어디로 갔지? 군바리들의 허세는 알아줘야 한다니까."

장 씨는 바지를 올리며 달리 무슨 수가 없다는 듯 말을 했다.

"장 씨, 나도 죽겠지만 당신도 무사하지 못할걸. 많은 사람이 내가 이렇게 끌려가는 걸 봤는데 자네가 다시 깜라인으로 돌아갈 수 있을까? 안 그래? 예쁘장한 애인도 끝났군."

"남 걱정하기는. 그러기에 적당히 하고 빠졌어야지. 총을 빼 들고 난리를 피우더니 잘하는 짓이다."

"이제 후엔티는 다른 남자 품에 있겠지, 나이 든."

김 대위는 좀 더 길게 오줌을 싼 다음 몸을 떨었다. 몸에서는 쉬지 않고 땀이 흐르지만, 공포와 긴장감 때문에 오한을 느꼈다.

베트남 청년이 험상궂은 표정을 하고 김 대위와 장 씨를 향해 큰 소리로 떠들었다.

"떠들지 마라는군. 한국말로 소곤거리는 게 기분 나쁜가 봐."

장 씨는 베트남 사내에게 고개를 끄덕이며 큰 소리로 말을 하고 다시 낮은 소리로 김 대위에게 소곤거렸다.

"또 기회가 없을지 모르지만, 그 친구가 어떻게 죽었는지 말해줄까?"

"헛소리 그만하고 살 방법이나 생각하자고. 내가 죽으면 자네도 무사하지 못해!"

"건설 현장에서 '시체 치우기'란 말을 들어봤어?"

장 씨는 김 대위의 대답을 기다리지 않고 다시 말을 이어갔다.

"그래 못 들어봤겠지. 그 친구는 현장에서 야간작업하다가 안전사고로 죽었어. 믿든 안 믿든 그건 사실이야. 당신같이 울타리 밖에서 노동자를 연구하는 작자들은 상상도 할 수 없는 일이지."

"회사에서 골치 아프니까 현장 밖으로 치웠다는 말이야?"

"그렇지."

베트남 사내가 총구를 내밀어 흔들며 차를 가리켰다. 둘은 긴장된 표정으로 트럭을 향해 걸었다. 장 씨가 김 대위에게 빠르게 속삭였다.

"어차피 여기서 끝을 보지 않으면 당신은 갈기갈기 찢겨 죽을 거야. 나도 장담 못 하고. 더 들어가면 놈들 아지트밖에 더 있겠어? 자네 다리 앞 서랍에 비상용 권총이 있어. 그냥 꺼내서 갈기면 돼. 내가 신호를 보낼게."

장 씨가 먼저 트럭 운전석에 올라타 시동을 걸었다. 그다음 김 대위가 트럭에 오르려 하자 장 씨가 작지만 단호한 소리로 외쳤다.

"지금!"

김 대위는 차에 오르는 순간 재빠르게 서랍 문을 당겼다. 장 씨의 말대로 권총이 있었다. 권총을 잡으려던 대위가 긴장한 탓인지 손에서 총을 놓치고 말았다. 김 대위를 따라 트럭에 오르던 베트남 사내가 놀라 총구를 내밀었다. 장 씨가 재빠르게 엎드리며 총을 집어 방아쇠를 당겼다. 베트남 사내도 방아쇠를 당기고는 열린 조수석 문 뒤로 숨었다. 서로 마구잡이로 권총을 쏘아댔다. 조수석 바닥에 고슴도치처럼 웅크리고 있던 김 대위가 열린 조수석 문을 발로 힘껏 밀쳤다. 사내가 뒤로 넘어가듯 쓰러지자 장 씨는 짐칸을 겨누었다. 짐칸 쪽 사내는 벌써 숲으로 줄행랑을 치고 있었다.

장 씨는 김 대위에게 총을 건네주고 운전대를 잡았다. 차머리가 급하게 돌았다. 차 안에 화약 냄새가 가득 찼다.

장 씨는 기어를 앞뒤로 정신없이 움직이며 운전대를 돌렸다. 그
때 쓰러진 사내가 갑자기 벌떡 일어나 총을 쏴댔다. 운전석 쪽 유리
창에 총알구멍이 났다. 장 씨는 급하게 언덕을 올라서며 위태롭게
방향을 틀었다. 차가 후진을 하자 비명이 울렸다. 거울로 보니 사내
의 다리가 뒷바퀴에 밟히고 있었다. 사내는 비명을 지르며 총을 쏴
댔다. 장 씨는 빠르게 운전대를 돌렸다. 김 대위가 사내를 향해 총
을 쐈지만 빈 격발 소리뿐 총알이 발사되지 않았다. 장 씨는 신음을
내며 떨리는 손으로 핸들을 틀었다. 이 나무 저 나무에 부딪히며 방
향을 바꾼 차는 오던 길로 달릴 수가 있었다.

김 대위는 통렬한 기분을 느끼며 살아난 것에 기뻐했다. 장 씨도
운전대를 잡고 극도의 흥분에 빠져 함성을 질렀다. 둘이 서로 알아
들을 수 없는 말을 주고받았다. 장 씨는 잘했다고 칭찬을 했고 김
대위는 녀석을 죽이지 못한 것을 후회하며 잡았어야 했다고 떠들
어댔다. 둘이 떠드는 소리가 엉키어 자신들이 무슨 말을 하는지도
몰랐다. 칠흑 같은 정글에 차 엔진과 그들의 함성이 울려 퍼졌다.
그들이 어느 순간 약속이나 한 듯 입을 다물자 적막과 공포감이 몰
려왔다. 김 대위는 땀을 닦고 또 닦았다. 하지만 비라도 맞는 듯 멈
추질 않았다. 그는 왼 소매로 연신 땀을 훔치며 오른손에는 총을 들
고 차창 밖의 어두운 숲속을 살폈다. 어둠 속에서 누군가 튀어나올
것만 같았다.

"지금 우리가 무슨 짓을 한 거야?"

장 씨가 운전하며 김 대위에게 물었다. 장 씨의 목소리에는 기쁨

과 두려움이 섞여 있었다.

김 대위는 차츰 이성을 되찾았다. 그러나 아직 끝난 게 아니다. 이 밀림을 빠져나가기까지 안심을 하면 안 된다.

"지금 내가 무슨 생각을 하는지 알아?"

장 씨는 갑자기 웃으며 소리를 질렀다.

"조용히 해! 아직 놈들이 있는 곳이야."

"겁쟁이, 바로 앞에 있는 총도 못 잡다니, 다 죽을 뻔했어. 정말 전선에 가보기는 한 거야?"

"베트콩에게 군수품을 팔아먹는 놈보다는 나아."

"그래 그랬지. 내가 그놈들이 베트콩인지 아닌지 알게 뭔가? 그냥 돈 주면 파는 거지. 난 말이야 이대로 살아난다면 차를 끌고 친구가 죽은 회사에 가겠어. 그리고 콱 들이박아 버리는 거지. 회사를 아주 박살 내고 총으로 몇 놈 갈겨 죽여버리는 거야. 그 잘난 간부들 얼굴을 말이지."

"이제 제대로 정신을 차렸군. 그런데 베트콩이 쫓아오지 않을까?"

"알게 뭐야. 젠장 할, 이번 건은 완전히 실수야. 그냥 일을 마치고 목욕하고 후엔티 껴안고 자면 일과가 끝이었을 텐데, 그런데… 이 길이 맞는 거야? 이렇게 멀리 들어왔던가?"

"천천히 몰아! 차가 뒤집히겠어!"

"길이 울퉁불퉁해서 그래. 이럴 때일수록 침착하게, 좋아! 음… 근데 왜 길이 자꾸 휘어 보이지? 너무 겁먹었나?"

"그래그래, 긴장을 풀자고. 아까 뭐라고 했지? 회사를 박아버린 다고?"

"그래, 회사에서 그랬어. 일하다 사고로 죽은 게 분명해. 지금도 그날 있었던 일이 선명해. 마치 앞에서 벌어지는 일처럼 말이야. 미군 부대 앞에서 그 친구를 기다리고 있었는데, 전해줄 물건이 있었거든. 참, 그 친구가 미군 부대 안에 있던 현장에서 일하던 건 알지? 꽤 여기저기 찌르고 다녔잖아. 여하튼… 술과 담배 같은 거였어. 그날따라 미제 우비와 모기장도 찾더라고. 그래 수십 개 슬쩍해서 넘겨줄 생각이었지. 친구에게 해줄 게 달리 있어야지. 그런데 포터 한 대가 나오는 거야. 지나갈 때 보니까 짐칸에 뭔가 덮어씌운 물건이 있었어. 뭔진 모르지만 기분이 좋지 않았어. 차에서 내려 사람들이 일하는 곳으로 가보니 현장에 있는 사람들이 친구의 행적을 모르는 거야. 조금 전까지 있었다던데 말이지. 뭔가 이상해서 포터를 따라갔지. 한참을 달려 해안가에서 서더니 아까 짐칸에 그 물건을 내리는데, 하…. 멀리서 봐도 친구더라고. 축 늘어진 친구를 버리고 돌아오더란 말이지. 차가 지나칠 때 놈들의 얼굴까지 똑바로 봤다니까. 흰머리가 난 간부였어. 예전에 먼발치에서 본 기억이 있어. 놈이 힐끗 쳐다보더라고. 그때까진 뭐가 뭔지 몰랐어. 차가 떠난 자리에 가보니까 친구가 누워 있었는데 이미 죽은 뒤였지. 너무 슬프고 두려워서 숨이 멎을 것 같은데 문득 그런 생각이 들더라고. 이곳에 있다가는 내가 죄를 뒤집어쓰겠구나. 친구가 죽었는데 당장 누명 쓸 게 무섭더라고. 흠…. 아까 뭐라고 했지? 장사꾼들이 어떻다고? 맞는 말이야. 장사꾼은 돈만 되면 부모도 팔지. 그래야 하거든. 나는 천생 장사꾼이었나 봐!"

"경찰에 갔어야지, 대사관이나."

"그랬다면 아마 나를 밀거래 혐의로 잡아넣었겠지. 아니면 살인자가 되거나."

흥분해서 친구의 죽음을 퍼붓던 장 씨가 갑자기 손을 들어 마구 휘둘렀다.

"날파리가 왜 이렇게 많은 거야, 시끄러워 죽겠네. 운전을 할 수가 없잖아. 파리 떼 좀 쫓아줘! 근데 지금 추운 거야? 옷을 하나 더 입어야 하나?"

차 안에는 아무것도 없었다.

김 대위는 그가 흥분해서 헛것을 본 것이라고 생각했다. 깊은 숲속에서 보이는 것이라고는 전조등 불빛을 받은 길과 그 양옆에 늘어선 빽빽한 나무들뿐이었다.

장 씨는 자주 손을 흔들고 앞머리를 걷어 올렸다. 그때마다 트럭이 좌우로 심하게 흔들렸다. 김 대위는 아무래도 장 씨의 행동이 이상하다는 생각에 비상등을 켰다. 장 씨가 앉은 의자에서 피가 흐르고 있었다. 그의 아랫배에서 흘러나온 피였다. 김 대위는 자신의 발밑까지 흘러온 피를 보고 놀라 발을 들었다.

장 씨는 김 대위의 시선이 머문 배를 더듬었다. 손에 벌겋게 피가 묻어났다.

"이런 니기미! 내가 지금 총을 맞은 거야, 엉? 이런 개 같은 일이… 이건 아니잖아!"

장 씨는 화를 내며 운전대를 마구 두드렸다.

그 순간 차가 심하게 흔들리더니 나무를 들이박고 옆으로 기울었다. 쓰러진 트럭은 서서히 앞으로 미끄러졌다. 놀란 김 대위는 손을 들어 머리를 감쌌다. 차는 뭔가에 부딪혔다. 짐이 쏟아지는 소리가 들렸다.

이른 새벽에 봉사 활동을 나가던 한국군이 해안가 도로에서 뒤집힌 트럭을 발견했다. 김 대위는 왼쪽 어깨 골절상을 입고 쓰러져 있었고 장 씨는 의식불명 상태가 되어 큰 병원으로 이송되었다.

김 대위는 헌병대로 불려가 있었던 모든 일을 상세히 진술했다. 장 씨는 가까스로 살았지만 걸을 수가 없었다. 그가 귀국행 비행기를 탈 때까지 아무도 사건 결과에 대해 이야기해주지 않았다.

며칠 후, 왼쪽 팔에 깁스를 채 풀지도 않은 김 대위는 혼자 지프를 몰고 노동자 시신이 발견됐던 해안가를 찾았다. 개 한 마리만 한가로이 돌아다닐 뿐 그날의 흔적은 어디에도 없었다. 김 대위는 죽은 노동자가 일하던 현장이 있는 미군 부대로 향했다. 차는 해안 도로를 따라 빠르게 달렸다.

부대 경비병이 김 대위를 안으로 들여보내 주지 않아 먼발치에서 현장을 볼 수밖에 없었다. 얼마쯤 지나 파란 포터 한 대가 나왔다. 장 씨가 말한 그 포터일 거라는 느낌이 들었다. 포터를 따라 달렸다. 김 대위는 죽은 사내가 발견된 해안가 근처에서 의도적으로 충돌 사고를 냈다. 사내는 김 대위를 알아보았다. 둘은 이번 납치 일로 군 수사대에서 만난 적이 있었다.

그는 불쾌한 표정을 지었다. 김 대위는 차에서 내려 포터로 다가갔다. 운전석 문을 열고 다짜고짜 권총을 뽑아 그의 머리에 겨누었다. 김 대위가 갑자기 총을 내밀자 놀란 사내는 손으로 얼굴을 가렸다.

"사람을 죽였으면 너도 죽어야 하는 것 아니야!"

"무슨 말입니까, 사고였습니다."

"사고, 그래서 갖다 버린 게 정당하다고?"

"조사도 끝나지 않았습니까? 그는 안전 규칙을 안 지켰어요!"

그는 사색이 되어 비명을 지르듯 변명을 했다.

"안전사고인데 왜 시신을 밖에다 버리는데? 그게 말이나 돼?"

김 대위는 사내를 차에서 끌어내려 해안가로 끌고 내려갔다.

"수사대에서 조사할 때도 사고가 났다고 말했어? 시체를 가져다 버렸다고?"

"설사 말을 했다 해도 결과는 같았을 겁니다."

"미친 새끼들, 사고 난 사람이 그때까지 살아 있었다는 것을 몰랐어?"

"죽었었습니다."

"거짓말! 그가 살려고 물속에서 얼마나 발버둥 쳤는지 알아?"

"죽은 것을 확인했습니다!"

"죽은 사람이 어떻게 수초를 쥐고 있어?"

"그걸 내가 어떻게 알아요."

"죽었어도 병원에 데리고 갔어야지. 그게 사고 대책 아니야?"

김 대위가 머리에 총을 대고 방아쇠를 당기겠다고 위협을 했다.

"정말 몰랐습니다. 사고였어요. 그리고 위로금도 가족에게 전달했습니다."

"그래서, 할 일을 다 했다?"

"아니…, 잘못했습니다."

"너는 쓰레기야!"

"이건 어쩔 수 없는 일이에요. 그건 사고였다고요. 현장에서 흔히 있는 일입니다. 저들도 다 감수하고 이 일을 하는 거예요. 여기는 전쟁터가 아닙니까?"

"그렇게 말을 해야 속이 편하겠지."

"다 감수하고 일하고 있단 말예요."

"그래서 떳떳하다고?"

"그건 아닙니다. 하지만 관리직에 있다가 보면, 나도 별수 없는 일이 있는 겁니다. 나라고 지금 마음이 편하겠습니까? 이 지겨운 곳을 떠나게 해달라고 신청을 했단 말입니다. 곧 중동으로 갈 거예요."

김 대위가 방아쇠를 당겼다. 총알이 허공을 뚫고 날아갔다. 사내는 비명을 지르며 바닥에 엎드렸다.

"여기가 바로 네놈이 시체를 버린 해변이야. 그러고도 멀쩡하게 일을 하고 있어?"

김 대위는 다시 두어 방을 갈겼다. 사내는 머리를 바닥에 조아리며 비명을 질렀다.

"살려주세요. 제발 한 번만 살려주세요. 이래 봤자 아무것도 바뀌지 않습니다. 당신도 장교니까 내 처지를 이해할 것 아닙니까. 도대체 그와 무슨 상관이에요? 당신이 노동자라도 됩니까? 나나 당신이나 다 같은 처지 아닙니까!"

사내는 슬그머니 고개를 들었다. 눈물로 범벅된 벌건 얼굴로 김 대위를 바라보았다. 김 대위는 총을 그의 얼굴에 들이밀었다.

"닥쳐! 너는 사고를 빙자해 사람을 죽인 거란 말이야. 살인자야! 그는 여기에 왔을 때까지 살아 있었다고."

갑자기 사내가 벌떡 일어났다. 몹시 화가 난 얼굴이었다.

"지금 와서 어쩔 건데? 자, 그래! 내가 죽였다. 쏠 테면 쏴봐, 나는 내 길을 갈 테니. 곧 경찰이 오겠지. 자리를 피하는 게 좋을걸!"

사내는 김 대위를 등지고 포터 쪽으로 걸어갔다.

김 대위는 현기증을 느꼈다. 며칠 전 숲을 도망쳐 나올 때 차 안에서 있었던 일들이 떠올랐다. 긴장감과 무기력감, 그리고 공포, 뒤집히던 차와 정신을 잃고 깨었을 때의 안도감. 마치 거대한 신의 계시라도 받은 듯 진실을 밝히겠다고 설쳤지만 결국 아무것도 할 수 없었다. 그렇다고 사람을 죽일 수는 없는 일이었다.

사내는 사라지고 김 대위도 지프에 올랐다. 시내 쪽에서 경찰차가 사이렌을 울리며 달려왔다. 그 뒤로 미 헌병 지프도 경쟁하듯 달려오고 있었다. 김 대위는 시내 쪽으로 차를 몰았다. 온몸이 무기력감으로 주체할 수가 없었다. 다친 팔이 저렸다.

'광화문'이 있는 사거리가 보였다. 김 대위는 이런저런 장면들이 겹쳐 떠올라 속도를 줄이고 차를 천천히 몰았다. 갑자기 나타난 후엔티가 차를 막아섰다.

김 대위는 급하게 차를 세웠다. 잠깐 들어와달라는 후엔티의 말에 김 대위는 차에서 내렸다. 식당 안으로 들어가자 후엔티가 물과 수건을 건네주었다. 김 대위는 수건을 받아 땀을 닦았다. 급정거를 하느라 몸에 갑자기 힘이 들어간 탓인지 다친 어깨의 심한 통증이 팔을 타고 흘렀다.

"무슨 일이죠?"

김 대위는 왼팔을 주무르며 힘없이 물었다.

"얼굴이 창백해요. 잠깐요, 물부터. 기다리는 사람이 있어요."

후엔티는 커다란 잔에 물을 가져다주었다.

물을 벌컥거리며 반쯤 마시자 조금 진정이 되는 듯했다. 어두운 식당 안에는 노동자 몇이 모여서 소곤거리며 이야기를 나누고 있었다. 후엔티가 그들을 보고 무슨 말을 하자, 나이 든 사내가 다가오더니 자신의 손에 든 종이를 내밀었다.

"대위님, 혹시 이게 무슨 뜻인지 압니까? 대충은 알겠는데, 정확하게 알 필요가 있어서 말예요. 회사에 불만이 있어서 항의했더니 이런 규칙이 있다고 문서를 내미는데 까막눈이라…, 법률에 대해서 뭘 알아야지. 이곳에 오면 도움을 받을 수 있다 해서 기다렸습니다."

볼이 오목하게 들어간 나이 든 사내는 진지하게 부탁을 했다.

"내가 왜 도와줄 거라 생각하셨습니까?"

"그냥 남들이 그렇게 말을 하니까…, 이곳에서는 달리 방법이 없잖습니까."

김 대위는 주름진 사내가 내미는 종이를 건네받았다. 사내의 손톱은 검은 피멍이 들었고 팔뚝에는 기다랗게 긁힌 상처가 있었다. 그는 사내가 손가락으로 지시하는 항목을 자세히 읽었다.

"계약서에 쓰인 내용에 따른다는 말 같은데, 혹시 근로시간에 대해 어떻게 이야기를 하고 왔습니까?"

"뭐 특별하게 정한 건 없는데…, 혹시 자네들 무슨 말을 들었나?"

사내가 뒤를 돌아 그의 동료들에게 물었다. 다들 고개를 저었다. 김 대위가 의문 나는 점과 회사에 요청한 것을 물으며 대화를 시작하자 다른 사람들도 김 대위 주변으로 몰려들었다. 그들은 비록 말은 어눌했지만 인간적 요구가 정확했다. 그리고 김 대위와 이야기를 나누며 알게 된 문자의 농간에 하나같이 분노했다. 후엔티가 과일과 차를 내왔다. 그녀는 김 대위와 노동자들의 이야기가 더욱 깊어지자 아예 안쪽 구석진 방으로 안내했다.

"혹시라도 회사 측과 협상이 더 진행 안 되면 그때 다시 보죠. 회사는 여러 가지 방안을 가지고 말을 할 겁니다. 그때마다 어떻게 대답을 해야 하는가가 중요합니다. 그리고 아까 말씀하신 회사 문제는 아무 때나 꺼내지 마시고 꼭 필요할 때에 조금씩 압박 수단으로 내미는 게 좋을 겁니다."

김 대위는 그날 모처럼 흥분되었다. 조바심에 했던 이야기를 몇 번이고 되풀이하며 다짐까지 받았다.

며칠 후, 협상 결과가 궁금해진 김 대위는 다시 식당을 찾았다. 후엔티가 진한 커피를 타서 그에게 가져다주었다.

"이렇게 맛있는 커피는 처음이야!"

"베트남 커피 맛있어요."

"날이 더워서 그런가?"

김 대위는 깁스한 왼팔을 탁자에 올려놓고 노동자들을 기다렸다.

해가 기울어 조금 시원해진 무렵 지난번 만났던 노동자들이 식당으로 들어왔다. 그들 뒤로 낯선 노동자들도 몇 명 함께였다. 그들은 또 다른 문제들을 묻기 시작했다.

조선소 소요

조선소 소요가 있던 날 아침 김 대위는 아무것도 모른 채, 여느 때처럼 울산 하숙집에서 세수하고 거울을 보았다. 까맣게 탔다.

매일 되풀이되는 노동이었지만 익숙해지지 않았다. 그저 일만 하고 일이 끝나면 또 일을 쳐다봐야 했다. 헛구역질이 날 만큼 단순한 이 일을 얼마나 할 수 있을까? 노동은 부득이한 혹은 불가피한 일상이다. 다른 이들은 어떻게 이 일을 견디고 있는지. 얼굴은 자신의 일상보다 빨리 현실에 적응하는지, 꽤 노동자다워졌다.

옥상에서 일한 탓도 있지만, 용접불꽃으로 더욱 탔을 것이다. 거울에 바짝 다가가 보니 벗겨진 살갗 속까지 검었다. 몇 년 전 한국으로 돌아올 때만 해도 속살까지 그을리진 않았는데, 모공 속까지 검게 그을린 것 같았다.

"무슨 안개가 이리 심하냐."

화장실을 나오던 김 노인이 대위를 보고 아침 인사 겸 날씨 탓을 했다. 하숙집 비닐 창으로 밖을 보니 안개가 짙게 끼어 아무것도 보이지 않았다.

"안개가 지독하네. 오늘 같은 날은 하루 쉬어야 하는데…. 바닷가에서 낚시 던져놓고 막걸리나 마셨으면 얼마나 좋을까."

"대장이 그렇게 하자면 해야죠."

김 대위가 노인의 어깨를 주무르며 말했다.

"그렇지, 오야지가 있어야 노가다 판이 돌아가고 일꾼이 먹고살지, 허허. 오늘은 그렇고 다음에 하자고. 메뚜기도 한철인데 있을 때 일을 해야지."

노인은 웃으며 방으로 들어갔다.

김 대위와 작업자들은 아침밥을 먹고 노인을 앞세워 안개 자욱한 거리로 나섰다.

그들은 버스로 조선소까지 이동했다. 현장에 도착했을 때까지도 짙은 안개는 마찬가지였다.

안개 속에서 뿌옇게 자전거와 오토바이 행렬이 이어졌다. 삼포 중앙사거리가 모습을 드러내고 곧이어 조선소의 커다란 정문과 경비들도 보였다. 김 대위가 이곳에 와서 처음 겪는 지독한 안개였다. 조립공장 앞에 세워둔 크레인 몇 대와 붉은 철판들도 희미하게 보였다.

김 대위 일행은 신분을 확인하고 정문을 지나 작업장 건물에 도착했다. 작업복으로 갈아입은 일행이 옥상으로 올라갔을 때 뜨는 해와 안개가 어우러져 주변이 온통 뿌옇게 보였다.

김 대위는 아침부터 몸이 좋지 않았다. 이곳에 온 후로 배탈이 잦았다. 김 노인은 물갈이하는 모양이라며 대수롭지 않게 생각하고 곧 좋아질 거라고 장담했다. 김 노인의 말대로 좋아져야 할 배탈은 말끔하게 낫지 않고 김 대위를 괴롭혔다. 화장실을 자주 갈 수밖에 없는 김 대위는 이곳 생활마저 지긋지긋하게 느껴졌다. 그날도 아침부터 속이 부글부글 끓어 숙소에서부터 화장실에 들락거렸다. 현장에 오자마자 변의가 느껴진 김 대위는 일을 시작하기도 전에 화장실부터 찾았다. 후덥지근한 공기에 하루가 길 거라는 생각을 했다.

한 달 가까이 휴일 없이 줄곧 일한 탓에 몸과 마음이 한계에 이른 듯 지쳐 있었다. 울산에 오고 싶지 않았으나 서울에 마땅한 일이 없었다. 그렇다고 마냥 집에 있기도 그래서 따라온 것이 배탈로 이어졌다.

작업 전에 화장실로 사라지면 기공들이 싫어하겠지만 별수 없었다. 배탈로 화장실을 자주 들락거리다 보니 벽에 쓰인 낙서까지도 친근하게 느껴졌다. '낙서금지' 표어부터 욕설, 현장의 불만이 다양한 글씨체로 쓰여 있었다.

늘 보는 낙서지만 새로운 것이 없나 찾고 있는데 밖에서 소리가 들렸다. 이제 출근한 듯한 서너 명의 노동자들이 아침이라 풀리지 않은 탁한 목소리로 긴장된 말을 주고받았다.

"오늘 건조부 야적장에서 아침부터 일이 벌어질걸."

안전화 끄는 소리가 잠시 울렸다. 오줌 누는 소리가 두 개로 늘더니 다른 사내의 목소리가 들렸다.

"시발! 이번에는 다 엎어버리지, 뭐!"

"여럿 죽어 나가겠군! 하하하!"

신이 나 죽겠다는 듯 높고 째지는 웃음소리는 세 번째 사내였다.

"난 대충하다가 도망칠 거야. 무슨 전망 있겠어? 책임자가 홧김에 나서기는 했나 본데, 끝까지 할지 믿을 수가 있어야지."

다시 첫 번째 사내의 탁한 음성이 들렸다.

"누가 책임을 진데?"

"모르지, 누군가 작당을 했으니 시작되지 않았겠어?"

"하긴 이 많은 사람들 중에 인물이 없겠어?"

"사람을 소 돼지 부리듯 하니까, 성질 급한 사람들이 나서는 거 아니겠어."

"그렇기도 하지만, 노조라도 만들자는 놈이 웅크리고 있을 일은 아니지. 이 많은 사람을 하나처럼 움직이자면 말이야. 그런 놈 하나가 다 먹여 살리는 거지."

김 대위는 그 말을 별다른 생각 없이 듣다가 바지를 올리고 문을 열고 나갔다. 세 사내가 놀라는 눈으로 김 대위를 쳐다보았다. 사내 셋의 얼굴이 굳어지며 입을 다물었다. 놀라는 여섯 개의 눈동자를 보며 김 대위도 당황했으나 표시를 내지 않았다. 그들은 김 대위를 조심스럽게 살폈다. 이내 현장에서 일하는 외부 노무자인 것을 알았는지 어색한 웃음을 건넸다. 그들은 주섬주섬 바지 앞섶을 정리하고 하나둘 화장실을 나갔다. 김 대위도 밖으로 나와 작업 중인 건물로 향했다.

공장 안 도로는 출근 중인 노동자들이 자전거를 타고 열을 지어 달리고 있었다. 어느 때와 같은 현장인데 전혀 다르게 보였다. 자전거를 타고 달리는 노동자들이 그렇고 삼삼오오 모여 걷는 노동자들이 그랬다. 이들 중에 노조를 꿈꾸는 사람이 있다니 묘한 생각이 들었다. 단순히 다혈질의 인물일지라도 말이다.

김 대위는 화장실에서 들은 이야기를 곱씹었다. 비록 외부 작업자일망정 그들의 움직임이 남의 일로 생각되지 않았다.

배가 조금 나아진 듯했다. 한 무리의 노동자들이 안개로 흐릿한 아침 공기를 가르며 김 대위를 지나쳐갔다. 그들 중 낯이 익은 얼굴이 보였다. 문득 그가 아닐까 생각했다. 김 대위는 다급하게 그의 이름을 불렀다.

"이선우!"

김 대위의 목소리가 자전거를 타고 가는 사내들을 향해 퍼졌다.

사내의 옆모습이 이선우와 너무 닮았다. 진한 눈썹과 선하고 큰 눈, 끝이 날카로운 코, 각이 진 긴 얼굴이 호남형이었다. 그의 얼굴에는 선함과 고집스러움, 거기에 이상을 좇는 신념이 섞여 있었다. 김 대위는 그가 선우라고 무의식중에 확신했다. 여기서 그를 만나다니, 그는 손을 들어 다시 한번 크게 불렀다. 사내는 멈칫거리며 달리는 자전거에서 힐끗 김 대위를 쳐다보았다. 김 대위는 손을 들어 그가 알아보게 했다. 사내는 고개를 갸우뚱하더니 앞을 보고 자전거 페달을 밟아 한 무리의 사내들과 아침 안개 속으로 사라졌다.

김 대위는 멀어지며 하나둘 흩어지는 노동자들의 뒷모습을 바라보았다. 분명하게 확인을 하지 않아 개운치 않았다. 아니겠지 싶었지만 반면에 혹시나 하는 생각이 떠나지 않았다. 그가 자신을 봤다면 그대로 갔을 리 없었다. 혹시 시간이 흘러 몰라본 것일까.

덕분에 김 대위는 사촌 여동생 미영을 떠올렸다. 이선우는 그녀와 사귀다 가족들의 반대로 헤어진 친구였다. 그때는 김 대위가 베트남 전쟁에서 돌아온 직후였다.

"노동자라고? 웃기네. 안 돼! 친구라면 모를까."

사촌들은 여동생이 족보도 없는 노동자 나부랭이와 만난다는 말을 듣고 어이가 없어 비꼬기까지 했다.

"오빠, 족보 따지는 거야? 할아버지가 노동일 해서 우리 집안이 자리 잡았어. 잊었어? 그리고 노동자가 어때서? 오빠 생각이 얼마나 무지하고 수치스러운 건지 알아?"

"노동이 문제가 아니라, 남에게 허리를 굽히며 살아야 한다는 게 문제야. 평생 기회라는 게 없어. 늘 남에게 손을 벌려야 하고, 무릎이 까지도록 기어 다니면서 살아야 하는 거야. 판잣집에서 깨진 그릇으로 밥을 먹어야 한다고. 할아버지는 그게 싫어서 자식들 대학을 가르친 거고, 너도 덕분에 대학을 나왔어. 형은 잘 알잖아요?"

김 대위는 사촌 동생이 떠드는 말에 대꾸하고 싶지 않았다. 사촌들은 미영이 말을 꺼내는 것조차 불쾌하다는 표정이었다. 유일하게 미영을 이해하는 사람이 김 대위였다. 미영은 김 대위에게 이선우를 인사시키기까지 했다. 김 대위는 미영의 마음을 알았지만 한다리 건너 사촌 오빠가 할 수 있는 일이 없었다.

이선우는 미영과 대학 동창이었다. 그는 대학 졸업 후 생산 현장에서 노동자로 살고자 했다. 김 대위가 그를 만났을 때도 작은 공장을 다니며 일을 하고 있었다. 기름때 묻은 손을 보면서 힘을 느꼈지만, 집안일에 대해서는 할 말이 없었다. 그가 노동일을 하는 이유는 간단했다. 노동에 대한 즐거움과 건강성이었다. 할 수만 있다면 노조를 만들고 싶다고 했다. 김 대위는 전적으로 그의 생각을 지지했다. 하지만 무턱대고 끼어들기가 부담스러웠다.

할머니 칠순 때, 사촌들이 한자리에 모였었다. 그날도 미영은 이선우 이야기를 꺼냈다가 혼이 나 방 안에 갇혀 있었다.

잔칫상을 깔아놓고 할머니가 가운데 앉아 손자들의 인사를 받았다. 자식들이야 큰 식당을 빌리려 했지만, 할아버지도 안 계신데 그러고 싶지 않다며 극구 거절하셨다. 소박하게 가족들과 식사만 한 자리였다.

할머니는 김 대위가 현장을 떠돌고 있다는 것에 가슴 아파하셨다.

"너는 네 아버지를 꼭 닮았어, 아이고…. 할아버지가 남의집살이를 그만두고 서울 와서 자리 잡느라 참 고생 많았어. 네 아버지는 다른 자식들과 다르게 참 말 안 들었지. 황소고집에 반골 기질로 유명했잖니. 언제부턴가 노동조합 일을 했는데 그때 그게 쉬운 일이니. 할아버지와 늘 싸웠어. 결국, 그 일로 잘못되고 말았지만…. 나나 네 할아버지가 얼마나 마음고생이 심했겠니. 할아버지가 그게 마음의 병이 돼서 돌아가셨잖니. 근데 너도 어쩔 수 없이 그 길을 가는 것 같아 안타깝다. 하지만 어쩌겠어, 네 피가 그런걸. 나는 다 받아들이기도 했다. 운명이란 그런 거야. 네 아버지를 봐서 너무 앞서지 말고 몸도 사려가면서 현명하게 해."

할머니는 한숨과 함께 눈물을 흘리며 김 대위의 손을 몇 번이고 쓰다듬었다.

저녁을 가족과 함께하고 2층에 있는 미영에게 들렀다. 미영은 편지를 건네며 이선우를 만나달라고 했다. 김 대위가 이선우를 만나러 갔을 때, 그는 숙소에 있지 않았다. 휴학을 하고 친구들과 지방에 있는 공장으로 떠난 후였다. 미영에게 만나지 못했다고 전할 수밖에 없었고, 그날 이후 잊어버린 이야기가 됐다.

그런 이선우, 그가 이곳에 있을 수가 있나? 그럴 수 있다. 김 대위는 그였으면 좋겠다고 생각했다.

"또 설사라도 났나 봐!"

김 노인이 용접기를 끌어다가 작업 준비를 하면서 김 대위에게 말을 했다.

"그 정도는 아닌데, 속이 좀 부글거려서요."

"몸이 안 좋아 보여. 얼굴색이 하얗다니까. 지방까지 와서 아프면 열받지. 하루 이틀도 아니고 말이야."

김 대위는 노인이 건네주는 용접 홀더 선을 연결하고 절단기도 가져다 콘덴서에 꽂았다. 다른 동료들도 각기 자기가 할 작업 준비를 마쳤다. 잠시 담배를 하나씩 물었다.

어느새 안개가 흔적도 없이 사라진 바다에 해무가 수평선을 딛고 우아하게 올라오고 있었다. 아침이라 바다에서 불어오는 바람이 선선했지만, 몸에서 땀이 조금씩 솟았다. 김 대위는 장갑을 끼면서 손가락 끝이 예민해진 것을 느꼈다. 혀를 입술에 문질렀다. 몸이 좋지 않을 때면 손가락 끝이 예민해지고 헛바늘이 돋아 입안이 헐곤 했다. 저녁마다 술을 마셔서 더 그랬을 것이다. 음식도 여전히 입에 맞지 않았다. 한 끼 식사를 때우려고 억지로 먹는 기분이었다. 노인 말대로 몸살이라도 날 작정인가 싶어 은근히 걱정됐다.

마른 얼굴에 눈만 퀭하게 큰 노인이 다부진 어깨를 으쓱이며 피우던 담배를 던졌다.

"밤새 뒤척이던데? 숙소에서 나올 때도 화장실에 갔었잖아?"

작업할 파이프를 발로 돌리며 말을 건넨 노인은 바지를 추켜올리고 혁대를 조이며 안쓰럽게 혀를 찼다. 노인은 키가 작아 항상 바짓단이 땅에 끌렸다. 노인의 곁눈질을 의식하면서 김 대위는 괜찮다는 표정을 지었다. 배가 또 부글거리지 않기를 바랐다. 노인은 김 대위에게 파이프를 자르게 하고 다른 연장을 준비하러 갔다.

김 대위는 파이프를 다 자르고 노인이 오기를 기다리며 바다를 바라보았다. 아직 기능공으로서 실력이 부족해 조공으로 일하고 있었다.

멀리 배 두 척이 가물거렸다. 그 뒤로 펼쳐진 수평선 위로 구름이 피어오르고 있었다. 하얀 구름 탓에 하늘이 더욱 푸르게 보였다. 구름을 배경으로 출렁이는 물결을 보고 있자니 배 위에 있는 것처럼 몸이 흔들리는 듯했다. 잔물결과 떠다니는 물거품에 어우러져 반짝이는 햇살이 머릿속의 이미지 조각들처럼 점멸을 반복했다. 바다와 조선소의 경계를 만드는 철 구조물이나 크레인들이 아직은 어색한 아침을 맞이하고 있었다.

바다를 보고 있자니 기억 속의 야릇한 짠 냄새가 올라와 조선소를 가득 메웠다. 신경을 거슬리는 냄새에 거부감이 일었다. 예전에 질리도록 이 냄새를 맡았었다. 알 듯 말 듯 한 냄새는 머릿속을 빠져나오지 않고 불분명한 모습으로 맴돌아 마음이 불안하기 그지없었다.

용접면과 용접봉을 가지고 돌아온 김 노인이 파이프를 맞대고 용접을 시작하자 김 대위는 파이프 끝을 잡고 돌렸다. 그는 강렬한 푸른 불빛을 피해 눈을 질끈 감았다. 용접불똥이 튕기어 노인 발아래로 쏟아져 내렸다. 노인은 용접이 마음에 안 드는지 용접똥을 털며 입맛을 다셨다. 왠지 작업에 집중이 잘 안 되는 날이었다.

태양이 구름을 벗고 드러나자 불볕이 내리쬐기 시작했다. 늦여름 더위가 여전히 기승을 떨치고 있었다.

김 노인이 용접을 멈추고 작업한 부분을 확인하는 동안 김 대위는 아련하게 가물거리는 바다 쪽으로 눈을 돌렸다. 거대한 유조선이 움직일 수 없는 조형물처럼 바다에 떠 있고 그 위로 갈매기 떼가 날고 있었다.

바닷바람에 묻어 있는 소금 냄새와 녹슨 쇠 냄새, 용접 가스가 후덥지근한 공기 중에 섞여 있었고 바람이 불지 않아 삼포만의 더운 공기가 대지를 더욱 달구었다. 어느 때와 같은 아침이지만 오늘 만큼은 노동자들이 어디선가 작당을 하고 어떻게 움직일 것인지 시간을 재고 있을 것이다. 관리자들은 그것도 모르고 바쁘게 하루 업무를 시작하고 있을 것이다. 아니면 아침 회의를 마치고 차를 한 잔 따라 창가에 서서 뭔가를 생각하고 있을 것이다.

용접 소리가 들렸다. 김 대위는 다시 파이프 끝을 잡았다. 용접 불꽃을 바라보던 김 대위는 과거로 빠르게 빨려 들어갔다.

그의 기억은 베트남을 떠나온 1972년 봄 다낭 항구에 머물러 좀 처럼 빠져나오지 못하고 있었다.

전역을 한 김 대위는 다낭항에서 한국으로 돌아오는 배에 올랐 다. 배가 출항하기 직전 갈색 어린 소녀의 울음소리가 끊이질 않더 니 바닷바람이 공기를 서늘하게 식혀주던 새벽에 소녀는 목맨 주 검으로 갑판에 걸려 있었다. 흰 아오자이를 입은 소녀의 몸 뒤로 다낭의 신선한 새벽이 한가하게 펼쳐졌다.

곳곳에서 작은 비명이 들리고 소녀 쪽으로 사람들이 모여들었 다. 김 대위는 너무 이른 아침에 갑판으로 나온 것을 후회했다. 남 편이라고 하는 나이 든 한국 노무자는 당황한 표정으로 울지도 못 하고 잔뜩 주름 팬 얼굴로 소녀를 끌어내렸다. 보랏빛 천이 그녀의 목을 조이고 있었다. 갑판장이 달려와 화난 표정을 지었다. 멀리 침을 뱉은 그는 자살한 시체를 배에 태우고 항해할 수 없다고 목청 을 높였다. 바다에 던져버리겠다고 고함도 질렀다. 안타까워 혀 차

는 소리와 베트남 말이 섞인 여인들의 잔 울음소리가 갑판 위에 퍼
졌다. 기수를 돌린 배는 푸른 포물선을 그리며 다낭항으로 다시 향
했다.

김 대위는 월남 파병 몇 년 동안 숱한 장면을 봤지만, 그날 베트
남 소녀의 핏기 없는 얼굴과 감색 점퍼를 입은 중년의 한국인 노무
자가 유독 기억에 남았다.

가끔 늦여름 더운 공기가 머리카락을 날릴 때면 생선 비린내, 노
무자들의 검게 탄 얼굴과 흰 이빨, 두꺼운 시계와 금반지, 미제 물
건을 싼 두툼한 가방이 떠올랐다. 그리고 어김없이, 다낭항에 퍼지
던 베트남 소녀의 울음소리가 들려왔다.

차가운 갑판 위에 누운 소녀의 가는 목에는 피멍이 선명했고 눈
과 입술은 두껍게 부어 있었다. 망연한 눈빛의 노무자는 죽은 소녀
를 둘러업고 단단하게 손깍지를 꼈다. 코끝에서 뭉쳤던 콧물이 주
르륵 흘러 구두코에 떨어졌다. 노무자는 힘겹게 일어나 떨리는 다
리로 한 걸음 한 걸음 상여꾼 같은 걸음을 옮겼다.

노무자가 일어난 자리에 덩그러니 가방이 놓여 있었다. 김 대위
는 가방을 들고 노무자를 따라갔다.

"고맙습니다…. 이 사람이 어지간히 떠나고 싶지 않았던 것 같
소. 그냥 놔두고 가야 했는데, 차마 그럴 수가 있어야지요. 아기를
가졌거든요. 억지로 태웠는데 그게 화근인 모양이오. 차라리 잘됐
는지도 모르죠…."

사내는 느리게 떨리는 목소리로 이야기했다. 노무자는 김 대위

78

보다 서너 살쯤 많아 보였다.

"국내에 들어가자마자 중동에 가려고 합니다. 미군 공병대에 아는 대위가 있는데 사우디로 간다고 하더군요. 이 사람을 남겨두고 가야 할지 고민을 했는데, 이게 뭔 꼴인지, 월남에 오지 말았어야 했습니다."

"사우디요?"

"한국에서 일할 수가 있나요. 더 열악하고 돈도 적고…, 이참에 외국에 한 번 더 가서 아예 자리를 잡을 작정이었습니다. 얼마나 나을지는 모르지만… 중동 쪽이 낫다고 말들을 하니 그래도 지금보다는 좀 나을 텐데… 조금만 더 참아주지…."

사내는 혼잣말을 하듯 이야기를 했다.

사내의 마지막 말은 맞았다. 국내로 들어와서 중동에 관한 이야기를 들을 때마다 사내의 말이 떠올랐다. 아마 알고 지낸다는 미공병대 대위 덕에 빠르게 정보를 얻었으리라 생각이 들었다. 베트남은 외국에 나가서 일해야 한 푼이라도 더 벌 수 있다는 꿈을 확인시켜 주었다. 마치 금맥이라도 캐듯 한밑천 잡을 수 있다는 꿈을 심어주었다.

김 대위가 베트남에서 돌아와 할머니에게 인사를 하러 갔을 때 노동일을 비치자, 할머니는 둘째 큰아버지를 찾아가보라고 했다. 중앙정보부에 근무하는 둘째 큰아버지에게 일자리를 부탁해보라는 뜻이었다. 김 대위는 좀 더 생각해보겠다고만 했다. 할머니는 더는 말씀을 하지 않으셨다.

"형이 노동일을 하겠다고? 이해가 안 돼. 작은아버지가 못다 이룬 뭐라도 이루겠다는 거야? 지금 집안이 조금 크려고 하는데 힘을 모아야지."

사촌 중 김 대위와 유일하게 속내를 나누는 동생이 어이없다는 듯 말을 했다. 처남들에게서도 들었던 말이었다. 하지만 거기까지였다. 김 대위의 고집을 꺾을 수 있다고 생각하는 사람은 없었다.

"무슨 생각하고 있어?"

임시 용접을 하던 김 노인이 김 대위를 삼포만 앞바다로 끌어냈다. 김 노인은 용접면과 고대를 내려놓고 수평을 가늠하느라 한쪽 눈만 뜬 채 뚫어지게 바라보았다. 질끈 감은 왼쪽 눈에 잔뜩 주름이 잡혔고 주름을 따라 한쪽 입술이 올라갔다. 벌어져 입술 사이로 보이는 누런 이빨에 혀끝이 물려 있었다. 노인의 혀끝이 살살 떨렸다. 작업복 사이로 붉게 익은 가슴과 앙상한 뼈가 보였다.

작업이 만족스러운지 김 노인이 히죽 웃었다.

"대충하자고. 너무 잘해주면 다른 놈들 기죽는다니까. 허허."

김 대위도 노인을 따라 수평을 보았다. 파이프를 타고 가로로 뻗어 있는 줄과 빛의 반사가 일직선으로 맞아떨어지고 있었다. 그는 연장을 다음 파이프가 놓인 곳으로 옮겼다. 건물 옥상에는 김 노인과 김 대위 말고도 다른 배관공들이 작업을 하고 있었다. 건너편에서 젊은 친구들이 망치로 용접 부위를 맞추려고 강관을 두들겼다. 한 대씩 칠 때마다 울리는 쇳소리가 귀를 아프게 했다. 이제 익숙해질 만한데 좀처럼 쇠를 때리는 소리가 거슬렸다.

"김 대위 들어봐! 뭔 소란이래?"

노인은 눈을 크게 뜨고 몸을 왼쪽으로 조금 기울여 귀를 쫑긋 세웠다. 쩡쩡거리는 쇳소리 사이로 여러 명이 부지런히 움직이는 발소리들이 들렸다. 긴장감이 흐르는 소리였다.

김 대위도 조금 전부터 그 소리를 듣고 있었다. 가슴이 터질듯했지만 억누르고 일에 집중했다. 이미 마음은 현장을 뛰쳐나가 주먹을 불끈 쥐고 구호를 외치며 한발 앞서 나갔다.

발소리는 일상적으로 움직일 때 나는 소리가 아니었다. 발바닥이 근질거리고 머리가 쭈뼛거렸다. 보지 않아도 이미 흥분한 군중이 몰려가고 있는 것을 알 수 있었다. 격렬함이 느껴지는 긴박한 목소리는 가슴에서 뿜어져 나오는 소리였다.

이전보다 사람들의 웅성거리는 소리와 발소리가 더욱 크게 들렸다. 노인은 재빠른 걸음으로 운동장을 향한 옥상 난간으로 갔다. 김 대위는 천천히 노인의 뒤를 따라 걸어갔다. 김 노인이 호기심이 가득 찬 눈으로 난간 아래를 내려다보고 있었다.

"전쟁이라도 난 건가? 뭐야, 빨갱이 새끼들이라도 내려온 거야?"

김 노인의 흥분된 목소리를 듣고 주변에서 일하던 용접공들도 고대를 던지고 구경거리를 놓칠세라 잰걸음으로 몰려들어 너도나도 한마디씩 웅성거렸다.

"뭐야, 뭐야?"

"진짜, 산에서 빨갱이라도 쳐내려왔다는 말이야, 뭐야?"

"그러게 웬 사람들이래?"

젊은이들이 몰려들자 노인은 어깨를 거들먹거리며 떠들어댔다.

"따분하던 차에 좋은 구경거리 생겼네! 일 때려치우고 구경이나 하자고."

여기저기서 옳다고 손뼉을 쳤다.

김 대위는 아침에 화장실에서 만났던 노동자들의 얼굴이 떠올랐다. 혹시나 그 사내들이 무리 안에 있는지 살펴봤지만 보이지 않았다.

시위대가 작업 중인 건물 아래쪽으로 몰려들었다. 옆 건물에서 한 무리의 노동자들이 쏟아져 나오며 분노에 찬 소리를 질렀다. 누군가의 선창으로 동시에 불만의 소리를 지르는 것을 보니 역시 우발적인 일이 아니었다. 그들은 더 이상 참지 못하겠다는 듯 함성을 지르며 한곳으로 모였다.

갑자기 나타난 한 부류가 합류하면서 잠깐 동안 격해 있던 그들의 목소리가 일상적인 대화로 변했다. 농담이라도 건네는 듯 웃으며 어깨를 치는 사람도 보였다. 이윽고 다시 삼십여 명의 노동자들이 주변을 향해 그들의 불만을 터트렸다. 흩어져 일하던 노동자들이 일손을 멈추고 무슨 일인가 몰려들었다. 사람들의 긴박한 호흡이 다시 번졌다. 불규칙한 발걸음과 옷 스치는 소리, 흥분된 음성, 뒤엉킨 생각들과 순간순간 변화하는 움직임들…. 일정한 패턴 없는 무리들이 모여 차츰 더 큰 무리를 이루었다. 보란 듯이 모인 여러 무리들이 이곳저곳에서 야적장으로 모여들었다. 그들은 불규칙하게 모이고 있었지만, 서로 약속한 듯 시간대를 맞추었다.

"이건 보통 일이 아닌데. 우리도 일할 때가 아닌 것 같은데, 안 그래요 영감님! 우리도 콱 뭔가 뒤집어야 하는 거 아닙니까?"

맨 끝에 선 갓 스물이나 되었을 법한 용접공이 자신도 참가하고 싶은지 노인에게 동의를 구했다.

"개소리하지 말고 구경이나 해. 우린 그냥 지방 일 온 거야. 괜히 끼어들었다가 팔자에도 없는 경이나 치지 젊은 놈들이 깡다구 함부로 부리다가 신세 조지는 일 한두 번 본 줄 알어."

노인은 용접공 청년의 말을 무시하며 핀잔을 주었다.

"저기 좀 봐, 저기가 집결진가 봐."

한 용접공이 야적장을 가리키며 말했다.

김 대위는 이미 그쪽을 보고 있었다. 삼십여 명 정도 되는 노동자 한 무리가 건너편에서 다급하게 야적장을 향하고 있었다. 몇몇에게 팔을 붙잡혀 끌려가다시피 따라가는 하얀 안전모의 관리자와 야적장의 반대쪽으로 급하게 달려가는 또 다른 관리자의 모습도 보였다. 멀리 본관에서는 경비병 둘이 밖으로 나와 무슨 일인가 둘러보고 있었다.

"자, 보라고. 오늘 작심하고 한바탕하겠다는 거야. 얼마 전에도 난리를 치더구먼."

노인이 아는 체하며 어깨를 으쓱거렸다.

"불만이 뭐래? 저기 봐, 이거 장난 아닌데. 뭔가 큰일을 벌일 태세야! 전하고 달라."

젊은 용접공이 장갑을 벗으며 긴장된 목소리로 말했다. 다른 작업자들도 옥상으로 올라와 건물 난간에 늘어섰다. 더러는 아래쪽을 보고 소리를 지르기도 했다.

"노동자가 일어나야 합니다. 엎어버립시다!"

그의 말에 건물 아래 있던 노동자들이 손차양을 하고 옥상을 올려다보았다. 그러고는 외지에서 온 건설노동자인 것을 알고 인사를 건넸다. 누구는 주먹을 쥐고 "옳소!"를 외치거나 손뼉을 치기도 했다. 그러자 김 노인이 몸을 뒤로 빼며 소리친 젊은이에게 한마디 건넸다.

"말조심해, 누가 보면 어쩔 거야?"

노동자들은 삽시간에 늘어나 족히 이백여 명은 되어 보였다. 그들이 떠들어대는 이야기나 흐름이 예사롭지 않았다. 몇몇 사내가 전체 노동자에게 손짓을 하며 앞서거니 뒤서거니 연설을 했다. 노동자들은 그들의 손짓이나 말에 귀를 기울이며 간혹 목소리를 높여 동조하기도 했다. 옷차림이나 행동으로 보아 거의 책임자급인 듯했다.

"누가 죽기라도 한 거야? 월급이 안 나왔나? 사람들이 지난번보다 많이 나온 것 같은데…. 순전히 이 커다란 공장에 남자들만 있어서 그래. 여자들도 있어야 좀 부드러운데 말이지."

봉천동에서 왔다는 사내의 시답잖은 말에 긴장이 풀렸는지 여기저기서 웃음소리가 들렸다. 젊은 용접공이 김 노인에게 호기롭게 말했다.

"아저씨! 우리도 이렇게 구경만 할 게 아니라 한판 붙어야 하는 거 아녜요?"

"데모 하면 노가다 아닙니까? 이럴 때 한풀이 한번 하는 거죠."

모여 있던 사람들이 그 말에 주먹을 흔들기도 하고 손에 쥔 공구로 난간을 두드리기도 했다. 쇠로 된 난간을 두드리는 소리가 멀리까지 퍼져나갔다.

"미친 새끼, 아주 감옥에 가고 싶어 환장했구나. 삼포까지 와서 감옥 갈래? 남의 싸움에 잘못 나섰다가 다 뒤집어쓰면 지하실 끌려가서 반 죽어. 올 초 박통이 데모한다고 대학생 새끼들 잡아다 사형시킨 거 몰라? 데모 주동자들이 어떻게 되는지 아직 철따구니가 없어 모르지? 옛날 한진 방화사건 몰라? 돈도 못 받고 다 감옥 갔어. 괜히 까불다가 죽어, 뒤진다고 인마! 여기 있는 애들은 다 할 만하니까 하는 거야. 닥치고 구경이나 해."

노인은 철없는 것 훈계하듯 야단을 치고 다시 야적장을 바라보았다.

야적장의 노동자들이 본관 건물로 향하기 시작했다. 계획된 듯 대충 모이자마자 신속하게 이동하였다.

김 대위는 주변을 둘러보았다. 작업 중인 크레인도 보였고 멈춰선 지게차 운전자가 고개를 빼고 본관을 구경하는 모습도 보였다. 오른쪽 조립 공장에서 용접 불빛이 보이기도 하고 다른 공장 건물들 안에서도 사람들 움직이는 모습이 보였지만 창밖으로 고개를 뺀 채 시위대를 보고 있는 사람들도 꽤 있었다. 본관으로 몰려간 노동자들은 전체에 비하면 소수인 듯싶었지만 조선소 전체에 소식이 퍼진 느낌이 들었다.

　노동자들이 몰려간 본관에서는 경비들이 나와 그들을 막아섰지만 그들은 경비들과 몇 번 승강이를 벌이다가 밀어내기 시작했다. 경비 두어 명이 먹살이 잡혀 내동댕이쳐졌다. 한두 명은 겁을 먹고 옆으로 물러났다. 그들이 더욱 밀착되어 본관으로 들어가자 경비들이 모여 난감한 표정으로 어쩔 줄 몰라 했다.

　경비와 실랑이를 벌이던 노동자들이 본관 안으로 사라지자 밖에 모여 있던 노동자들도 각자 건물 속으로 빨려 들어가듯 사라졌다. 거대한 조선소에는 삼포만에서 불어오는 실바람만이 이곳저곳 쓸고 다녔다. 갑자기 소란이 사라져버린 곳에 쓸모없는 바람이 잔상처럼 남아 분위기를 지우려 애쓰는 것 같았다.

　"자, 자, 이제 일들 하지. 끝났다고."

　그때까지도 난간에 몸을 붙이고 본관 건물을 향해 목을 빼고 있는 젊은이들이 몇 있었다. 김 노인은 그들을 떼어 각자의 자리로 가게 했다.

　"난 또 한바탕한다고. 조선 놈들은 항상 용두사미라니까. 목소리는 제일 크지만 막상 상대 앞에 서면 잔뜩 주눅이 들어버리고 말거든. 저리 데모를 시원찮게 하니까 매일 당하는 거야."

　자리로 돌아가 앉은 노인은 작업하던 파이프를 이리저리 돌려보며 말을 이었다.

　"세상은 말이야 참 묘하거든. 언제 데모가 끊어진 적이 있나? 박 대통령이 별짓을 다 하지만 데모는 막을 수가 없어. 4·19 때 어마

어마하지 않았나. 모든 학생이 들고 일어났었지. 덕분에 우리 노가다들도 한참 일 쉬었어. 학생들이 데모하는데 왜 우리가 일을 못 하는진 지금도 이해가 안 되지만 말이야. 여하튼…, 그때 학생들이 많이 잡혀가 쥐도 새도 모르게 죽었다잖은가. 그런 시절이 있었는데도 학생들 데모가 어디 끊어지던가. 대통령이 나섰는데도 그러는 거 보면 빨갱이들이 붙은 거라고. 그게 아니고서야 그럴 수가 없거든. 그나마 데모를 하지 않는 족속들이 있다면 노가다들이지. 노가다는 빨갱이들도 신경 쓰지 않아. 워낙 뿔뿔이 흩어져 있다 보니 모여도 곧 모래처럼 사라지고 말거든. 아무 소득도 없이 말이야. 노가다들이 돌아다니면서 많은 구경을 하고 가끔 참견도 하지만 역시 우리 노가다는 데모와 거리가 멀어! 어쩌다 한 번쯤은 악착을 떨고 무슨 큰일을 낼 듯 싸우기도 하지만, 하루만 지나봐. 다른 현장에 가 있다니까."

한참을 떠든 김 노인이 마른 입술에 침을 발랐다. 그 틈을 타 젊은 용접공이 노인의 말에 끼어들었다.

"몇 년 전에 한진상사에서 데모한 거 있잖아요? 화끈하게 사무실에 불도 질렀는데, 그게 진짜 데모 아네요? 뭔가를 분명하게 보여주잖아요."

다른 용접공도 젊은이의 말을 거들었다.

"내가 생각하기에는 말예요. 아저씨 말대로 길게 하지 않아서 그렇지, 노가다 판에도 데모는 계속 있었던 것 같아요. 오히려 제일 많이 할 겁니다. 현장 밖으로 나오지 않고 세상 사람들이 노가다에 관심이 없어서 잘 모르는 것뿐이지, 엎어버린 게 어디 한두 번인가요."

깡마른 봉천동 사내 말에 다른 사람들이 손뼉을 치며 옳다고 외쳤다.

"그게 깽판이지 데모야? 데모는 홧김에 하는 게 아니야. 데모답게 해야지. 아까 봤지? 끝은 좀 시시했지만, 쫙 모여서 작당을 한 다음에 질서 정연하게 한곳으로 몰려가지 않았어. 저게 그냥 대충 하는 것 같지만, 준비 많이 해서 하는 거야. 지금 다른 놈들 구경만 하는 것 같지만, 그쪽으로 온통 신경이 몰려 있거든. 마치 군사 작전을 하는 것처럼 말이야. 김 대위 안 그렇겠어? 다 군대 다녀왔지? 내가 보기에 작당을 한 놈들이 더 되는데 대충 가려서 일단 쳐들어가 항의만 하고 나머지는 상황을 봐서 결합하려고 눈치를 보는 거야. 봐, 주변에 어디 일하는 놈 있어? 지금 들어간 친구들 거반 이백 명쯤 되는데 그들이 뭐하겠나! 신경을 쓰는 거란 말이지. 내가 인력사무소 박 소장에게 들었는데 아마 위임관리젠가 하는 것 때문에 데모를 하는 것 같아. 쉽게 말해서 공장에서 노동자를 직접 고용하지 않고 하청식으로 위임계약을 하겠다는 건데, 남들 한 일 년 하는 것 보니까 생기는 게 없더란 말이지. 상여금이 있나, 퇴직금이 있나? 도급을 많이 해봐서 알잖아. 그게 불만이거든. 안 그래? 직장 잘 다니다가 우리처럼 일당으로 변하면 돌아버리지. 그렇다고 우리처럼 자유롭게 일할 날만 나오는 것도 아니고 몸은 회사에 소속돼 열나게 일하는데, 이상한 처지란 말이지."

"아이들 데려다 놓고 장난치는 거지."

난간에 기대 담배를 피우고 있던 다른 친구가 거들었다.

"회장이 보기에 돈은 덜 들이고 일꾼들은 더 조여먹겠다, 이거지. 뭐, 직영과 야리끼리(정해진 할당량을 채워야 끝나는 일) 같은 거지. 우리도 직영은 일 대충 하잖아. 야리끼리 주면 죽을 둥 살 둥 하는데 말이야. 노가다 판에서 대기업을 일으킨 회장이 그걸 모르겠어?"

"아저씨 그거 근거 있는 말입니까?"

"대충 들은 이야기가 그렇다는 거지. 내가 그거 알면 국회의원 해먹지, 망할. 자, 우리도 이제 그만 개기고 일이나 하자고. 이 사람들 어찌 됐든 우리보다는 나은 사람들이니 신경 그만 쓰고."

김 노인이 다 탄 담배를 구겨 던지고 작업 자세를 취했다. 다른 이들도 김 노인을 따라 각기 하던 일을 시작했다. 김 대위는 구석에 있는 깡통에 소변을 보고 김 노인 옆으로 돌아왔다.

임시로 쳐놓은 포장이 바람에 펄럭이며 그림자를 흔들어댔다. 자를 든 김 노인은 펄럭이는 도면 위에 엎드려 길이를 쟀다.

"대충 하다가 상황 봐서 들어가자고. 괜히 남의 일 커지는 데 젊은 놈들 얼떨결에 휩쓸려 사고라도 치면 골치 아프니까. 오전이나 했으면 좋겠구먼."

엎드린 김 노인이 자 눈금을 짚으며 말했다.

"그것도 좋겠네요."

김 대위는 허리를 굽혀 김 노인의 자를 잡아주며 대답했다.

"속은 괜찮나?"

노인은 생각난 듯 물었다.

"예. 괜찮습니다."

김 노인은 눈금에 맞추어 파이프를 잘랐다.

김 대위는 조선소 노동자들의 집단행동을 보니 머리가 맑아지고 속도 편해진 것 같았다. 왠지 뭉친 어깨도 저절로 풀린 것 같고 다리마저 가벼워진 듯했다. 습기 많은 바람이 신선하게 느껴져 흥분된 가슴을 식혀주었다.

"조선 놈들은 셋만 모이면 작당을 한다니까. 그래서 쪽수가 좋은 거야. 혼자 하지 못할 일을 할 수가 있어. 아마 모르긴 해도 노가다들을 한곳에 수천 명 모아놓으며 뭔 일 날걸?"

노인은 바닥에 침을 뱉으며 말을 주절거렸다. 김 대위는 노인이 하던 대로 파이프에 자질을 해서 자르고, 용접기가 있는 곳으로 가져다가 맞대놓았다.

"월남에 갔다 왔다며?"

노인이 김 대위가 베트남에 다녀온 것을 들은 모양이었다. 노인은 용접면을 쓰려다 말고 물어보았다. 그의 흰머리가 태양을 반쯤 가리고 있었다.

"거기서도 노동자들이 작당하나?"

"당연하죠. 노동하는 곳에는 항상 불만이 있죠. 사장들이 적당히 해먹어야 하는데 아예 뼈를 발라 먹으려고 수작이니 싸움이 나죠. 노동일 하는 놈이 작당 안 하면 어디 배길 수가 있나요. 작당하고 덤비니 그나마 숨이라도 쉬고 사는 거죠."

"백번 맞는 말이야. 김 대위 자네 가만 보니까 꽤 싸워본 모양이군! 척 보면 알 수 있다니까. 암! 알 수 있고말고."

노인이 한마디 하고 껄껄 웃더니 용접면을 쓰고 가접을 시작했다. 파란 용접불꽃이 두꺼운 소리를 내며 울어댔다. 쇠를 잡은 손이 미세하게 가벼워지며 파이프에 힘이 들어가는 것이 느껴졌다. 두어 방 더 지지고 손을 슬며시 떼어보니 파이프가 매달려 있었다. 용접 가스가 올라오며 매캐한 냄새를 풍겼다. 노인은 용접면과 장갑을 벗고 이마를 쓸었다.

"내가 4·19혁명 때 이화장에 갔는데, 뭐 달리 무슨 데모를 하러 간 건 아니고 그냥 젊은 혈기에 휩쓸린 거지. 아 그런데 사람들이 이 박사 동상을 넘어뜨려 목에다 줄을 묶고 끌고 다니는데, 아, 그것 참 나는 못 하겠데. 가슴이 부들부들 떨리는데, 이런 게 데모구나 싶더구먼. 꼭 누가 보고 있다가 잡으러 올 것 같고 죄를 짓는 것 같아서 말이야. 데모를 세게 하니까 대통령도 하야하더군. 근데 자네는 그때 뭐 했나?"

"뭐 하기는요. 아주 꼬마였죠. 시골에서 꼴이나 베고 그랬죠. 동네 어른들이 이 박사 물러났다고 해서 알았죠."

"데모하려면 그 정도는 해야 하는데. 다 옛날 일이지. 지금은 세상이 변해서 말이야. 각하께서 성깔이 보통이 아니라서. 자기도 총으로 정권을 잡아서 그런지 안 뒤집히려고 독하게 하나 봐! 어차하면 지하실로 끌고 가 반 죽이잖아."

노인이 눈을 흘겨 주변을 살피며 늦은 목소리로 지나가는 말처럼 뇌까렸다. 김 대위가 고개를 빼고 본사 건물 쪽을 보니 정문 경비실 쪽에 경찰이 보였다.

"경찰이 왔네요."

김 대위가 고대를 옮기다 말고 말을 하니 노인도 그쪽을 보았다. 노인은 무슨 생각을 했는지 혀를 끌끌 차며 고개를 흔들었다.

"오늘 일 틀렸어. 보라고, 내 말이 틀리나 맞나."

김 노인은 담배에 불을 붙였다.

정문 쪽에 경찰이 방패를 세우고 열을 맞추어 서서 공장 쪽을 주시하고 있었다. 그 뒤로도 사이렌을 요란하게 울리며 전경 버스가 줄을 이어서 오고 있었다. 주변에서 조금씩 모이기 시작한 노동자들이 정문 앞으로 다가가 항의를 하였다. 경찰은 그들을 외면하고 정문을 통제하기 시작했다. 울타리를 사이에 두고 성질 급한 노동자가 돌을 던지거나 욕설을 퍼부었다. 서너 명의 노동자가 전경 쪽으로 달려가 방패를 밀어내려다 싸움이 붙었다. 한 노동자가 밀리자 다른 노동자가 전경의 멱살을 잡고 끌어당겼다. 뒤에 있던 노동자들이 고함을 치면서 몰려가 뜯어말렸다. 노동자는 몸부림을 치면서 끌리다시피 뒤로 왔다.

"아무래도 심상치가 않아요."

김 대위는 정문 쪽을 쳐다보며 말을 했다.

"가보고 싶어?"

"그건 아닌데…, 이따 쉬는 시간에 가보죠. 어차피 점심때가 되면 시간이 나니."

"젊은 혈기를 조심해야 해. 일단 하던 일은 해놓자고."

노인은 담배를 버리고 용접면을 당겨썼다. 그의 손에 들린 용접봉에서 파란 불꽃이 쏟아졌다.

김 대위는 오전 10시쯤, 다시 속이 부글거려 화장실로 내려갔다. 노인도 다른 친구들도 일하는 둥 마는 둥 하고 있었다. 소강상태이기는 하지만 정문에서 경찰과 노동자들이 여전히 대치 중이었고 급한 일이 있다면 모를까, 일을 그만두고 들어가야 할 판이었다. 화장실을 향한 빠른 걸음 사이에서 스치듯 바라본 부품 공장 안은 텅 비어 있었다. 노동자들이 모두 정문 쪽으로 간 모양이었다. 썰렁한 작업장 안에 철골 더미들이 황량하기 짝이 없었다.

화장실에 들어서자 파리들이 날고, 특유의 냄새가 코와 눈을 찔렀다. 힘없이 슬슬 돌아가는 환풍기 날개 사이로 햇살이 들어왔다. 볼일을 마친 김 대위가 화장실 건물 밖으로 나왔을 때 한 사내가 정문 쪽을 쳐다보며 서 있었다.

"왜 정문에 안 가세요?"

김 대위가 바지를 추스르며 물어보니 순박하게 생긴 사내는 쑥스러운 듯 웃었다.

"글쎄요. 뭘 알아야 가죠. 무섭기도 하고요. 어제부터 출근했거든요. 그런데 갑자기 이 일이 터졌네요. 집으로 가야 하는 건지, 원."

사내는 이러지도 저러지도 못하겠다는 표정을 지었다. 그는 어디 시골에서 농사를 짓다가 큰마음을 먹고 올라온 것처럼 보였다.

아직 익숙해지려면 꽤 시간이 걸릴 작업복에 흰 장갑을 끼고 있었다.

"계속 일을 할 수 있을지…, 어디서 일하세요?"

사내는 느린 말투로 조심스럽게 김 대위에게 물어보았다.

"나는 이곳에서 일하는 사람은 아니고, 배관 신설 작업이 있어서 들어왔는데 데모를 하네요."

"거기는 사람 더 안 쓰세요? 이런 곳인지 몰랐어요."

남자는 쓸쓸하게 웃으며 물었다.

"데모가 나쁜 게 아니니 곧 익숙해질 겁니다. 데모 한번 하면 월급이 팍팍 올라갑니다. 즐거워해야 합니다."

"그런가요. 일하러 왔는데, 계속 이러면 일을 할 수가 없잖아요. 무섭기도 하고. 안 그래요? 나는 일을 해야 하는데…."

"그래도 여기가 나을 겁니다. 데모하는 곳이 안 하는 곳보다 백배 나아요. 노동자를 지켜주는 조직이 있다는 거니까요. 그리고 노동자라는 것이 자주 데모를 하게 되어 있어요. 다시 말하지만 지내다 보면 길이 날 겁니다. 아직 처음이라 당황스럽겠지만. 현장이라고 해서 별다를 게 있겠습니까? 더하면 더했지 덜하지는 않지요. 선생 보니까 남들보다 더 데모를 잘하게 생기셨습니다."

김 대위 말에 그는 수줍은 웃음을 지으며 그럴 일은 없을 거라 말을 했다. 발길을 옮기던 김 대위가 뒤를 돌아보니 그는 어디로 가야 할지 모르는 사람처럼 멍하니 서 있었다.

"사람들 속에 있는 게 제일 편합니다. 빨리 정문에 가서 동료들을 찾으세요."

김 대위가 소리를 질렀다. 사내는 우물쭈물하더니 이내 사람들이 있는 정문으로 향하기 시작했다.

현장에 올라가니 모두 일손을 놓고 싸움 구경에 여념이 없었다. 일할 분위기가 아닌지 반장인 노인도 더는 말을 하지 않았다. 그는 박 소장이 작업을 중단하고 퇴근하라는 말을 하지 않는다고 투덜댔다. 소장 입장에도 일을 무턱대고 접으라 하고 일당을 주기에는 아까웠던 모양이었다. 그럭저럭 일하는 둥 마는 둥 하다가 점심때가 되었다. 일꾼들은 식당으로 갔다. 다행히 식당 운영은 하고 있었다. 어수선한 분위기 속에 사람들 몇몇이 줄을 서 있었다.

옆자리에 앉은 조선소 노동자들 작업복에는 녹 가루가 잔뜩 묻어 있었고 얼굴에는 마스크 자국이 선명하게 찍혀 있었다. 어깨가 쩍 벌어진 두 사내가 오전에 있었던 상황을 쉬지 않고 떠들어댔다. 심한 강원도 사투리에 표현이 감정적이어서 신경을 써서 듣지 않으면 무슨 말인지 알아듣지 못할 대목도 있었다. 오늘 작정을 하고 붙을 거라는 둥 경찰의 멱살을 잡아 패대기를 쳤다는 둥, 오늘 제대로 싸우지 않으면 영락없이 모든 게 끝이라는 둥, 먹으면서 할 말은 다 했다.

김 대위는 밥을 대충 먹고 혼자 땡볕 속을 걸어 본관 쪽으로 나갔다. 정문을 사이에 두고 고성이 오가는 경찰과 노동자 양쪽이 모두 흥분해 있었다. 태양은 중천에 떴고 피할 그늘이 없었다. 술을 마셨는지 얼굴이 붉게 물든 노동자는 분을 참지 못하고 경찰이 왜 참견을 하느냐고 따져 물었다. 전경들은 어이가 없다는 듯 비실 웃으며 상대를 하지 않았다. 명령만 떨어지면 당장이라도 몽둥이를 휘둘러 쓰러뜨릴 수 있는 상황이었다. 날이 한여름처럼 더웠다. 바짝 달구어진 아스팔트 바닥에 드러누운 그림자까지도 꿈틀거리는 듯했다. 간간이 구름이 태양을 가려 순간이나마 뜨거움을 잊게 해 주었다. 벌써 여러 차례 몸싸움을 했는지 흙가루가 뿌려진 길바닥에는 돌과 종이, 찌그러진 깡통들이 널려 있고 밟혀 눌린 잔디와 가지가 부러진 관상목도 눈에 띄었다.

"회사와 이야기가 잘됩니까?"

김 대위가 이십 대 초쯤 되는 노동자에게 다가가 슬며시 물어보았다. 사내는 내리쬐는 햇살로 눈썹을 찡그리며 김 대위를 훑어보았다. 뻐드렁니 때문에 앞으로 돌출한 입술이 조금 벌어져 왠지 선한 인상을 주었다. 청년은 김 대위가 외지에서 온 노동자임을 알고 어깨를 으쓱거리며 손사래를 쳤다.

"웬걸요. 턱도 없어요. 누구 하나 죽어 나가야지요. 피 맛을 봐야 하지 않겠습니까?"

그는 쉬지 않고 빠르게 말을 했다.

"뭐가 문젭니까?"

"다음 주부터 직영을 그만두고 하도급 하라는데 죽으라는 말이죠. 그게 아니면 싸움을 할 일이 없잖아요, 안 그래요?"

사내의 말에는 근심이 어려 있었다. 그는 다음 주를 보고 있었다. 오늘 싸움이 그들의 운명을 결정짓고 있었다.

느닷없이 앞줄에서 승강이를 벌이던 젊은 노동자 한 명이 가슴을 열고 경찰에게 뛰어들어 발길질을 했다. 전경 두 명이 그 사내 쪽으로 몰려와 방패로 밀쳐냈다. 그가 밖으로 튕겨 나오자 네 명의 노동자가 함께 뛰어들어 전경의 어깨와 방패를 잡아당겼다. 일정한 선을 유지했던 경찰과 노동자 대오가 갑자기 무너지면서 몸싸움을 시작했다. 전경들은 노동자들이 앞으로 쏠려 나오는 것을 막으려고 방패로 단단한 벽을 쳤다. 벽에 막혀 앞으로 갈 수 없는 노동자들이 욕설을 하며 발길질을 했다. 그들의 거친 호흡 소리와 흥분된 말투가 사방을 울렸다.

"경찰은 꺼져라! 꺼져라! 꺼져라!"

나이 든 경찰이 호각을 불며 떨어지라고 소리쳤다. 잠깐 싸움에 힘이 부친 노동자들이 뒤로 물러섰다.

그때 본사 건물 쪽에서 회사 간부인 듯한 중년 사내가 나타나 소리를 질렀다. 왜 그가 갑자기 나타났는지 모르지만, 단단히 화가 나 있는 얼굴이었다. 아마 그로서는 있을 수 없는 일을 겪는 게 분명했다. 어떻게 감히 자기 회사에서 밥을 먹는 노동자들이 이런 일을 할 수 있는가, 하는 얼굴이었다.

"내가 다 보고 있다고, 누가 선동하는지. 그리고 당신들 실수하는 거야. 이게 지금 무슨 꼴이야. 지금 조선 경기가 최악이라고. 다 망해 죽는 꼴 보고 싶어? 회사가 문 닫으면 당신들이 지금보다 나을 것 같아?"

그가 손가락질하며 고함을 쳤다. 타협이라고는 해본 적이 없는 고집스러운 목소리였다. 그 말에 격분한 노동자들이 본사 건물로 몰려갔다.

"한번 문 닫아보서. 같이 먹고사는 거지, 누가 누구를 먹여 살린단 말야? 말 함부로 하지 마쇼. 지금 상황 파악이 안 되나? 어디서 반말이야? 여기 당신만큼 나이 안 먹은 놈 있습디까?"

한 나이 먹은 노동자가 간부의 면전에 대고 손가락질하며 고함을 쳤다.

"너야말로 어디다 삿대질이야? 인생 살 만큼 살았으면 모범이 되어야지, 젊은것들하고 어울려서 뭐하는 거야?"

간부 직원의 희고 가는 손이 노동자의 검붉은 손을 탁하고 쳤는데, 생각보다 셌는지 간부 직원의 몸이 한순간 움찔했다. 그 장면을 보고 있던 김 대위는 마치 자기 얼굴을 맞는 기분이 들었다. 울컥하는 기분에 손가락으로 그를 가리키며 "저 개자식이"라는 말이 자신도 모르게 나왔다. 그 목소리는 흥분한 다른 노동자들의 욕설에 묻히고 말았다. 젊고 마른 노동자 한 명이 빠르게 뛰어들어 간부 직원의 바로 턱밑까지 가서 항의했다. 간부인 사내도 성깔이 보통은 아닌 듯 느닷없이 그 사내의 멱살을 잡고 본관 쪽으로 끌고 들어가기 시작했다. 그의 주변으로 다른 사무직 관리들이 모여들어 함께했다. 순간적으로 일어난 일이었다.

김 대위도 덩달아 흥분해 뭐라고 말할 틈도 없이 달려가는데 다른 노동자들이 더 빨리 그곳으로 덤벼들듯 뛰어들었다. 뒤늦게 상황을 알아차린 경찰이 몰려와 노동자들을 밀쳐냈다. 마치 구멍 뚫린 땅에 물이 모이듯 사람들이 일시에 본관 앞으로 몰려들었다. 노동자도 경찰도 사무직 직원들도 한 사람을 놓고 격렬하게 부딪쳤다. 김 대위도 그 틈바구니에 끼어들어 직원들의 어깨를 잡아 앞으로 끌어냈다. 끌려가던 사내가 직원들 손에서 벗어났는데도 싸움은 멈추지 않았다. 주먹질이 시작되자 발길질을 하게 되고 어디선가 흙더미까지 날아왔다. 사무직 직원들이 본관 건물 안으로 들어가기 시작하자 노동자들도 그들을 따라 로비까지 들어갔다. 경찰들도 손을 쓸 수 없을 정도로 노동자들이 일시에 몰려들었다.

김 대위가 로비로 막 들어가려는데 누가 그의 이름을 불렀다. 뒤를 돌아보니 건물 쪽으로 달려오는 노동자들 틈에 큰 키에 바짝 마른 얼굴이 웃고 있었다.

"아니…, 박석기!"

한눈에 알아볼 수 있는 얼굴이었다. 그는 베트남 파병 시절 함께 다리 공사를 따라다니며 일을 했던 용접공이었다. 그를 이런 곳에서 만날 줄은 전혀 몰랐다. 김 대위는 틈 없이 밀려드는 노동자를 헤치고 밖으로 나왔다. 깡마른 체구에 훤칠한 키가 더욱 커 보였다. 짧게 깎은 머리가 나이보다 더 젊게 느껴졌다. 둘은 뛰어드는 노동자들을 피해 손을 잡고 흔들었다. 그들은 로비에서 뒤엉켜 격렬하게 몸싸움을 하는 노동자와 경찰, 사무직 관리자를 뒤로하고 인사를 나누었다.

"글쟁이 양반, 중동에 품팔이 나갔다는 소식을 들었는데 여기에 뭔 일이야? 작업복을 보니 이곳에서 일하는 건 아닌가 본데… 노가다 뗀다더니 그게 사실인 모양이네?"

박 씨는 김 대위의 어깨를 잡으며 들었던 풍문을 확인했다.

"중동도 그냥 가나? 뭔가 배워야 나갈 것 아냐."

"그래서 그때 용접이라도 배우라고 했잖아. 글 쓴다고 빈둥거리며 하는 것 없이 이것저것 따라다니니까 제대로 된 기술이 하나 없잖아. 그래 제수씨는 잘 있나?"

"잘 있지. 사실 그것 때문에도 나가는 걸 미루고 있어. 아이가 너무 어려서."

"이 사람아, 그런데 지방 생활을 하고 있으면 돼? 제수씨 고생하게."

"글쎄 말이야. 아무리 그렇다고 하지만 돈도 벌어야 우윳값이라도 하지."

"천하의 김 대위가 돈 때문에 쓸려 다닌단 말이야? 그게 말이나 돼? 제수씨가 그렇게 만들었나 보군."

"사는 게 그렇지. 근데 언제부터 여기서 일했어? 뜻밖이네."

"월남에서 온 후로 줄곧 여기에 있었는데, 나도 때려치우고 중동이나 나갈까 생각 중이야. 처음에는 좋은 줄 알고 들어왔는데 갈수록 보다시피 이 모양이네. 차라리 한몫 잡으려면 중동이 나을 것 같아."

둘은 싸우는 사람들을 뒤로하고 나무 그늘이 있는 곳으로 걸어가 지난 일들을 나누었다. 박 씨도 그렇고 김 대위도 이제 삼십 대 중반이었다. 박 씨는 김 대위보다 일찍 장가를 가서 아이가 초등학교에 다니고 있었다. 김 대위도 파병 시절 박 씨에게 용접을 조금 배웠으나 기술자라고 하기는 부족했다. 베트남에서 돌아와 여러 가지 일을 했지만 신통치 않아 다시 용접을 배워 중동을 가려고 용접사를 따라다니고 있었다.

"김 대위, 자네도 팔자가 딱 정해져 있는가 봐! 여기 데모하니까 어기적거리면서 찾아오고 말이야. 아니면 글감 사냥꾼인가?"

"헛소리. 내가 무슨 데모꾼이야. 이제 먹고사는 데 충실해. 근데 이거 해결 안 되는 거야?"

"모르긴 해도 아마 해결 안 될 거야. 처음 하는 것도 아니고 이미 상당 부분 도급제가 됐는데 지금 되돌려주겠어? 회장이 직접 내려와서 오케이 해야 하는데 하겠느냐고. 그럴 사람도 아니고, 그럴 거면 시작도 하지 않았겠지. 회장은 한번 움켜쥐면 놓는 법이 없는 양반인데…. 내가 생각하기에는 그래. 다른 사람들은 회장이 자신들은 배신하지 않을 거라면서 철석같이 믿고 있더라고. 그걸 그렇게 당하고도 모르니 말이야. 아마 이 정도 시끄럽게 하고 있으면 내려오기는 하겠지. 오늘 오후에 온다는 말이 있기는 한데, 모르지. 한판 세게 붙을 것 같아."

"모처럼 만났는데 싸움이라니."

"자네 팔자 아닌가? 싸움판에서 사람 만나는 거. 그나저나 열심히 일하라고, 쓸데없는 데 엮이지 말고. 제수씨 고생 좀 덜하게, 이 사람아. 이젠 자네도 애아버지야, 홑몸이 아니라고. 그건 그렇고 저기 가서 차라도 한잔해. 내가 특별히 가지고 다니는 꿀차가 있거든."

석기는 김 대위 손을 끌고 자신이 일하는 조립 공장으로 갔다. 그들 뒤에서 노동자들과 경비, 경찰이 어우러져 고성이 오가며 욕설을 해댔다.

"사람이 더 많이 모이고 있는데, 회장이 오기 전에 일이 터지겠어."

"자네는 신경 쓰지 마라니까. 한번은 터지고 말 일이야. 사람이 이렇게 많은데 멍청하게 있으면 바보 아닌가? 그렇다고 뭐가 바뀔지 모르지만… 아마 힘들 거야."

흥분한 노동자들이 삼삼오오 짝을 지어 모이고 있었다. 오른쪽에서 노동자들의 격렬한 함성이 들리기도 했다. 공장은 걷잡을 수 없이 싸움의 소용돌이 속으로 들어가고 있었다. 누군가 함성을 지르며 뛰어가면서 "백 바가지, 죽이자!"라고 소리를 쳤다.

"형님 안 나가요? 철구 공장에서 크게 붙었다는데요."

조립 공장으로 오니 이십 대 초쯤 되는 노동자가 흥분을 감추지 못하고 상기된 얼굴로 나가면서 석기의 어깨를 쳤다. 말투에 다정함이 묻어 있는 걸로 보아 절친한 사이 같았다. 석기의 팔을 잡고 끌려던 노동자는 김 대위가 있는 것을 보고 멈칫했다. 청년은 은근히 꼭 함께 갔으면 하는 눈치였다. 이마는 땀이 맺혀 반짝이고 진한 눈썹이 움직거리는 모습이 싸움에 들떠 있는 얼굴이었다. 까만 눈동자가 스치면서 김 대위의 눈과 마주쳤다. 누구? 하는 눈빛이었다. 청년의 말이 무색하게 석기는 웃으며 움직이지 않았다.

"싸우기는 인마, 이 나이에! 난 몇 년 만에 월남 동기를 만났으니 차부터 한잔해야겠다."

"형님이 가서 그 큰 주먹으로 짭새들 면상을 한 대 쳐야 할 것 아닙니까? 이참에 노조 만들게요."

청년은 자못 아쉬운 듯 주먹을 휘둘러보았다.

"에끼, 노조는 무슨. 다 지하실로 잡혀가 인마. 죽으려면 뭔 짓을 못하겠냐. 저건 그냥 한바탕하고 마는 거야."

"경찰이 더 몰려온다는데요? 군인도 온다는 말이 있어요. 이번에 밀리면 앞장선 사람만 작살나요. 십 년은 죽어지내야 한다고요."

"알았어. 나는 하늘이 두 쪽 나도 이 친구와 차 한잔해야 하니까, 일단 먼저 가 있어."

"알았습니다. 나중에 오세요. 일 생기면 연락할게요."

청년은 다른 동료와 본관 쪽으로 달려가고 김 대위는 석기가 타주는 차를 들고 공장 한쪽에 앉아 지난 이야기를 시작했다. 둘이 차를 마시는 동안 주변의 노동자들은 삼삼오오 모여서 밖을 구경하거나 서로 농담을 나누며 웃었다. 싸우는 곳을 둘러보고 와서 진행 과정을 이야기하는 사람도 있고, 눈치를 살피며 주섬주섬 퇴근 준비를 하는 사람도 있었다.

"사람이 많으니까, 구경하는 놈도 많고 싸우는 놈도 많고."

김 대위가 주변을 살피며 말을 했다.

"놔둬. 다 사람 사는 세상이야. 다 들고 일어나 싸우면 혁명이 일어나겠지. 안 그래? 똑같은 처지라도 불만 있는 놈 있고, 감지덕지

하는 놈 있는 거 아니겠어. 또 애초 하도급업체에서 일하던 놈은 싸울 일 없는 거 아니야. 전쟁 하면 별다르겠어? 다 똑같아. 오늘 일은 완전히 종 쳤어. 나도 대충 구경이나 하다가 퇴근해버릴까 생각 중이야. 저 새끼는 왜 근데 저리 큰 소리로 웃는 거야. 미친 새끼."

석기는 키가 작고 부산 사투리를 쓰는 사내를 보고 짜증스럽다는 듯 말하고 침을 뱉었다. 키 작은 사내가 싸우는 노동자들을 보고 할 일 없는 놈이라고 탓하며 빨갱이 자식들이라고 하는 말이 김 대위가 있는 곳까지 들렸다.

"혹시 이곳에 이선우라고 하는 친구가 있어?"

김 대위는 물어보았다.

"선우라고? 그런 친구가 있나… 이름은 들어본 것도 같은데 워낙에 사람이 많아서. 혹시 얼굴을 본다면 알 수 있을지도 모르지."

"내 사촌 여동생이 좋아하던 친군데, 집안 반대로 헤어졌어. 이쪽에 와 있다는 말도 들었는데. 알 수 있을까? 아침에 우연히 자전거 타고 이쪽으로 오는 사람 중에 얼핏 본 것 같은데, 아침부터 안개가 좀 꼈어야지. 지나치면서 봐서 확실치는 않아."

"김 대위 큰집처럼 잘나가는 집안 사위가 될 사람이 왜 노동을 해? 출신이 바닥이야?"

"모르지. 근데 한번 만나서 이야기를 해보니 노동이 좋다고 하더라고. 땀 흘려 일하고 밥을 먹으면 진정한 삶을 느낄 수 있다나."

"그 친구 아직 진정한 삶을 느껴보지 못했군. 진정한 노동을 해

보면 생각이 바뀔 텐데. 안 그래? 독충이 우글거리는 늪지대에 허리까지 담그고 일을 해보면 생각이 달라질걸? 거기 다리 공사 때 생각나지?"

"어디 생각만 나? 지금도 허리에 슨 곰팡이가 남아 있어. 죽을 맛이었지, 잠자리도 불편하고. 일사병에 쓰러지다 보면 아, 노동이 이런 거구나 싶지."

"혹시 내가 만나면 꼭 말을 해주지. 진정한 노동에 대해서 말이야."

"그래 줘. 보고 싶네…. 오늘은 여러모로 묘한 날이야, 자네도 만나고."

김 대위는 오후 1시가 다 되어 언제 다시 보기로 하고 아쉬운 이별을 했다. 그가 현장으로 돌아오니 지하 사무실에서 술판이 벌어져 있었다. 반장인 김 노인이 조선소 노동자들의 싸움을 핑계로 술을 끄집어내고 고기를 구운 모양이었다. 고기가 거의 떨어질 무렵 김 대위와 박 소장, 김 노인 그리고 노동자 둘은 남고 다른 이들은 싸움을 구경하러 가거나 퇴근을 했다. 남은 이들은 끝까지 술을 마셨다. 소변을 보러 창고 뒤로 간 김 대위는 동쪽 하늘에 그늘이 지는 것을 보고 시간을 대충 짐작했다. 그림자는 동쪽으로 향하고 전신주에 널린 전선들은 더욱 늘어져 보였다. 멀리 바닷가 갈매기들이 흩어져 날고 크레인 그림자도 길게 늘어졌다. 조선소의 기계는 멈추었고 노동자들은 싸움판으로 불규칙하게 몰려다니고 있었다. 김 대위는 얼마를 그렇게 여기저기 모여 있는 노동자들을 보며 거닐었다. 정문 쪽에서 연기가 피어오르고 최루탄 터지는 소리가 울렸다.

김 대위는 아예 싸움에 적극적으로 참여하려고 창고로 돌아가 외출복으로 갈아입었다. 박 소장은 취한 목소리로 싸움 구경하지 말고 퇴근을 하라고 주절거렸다. 김 대위도 취기로 뒷골이 당겼다. 낮술을 마시지 말았어야 했다.

"다 허튼짓 아닙니까? 우리 같은 일당쟁이 노가다만 불쌍할 뿐입니다. 상여금이 있습니까, 퇴직금이 있습니까? 저기서 싸우는 사람들이 더 낫다니까요. 싸울 거리가 있지 않습니까. 안 그렇습니까?"

박 소장은 앞에서 꼬떡이는 노인을 보고 말을 하였다.

김 대위는 정문 쪽으로 나갔다. 싸움이 갈수록 격렬해졌다. 최루탄과 경찰에 쫓기며 이리저리 몰려다니다 보니 해가 서쪽으로 기울기 시작했다. 배도 고프고 돌 던질 힘도 없어 바닥에 주저앉았을 때, 7시쯤 되었다. 나무나 종이로 불을 피운 곳곳에서 연기가 시꺼멓게 하늘로 뻗어 올라갔다. 매운 최루탄 가루가 바람에 날려 눈물이 나고 재채기가 났다. 김 대위는 싸움에 변화가 없자 공장 안을 한 바퀴 돌고 다시 정문 쪽으로 갔다. 차량 두 대가 불타고 있었다. 본관 건물은 앞 유리창이 박살이 나고 한쪽 벽은 그을려 있었다. 노동자들은 정문을 뚫고 나가려고 경찰과 공방을 벌이고 있었다. 점심때보다 서너 배는 더 불어난 전경들이 노동자들을 막았다. 야간 근무자가 합류한 노동자 쪽도 늘어나 숫자만큼 세가 불어 있었다.

경찰 쪽에서 던진 돌 하나가 포물선을 그리며 날아와 노동자들

속으로 떨어져 굴렀다. 노동자들 중 누군가 소리를 지르며 앞으로 나아가자 각목과 파이프를 든 노동자들이 뒤를 이었고 삽시간에 경찰 곤봉과 엉키었다. 어지러운 고함과 각목 부딪치는 소리, 던진 돌이 바닥에 떨어져 구르는 소리가 빗소리처럼 주변을 에워쌌다. 시위대는 몇 미터 앞으로 나아갔다가 몇 미터 뒤로 물러나기를 되풀이했다. 바닥에는 깨진 돌과 나무토막, 종잇조각에 최루탄 가루까지 어지럽게 널려 있었다. 청색 작업복의 젊은 노동자들은 노기 띤 얼굴에 흰 이를 드러내고 정문을 향해 으르렁거렸다. 피곤한 표정의 전경들은 노동자들이 빨리 진정되기를 기다리고 있었다.

경찰들은 노동자들이 왜 이러는지를 알 수가 없을 것이다. 이는 단지 경찰들뿐만 아니라 다른 시민이나 언론인, 정치인들도 마찬가지다. 신문을 읽고 일상을 논하는 그들이, 타는 듯한 용접불꽃 속에 머리를 박고 온종일 지내는 그들의 생각을 어찌 안단 말인가. 조선소 밖의 그 어떤 두뇌도 눈도 그들을 제대로 생각하고 볼 수가 없을 것이다. 카메라도 그들의 심장이 어떻게 뛰는지 보여줄 수 없으며 정치로도 그들의 현실을 논할 수 없다. 이러저러해서 노동자들이 이렇게 행동을 할 뿐이라고 생각하고 서류철에 상세히 기록하면 끝, 곧 다른 사안을 들춰 보며 잊을 것이다.

이날 데모가 없었다면 만여 명의 노동자들이 모여서 교대로 일하고 집으로 돌아갈 시간이며, 조선소에는 불이 켜져 있을 것이었다. 텔레비전 인기 연속극이나 보면서 소주를 들이켜야 할 시간에 돌팔매질이라니. 경찰 병력은 가까운 부산이나 경북에서 지원을 나오지 않으면 안 되는 형편이 되었다. 폭동 노동자들을 공장 안으로 밀어 넣어 해산시키려는 경찰 간부들은 이리저리 작전을 펼쳐보지만 정문을 지키기도 벅차 보였다. 노동자들은 마치 공장 밖으로 쏟아져 나가는 것이 유일한 목적인 것처럼 격렬하게 정문을 돌파하려 했다.

야간조가 계속 붙어 시위대 수는 정문에만 천 명이 족히 늘었다. 어둠이 깔리는 시간에 더 밝아지는 도시의 밤은 여느 밤처럼 넘치는 노동자들을 상대로 장사를 시작할 시간인데 이날은 여느 날과 달랐다. 노동자들은 퇴근하지 않고 경찰은 지방이나 도시에서까지 몰려와 서로 진을 짜고 대치하는 싸움을 벌이며 도로를 차단했다. 경찰은 차로 입구를 봉쇄하고 노동자들과 마주 섰다. 시민이 모여들고 방송사 기자들도 최루탄이 터지는 시위 현장에 끼어들어 사진을 찍어댔다. 조선소와 조선소를 둘러싼 도시가 정문에 온 신경을 집중하고 과연 노동자들이 정문을 뚫고 나올 것인가, 말 것인가, 이 일이 어디까지 확산될 것인가에 신경을 곤두세웠다. 군인들까지 주요 시설을 보호하기 위해 동원됐다는 소문까지 돌았다.

후덥지근했던 낮 시간이 지나고 밤이 되자 더위가 조금 누그러졌다. 밤이 되자 어두운 공장 안 여기저기 불길이 타오르기 시작했다. 요구가 무시되었다는 소문에 노동자들은 퍼지는 불길처럼 일어났으며 이 기회에 끝장이라도 보려는 듯 더욱 싸움에 집중했다. 정문을 에워싸고 있던 경찰들이 차츰 밀려나 노동자들은 조선소 밖까지 진출했다. 경찰 책임자 하나가 마이크를 잡고 지휘를 하다가 노동자가 던진 돌에 맞아 뒤로 나가떨어졌다. 그 모습을 본 노동자들이 환호하며 손뼉을 쳤다. 노동자들은 기세를 몰아 더욱 세게 밀어붙여 도로를 완전히 점거했다. 경찰들은 어찌해볼 수 없는 상황에 이르렀다.

김 대위는 시위대의 중간에서 전체 대오의 흐름을 보고 있었다. 그들의 분노는 극에 달했지만, 한편으로 어떤 해방감을 맛보는 듯했다. 경찰이 정문에서 밀리기 시작하자 노동자들은 더욱 힘을 내어 위험을 감수하고 돌팔매질을 하고 각목을 휘둘렀다. 소수 혹은 다수가 어울려 밀리는 곳과 밀어내는 곳으로 적절하게 움직이며 조정해갔다. 들리는 말에 의하면 아침에 대오를 이끌었던 집행부는 싸움이 커지자 물러났다는 소문도 있었다. 그저 믿기지 않는 소문일 수도 있었지만, 설사 그들이 손을 뗐다 해도 이미 노동자들은 유기적으로 움직이고 있었다. 노동자들은 울분으로 모여들어 싸웠다. 하지만 김 대위가 보기에는 시간이 갈수록 공권력에 대응해 어떤 실마리를 풀어가기는 어려워 보였다. 여기저기서 토론을 벌여 싸움의 방향을 정하기도 했지만, 이제는 스스로 감당하기 어렵다는 의견도 나왔다.

"죽여버려!"

경찰 한 명이 노동자들에게 끌려 나오며 발길질과 주먹질을 당하고 있었다. 한편에서는 풀어주라고 소리치고 있었다. 누군가 달려가며 경찰의 복부를 걷어차기도 했다. 경찰 쪽으로 끌려가는 노동자들도 마찬가지였다. 경찰이 잡은 노동자를 너도나도 뛰어들어

주먹으로 갈기거나 방망이로 등을 두드려댔다. 한 무리의 노동자들이 외국인 숙소로 쳐들어가 분노를 표출했다. 외국인들이 옷도 챙겨 입지 못하고 도망치는 모습이 보였다. 그 모습을 보고 다른 노동자들이 낄낄거리며 속이 시원하다는 듯 웃어댔다.

싸움하는 노동자의 얼굴은 일할 때와 달라 보인다. 밝고 흥분되어 있었으며 적극적이고 열정적이었다. 누군가의 지휘 아래 어디를 막고 어디를 치는 것이 아닌, 서로 눈과 입이 되어 집단적 사고를 하는 것 같았다.

정문에서 노동자들에게 밀린 경찰은 이후 행동이 다소 수동적으로 변해갔다. 노동자들을 통제하기에는 수적으로도 부족한 상황에서 정문을 나와 버린 노동자들을 어떻게 할 수가 없어 그랬을 수도 있다. 그것은 묘하게도 애초 도심으로 진출해 뭔가를 하겠다는 의식이 없었던 노동자들도 마찬가지였다. 경찰의 저항선이 있었기에 집중을 할 수 있었지만, 저항선이 뚫려버리자 방향을 잃어버린 종이비행기와 같았다.

"시내로 가야 한다니까. 이 기회에 우리의 입장을 알려내야 해!"

누군가 외쳤다. 그 말에 여러 사람이 동의했지만, 모두가 그런 것은 아니었다. 이미 많은 시간이 흘렀고 그들이 하나의 목소리를 갖추기에는 아직 준비가 미흡했다.

김 대위는 무엇을 할 것인가, 무엇을 할 수 있나 생각해보았다. 그저 따라다니는 것 이외에 할 일을 찾지 못했다. 그래, 나는 애초 구경을 왔던 거야. 김 대위는 그런 생각을 했다. 바로 옆의 노동자가 그를 힐끗 쳐다보는 듯했다. 그도 별다른 일을 찾지 못한 듯 오가는 노동자들을 둘러보고 있었다. 경찰은 멀어져 보이지 않을 정도였다.

"여기서 뭐 해?"

뒤에서 석기가 어느 틈에 다가와 그의 어깨를 쳤다. 그의 얼굴에 취기가 올라 있었다.

"이 엄중한 판에 술 마셨어?"

"정문을 돌파했는데 안 할 수가 있나."

그는 어깨를 으쓱거리며 즐거워했다.

"이 싸움이 어떻게 될 것 같아?"

"어떻게 되기는 이제 집에 가야지. 퇴근 시간 지났잖아. 조금 있으면 통금이라고. 하하!"

그는 호쾌하게 웃음을 터트렸다.

김 대위는 손바닥으로 얼굴을 비볐다. 까칠한 피부가 쌓인 피로를 말해주었다. 서서 구경하는 노동자들이 많았다. 그들은 경찰이나 노동자나 다소 수동적으로 변한 상황에서 새로운 국면을 바라는 듯했지만 아무 일도 일어날 것 같지 않았다.

"이 정도 했으면 제법 큰 사건 같은데, 회장이 들어줄까?"

"위임제를? 모르지. 그러기는 어려울걸."

석기는 고개를 흔들며 잠깐 동안 말을 하지 않았다. 달리 할 말도 없었겠지만, 웃지도 않았다.

"내일 관리자 새끼들을 또 봐야 한다는 게 지겨워."

석기는 혼잣말처럼 낮게 말을 이었다.

"회사라는 데가 마치 군대 같거든."

"정강이도 까?"

"그 정도는 아니지만 참을 수 없을 때가 많아, 이 나이에 굽실거리며 삶을 구걸하기가 쉽지 않지. 노동자들이 여기까지 나온 이유야 많지만, 꼭 뭘 더 달라고 싸우겠어? 그건 장사꾼에게나 어울리는 일이지. 인간적 모멸감이 때로는 모든 걸 걸게 만드는 거잖아. 간부들에게 노동자는 사람 이하이니까, 쪽팔려서!"

"차라리 노가다나 뛰지?"

"그러게 말이야. 아는 형님은 그래도 이곳이 돌아다니는 것보다는 나을 거라고 하는데 말이야. 노가다는 사는 게 사는 것 같지가 않아서. 전망이 없다는 게 무엇보다 힘들지. 나만 그런 건 아니겠지. 일하고 또 일하고, 거기도 사람 뭐로 알고 계속 억누르려고 하니 말이야. 무슨 짜내는 원료도 아니고, 어떨 때는 내가 개미처럼 느껴질 때가 있다니까."

"박석기, 쓸데없는 소리 그만하고 한번 둘러보자 싸움이 이 상태로 끝나면 안 될 텐데, 달리 할 일도 목표도 없으니…."

"아까 우연히 봤다는 사람은 만났어?"

"아, 이선우? 아니, 혹시나 하고 사람마다 자세히 봤는데 없어. 잘못 봤겠지."

"그래, 머릿속에 사람이 있으면 헛것이 보이지."

석기는 비틀거리며 앞으로 나아갔다. 하루에 걸친 긴 싸움으로 모두 지쳐 보였다. 한 무리의 노동자가 진을 치고 경찰과 대치 중이었지만 공장 안 노동자 전체가 자유롭게 움직일 수 있는 처지는 아니었다. 몇몇 노동자들은 차츰 꽁무니를 빼거나 한발 빠져 관망하고 있었다. 이미 밤이 깊어 가고 있었다. 김 대위가 시계를 보니밤 11시가 가까워지고 있었다. 낮 12시 이후 11시간을 그들 틈에서돌아다닌 것이다.

석기는 한 바퀴 돌더니 술을 마시자고 했다. 김 대위는 그의 손에 이끌려 가까운 선술집에 들어가 앉았다. 이미 다른 노동자들이술을 마시고 있었다. 김 대위와 소주를 마시던 석기는 뒷자리 노동자들과 싸움에 관한 이야기를 나누게 되었고 술까지 주고받았다.그는 꽤 신이 나 보였다. 얼마 지나자 석기는 아예 자리를 옮겨 앉았다. 김 대위는 슬며시 자리에서 일어섰다. 식당 밖에 모여 있는노동자들이 보였다. 이야기하는 폼이 예사롭지 않았다. 긴장하고경계하는 눈초리며, 모여 있는 모양새가 여느 때와 달랐다. 혹시이번 싸움의 집행부가 아닌가 하는 생각도 들었다. 그들은 곧 이야기를 마쳤는지 순간적으로 흩어지기 시작했다.

그들 중 얼핏 이선우를 보았다. 그였다. 김 대위는 탁자 사이를빠르게 지나 식당 밖으로 뛰어나와 사람들을 뒤쫓았다.

"선우, 이선우!"

김 대위가 뛰며 불렀다.

키가 크고 건장한 사내가 뒤를 돌아보았다. 역시 이선우였다. 그가 의아한 표정을 지었다. 김 대위가 속도를 늦추며 다가가자 그의 표정이 서서히 밝아지며 김 대위를 알아보는 것 같았다. 그가 두 손을 번쩍 들었다. 김 대위도 손을 들었다. 이선우가 막 김 대위를 향해 달려오려는데, 김 대위 뒤에서 경찰이 최루탄을 쏘며 달려왔다. 이선우는 희뿌연 최루탄 연기에 가려졌다. 김 대위는 선우에게 달려가려 했으나 뒤에서 석기가 팔을 잡고 급하게 옆으로 당겼다. 경찰 무리가 그들을 빠르게 지나쳐갔다. 그들이 만든 바람 때문에 최루탄 연기가 밀려났다. 이선우는 보이지 않았다. 김 대위는 가슴이 뛰었다. 그래도 그가 이곳 삼포만에서 일을 하고 있다는 것을 안 것만으로도 기뻤다.

아이 돌날에 이선우에 관한 이야기를 들었다. 그것이 마지막이었다. 할머니에게 인사하러 갔을 때 방학을 이용해 미국에서 들어와 있는 미영을 볼 수 있었다. 얼굴이 밝았다. 그녀는 김 대위 내외에게만 미소를 보였다.

"혹시, 선우 만나는 거 아니냐? 네 얼굴에 그렇게 쓰어 있는데."

김 대위가 악수하는 손을 잡고 가까이서 물어보니 고개만 갸웃할 뿐 웃으며 대답을 하지 않았다.

"독하다, 나한테도 말을 안 해주니. 하여간 잘될 거야."

김 대위 말에 미영은 고개를 끄떡였다.

얼마 후, 미영이 집을 나갔다는 소식을 들었다. 큰아버지는 그 모든 일에 김 대위가 관여했을 거라 믿고 질책을 했다. 미영의 일로 김 대위는 큰집과 사이가 멀어졌다. 김 대위는 변명 대신 미영이가 살고 싶은 대로 두라는 말을 했다. 큰아버지에게서 돌아온 말은 상놈의 자식은 어쩔 수 없다는 말이었다.

이선우를 놓치자 김 대위는 맥이 풀렸다. 다른 노동자들도 눈에 띄게 줄어들었다. 석기도 혼란스러운 틈에 어디로 갔는지 보이지 않았다.

"사람들이 많이 줄었네요?"

"그러게 말입니다. 시내까지 밀고 나갔어야 했는데."

김 대위가 옆에 서 있는 노동자에게 물으니 그는 아쉽다는 듯 말을 했다.

"그래도 오늘 대단한 싸움을 했잖습니까?"

"그럼요, 대단하다마다요. 신났지요. 새삼 느끼지만 싸움은 숫자 아닌가 합니다. 보십시오, 숫자가 안 되면 이게 어디 가능이나 하겠습니까? 경찰에게 반 죽었겠죠."

깡마르고 볼이 움푹 팬 사내는 오십은 되어 보였다. 그의 손에 던지지 못한 돌멩이가 쥐여 있었다.

"아저씨는 서울에서 내려왔습니까?"

"먹고살려고 전국 안 다닌 곳이 있겠습니까? 말 같으면 말굽이 서너 번은 닳아 없어졌을 겁니다."

사내는 마르고 주름진 볼을 잡아당기며 지나온 시간을 더듬어보는 듯했다.

"조선소 벌이가 괜찮다는 말을 들었어요. 새끼들까지 데리고 와서 자리 잡으려고 했더니 위임젠가 뭔가로 갈수록 조건이 나빠지네요. 관리자들은 어찌나 위세를 떠는지… 우리같이 나이 먹은 놈들이야 성질 죽이고 넘어간다지만 젊은 사람들이 어디 그렇습니까."

"싸움에서 이길 방법이 없나요?"

"시내로 가서 누구 하나 죽어야 한다니까요. 확 뭔가를 불살라버려야, 그제야 어이쿠 놈들이 화가 났구나 달래야지, 하는 거지 이 정도로는 어림도 없습니다. 한두 번 겪어봅니까. 조선소 노동자가 만 명이 넘는데 반이나 나왔는지 모르겠어요. 거기다 나온 사람들이 다 싸웁니까. 더러는 구경하면서 따라만 다니죠. 불구경하듯이 말이죠. 그러는데 요구 사항이 이루어질 리가 만무하죠. 어떤 놈은 되레 역정을 다 냅디다. 경기도 안 좋은데 데모질을 한다고 말예요. 댁이 내 입장을 잘 알 것 같아 말을 하지만, 뭣도 모르고 싸우는 놈들도 있을 겁니다. 그게 아니거든요. 싸움을 싸움답게 해야지 싸움이 되는 겁니다. 군대 다녀왔으면 알 겁니다. 안 그래요?"

"그렇기는 한데…."

"싸우다 어설프게 끝내면 되레 당합니다. 경찰 놈들이 내일이면 죄 잡아들일걸요. 망할 자식들, 그나마 이렇게 해줘야 더는 못 하겠지만."

"그나마라니요?"

"직영에서 위임제라고 하지만 나중에는 더한 꼴을 볼지 누가 압니까? 나는 장사꾼들 믿지 않습니다. 세상이 그렇더라고요. 내가 공부를 해서 아는 건 아니지만, 설설 기면 아예 간이고 쓸개고 다 빼먹는 거 아닙니까?"

"말씀을 듣고 보니 맞는 것 같습니다."

"기왕에 구경만 하지 마시고 앞으로 나가서 돌멩이 하나라도 더 던집시다. 그게 다 남는 거라니까요. 아닌 것 같습니까? 살아보면 알 겁니다. 뭐가 남는 장산지."

"그렇죠."

김 대위는 키 작은 노동자를 따라 돌멩이를 들고 따라갔다. 어둠 속 먼발치에 있는 경찰을 향해 던졌다.

노동자들이 하나둘 사라지고 어두운 거리엔 돌과 부러진 나뭇가지들, 날리는 종이들만 쓸쓸하게 남았다. 김 대위는 거리에 서서 바람을 맞고 있자니 피로가 몰려오기 시작했다. 장딴지도 부어 그제야 쉬어야겠다는 생각이 들었다. 걸어서 숙소로 돌아오니 다른 동료들은 모두 잠들어 있었다. 대충 발만 씻고 자리에 들어 곯아떨어졌다.

다음 날, 현장이 어수선하니 당분간 공사를 중단한다는 말을 들었다. 불가피하게 김 대위와 동료들은 조선소 현장을 철수했다. 서울로 올라오면서 뉴스를 들으니 조선소 폭동 사건이 자주 나왔다. 그날 새벽에 경찰은 독신자 아파트에 들어가 수백 명의 노동자를 검거했다는 내용이었다. 이제는 그날의 해방감에 대한 대가를 혹독하게 받아야 할 차례였다.

집으로 돌아온 김 대위는 신문에서 사진 한 장을 오려 액자에 넣었다. 옆에서 김 대위를 지켜보던 처가 액자 속 사진을 한참 바라보더니 아는 체를 했다.

"조선소네?"

조선소 싸움을 찍은 사진이었다. 노동자들이 최루탄 연기 속에서 돌팔매질하는 사진인데 자세히 보면 그 안에 낯이 익고 키가 큰 사내 하나가 돌을 던지고 있었다.

이선우였다.

거
간
꾼
들

박성호는 평소보다 늦은 오전 7시쯤 몇십 년 만의 추위라는 일기
예보를 듣고 평소보다 더 껴입었다.

"오늘은 돈 준대요?"

처가 핏덩이 아기를 흔들며 근심스러운 듯 말을 했다.

"모가지를 비틀기 전에야 내놓겠어? 목숨이 왔다 갔다 하는 줄
알면 그제야 돈을 내놓겠지."

"일하고 꼭 그렇게까지 해서 받아야 하나?"

"누가 아니래. 망할 사장 놈들."

"없는 사람은 몸이라도 따뜻해야 한대요."

처가 목도리를 걸쳐주었지만 성호는 답답하다며 거절하고 집을
나왔다. 성호는 입김을 뿜으며 개천을 낀 동네를 지나 다리 위로 올
라섰다. 성호의 집이 있는 모래내에서 연희동까지 늘어진 판자촌
이 보였다. 하얀 눈으로 뒤덮여 언 개천과 어우러진 판자촌은 또 다

른 낮은 세계였다.

성호는 새벽 어스름에 강남으로 향했다. 못 받은 일당을 받으러 가는 걸음이라 가볍지가 않았다. 불안감과 분노에 추운 겨울 날씨까지 더해져 기분을 우울하게 만들었다. 온통 머릿속에는 김 사장을 만나면 어떻게 돈을 받아낼 수 있을까, 그 생각뿐이었다. 보자마자 문짝을 걷어차야 하나? 아니면 멱살을 쥐고 벽에 머리통이라도 찍어야 하나? 그래서 돈이 나온다면 다행인데, 계속 배 째라 하고 자빠지면 어떻게 해야 하나? 이런저런 생각에 속이 끓었다. 그 돈을 받아야 한 달 생활을 할 수 있는데….

곳곳이 한창 파헤쳐지고 있는 몇 개의 현장을 지나 성호가 일했던 현장으로 들어갔다. 만나기로 했던 동료들은 아직 오지 않았다. 사무실에는 불이 켜져 있었다.

현장 건물 1층에 목수들이 옷도 갈아입지 않고 불을 피운 깡통 앞에 모여 손을 녹이고 있었다. 한창 일을 할 시간인데 하루 공치는 듯했다. 드럼통을 잘라 만든 깡통에서 불꽃이 쉭쉭 소리를 내며 삐져나와 바람에 흔들렸다.

성호는 사람들 틈을 비집고 들어가 손을 내밀었다. 너나없이 강추위에 귓바퀴가 불그스름하게 달아올랐다. 목수들이 쪼개진 나무를 쑤셔 넣자 불티가 불꽃을 타고 천장으로 튀어 올랐다.

바닥에 파인 웅덩이에 신문지와 비닐봉지, 동강이 난 나무토막이 엉키어 꽁꽁 얼어붙어 있었다. 이런 날 땡땡 언 연장을 잡고 일을 하기란 쉽지 않은 일이었다. 목수들도 옷을 안 갈아입는 것을 보니 일할 의지가 없어 보였다. 몇몇은 담배를 물고 돌아서 술 마시러 가자고 분위기를 몰고 있었다. 워낙 추운 날이라 일하는 사람도 그리 많지 않았다. 간간이 불 깡통 옆으로 와 손을 녹이고 갔다.

성호가 사람들 틈에 섞여 연기와 불티를 피해가며 불을 쬐고 있는데 현장 밖에서 젊은 여인이 열 살 정도 되는 사내를 앞세우고 울타리를 넘어왔다. 여인이 쑥스러운 웃음을 띠며 종종걸음으로 들어오자 이목이 쏠렸다. 길을 가다 너무 추워 불을 보고 들어왔다고 했다. 여인과 아이는 얇은 가을 옷을 몇 겹 껴입었을 뿐 바람을 막아줄 외투가 없었다. 그녀가 아이를 앞세워 체면이고 뭐고 아랑곳없이 불 깡통으로 다가오자 나이 먹은 사내들이 얼른 자리를 피해 아이를 불 앞으로 당겼다.

가까이서 보니 여자가 입은 옷은 철만 지난 것이 아니라 어깨와 옷소매에 보풀이 잔뜩 일어 있었다. 여자는 이 추운 엄동설한에 아이를 데리고 어디론가 가고 있었던 모양인데 추위를 이길 수 없어 남자들만 있는데도 현장에 들어온 것 같았다. 아이는 눈썹이 진하고 우직하게 생긴 것이 뚝심과 총기가 있어 보였다. 여자가 아이 뒤에 서서 손을 내밀자 뚱뚱한 사내가 자리를 더 넓혀 여자도 불 가까이로 다가서게 했다. 그녀의 손가락은 그야말로 눈물이 날 정도로 빨갛게 얼어 있었다. 그 옆에 한 사내가 자기 목장갑을 벗어 아이에게 주자 아이는 말없이 받아 꼈다. 건너편에 있던 사내는 목도리를 풀려다 잠깐 망설이며 여자의 눈치를 보았다. 결국 여자에게 건네주자 그녀는 받은 목도리를 아이의 목에 둘렀다. 누군가 나무를 가

저와 깡통 속에서 타고 있는 나무를 억지로 쑤시자 불티가 더욱 높게 치솟았다. 하늘은 검고 우중충하기만 했다. 한 사내가 가죽 장갑을 벗어 여자에게 주자 그녀는 고개를 꾸뻑이더니 받았다.

성호는 눈을 감고 몇 번 망설인 끝에 자신의 외투를 벗어 아이에게 주었다. 여자는 거절했다. 다시 주자 더욱 강하게 거절을 했다. 누군가 여자를 달래고 성호에게 옷을 받아 아이에게 입혀주었다. 한참을 서서 불을 쬐던 모자는 인사를 하고 현장 밖으로 나갔다.

"좋은 일을 하면 행운이 생기지."

키 작은 늙은 목수가 눈이 째지게 웃으며 겉옷을 벗어준 성호의 손등을 쳤다.

"왜 일들 안 하세요?"

성호는 엷은 미소를 띠고 물었다.

"이 추위에 무슨 일을 한답니까? 손이 곱아서 깨지게 생겼구먼. 연장을 잡을 수가 있어야지. 하루 공친 거지요."

마른 체구의 사내 코에서 콧물이 길게 흘러내렸다.

사내들이 뿜어대는 담배 연기와 나무 타는 연기가 바람을 타고 휙 날아왔다. 성호는 연기를 피해 한발 물러났다. 외투를 벗어주었더니 추위가 어깨로 파고들었다.

"젊은이는 여기 현장 사람이 아닌 것 같은데?"

깡마른 사내가 화력이 약해진 나무를 쑤시며 물었다. 갑자기 불길이 솟구치며 불티가 사방으로 튀어 올랐다. 성호는 어깨를 웅크리며 대답했다.

"돈 받으러 왔습니다. 지난번 현장에서 돈 떼먹은 사장이 여기서 일하고 있어서….''

"나쁜 놈들. 대가리를 쪼개서라도 받아야지요. 돈 때문에 일하지, 우리가 봉사하는 건 아니잖습니까.''

그는 마치 자기 일처럼 화가 난 듯 한마디 하고는 몸을 돌려 욕을 해댔다.

"사실 추위도 추위지만 우리도 돈이 안 나와서 일할 마음이 없어요. 엿같은 현장입니다.''

불 깡통을 발로 툭 차며 사내가 말했다. 우중충한 날씨만큼이나 분위기는 가라앉았다. 불만 잘 타고 있었다. 사내들 얼굴이 불꽃에 붉게 빛나고 볼따구니는 더욱 발갛게 달아올랐다.

성호는 시계를 보았다. 동료들과 만나기로 한 시간이 아직 한 시간도 넘게 남아 있었다. 주변을 둘러보니 길 건너에 '조조할인'이라고 쓰인 동시상영관이 있었다. 그는 더 있다가는 사장을 만나 싸우기 전에 동태가 되겠다는 생각이 들어 현장을 나와 극장으로 향했다.

그나마 영화관 안은 나았다. 복도에 갈탄을 피우고 있었다. 상영관 안으로 들어가니 사람들이 거의 없었다. 아직 영화는 시작 전이었는데 퍼진 확성기에서 동네 사진관과 맞춤 양복점을 선전하고 있는 소리가 경쾌하게 흘러나왔다.

중간 자리를 잡고 앉았다. 머리 뒤에서 도는 영사기가 벽에 빛을 뻗어 그림을 만들어주었다. 필름 돌아가는 소리와 영상을 쏘는 빛

줄기, 스피커에서 나는 잡음과 갈라지고 퍼지는 음향, 화면에 뿌려지는 노랗고 하얀 자국과 긁힘 혹은 이음 표시들에 이어 숫자들이 순식간에 나타났다가 사라지고, 별 모양과 체크 모양 표시들도 떠다녔다. 삼류영화관이기에 용납할 수 있는 모든 잡스러운 무늬와 냄새들이 소리가 닳고 닳은 화면과 함께 춤을 추었다.

앞자리에서 담배 연기가 아련히 피어올랐다. 저 사람은 왜 이 시간에 여기서 영화를 보고 있는지.

성호는 의자 깊숙이 몸을 묻고 눈을 감았다. 뭔가 줄곧 무너지고 어지럽혀지고 널브러진 장난감 한가운데 서 있는 느낌이었다. 그의 삶이 관목이 엉킨 숲을 뚫고 아무 생각 없이 지나다니는 것 같았다.

시간을 보려고 눈을 떴는데 오징어와 땅콩을 파는 어린 사내가 지나가면서 그와 눈이 마주쳤다. 순간 성호는 초등학교를 갓 졸업했을 법한 꼬마의 눈에 비칠 자신의 모습을 상상했다. 조금 뚱뚱한 몸집에 푸석푸석한 얼굴, 눈동자는 피로에 절어 누런 아저씨가 의자에 삐딱하게 앉아 있을 것이다. '이 아저씨 노가다군!' 이렇게 말하는 것이 들리는 듯했다.

대한뉴스의 절반은 중동 소식이었다. 산업 전사가 어쩌니 저쩌니 하면서 검은 안경을 쓴 대통령이 나와 손짓도 하고 중동의 부호들이 체크무늬 모자를 쓰고 그 육중한 몸으로 화면을 채웠다. 건설 회사 회장이 나와 부지런히 걸어 다니며 사막 현장을 누비는 장면도 나왔다. 해외 공사를 수주했느니 안 했느니 떠들고 누가 얼마에 했다는 둥 뉴스가 온통 건설 현장 소식으로 가득 찼다.

중동 사막에서 일하는 건설노동자들도 나왔다. 하얀 이빨을 드러내고 부지런히 움직이며 인형극의 인형처럼 손발을 휘둘러댔다. 붉은 모래 언덕에서 포클레인이 흙더미를 퍼내고 불도저가 바닥을 다지고 있었다. 국내 소식에도 도로를 까느니 아파트를 짓느니 댐 공사가 얼마만큼 됐느니 현장 보도가 쉬지 않고 이어졌다.

건설부 장관이 건설회사 사장들이 모인 자리에서 중동 노동자들에게 모든 지원을 아끼지 않겠다고 연설을 했다. 그 말에 검은 양복의 사장들이 일제히 일어나 우렁찬 손뼉을 쳤다. 영화관이 떠나갈 듯 손뼉 소리가 울려 퍼졌다. 성호는 사장들 틈에 앉아 있는 느낌이 들었다.

누군가 영사기 빛 사이로 손가락을 쭉 펴서 올렸다. 화면 중앙까지 팔이 올라가 손가락 그림자 다섯 개가 펼쳐졌다. 그는 개도 만들고 독수리도 만들었다. 주변에서 웃음이 터져 나왔다. 이윽고 영화가 시작되었다. 영화는 시작부터 필름이 끊어지고 이어붙인 자국이 눈에 띄었다.

성호는 얼추 시간이 되어 영화를 보다 말고 나와 현장으로 갔다.

불 깡통 주변에 모여 있던 목수들이 어디로 갔는지 보이지 않았다. 꺼져가는 불씨를 살리며 10분 정도 서성거리니 만나기로 한 이 씨와 전 씨가 왔다. 서로 담배를 한 대씩 피운 다음에 2층으로 올라갔다. 문 앞까지 자재가 양옆으로 쌓여 있었다. 어지럽게 쌓인 자재를 지나 2층 계단 옆에 있는 작은 창고 앞에 섰다. 붉은 페인트로

'덕트 사무실'이라고 쓰여 있었다. 전 씨가 안을 빤히 보더니 사장이 있다고 했다. 현장에는 추워서 그런지 사람이 얼마 보이지 않았다. 배관설비 하는 친구들이 벽돌을 쌓은 벽 귀퉁이에서 한 말짜리 깡통에 불을 피워 화장실용 주철에 납을 부어가며 망치질을 하고 있었다. 전공(電工)이 간간이 보이고 덕트 아주머니 둘이 유리솜 보온을 하고 있었다.

성호와 이 씨와 전 씨가 안으로 들어가려는데 아주머니 둘이 그들을 보고 수군덕거렸다. 한눈에 봐도 노동일을 하는 사내 셋인데, 이런 평일에 굳이 사무실을 찾아온 것은 돈 받는 일 아니면 없다고 생각하는 것 같았다. 사무실 안은 훈훈했다. 한쪽 벽 앞에 놓인 책상에서 도면을 보던 사장이 그들을 보고 순간 당황한 모습을 보이더니 이내 여유 있게 손을 들어 인사를 했다. 그의 앞에 놓인 난로에서 삐져나온 나무가 불똥을 튀며 지글지글 타고 있었다.

조공인 성호는 뒤로 빠지고 이 씨가 나서 사장의 손을 잡고 인사를 했다. 사장은 어서 오라고 반기며 의자를 내밀었다. 자리에 앉자 김 사장은 정 반장을 들먹이며 욕을 해대기 시작했다. 셋은 욕이 끝날 때까지 잠자코 듣고 있다가 이야기를 꺼내기 시작했다. 사장은 이미 무슨 말을 할까 계산을 해놨겠지만, 예의상 인상을 구기며 끝까지 들어주었다.

기능공인 이 씨가 나서서 주로 이야기를 했는데 성호 마음에는 들지 않았다. 이 씨는 사장의 감정을 헤아리며 눈치껏 말을 했다. 성호는 손을 까딱거리며 심드렁하게 불을 쬐기만 했다. 생각 같아서는 사장의 멱살을 잡고 밖으로 나가 아주머니들이 보는 앞에서 두드려 패고 싶었다. 오히려 말도 제대로 못 하는 이 씨까지 덩달아 패고 싶었다. 그는 억지웃음을 띠며 본의 아니게 온 것처럼 굽실거리며 죄인처럼 말을 하고 있었다.

이 모든 것은 정 반장 때문에 일어난 일이다. 놈을 잡으면 목을 물어뜯은 다음 한강으로 끌고 가 돌을 매달고 강에 던져버리고 싶은 심정이었다. 이토록 화가 난 것은 신촌 현장에서 일한 임금 때문이다. 사흘 전에 정 반장이 사장에게 여덟 명의 임금을 받아 온다며 이곳까지 왔다가 돌아오지 않았다.

3시까지 온다던 놈을 밤 10까지 기다렸으나 연락이 없었다. 일을 마치고 늦도록 기다리다 사장에게 전화했더니 놈이 오전에 임금을 받아 갔다고 했다. 현장으로 간다고 했는데 오지 않았느냐고 되물었다. 혹시 오다 사고가 났나 싶어 여기저기 전화해본 끝에 놈이 돈을 가지고 도망친 것을 알았다.

전에도 그런 짓을 했다는 말을 들었을 때 앞이 깜깜해졌다. 어제는 놈의 집에 가봤는데 허름한 판잣집 단칸방에 아이들 둘이 꾸물거리며 배를 곯고 있었다. 아빠가 어디에 있는가 물었더니 못 봤다고 했다. 모르긴 해도 아이들도 아버지에게 훈련이 잘된 것으로 보였다.

세상은 신드바드의 모험과 같다. 신기한 일도 많고 알 수 없는 인간도 많다. 상식을 넘어서 행동하는 놈들의 머리와 심장은 어떻게 생긴 것일까? 겨울에 한 달쯤 놀다 간신히 붙잡고 일한 현장이었다. 누군가 책임을 물어야 하니 별수 없이 사장 멱살을 잡으러 온 것이다. 더구나 사장과 정 반장이 오랫동안 일한 사이니 그 내막을 누가 알겠는가.

사장은 반장에게 이미 돈을 다 주었으니 책임이 없다고 완강하게 버텼다. 보다 못한 성호가 나서서 따졌지만, 사장의 뜻을 바꿀 수 없었다.

"사장님도 얼마는 책임이 있는 거 아닙니까? 정 반장은 일꾼이 아니라 사장님 밑에서 월급제로 있는 관리잡니다. 안 그래요?"

성호는 물러서지 않았다. 둘이 주고받는 목소리가 커졌다. 성호가 책상을 걷어찼다. 차라리 사장과 이야기를 하느니 그편이 나았다. 성호가 얼굴을 붉히며 갖은 욕설을 해대자 자신만만했던 사장도 조금씩 태도가 누그러지기 시작했다. 그렇다고 돈을 주겠다는 말은 끝까지 하지 않았다. 결국 성호는 사장의 멱살을 잡아 일으켜 세웠다. 그때부터는 논리고 뭐고 없이 무조건 욕을 퍼부었다. 사장은 성호의 손을 뿌리치려고 몸을 뒤틀었지만 어림없었다. 되레 같이 간 사람들이 성호를 말렸다.

"자네는 모든 책임이 나한테 있다는 태도군."

간신히 손에서 벗어난 사장은 한 발 떨어져 눈을 흘기며 성호를 탓했다.

"닥쳐, 돈 주겠다는 말 이외에는 한마디도 하지 마! 당신 오늘 끝난 줄 알면 돼!"

"없는 돈을 어떻게 주나! 이미 돈이 나간걸."

사장이 의자에 앉으며 버텼다.

전 씨도 못 참겠다며 웃통을 벗더니 사장에게 덤벼들어 멱살을 잡았다. 그때 밖에서 일하던 일꾼들이 들어와 싸움을 말렸다. 반쯤은 아는 사내들이었다. 하지만 그들도 사장 편이라기보다는 일꾼들 입장이었다. 말리기는 하지만, 한마디씩 거들었다. 돌아가는 판을 보니 자신들의 문제이기도 했다. 이러다가는 그들도 일 못 하겠다고 손을 뗄 판이었다. 사장도 안 되겠는지 다른 방법을 쓰기 시작했다.

"아, 거참 젊은 사람이, 일단 앉아봐. 내가 떼먹을 게 없어서 임금을 떼먹나? 얼마나 한다고. 나 그런 사람 아니야. 알잖아? 경우가 그렇다는 거야, 경우가! 내가 억만금이 있어도 경우가 아니면 못 주는 것 아닌가? 나도 피해자라고. 그래서 방법을 찾자고 여기 이렇게 앉아서 이야기하고 있지 않나."

김 사장과의 언쟁은 마치 결승점 없이 뛰는 경기 같았다. 뭔가 줄 듯하면서 역시 말끝에는 아무 내용이 없었다. 둘 중 하나를 선택해야 했다. 사장의 모가지에 밧줄을 걸어 문짝에 매달든가 아니면 소란을 피워 죄송하다고 사과하고 조용히 문 닫고 나오는 방법이었다. 생각할 필요도 없이 사장의 목을 매다는 것인데, 여우 같은 사장이 뜬금없이 제안을 하나 던졌다. 그로서는 마지막 카드를 내민 셈이었다.

김 사장은 자신이 해결하겠다며 현장 일꾼들은 모두 나가라고 했다.

김 사장은 확실히 사기꾼과 장사꾼을 합쳐놓은 기질이 있었다. 논쟁을 흥정으로 바꾸어 거래를 시작했다. 무엇을 어떻게 거래할 것인가? 사장은 준비되어 있었겠지만 성호와 그의 친구들은 얼떨결에 뛰어든 흥정판이었다. 사장은 닳고 닳은 야바위꾼이었고 셋은 지나가던 행인이었다. 마치 고무줄 야바위에 걸린 행인처럼 성호 일행은 매번 잘못된 선택에 낚이면서도 다음 순간을 기대하는 바보가 되었고, 이제 시간이 지나면 셋의 주머니는 털리고 사장은 돈을 챙겨 도망치면 되는 것이었다.

김 사장은 셋과 눈을 마주치더니 전혀 다른 분위기를 만들었다. 성호 일행은 자신들의 큰 목소리는 감추고 사장의 낮은 목소리에 귀를 기울였다. 성호는 이 상황이 놀라운 것이 돈을 주겠다는 말이 아닌데도 이렇게 조용히 귀를 기울이는 자신이었다. 자고로 사기는 알고 당한다는 말이 맞았다. 사기꾼은 친구처럼 왔다가 도둑처럼 떠나는 것이다. 사장이 내민 선택에는 무엇을 찍든 자신은 손해를 입지 않을 것이다.

사장의 머릿속에는 이미 세 사람이 찾아와서 떠날 때까지 모든 일이 정확한 순서에 의해 그려져 있었을 것이다. 김 사장은 능숙한 영업사원처럼 셋이 절망에 빠진 것을 확인하고 살짝 생명 줄을 드리웠다. 잡으면 살고 안 잡으면 죽는다는 말을 떠들어댔다.

"내가 아는 부장이 중동에서 사람을 모집하는데 돈벌이가 꽤 괜찮더군. 이왕 일이 이렇게 되었으니 자네들이 생각이 있다면 모든 절차를 무시하고 내가 보내주도록 하지. 지금은 중동 가기가 워낙 어려우니 말이야, 시험도 까다로워졌다고 하더군. 내가 말을 하지 않아도 잘 알겠지만."

셋은 일단 고개를 저었다. 중동에 가려면 다른 길을 찾았을 것이다. 당장에 생활비로 써야 할 돈을 어떡하든 받아야 했다. 그런데도, 사장의 제안으로 셋의 목소리는 처음보다 많이 누그러졌다. 그들의 머릿속에서 혹시나 하고 계산을 시작했기 때문이다. 사장은 그 눈치를 놓치지 않았다. 눈을 내리깔며 귀에 솔깃할 이야기를 꺼냈다. 지금 중동에 보내려고 하는 곳은 외국인 회사라고 했다. 더구나 국내 회사보다 모든 조건이 좋은 독일 회사라고 했다. 사장은 잠시 뜸을 들였다. 그는 눈을 내려 책상 모서리를 쳐다보고 있었다. 잠깐 침묵이 흘렀다. 전 씨가 침을 꼴깍 삼켰다. 전 씨의 머릿속은 한층 더 복잡해졌다. 사장은 다시 웃음 띤 얼굴로 선심을 쓰듯 모든 것은 자기가 알아서 할 테니 여권하고 취업비자만 만들라며 자세하게 절차를 설명해주었다.

독일 회사라는 말에 다른 둘이 입을 다물고 성호를 쳐다보았다. 성호도 얼핏 드는 생각에 사기인 것도 같지만, 만약 저 말이 사실이라면 그다지 나쁘지 않았다. 국내에서 기껏 벌어봐야 매월 20만 원도 큰돈인데, 한 달에 40, 50만 원에 더구나 잔업까지 한다면…이란 말에 귀가 솔깃했다. 2년만 고생을 한다면 여기서 까먹은 돈 몇 배는 보충하고도 남았다. 어차피 지방 가서 1년 일하나 고생이 되더라도 외국에 가서 일하나 별 차이가 없었다. 단, 20만 원씩 소개료를 내야 한다는 말에 마음이 걸렸다. 하지만 성호 말고 두 사람은 그 20만 원이 작게 느껴졌다.

"세상에 공짜란 없는 법이니까!"

그들의 혹한 듯한 모습에 성호도 더 말을 잇지 못했다. 20만 원이 수수료라는 말을 하니, 의심과 경계심이 풀리고 사장 쪽으로 마음이 기울었다. 구체적이었다. 성호는 자기가 되레 자신을 설득했다. 이 씨와 전 씨는 이미 중동에 도착한 것처럼 들뜨기 시작했고 사장은 능숙한 자신의 능력에 만족하고 있었다. 셋은 사람들과 논의를 해본다고 말을 하고 꽁꽁 얼어붙은 밖으로 나왔다. 사장은 기분 좋게 웃었다. 서로 도움이 되는 쪽으로 일이 풀리는 것 같으니 자신은 너무 기분이 좋다고 너스레를 떨었다.

버스를 타고 한강을 건너는데 하염없이 길게 느껴졌다. 여성 차장도 그런 기분이 드는지 난간에 기대어 겨울 햇살에 반짝이는 한강을 멀리 보고 있었다. 하늘색 유니폼이 몸에 꽉 끼었다. 억지로 입은 옷은 품이 몹시 팽팽했고 소매는 짧아 가는 팔뚝이 드러나 측은하게 느껴졌다. 차장의 눈에 비친 세 사람도 불쌍해 보일 것이다. 젊고 가난한 것들…. 겨울 낮의 햇살이 그저 억지로 밝힌 맥없는 조명처럼 그들의 얼굴을 비출 뿐이었다.

샛강을 지나는데 청둥오리들이 낮게 날아 강을 따라 멀어져가는 것이 보였다. 강을 건너는 버스 안이 마치 긴 여행을 떠나는 기분이었다. 다른 동료가 기다리는 현장으로 돌아와서 사장이 내놓은 제안을 중심으로 이야기했다. 이 씨는 무슨 대단한 것을 얻은 양 침을 튀며 떠들었다.

돈도 못 받고 엉뚱한 제안을 들고 왔는데도 사람들이 기뻐했다. 떼인 돈은 기억에서 사라지고 전화위복이라느니 구사일생이라느 니 떠들었다. 한 사람만 불가피한 이유를 대고 나머지가 다 사우디 행 비행기를 탈 각오를 밝혔다. 그들은 운이 좋다고 생각했다. 누구 는 시험을 보려고 학원도 다니고, 누구는 노동일을 오래 한 것처럼 보이려고 물에 부풀린 손을 바닥에 문질러 굳은살을 만들었는데도 못 가는 곳이라고 했다. 중간 거간꾼에게 많은 돈을 주고 가기도 했 으며 실질적인 힘이 있는 회사 간부에게 돈을 쓰기도 한다고 했다. 중동은 누구나 가고 싶어 했지만, 국내 회사보다 좋은 외국인 회사 에 보내준다니 한 달 임금이 문제가 아니었다.

"웃어, 웃자고. 사장을 처음 딱 봤을 때 그런 사람이 아니더라고. 호인이야, 말투도 얼마나 점잖은지. 그런 사장 멱살을 잡았으니…, 못된 놈 같았으면 멱살 잡히고 이런 좋은 자리 소개해주겠어? 어림 도 없지. 나 같으면 경찰을 불렀어. 억지도 분수가 있지, 안 그래?"

김 씨는 되지도 않는 열변을 토했다. 같은 이야기를 토씨만 바꿔 되풀이했다.

성호도 그들이 기뻐하는 모습을 보고 덩달아 기분이 좋아졌다. 성호는 사장이 나쁜 놈이던가? 자신에게 물었다. 혼란스러웠다. 그 의 말대로 의심이 많은지 몰랐다. 어쩌면 자신의 의심은 잘못된 것 이고 애초 행운의 여신이 행운을 더욱 크게 주려고 처음 정 반장을 통해 고통을 주었는지 모른다. 다시 생각을 해보니 목이 짧고 뚱뚱 한 사장이 가끔 말을 할 때 손가락을 세우고 뜸을 들이며 '거, 뭐냐?'

하는 모습이 귀엽게 느껴졌으니 말이다.

다시 사장을 만나 여권과 취업비자를 만들고 자신들은 일없이 기다리면 되었다. 사장은 전화해서 빨리 출국을 서두르라고 했다. 물론 돈을 가져오는 사람에 한에서 해당하는 말이었다.

사람들이 돈을 마련해 사장에게 전하자 3월 초에 비행기표까지 나왔다.

사장은 중동으로 떠나기 전에 자기 급한 현장에서 잠깐 일을 해달라고 해서 기꺼이 가서 해주었다. 물론 돈은 통장으로 보내주겠다는 말을 한 치의 의심 없이 받아들이면서.

"만약 사기면 어떻게 하지?"

성호가 문득 말을 꺼내자 그들은 인생 그따위로 살지 말라고 핀잔을 주었다.

"그래도 사기면? 중동까지 가서….”

"그게 말이 돼? 이역 만리까지 가서 죽으라는 건데, 그건 말이 안돼. 인간으로 어떻게 그래? 감옥 가는 건데.”

기능이 그중에 낫고 경험이 많다는 김 씨는 끝까지 의심하지 않았다.

"그래도 사기면?"

"방법 없지. 지금 와서 되돌릴 수도 없잖아.”

맞는 말이다. 지금 거절한다면 모든 것을 잃을 수가 있었다.

다행히 3월 초 약속한 날 출발을 할 수 있었다. 출국 전날 사장은 그럴듯한 인쇄물을 넘겨주었다. 회사 전화번호와 현장 주소 그리고 지도가 그려져 있었다. 공항에 도착하면 외국인 회사에서 사람이 나와 인솔을 한다는 이야기였다.

"건강검진 같은 거 안 받아요?"

김 씨가 들은 이야기가 있어서 물어보았다.

"독일 회사는 그곳에서 받아요. 내가 알기로는 형식적이라 상관없데요. 아무래도 나름대로 방법이 있지 않겠어요? 외국 회산데."

더불어 중동에 관한 여러 이야기를 들려주었다. 전 씨 형제는 포장마차에서 술을 마시고 나와 사장과 껴안으면서 인생의 은인이라고 떠벌렸다. 눈물까지 글썽이면서.

누구든 노동일을 오래 했다면 그는 정상인과 바보 사이에서 상당 부분 바보 쪽에 기울어 있는 사람이다. 순박하지만 본의 아니게 뜯기는 데 익숙해 있기 때문이었다. 바보가 아니면 오랫동안 노동일을 할 수가 없다. 이 사회란 그런 것이다. "난 순수한 임금노동잡니다." 그렇게 떠들 때, 상대는 두 가지를 생각할 것이다. '바보 아냐? 불쌍하군' 아니면 '정말 순수하군, 뼈째 발라먹어도 되겠어!'

다음 날 가방 한두 개씩 들고 공항에서 만났다. 사장도 활짝 웃으며 손수 짐이 많은 가방을 들어주었다.

"사장이 공항까지 와서 가방을 들어주는군. 성호 씨, 저 옷 입은 꼴을 봐라. 사장도 노가다야. 너무 미워하지 마! 순진하면 돈 못 벌어. 늘 저 고생이잖아."

이 씨는 가방을 들어주는 사장이 불쌍하다는 말을 했다. 다른 이들도 황송하게 생각을 했다. 누군가 음료수를 사와 사장에게 고맙다고 건네주었다.

비행기를 타게 된 사람은 모두 일곱이었다. 성호와 봉천동 이 씨, 그리고 신림동 전 씨 형제와 혈기 왕성한 젊은 친구 셋. 나이는 이 씨가 제일 많은 서른다섯이었고 김 씨와 박성호는 서른셋, 전 씨 형제는 이제 서른과 스물여덟 나머지는 두어 살 어린 친구들이었다.

많은 사람이 중동에 다녀오고 있을 때였다. 그들도 한 번쯤은 가야지 하고 생각을 하고 있었다. 당시만 해도 언제까지나 중동의 모든 일은 대한민국이 다 할 거라는 생각을 하고 있었다. 중동에 나가 일을 하고 오는 것은 특별한 사람들이 하는 특별한 일이 아니고 늘 있는 평범한 일상인 줄 알았다. 이들을 태운 비행기가 공중으로 올라 김포공항을 빠져나가기 시작했다. 사내들의 마음은 비행기보다 빠르고 높게 떠 돈 벌 꿈에 부풀었다.

얼마나 날아갔나? 거의 온종일 하늘에 있었던 것 같다. 드디어 그들이 리야드 상공에 도착했다.

그러나 일곱 바보가 도착한 공항은 황망하고 썰렁했다. 누구도 그의 친구가 되어 손을 내밀지 않았다. 다음에 뭘 해야 하지? 세상에 이러한 공포가 또 있을 수 있나 싶었다. 이 씨는 너무 초조해서 말까지 더듬었다.

"어어, 어떻게 되, 된 거야? 박 씨. 여기서 누, 누굴 찾아야 하는 거야? 사장이 누굴 기다리라고 했나? 아니면 찾아가라고 했나?"

성호의 머리도 하얗게 비었다.

일곱 명의 사내는 공항에 내려 가방을 내려놓고 둥글게 서서 서너 시간을 기다린 끝에 비로소 자신들의 처지를 이해할 수 있었다.

뭔가 잘못된 것이다. 그런데 뭐가 잘못됐는지 아직 모르고 있었다. 그들은 정 반장에게 당한 일이 떠올랐다. 악몽은 아직 끝나지 않았다. 공항에서 그들에 대한 어떠한 일도 일어나지 않았고 일어날 기미도 보이지 않았다. 낯선 외국인들과 한국 노동자들, 공항 직원과 경찰들, 그리고 오르고 가라앉는 비행기, 문제는 이 모든 게 꿈이 아니고 현실이라는 점이다.

시간이 갈수록 이 씨는 사색이 되어갔다.

성호는 담배를 물었다. 비행기가 이륙하고 착륙하는 소리도 들리지 않았다. 느리게 걷는 사람들과 깨끗한 대리석으로 만든 바닥에서 반사된 햇살, 높은 천장과 더운 공기, 어디서 나는지 알 수 없는 이국의 냄새가 몰려오고 환영 나온 사람들이 떠드는 소리와 정신을 잃기 직전 동료들의 거친 숨소리만 귓전을 울렸다. 성호는 자신의 심장 뛰는 소리를 듣고 있었다.

머리가 어지럽고 현기증이 났다. 입이 말라 담배 맛이 느껴지지 않았다. 사장이 가방을 들어주던 모습이 머릿속에서 떠나지 않았다. 마치 유리 조각이 머리에 박혀 뇌를 자극하는 기분이었다. 상상도 할 수 없는 일, 도저히 인간사에서 들도 보도 못한 일들, 알리바바와 40인의 도적들을 뛰어넘는, 상상을 초월한 이야기가 지금 이 순간 벌어지고 있었다. 자기와 한 달을 땀 흘려 일한 동료의 돈을 가지고 도망친 놈과 외국으로 한 방에 날려버리는 사기를 치기 위한 사장의 웃음. 그는 한강을 건널 때 먼 곳을 바라보던 차장의 눈이 떠올랐다. 무엇을 보고 있었을까? 그저 반짝이는 강물이었을 뿐이었는데. 아무 영감도 주지 않는 차가운 겨울 한강이었는데. 처가 외국 가기 전 뜨겁게 사랑 한번 하자고 했을 때 거절했었다. "외국 가는데 부정 탄다! 그렇지 않아도 일이 꼬이는데 사고 나면 책임질래!" 하고 물리쳤었다.

"멍텅구리, 등신, 판자촌에 사는 놈!"

성호는 악을 쓰며 주먹으로 자신의 머리를 있는 힘껏 서너 번 후려쳤다. 다른 동료들은 어떤 생각을 해야 하는지조차 가늠 못 하고 당황한 모습이었다. 조금 더 그대로 두면 바지에 오줌이라도 싸고 울 것 같았다.

성호는 자신을 타일렀다. '지금이 가장 중요하다. 지금이, 가장, 중요하다. 지금이.' 그는 후들거리는 손을 진정시키고 김 사장이 준 회사에 전화했다. 조금 전과 같다. 혹시나 했는데 역시 똑같았다. 다시 두 번 세 번 했지만 기대했던 일은 일어나지 않았다. 그들은 외국에 버려져 미아가 된 것이다.

이 씨는 자포자기하고 줄담배를 피웠고 전 씨 형제는 놀라울 정도로 파랗게 질려 있었다. 덫에 걸린 토끼가 여우를 만난 꼴이었다. 전 씨는 박성호에게 다가와 넋 나간 표정으로 이야기했다.

"돌아갈 비행깃값이 없어!"

정확한 판단이었다. 그 말을 들은 다른 사람들 역시 서울행 비행기표를 끊을 수 없는 자신의 처지를 떠올렸다.

성호는 벌떡 일어서 가방을 발로 걸어차기 시작했다. 이 씨도 자신의 가방을 던지고 발로 걷어찼다. 그는 김 사장과 정 반장이 짜고 자신들의 임금을 빼돌렸으며 돈을 받고 이곳으로 보냈다고 소리쳤다. 그의 소리에 전 씨 형제도 다른 젊은 친구들도 지지 않고 한마디씩 던졌다.

성호는 의자에 앉아 자신의 머리를 잡아 뜯었다. 수많은 생각이 그의 머릿속에서 들끓었다. 도저히 차분해질 수가 없었다. 사장의 그 순박한 얼굴이 순간순간 떠올랐다. 자신이 너무 빤한 사기를 당한 것이 분하고 억울해 눈물이 찔끔 나왔다. 자신은 잘못된 답을 좇아 근 보름을 헤매다 결국 수렁에 빠진 거였다. 독일인 회사, 군 내무반 같은 노무자 숙소가 아니라 두 명이 쓰는 방에서 생활할 수 있으며, 돈도 두 배로 많이 벌고, 작업량은 두 배로 적고, 그런 개수작에 넘어가 흥분했던 자신을 증오했다.

"우리 대사관을 한번 찾아가볼까?"

이 씨가 방안을 하나 만들어냈다. 가장 현실적인 내용이었다. 대사관을 찾아가 사정을 해서 돌아가자는 말이었다. 다른 이들이 그 방법밖에 없군, 하면서 어떻게 대사관을 찾아갈까 고민을 했다. 나쁜 방법은 아니지만, 성호는 이틀 만에 집으로 돌아갈 걸 생각하니 그것도 앞이 깜깜한 노릇이었다.

처가 깜짝 놀랄 것이다. 그리고 울 것이다. 한 달 일한 돈을 떼이고, 보름쯤 놀다가 한 달 치 일한 돈을 주고 간 사우디에서 사기당하고. 처를 볼 면목이 생기지 않았다. 돌아가다 인도양에 떨어져 죽으면 죽었지 가지 않을 거라고 다짐했다. 성호는 사람들을 진정시키고 이야기를 시작했다. 다른 방법을 찾아보자고 했다.

그때 한 무리의 사내들이 옆을 지나갔다. 그들은 한국 회사 직원들로 보였다. 뭔가 생각이 난 듯 성호는 종이를 들고 그들에게 다가가 이 회사가 어디에 있는가 하고 물었다. 그들은 서로 얼굴을 보면서 난처한 웃음을 짓더니 회사가 있기는 한데 무슨 일인지 물었다. 사정 이야기를 하자 고개를 끄떡이며 그 회사에서 사람을 고용해도 이런 식으로 하지는 않는다고 했다. 인솔자가 없는 경우는 없다고 했다. 현장 위치도 다르다고 했다. 거간꾼에게 사기를 당한 것 같다고 했다. 그들은 한국 놈들이 하는 짓이 야비하다고 주고받았다. 근래 종종 이런 경우가 생긴다고 했다. 그들은 떠나면서 힘을 주는 한마디를 해주었다. 시내에 현장이 많으니 한번 찾아보라고 했다. 그 말은 박성호에게 꽉 막혔던 숨통을 뚫어주는 한 줄기 빛이었다.

성호는 동료에게 그 말을 전해주었다. 그러고 나서 일행을 설득했다. 어차피 여기까지 온 것 최소한 돌아갈 차비라도 벌어야 하지 않겠는가, 지금 상태로는 죽어도 갈 수 없다, 일단 여기서 나가 일자리를 찾아보자, 그래도 그게 아니면 대사관을 가든 헤엄쳐 가든 돌아가자! 성호의 말을 듣고 난 사람들은 짜증스런 표정을 지었다. 마치 이 일을 만든 장본인이 성호라고 생각하는 것 같았다. 이를테면 더는 네 말은 듣지 않겠어! 하는 투였다. 몇 번을 할 수 있다는 말을 반복했지만, 들으려고 하지 않았다. 그들은 전혀 낯선 곳에서 두려움을 느끼고 있었다. 또 한 번 좌절하면 미치거나 차 밑으로 뛰어들어야 한다고 생각하는 듯했다.

그들은 공포에 억눌려 어떤 방법도 두려워하고 있었다. 특히 이 씨 같은 경우 더 화를 냈다. 여기서 불미스러운 일을 당하면 뼈도 못 찾는다는 허망한 말을 뱉었다. 그의 심장은 공포로 미친 듯이 쿵쾅대고 있었다. 이 씨는 죽음의 사신이 다가와 모가지에 칼을 씌우기 전에 빨리 대사관을 찾아가고 싶어 했다. 이 씨는 사장에 대한 분노도 정 반장에 대한 분노도 없었다. 그저 이 난처한 상황을 빨리 벗어날 수 있으면 그것으로 새로운 생명을 얻을 것만 같았다.

공항 대기실에서 말다툼이 벌어지고 말았다. 성호는 못 간다고 버텼고, 다른 이들은 자기들만이라도 돌아가겠다고 선언을 했다. 그들은 성호가 내민 내용이 너무 비현실적이라고 느꼈다. 말다툼으로 서로가 지쳤을 무렵 성호도 결국 그들의 의견에 따르기로 했다.

공항을 나가자 일행은 차츰 진정이 되었다. 공기도 달라졌고 변화도 생겼다. 공항 앞에 커다란 건물이 올라가고 있었는데 현장 입구에 국내 대기업 로고가 선명하게 찍혀 있었다. 성호가 무슨 말을 하려고 하자 사람들이 외면하고 지나쳤다. 다음 블록으로 가자 그곳에도 국내에서 손가락에 꼽히는 건설회사 로고가 보였다. 대사관으로 찾아가는 길 중에 두 번, 세 번, 네 번째 현장을 통과하다 성호는 자리에 멈추어 서서 선언을 했다.

"난 한 발짝도 움직이지 않을 거야, 절대로! 자, 둘러보라고. 여기는 우리나라보다 더 일이 많아. 저기도 있네. 죄 우리나라 아니면 일본 현장이잖아. 나는 여기서 비자에 쓰인 날짜 다 채우고 갈 거야. 겁쟁이들은 돌아가라고. 갈 사람은 가고 나와 남겠다는 사람은 현장을 찾아보자고. 일이 있는데 사람이 필요 없겠어? 안 그래? 마누라한테 뭐라고 할 거야? 나, 사기당했어. 애들한테는? 아빠 사기당했단다. 그게 말이 돼? 그러고도 가장이야? 난 죽어도 여기서 죽고 살아도 여기서 살아! 난 당장 저 현장에 들어갈 거야! 그리고 무슨 일이든 할 거야! 김 사장에게 이렇게 당할 수는 없어. 그 새끼는 내가 반드시 죽일 거야. 하지만 지금은 아니야. 지금 우리가 가면 어디로 도망쳐 숨어버릴걸."

성호는 가방을 들고 현장 쪽으로 몸을 돌려 혼자 뚜벅뚜벅 걸어갔다. 건설 현장 사무실 문 앞에 다다라 뒤를 돌아보니 일곱이 고개를 숙이고 따라오고 있었다. 성호는 그들을 기다리고 있다가 가까이 오자 어깨를 다독였다.

"아무 일 없을 거야! 여기서 돌아가면 진짜 사기당하는 거야. 비록 독일 회사 같지는 않겠지만, 국내보다는 나아. 운명은 항상 나쁜 방향으로만 가지 않아."

"여기는 너무 더워!"

전 씨 형제 중 동생이 울상을 지으며 말했다.

"지금은 아무것도 아니야, 이게 겨울날이라잖아. 여름에는 40도, 50도까지 올라간데. 익숙해지면 남은 것이 얼마나 잘한 일인가 알게 될 거야, 지금보다 나쁜 일이 일어나겠어? 잃을 돈도 없잖아. 하루만 지나면 나에게 고마워 절을 할걸."

성호는 그럴듯하게 말을 했다. 그 말이 그들에게서 두려움을 어느 정도 거둬주었다.

일곱이 가방을 메고 사무실로 찾아 들어가니 한국 사람들이 사무를 보고 있었다. 현장에도 대부분 한국 사람이었다. 한국 사람들이 있는 것만으로 그들은 용기가 났다. 사람들 얼굴에 화색이 돌더니 농담까지 지껄였다. 일에 관해서는 이 씨가 잘 알지만 그들과 대화하기를 꺼리며 성호를 내세우고 뒤로 빠졌다. 성호가 한 사내를 만나 사정을 이야기하니 설비 담당이란 사내가 왔다. 그는 사정을 듣고 나서 약간 비웃는 듯한 표정을 지었다. 대충 귀찮은 듯 성호 일행을 훑어보고 정 그렇다면 같은 국민으로서 딱하니 일꾼으로 고용하겠다고 했다. 단, 숙식은 알아서 하고 일당은 전체 평균 1만 원씩 하겠다는 조건이었다. 그 말에 모두 기쁨에 넘치는 얼굴이었다. 성호는 고개를 끄떡이며 생각을 해보았다. 국내보다는 많은 임금이지만 숙식이 마음에 걸렸다. 다른 사람들은 모두 괜찮다는 얼굴이었다. 성호는 잠깐 입맛을 다시더니 담당자에게 숙식을 제공해 달라고 했다. 설비 담당이라는 사내는 더 할 말이 없으면 가보라며 책상 위에 서류를 내려놓았다. 성호도 좀 더 생각을 해보고 오겠다고 말을 하고 발길을 돌렸다. 사람들이 나와서 화를 내며 다시 들어가서 일을 하자고 떠들어댔다.

"여기서 사람을 쓰는 걸 보면 다른 곳에서도 쓸 수 있는 확률이 높아. 일단 보이는 게 현장인데 한번 둘러보고 결정을 하자고. 이런 곳에서는 배짱이 없으면 죽어야 해. 한번 계약하면 꼼짝도 못 하는 거 알잖아. 정 그러면 딱 한 군데만 더 둘러보고 결정을 하자고. 다른 곳에서도 이렇게 나오면 그렇게 하는 거야!"

그는 사람들을 데리고 오던 길로 돌아가 좀 더 큰 현장으로 들어갔다. 그 대신 다른 사람들을 놔두고 이 씨만 데리고 들어갔다. 뜨내기처럼 몰려다니면 가치가 떨어진다는 생각이 들었다.

이번에는 사정 이야기를 하지 않고 취업 기간이 남아서 그러는데 남은 기간에 일할 수 있는가 물었다. 자신을 서 대리라고 소개한 담당자는 성호를 반겼다. 서 대리는 마침 현장에 덕트가 들어가야 하는데, 다른 곳에서 오기로 한 사람들이 불가피하게 못 오게 되어 고민하고 있었다고 했다. 이번에는 앉아서 대화를 나눌 수가 있었다. 커피와 콜라가 나왔다. 성호는 커피를 마셨다. 이 씨는 콜라를 마시고 한 잔 더 따라 마셨다. 대화가 짜고 치는 고스톱처럼 술술 풀렸다. 서 대리는 성호와 비슷한 나이였고 겸손함이 느껴졌다. 그 친구는 노동자에 대한 존중을 알고 있었다.

그는 숙식할 곳도 마련해주고 일당은 12000원까지 준다고 했다. 서 대리는 한 가지 더 제안을 했는데, 팀에서 일을 맡아서 한다면 서로 좀 더 이득이 될 수 있다는 이야기였다. 국내 회사에서 직접고용을 해서 들어오면 서류 처리가 간단한데, 현지에서 고용하면 복잡하다는 것이 이유였다.

그 말을 들으니 그럴듯했다. 이 씨는 조금 못마땅한 표정을 지었지만, 성호는 좋다고 결정을 해버렸다. 밖에서 기다리던 사람들은 이야기를 듣자 환호를 질렀다. 그들은 현장 근처에 있는 괜찮은 숙소까지 안내받았다. 그 정도면 현장 안 창고에 비하면 일급 호텔이 었다. 밥은 현장 식당에서 해결하면 된다고 했다.

"우리는 맡아서 할 실력이 안 된다고. 우리는 꼬마들이야. 잘못하면 일당보다 못해."

이 씨는 조심스럽게 말을 했다. 이미 계약이 끝난 상태였다. 성호는 옷을 벗고 가방을 풀면서 그를 안심시켰다.

"이 형은 아무 걱정하지 마! 모든 일은 내가 처리할 테니까 일만 신경을 쓰라고. 일 외에 것은 다 내가 할 테니까."

"내일 당장 물량을 신청하라고 도면을 주고 갔잖아. 물량을 어떻게 뽑을 거야?"

"덕트 하루 이틀 하는 것도 아닌데 뭘 그래? 내가 기능은 딸리지만, 사무는 좀 되잖아. 현장 보니까 이제 시작이네. 앞으로 1년은 더 해야 해. 뭘 겁을 내. 자, 보라고. 일단 물량을 대충 뽑아서 신청하는 거야. 국내서 가져오든 여기서 사오든 그건 자기들이 알아서 할 거 아니야. 어차피 한 번에 뽑지 못하니까 대충 뽑아서 주고 부족분은 그때 가서 또 신청해야지. 남는 것은 버리면 되고. 간단한 일이야. 그건 내가 알아서 한다니까. 그리고 옆에 다른 현장에 덕트가 있던데, 모르면 가서 물어보면 되지 않겠어? 외국이 아니라 국내라고 생각을 하자고."

성호는 이 씨 말을 일축하고 도면을 펼쳤다. 그는 이 씨를 앉히고 도면을 파악하기 시작했다. 이 씨는 박성호에게 도면에 대해 자세히 설명해주었다. 성호는 물량 뽑는 것을 어깨너머로 배워 알고 있었다. 결국, 이 씨가 물량을 뽑았고 성호가 꼼꼼하게 신청서를 만들었다.

다음 날 현장에 출근해서 물량신청서를 내미니 담당 대리가 기존 양식을 주어 옮겨 쓰게 했다. 양식을 보니 자기들이 빠뜨린 것이 눈에 띄었다. 그는 짐작으로 대충 작성한 다음 그에게 넘겨주었다.

"전에 무슨 일을 하셨어요? 현장 일하시는 분들 이런 거 작성 익숙하지 않은데."

젊은 대리는 그에게 양식을 받아보더니 웃으면서 물었다.

"장사 좀 했어요. 근데 사는 원리는 다 그게 그거 아니겠습니까?"

"아, 어쩐지. 안심입니다. 대화가 되겠네요. 현장 사람은 일만 알지 대화하는 데 힘이 들더군요. 늘 소통이 문제죠."

"그건 제가 잘 알죠."

"저도 여기 대리 중에는 선임입니다. 이 현장 끝나면 과장 승진인데 함께 노력합시다."

"좋습니다."

성호 일행은 현장을 둘러보며 젊은 대리의 설명을 들었다. 이 씨의 말에 의하면 그다지 어렵지 않은 현장이라고 했다. 그렇게 해서 순조롭게 현장 생활이 시작되었다.

"현장 사람 말을 들으니까, 내일 할라스 광장에 간다고 하던데. 함께 갈 사람? 9시에 트럭 타고 간다네. 나는 갈 거야."

성호가 도면을 접으며 말을 했다. 그는 담배를 물고 벌러덩 누워 연기를 뿜었다. 씻거나 누워 있던 다른 사람들이 그 말을 들었다.

"그거 보면 며칠 잠도 못 자고 밥도 못 먹는다고 하던데."

큰 전 씨가 수건을 목에 걸고 나가면서 말을 했다.

"사우디까지 와서 그걸 안 보고 간단 말이야? 말도 안 되지. 그걸 보고 배워서 국내에 들어가 김 사장을 잡아다가 목을 치는 거야, 그 개자식을! 사람을 사우디로 보내놓고 죽든지 말든지 신경도 쓰지 않는단 말이지. 사람 무서운 걸 몰라!"

성호는 담배를 비벼 끄고 눈을 감고 지난 일을 생각해보았다. 벌써 사우디에 온 지 2개월이 흘렀다. 지금도 그때 공항에서 있었던 일만 생각하면 가슴이 떨렸다. 암담함을 극복했다는 게 믿어지지 않았다. 김 사장 그 인간 뱃속에는 뭐가 들었을까? 어떻게 하면 놈과 정 반장에게 되갚아줄 수 있을까 생각을 했다. 죽여서 묻어버려? 그는 고개를 흔들었다. 그렇게 간단한 벌을 내리다니.

"배관들이 오늘 개를 샀대. 아마 잡을 모양인데, 그쪽에나 다녀와야겠어. 어차피 내일 금요일이라 쉬는데 싸대기나 좀 얻어 마셔야지."

이 씨는 전 씨 형제와 방을 나가 배관공들 숙소로 갔다.

"이 형, 너무 술타령하지 마. 걸리면 귀국이야. 사우디 경찰이 꼭 잡겠다고 혈안이 돼 있는 모양이던데."

"걸리면 귀국하지 뭐! 몰래 마시는 술이 더 맛있다고."

"헛소리는. 내일 할라스 광장이나 가자고. 어디 가서 그걸 보겠어. 안 그래?"

"조금만 마실 거야. 대장 이해해줘. 술 구경할 때 해야지."

다음 날 일어나니 전 씨가 할라스 광장에 구경을 가려고 준비를 하고 있었다.

"술 마신 사람은 못 가!"

성호는 큰 소리로 말을 했다.

"개고기 먹으면 재수 없대. 숙소에 있는 게 나아!"

이 씨는 누워 일어나지 않았다.

전 씨는 막무가내로 따라나섰다. 밖으로 나가 현장 앞으로 가니 트럭이 준비되어 있었다. 다른 직종의 사람들도 나와 트럭에 올라타고 떠날 준비를 했다. 곧 트럭이 시동을 걸고 달리기 시작했다. 흔들리는 트럭에서 말소리도 잘 들리지 않았지만 특별하게 떠들어 대는 사람도 없었다.

얼마나 갔을까, 말로만 듣던 광장에 도착했다. 넓이는 가로세로 100미터쯤 돼 보이고 바닥에는 적색 돌로 삼각형 무늬가 수놓아져 있었다. 중앙에는 1미터 높이의 단상이 놓여 있었다. 단상 앞쪽으로 벌써 구경을 나온 사람들이 모여 수군덕거렸다. 그들에게는 사람 목을 치는 게 익숙해 보였다. 단상 앞으로 가니 서늘한 바람이 불었다. 바닥에는 핏물이 흐른 흔적이 고스란히 남아 있었다. 이미 수많은 목이 떨어져 이곳에서 굴렀고 상상할 수 없는 많은 피가 흘러 배수구로 빠져나갔을 것이다. 시간이 갈수록 사람들이 많이 모여들었다. 차도르를 두른 여인부터 얼굴이 맑은 어린이까지 차츰 광장은 소란스러웠다. 누구는 먼발치에서 구경을 하겠다고 하고 누구는 앞쪽으로 갔다가 중간으로 되돌아왔다. 성호도 목이 떨어지는 장면을 앞에서 보고 싶지는 않아 같은 동료들과 시답지 않은 농담을 하면서 뒤로 물러났다. 그들은 초조하게 일이 벌어지기를 기다렸다.

전 씨는 머리에 쓴 구트라로 얼굴까지 가렸다. 아마 얼굴의 숨기운을 감추려는 듯했다. 성호는 괜히 온 게 아닌가 하는 생각이 들었다. 근처 상가에 가서 집에 보낼 물건이나 살까 고민도 했지만, 자리를 뜨지 않았다. 꽤 모인 사람들 속에 군데군데 한국인도 보였다. 다른 현장 노동자들 같았는데 그들도 쉬는 날을 맞아 사형 장면을 보려고 나온 듯했다.

광장은 사람이 발 디딜 틈이 없이 가득 찼다. 어디서 이 많은 사람이 몰려왔는지 놀라웠다. 휘파람을 부는 사람도 있었고 코란을 보는 사람들도 있었다. 양복을 입은 백인들도 눈에 띄었다. 그들은 뭐라고 말을 주고받으며 웃었다. 어디선가 비위가 상하는 역한 냄새가 났다. 멀리서 바람에 실려온 냄새일 수도 있었고 가까운 누군가의 냄새일 수도 있었다. 아니면 단지 신경성일 수도 있었다. 시간이 갈수록 가슴이 떨렸다.

"죽음을 구경 나오다니…."

성호는 김 사장에 대한 격한 감정을 품고 호기롭게 나선 자신의 결정이 후회스러웠다. 갈수록 심해지는 냄새 때문에 불쾌감 역시 심해졌다. 머리가 아프고 어지러움이 느껴졌다. 구역질도 느껴지고 뭔가 무기력한 기분이 들었다.

누구는 천 명 정도밖에 안 된다고 했지만 성호가 보기에는 넘을 것 같았다. 단상은 빼곡한 사람들에 가려졌고 그들의 웅성거림은 종교음악처럼 들렸다. 죽이는 것을 구경하기 위해 종교의식을 행하듯 모여든 그들의 눈빛은 이상한 기대에 차 있었다. 오가는 사람들의 알아들을 수 없는 말투와 손짓, 웃음소리에 휩싸인 이국의 혼란스런 광장에서 성호는 갈수록 커지는 자신의 존재감을 느꼈다. 사람들, 사람들이 아닌 다음에야 이렇게 모이지 않을 것이다.

알 수 없는 냄새가 신경을 곤두서게 하더니 드디어 사람들 소리가 일시에 커지며 짧은 파문이 퍼져나갔다. 둘러보니 한쪽 도로에서 차가 들어오고 있었다. 그 뒤로 구급차와 소방차가 광장을 향해 달려왔다. 차 문이 열리고 형 집행관으로 보이는 사내들 서넛이 전통 의상을 입고 모습을 드러냈다.

그들은 사형 집행에 앞서 도둑질을 했다는 소년을 단상 위로 끌고 올라갔다. 손목을 자른다고 했다. 군중 속에서 호각 소리도 들리고 태연한 잡담 소리도 들렸다. 한 집행관이 코란 낭송을 마치자 목칼 형틀을 손목에 찬 것처럼 나무판자 구멍에 끼인 소년의 팔이 탁자 위에 올려졌다. 이어 소년의 손에 매질을 가하자 애절한 비명이 광장에 울려 퍼졌다. 집행관이 커다란 칼을 들자 성호는 눈을 감았다. 잠시 후 손뼉 치는 소리가 광장을 메웠다.

동생 전 씨 말로는 칼로 단박에 치는 것이 아니라 톱으로 썰듯 손목을 잘랐다고 했다. 그는 침을 꿀꺽 삼키며 몸을 떨었다. 열두세 살쯤 되어 보이는 소년의 잘린 팔목에 천을 둘렀는데 빨간 피가 배어 나오고 있었다. 그 모습을 보는데 팔목이 근질거렸다. 어깨 뒤로 소름이 곤두섰다.

소년이 구급차에 실려 가자 다른 차 한 대가 들어왔다. 사람들의 목소리가 비명에 가깝게 울려 퍼지고 짧은 파장의 환호가 광장에 가득 찼다. 인간의 억압된 광기가 집단을 통해 조금씩 비집고 나와 광장에 꿈틀거리는 괴기스러운 모습을 보는 것 같았다. 약간의 시간이 흐르자 사람들이 시선이 한쪽으로 쏠리며 떠들어댔다. 성호도 얼떨결에 소리가 나는 쪽을 보려고 발돋움했다.

차에서 내린 죄인은 이미 사람들의 독기 어린 시선과 중얼거림에 넋을 잃고 비틀거렸다. 그에게는 광기의 광장은 어떤 모습일까? 어쩌면 그는 눈에 보이는 것보다 만지려고 손을 대는 사람 혹은 옷깃을 잡아끌어 증오의 주문을 외는 사람의 목소리와 탄식들, 경멸 어린 소리와 비명이 더 공포스러울 수도 있으리라. 노란 곱슬머리의 사내는 두려움에 땀을 흘리고 있었다. 몇 분 후면 노란 곱슬머리는 피범벅이 되어 광장 바닥에 나뒹굴 것이다.

사형 집행관은 사람이 너무 몰려 단상까지 걸어갈 수가 없자 얇고 긴 줄이 달린 채찍을 휘두르기 시작했다. 사람들이 비명을 지르며 뒤로 물러섰다. 집행관들이 앞으로 나아가며 생긴 빈자리는 순식간에 몰린 사람들로 다시 채워졌다. 채찍을 피해 비명을 지르며 몸을 뒤트는 사람들의 몸짓은 바람에 출렁이는 갈대밭 같았고 집행관들은 그 갈대밭 사이 물길을 가르며 나아가는 배 같았다.

어렵게 죄인이 단상으로 올라가자 사람들의 저음의 소리가 광장에 낮게 깔려 괴기스러움을 자아냈다. 하늘은 맑고 공기는 더웠다. 사람들은 이날을 기다렸다는 듯 단 한순간도 놓치지 않으려는 듯 온 시선을 둥글게 모아 단상으로 향하고 있었다. 사형 집행관은 죄인을 꿇어앉히고 코란을 읽기 시작했다. 알 수 없는 소리가 광장에 울려 퍼졌다. 긴장은 극으로 치달았다. 코란 낭독이 멈추자 환호가 일었다. 빨리 목을 치라는 외침 같았다. 이내 곁에 있던 사내가 검은 칼을 들고 칼춤을 추기 시작했다. 아니 춤이 아니라, 공포에 질린 죄인의 얼마 남지 않은 혼마저도 빼내려는 의식 같았다. 아니면 죗값을 물으려고 공포를 더욱 끝까지 끌어올리고 있는지도 몰랐다. 하지만 죄인은 코란을 낭독할 때 이미 공포의 한계를 넘어섰는지 힘없이 한쪽으로 기울어져 있었다. 극도로 탈진한 상태 같았다. 반쯤 죽은 모습이었다.

그는 한 여자를 겁탈했다. 옷을 꺼입은 여인의 고운 살결을 맨손으로 더듬었고 자신의 성기를 세웠다. 이슬람 국가에서 여자는 그녀가 누구였든 간에 절대적인 규율로 만들어진 법 덩어리였다. 얽히고 설킨 법 중에 딱 하나 건들면 안 되는 것을 그는 건드린 것이다. 욕정을 자제하지 못한 그는 저주받은 단상에 올라갈 수밖에 없었다. 머리 위로 칼이 지나갈 때마다 그의 목은 몹시 움츠러들었다.

휙! 칼이 공기를 가르는 소리와 함께 군중들의 함성이 울렸다. 하지만 사내의 목은 떨어지지 않고 매달려 있었다. 목이 완전히 잘리지 않은 것이다. 피가 치솟아 분수처럼 뿜어져 나와 단상과 주변을 적셨다. 집행관은 코란을 외우며 죄인의 몸을 반듯이 뉘고 천을 덮었다. 사람들이 물 빠지듯 광장을 빠져나가고 트럭 한 대가 단상 가까이 다가갔다. 트럭에서 내린 남자 둘이 시신을 들어 짐칸에 싣고 떠나자 이번에는 소방차가 단상 가까이로 다가가 물을 뿌리며 핏물을 씻어냈다. 성호와 그의 일행도 광장을 나와 타고 온 차를 향해 걸었다.

"여기서 만나네요. 같이 갑시다!"

낯익은 얼굴들이 다가왔다. 옆 현장 배관공들이었다. 그들은 광장 옆 시장에서 전자제품을 하나씩 사서 돌아가는 중이었다.

"목 치는 거 처음 봤는데, 끔찍하네요."

흔들리는 차에서 성호가 먼저 말을 꺼냈다.

"우리는 몇 번 봤는데 저것도 익숙해져요. 지금은 안 보죠. 봐서 좋을 게 없으니. 이곳 가난한 사내들이 불쌍합니다. 평생 여자 손을 잡아보지도 못하는 사람들이 있으니까요."

나이 든 사내가 말을 받아주었다.

"끔찍하군요."

"힘이 없으니 그러는 거 아니겠습니다. 늘 바닥에서 모든 걸 감수하고 살아야죠. 우리는 뭐 안 그런가요? 머리 나쁜 죄죠. 그나마 한국은 장가라도 갈 수 있어 좋은 곳입니다."

"새삼 느껴집니다. 바닥 생활하는 놈만 사람 구실 못 하는 거죠. 착해 빠질 수밖에요. 뭘 할 수가 없잖아요. 끔찍해요. 죽는 것도, 사는 것도."

성호는 고개를 끄덕이며 뒷말을 되풀이했다. 삶은 어디까지 형

벌인가! 혹 느린 참수형인가? 아니다, 그는 강하게 부정했다. 끌려
온 죄인의 목에 칼이 닿는 순간이 뚜렷이 떠올랐다. 목이 잘리는 그
순간의 소리가 들리는 듯했다.

"얼마나 되셨어요? 우리는 이달 현장이 끝나는데."

마른 사내가 묻는데 볼이 바람 빠진 튜브 같았다. 어금니가 몇 개
빠진 것 같았다.

"좋으시겠네요, 귀국해 가족을 만나니 말입니다. 난 온 지 얼마
되지 않았는데…."

성호가 말을 했다.

"좋기는요. 생고생만 하다 귀국하는 걸요. 또 나와야 하는데, 걱
정입니다. 연장하려니 현장이 마감이라…."

그들 중 나이가 사십 중반쯤 된 사내가 말을 했다. 그는 자식 둘
을 한꺼번에 대학 보내야 한다고 걱정을 했다.

성호는 그들의 말을 듣다 문득 생각이 떠올랐다.

"혹시 더 일하실 거면 단가를 조정해서라도 덕트를 하실래요? 서
너 달이라도. 남의 일 같지가 않아서요."

"그럼 고맙죠. 방법이 있겠습니까? 일만 성사된다면야 소개비도
드릴 수 있지요."

"그런 돈을 바라고 하는 건 아니고요. 어쨌든 옆 현장이니까 알아
보고 전해드리죠."

"나도 좀 알아봐주시오. 덕트가 아니라 뭐든 못 하겠소. 양놈들
거시기라도 빨아야 할 판에."

그 옆의 사내까지 덩달아 끼어들어 일자리를 부탁했다.

성호는 종이를 꺼내 그들의 직종과 현장을 적었다. 다음 날 서 대리를 찾아가 사정을 이야기하니 서 대리가 성호의 말을 이해했다. 그는 어렵지 않게 허락하고 필요한 인원을 이야기했다. 성호의 소개로 일을 시작한 사람들이 첫 월급을 받자 최고참 배관공이 돈을 모아 소개비라며 성호에게 건넸다. 성호는 받은 돈의 반 이상을 서 대리에게 다시 건넸다. 서 대리는 웃으며 받았다. 암묵적인 거래가 성사된 것이다. 이후 현장에서 사람이 필요하거나 일자리가 필요하면 성호에게 먼저 말을 했다. 성호는 일이 끝나면 숙소를 돌았다. 현장이 끝나 한국으로 돌아가야 하는 사람들을 만나 한두 달 일을 더 하고 싶은 경우 서 대리를 소개해주었다. 어려운 일은 아니었다. 그들에게 조금씩 소개비를 챙겨 서 대리와 나누었다. 배관공부터 목수까지 직종을 가리지 않고 소개해 번 돈이 본 수입보다 많은 달도 있었다.

성호는 소개에서 끝나는 것이 아니라 일을 맡아서 일꾼들에게 다시 하청을 주기도 했다. 중간에서 크지 않은 돈을 챙기는 것이지만 괜찮은 사업이었다.

1년쯤 지나니 현장에 함석 1만 장이 마무리되었다. 처음에는 여섯이서 시작을 했지만, 마감이 가까워질수록 사람이 더 들어왔다. 일꾼 동원이 가능한 성호는 현장 책임자로 근무하다 그곳 작업이 마무리되고선 서 대리와 함께 다른 현장으로 옮겨 연장근로를 하였다. 김 씨와 이 씨는 끝까지 함께했고 전 씨 형제는 2년을 버티다 국내로 들어갔다. 전 씨는 성호의 사업을 못마땅하게 생각했다. 도리에 어긋난다는 것이다. 전 씨 형제는 박성호가 자신들을 중동으로 보낸 김 사장을 닮아간다고 떠들어댔다.

성호는 그 말을 무시했다. 놈들은 은혜를 모르는 무지한 놈이라고 치부했다. 김 씨, 이 씨와 다른 사람은 성호와 함께 옮겨 다녔다. 성호는 수입 일부를 그들에게 나누어 주었다. 3년이 지나고 설비까지 맡아 설비 담당 소장으로 근무했다. 그는 중동에서 전혀 다른 사람으로 변했다. 이미 갈 데를 잃고 방황하던 일꾼이 아니었다. 성호는 꼬박 사우디에서 5년을 근무하고 국내로 들어왔다.

성호네는 모래내 복개 공사가 있기 전에 증산동에 2층짜리 단독주택을 사서 이사했다. 서 대리도 수완이 좋아 사우디에서 과장을 달고 국내에 들어와 부장으로 승진했다. 그는 다른 직원과 달리 현장 사람을 직접 끌고 다녔다. 수족 같은 일꾼이 있었기에 가능한 일이었다. K건설이 국내에 있는 전자회사 공장 신축 공사를 수주했는데, 그 현장 소장 자리를 맡으면서 부장이 된 것이었다. 성호는 아는 설비업체를 끼고 들어와 업체 소장이 되었다. 공사는 전적으로 성호 책임으로 진행하기로 했다. 설비 회사와 동업자가 된 것이다.

성호는 공사 책임자로 협력업체 면담을 하던 중 자신을 사우디로 보낸 김 사장을 만났다. 설비업체를 통해 김 사장이 좋은 조건에 견적을 넣게 했다. 처음에 김 사장은 성호를 알아보지 못했다. 세월이 꽤 흘렀고 얼굴이 너무 검어졌기 때문에 그럴 수 있었다. 면담을 진행하는 과정에서 김 사장은 사측 면담자가 예전에 만났던 박성호라는 것을 어렴풋이 기억해냈다. 그 순간부터 김 사장은 진땀을 흘렸다. 근래 몇 년간 어렵게 돈까지 써가며 공을 들여 K건설 협력업체가 되려는 순간에 박성호가 소장으로 와 있다니 믿을 수가 없었다. 설비업체 측에서도 눈치를 보는 실질적인 실력자라는 말도 들렸다. 김 사장이 이러지도 저러지도 못하고 있는데 면담이 끝나고 박 소장이 보자고 한다는 직원의 말에 그의 사무실로 갔다.

성호는 책상 위에 있는 풍란 한 촉을 만지고 있었다. 따뜻한 햇볕이 들어 아늑함이 느껴지는 사무실이었다.

"정 반장은 지금 어디서 일을 하세요? 지금도 함께하나요?"

"난 모르지. 어디서 일을 하고 있겠죠. 볼 수가 있나…."

김 사장은 머리를 긁적이며 거짓말을 했다. 성호의 시선을 피했다. 성호는 김 사장을 뚫어져라 바라보았다. 몇 년 사이에 꽤 늙은 김 사장의 이마에 잔주름이 여러 가닥 보였다.

"그래요? 소문은 그게 아니던데. 뭐, 지금 그까짓 건 알 바 아니고, 차 한잔합시다. 커피 하시렵니까?"

김 사장이 고개를 끄덕이자 성호는 여직원에게 커피를 부탁했다. 김 사장은 여직원이 가져온 커피를 홀짝거리며 5년 전 겨울 창고에서 다투던 때를 떠올렸다.

"그런데 내가 여기서 일을 해도 되는지…?"

김 사장은 넉살 좋게 웃으며 말했다.

"왜요? 옛날 생각이 나서 그러세요? 나는 이제 감정 없습니다. 미운 정도 정이고, 어떻게 보면 그 일 때문에 제가 자리 잡았는데 감사하죠. 전화위복이고 제게 행운을 주신 겁니다. 김 사장님은 이렇게 큰 현장을 포기하면 얼마나 손해가 크겠습니까. 기왕이면 서로 속을 아는 사람끼리 해야죠."

성호는 웃으면서 김 사장을 안심시켰다.

"사실 김 사장님에게 배운 게 많습니다. 그게 아니었다면 지금도 현장에서 머리 박고 남들 원망이나 하면서 있겠죠. 판자촌에 살면서 여기저기 현장을 떠돌면서 말입니다. 사장님 덕분에 이렇게 소장도 하고 사무실에서 차나 마시면서 일하지 않습니까."

성호는 싱겁게 웃었다.

"배우다니, 무슨?"

"김 사장님이 태워준 비행기에서 내려 사우디에 떨어졌을 때 말입니다… 무지하게 덥더군요, 하하하! 김 사장님 원망도 많이 했고요. 한데, 그냥 돌아올 수 없어서 이곳저곳 비비다가 지금 여기 전체 현장 소장인 서 부장을 만나 일을 하게 됐습니다. 행운이었지요. 일을 하면서 부업도 했잖습니까. 돈도 벌고 능력도 인정받고. 다 김 사장님 덕분이죠."

성호는 그때 일들이 떠올렸다.

"솔직히 말씀드리겠습니다. 사실 그때 생각만 하면 이렇게 웃으면서 함께 일 못 하죠. 근데 일이라는 게 감정을 다스리게 하더군요. 일은 일이거든요. 안 그래요? 그래서 말씀드리는 건데… 김 사장님이 여기서 공사를 하는 대신 말입니다, 매월 받는 기성금에서

10%씩 떼 저를 주시면 아무 문제도 없을 겁니다. 그래도 손해는 안 볼 것 같은데…, 느낌이야 좀 그렇겠지만."

성호의 말에 김 사장은 입맛을 다시며 잠시 뜸을 들였다. 그러고는 고개를 갸웃거리며 이리저리 궁리하는 듯했다. 성호는 김 사장이 생각하는 동안 기다려주었다. 시간이 꽤 지난 듯한데도 김 사장은 대답이 없었다. 성호가 자리에서 일어나려고 하자 김 사장이 손을 내밀며 알았다고 했다.

"그래도 너무 많은데, 벌써 10% 떼고 공사를 내려보내는 거로 알고 있는데."

"그것도 생각 안 하고 여기 오신 것 아닐 텐데. 여기 협력업체 되는 게 어디 쉬운 일인가요. 다른 곳보다 싸게 나가는 것도 아닌데, 일단 거절하고 보는 버릇 여전하신가 봅니다. 누군 그것까지 계산 안 하고 제안을 하겠습니까? 솔직히 김 사장님이 다른 경쟁 업체보다 나아서 제안받는 줄 아십니까? 다 옛날 생각해서 그러는 거죠."

성호가 다시 자리에서 일어나려 하자 김 사장이 당황하며 황급히 성호의 팔을 잡았다.

"아니 그런 건 아니지만…."

"그리고 하나 더. 첫 달 계약금으로 200만 원은 오늘 중 보내주셔야 합니다."

"엉?"

김 사장의 목소리가 일순간 높아졌다.

"빚은 갚으셔야지요."

"옛날 일은 미안하게 생각하지만, 좀 그렇잖아."

"그럼 없던 일로 하지요. 빚은 청산할수록 좋은 건데."

성호는 책상으로 걸어가 도면을 펼쳤다. 김 사장은 성호의 등에 연락하겠다는 씁쓸한 인사를 남기고 사무실을 나왔다.

김 사장은 업체 소장에 대한 소문을 들어 알고 있었다. 단지 그가 박성호라는 것을 몰랐을 따름이다. 소장은 중동에서 작은 소개 사무실까지 차려놓고 소개 사업으로 자리를 잡았다고 들었다. 특히 하도급으로 많은 재미를 봤다고 했다. 바늘로 찔러도 피 한 방울 안 날 만큼 잔인하다는 말도 들었다. 누구는 그를 일컬어 일꾼들 피를 빨아 먹는 흡혈귀라고 했다. 그런 그가 사우디로 날려 보낸 박성호였을 줄은 꿈에도 생각하지 못했다.

성호가 소장을 맡은 이후 현장에는 도급 방식이 많아져 일꾼들에게 더욱 혹독한 조건이 만들어졌다고 이야기하는 사람도 있었다.

어쨌든 김 사장은 현금 200만 원을 먼저 주고 일을 시작했다. 공사는 너무 순조롭게 진행되었다. 김 사장은 반년 만에 두둑하게 돈을 챙겼다. 현장이 끝나갈 무렵 성호는 김 사장에게 좀 더 큰 공사를 제안했다. 역시 10%의 이익을 상납한다는 조건이었다. 큰 공사한 건만 더하면 자리를 잡을 수 있을 것 같기에 김 사장은 두말하지 않고 시작했다.

하지만 공사는 시작할 때부터 조짐이 이상했다. 기성금이 잘 나오지 않았다. 근로자 임금 줄 정도만 나오고 자재 대금과 그 외 비용은 김 사장이 직접 개인 돈을 빌려와 해결했다. 반년쯤 지나 뭔가 이상하다는 생각은 들었지만 들어간 돈이 너무 많아 이러지도 저러지도 못하고 공사를 할 수밖에 없었다. 그나마 간간이 나오던 임금마저도 시간이 지날수록 잘 나오지 않았다. 공사 진행 속도는 갈수록 더디어졌다. 관리 책임자인 이 씨가 어찌나 까다롭게 구는지 일꾼들이 견디지 못하고 자주 바뀌었다. 기성금을 한 번 받아내려면 성호는 고사하고 그 아래 직원들조차 위세가 등등해 손발을 싹싹 빌어야 했다. 김 사장이 더 버티지 못하고 공사를 포기하겠다고 하니, 그다음 날부터 기다렸다는 듯이 이곳저곳에서 압류장이 날아오기 시작했다. 김 사장은 현장에 입힌 피해보상 때문에 민사소송도 당했다. 성호를 찾아가 그 자리에서 목이라도 매겠다는 심정으로 읍소하며 사정해보았지만 성호는 오히려 서류를 집어 던지며 소리를 질렀다.

"일을 얼마나 하셨는데, 그따위로 합니까? 일을 그렇게 처리해놓고 죽는소리하면 어쩌자는 거예요? 현장 망하면 책임질 겁니까? 이게 얼마짜리 공산지 알아요? 그리고 명색이 사장이면 현장을 끝까지 책임을 져야지 나중에라도 보상해주는 것 아닙니까. 조금만 어려우면 그만두니 마니, 언제까지 그런 버릇 가지고 사업하실 겁니까? 이번에 끝까지 갈 겁니다. 옛날 감정 때문에 이러는 거 아닙니다. 지금 사업하는 겁니다, 사업! 대충 하다 안 되면 넘어가고, 야바위로 임금이나 빼먹고, 뒤통수치는 일은 인제 그만하십시오. 사업은 목을 내놓고 하는 겁니다, 목을! 난 항상 망하면 목을 맬 준비가되어 있습니다. 그래야 하는 것 아닙니까? 어디서 징징거리는 겁니까, 지금. 그나마 여기는 말이나 통하는 사람이라도 있잖습니까. 안 그래요? 당장 나가세요."

사무실에서 쫓겨난 김 사장은 터덜터덜 걷다 길옆에 놓인 의류수거함을 발로 마구 차며 성호를 향해 욕을 퍼부어댔다.

"카악, 퉤! 없는 새끼가 완장 차면 지 에미 애비도 몰라보고 더 미쳐 날뛴다더니 딱 그 꼴이야. 에잇! 지독한 새끼. 저 새끼가 여태 날 망하게 하려고 수작을 핀 거지."

힘이 다했는지 김 사장은 털썩 길바닥에 주저앉아 거칠게 숨을 헐떡였다.

"하! 내가 당하다니… 드런 새끼! 후… 이제 어찌한다."

여
우
가
죽

건설노동자들이 어느 날 이방인 혹은 유목민이 되었다. 베트남전 특수와 중동 건설 붐을 타고 한반도에서 외지로 일시에 많은 사람이 빠져나갔다.

오충근도 그중 하나가 되어 비행기를 탔다. 멋진 곳으로 갔다면 좋았을 테지만 그가 일하러 간 곳은 광활한 사막과 고원으로 이루어진 사우디아라비아의 동쪽 도시 주바일이었다. 오충근 같이 여행자가 아닌 노동자로서의 이방인에게 사막은 고립된 곳이다. 밤이면 여우나 들개 울음이 이성을 흔들고 혹독한 더위는 사람 관계에 예기치 못한 일을 만든다. 잠 못 이루는 밤, 여우 울음소리가 주는 심란함을 잊으려면 뭐든 해야 한다. 몰래 담근 밀주 '싸대기'를 마시든가 화투를 치든가 노래를 불러야 한다.

숙소 3동 104호실은 오락실 기능을 갖춘 사랑방 구실을 하였다. 긴 사막의 밤을 보낼 때 화투만큼 재미난 것은 세상에 존재하지 않았다. 재미도 있고 시간도 잘 가고 돈도 딸 수 있다. 물론 돈이야 언제나 그런 것은 아니지만 화투판에서 돈 잃고 기분 좋은 놈은 없는 법이다. 누군가의 지갑으로 내 돈이 간다면 화가 치밀 것이다. 생각은 짧아지고 한 번 두 번 되풀이되면 무슨 일이든 하게 된다. 결국엔 바닥까지 추락한다. 자고로 노름이란 그런 것이다. 특히 쉬 감상적으로 변하는 이국에서는 잃었을 때의 아픔만큼 땄을 때의 쾌감도 커 화투의 유혹을 쉽게 저버리지 못한다.

김 중사는 104호실 화투판에서 떠버리 왕이었다. 그는 담배를 물고 화투를 섞으면서 베트남 전쟁에서 싸운 이야기를 늘어놨다. 때로는 어느 지방 어느 골목에서 어떤 여자와 잤는지 세세하게 들려주었다. 중동에 온 이후로 한 번도 써먹지 못했을 자신의 물건이 온갖 기교를 부릴 줄 아는 대단한 녀석임을 떠들어대기도 했다. 자주 모이는 황 씨도 박 씨도 같은 중사 출신 이 씨도 그의 입을 막지 않았다. 오충근도 물론 그중 한 명이었다.

"왜 화투는 탁자에서 칠 수 없을까?"

벌써 수도 없이 들어본 싸구려 말투다. 그는 능숙하게 화투를 섞으며 말을 했다.

"카드는 던지면서 하지만 화투는 바닥에 때려야 하고, 피를 주고받기도 불편하잖아."

박 씨가 다른 말을 기대하며 받아주었다.

"박 형이 잘 아시네. 박사야 박사! 근데 왜 자기 패는 모를까? 거기, 술 좀 남은 거 있어?"

김 중사는 뒤를 돌아보며 구경하는 사람에게 술을 부탁했다. 벌써 세 판을 내리 잃고 있었다. 그가 연속으로 잃는 것은 드문 경우였다.

정 씨가 깡통에 담긴 싸대기를 국자로 떠서 플라스틱 잔에 가득 채워 건넸다. 김 중사는 받자마자 벌컥거리며 마시고 빈 잔을 내려놓았다. 입을 쓱 닦은 김 중사는 생각할 겨를 없이 3광을 때리고 8광을 뒤집어 먹었다. 개구리눈을 닮은 그의 눈알에 화투를 뚫어보는 특수 카메라라도 단 듯했다. 한 바퀴 돌아 8광까지 먹은 김 중사는 단번에 광으로 점수를 냈다. 그는 간간이 화투가 잘 안 풀리면 술을 컵으로 벌컥거리며 마시고 사타구니에 손을 넣어 박박 긁어댔다. 신기하게도 효과가 있었다.

"한국에 들어가면 노름 기사로 활동해야겠어. 여기서 밤새 이렇게 두드려봤자 푼돈도 안 나오거든. 큭큭큭!"

그는 돈을 거두어들이고 거스름돈을 주며 웃음을 흘렸다.

"그럼 그렇게 할 것이지, 왜 여기까지 와서 코흘리개 푼돈을 따먹어 우릴 애먹이는 거야."

충규이 가진 돈을 세어보니 처음보다 반으로 줄어 있었다. 아직 초저녁인데.

"그런가? 잃고 싶어도 자꾸 뒷패가 붙는데 나도 어쩔 수가 없다니까."

김 중사는 화투짝을 능숙하게 섞더니 재빠르게 패를 돌리며 말을 했다.

"치기 싫어도 된다는 데야 당할 재간이 없지. 이런 데서 사기 치는 건 아닐 테고, 무슨 비밀이라도 있는 거야 뭐야?"

충근은 받은 화투 패를 보며 쓸쓸하게 입맛을 다셨다. 이 판도 틀렸다. 그렇지만 쉬고 싶지 않아 고를 했다.

"비밀이라니. 거 평소에 좋은 일 좀 해봐! 큭큭."

김 중사는 첫판에 구쌍피를 먹고 사피를 뒤집었다.

"무슨 좋은 일? 여자들 후리고 다닌 일?"

이 씨가 청싸리띠를 먹고 삼피를 뒤집었다.

"외로운 여자들 달래주는 것만큼 좋은 공덕이 또 있나."

이 씨는 청싸리띠와 피를 가져다가 앞에 가지런히 놓았다.

"큰 공덕이지. 젠장 또 허탕이야. 만날 맨바닥에 박치기하는구먼."

충근이 삼광을 먹고 장피를 뒤집었다.

김 중사가 기다렸다는 듯 장띠를 맞추었다. 곧이어 쌓아둔 패 한 장을 뒤집었는데 오띠였다. 김 중사는 쾌재를 부르며 바닥에 있던 오피를 맞추었다.

"우후후. 이런 벌써 청단이네."

김 중사는 신이 나서 각자 앞에 늘어놓은 바닥 패들을 죽 훑었다.

"자, 뭣들 하셨나 보자 보자, 고!"

"오늘 밤도 우린 글렀네."

이 씨가 시큰둥하게 말했다.

"큭큭큭!"

창문으로 고개를 돌렸다. 멀리서 사막여우의 울음소리가 들렸다.

"들어보라고, 여우 울음소리야. 얼마나 멋진 울음인가? 행운을 가져다준다는 사막의 여우지."

"행운은 개뿔."

충근이 네놈 말은 죄다 반대하리라는 투로 말을 뱉었다. 가까운 곳에서 다시 사막여우의 울음소리가 들렸다. 한 놈이 아닌 듯했다.

"그거 알아? 이 중동 여우는 말이야 대부분 수놈이래. 암놈은 열 마리 중 한 마리나 있을까 말까 한다는 거야. 그래서 여우라도 다 같은 여우가 아니라는 거지. 암놈, 암놈이 행운을 준다는 거지."

이 씨가 자신의 패와 깔린 패들을 번갈아보며 물었다.

"어째서?"

"나중에 이야기해줄게. 자, 누구 차례지?"

여우 울음소리는 더 이상 들리지 않았다. 유리창 밖으로 고압선이 보였다. 그 위로 별들로 뒤덮인 사막의 밤하늘도 보였다.

숙소를 넓게 에워싼 울타리가 높게 쳐져 있었다. 울타리 주변으로 개를 잡기 위해 덫을 놓아두었는데, 아마도 먹을 것을 찾아 숙소 주변을 어슬렁거리던 여우가 멀리 있던 동료의 울음소리를 듣고 달려간 듯싶었다.

그날도 김 중사는 돈을 땄다. 아무래도 뭔가 의심스러운 충근은 김 중사의 남은 패와 몸을 확인했다. 김 중사는 기꺼이 응했다. 괜히 시비라도 붙으면 그 무리에 끼지 못하니 스스로 나서서 문제가 없음을 보여주는 게 낫다고 판단했을 것이다. 나중에는 누구라도 판을 엎고 도망칠까 봐 일부러 잃어주는 듯도 보였다. 그는 기분이 좋아 밤새 낄낄거리며 웃고 떠들고 술을 마셔댔다. 그리고 푼돈을 챙겼다. 비록 하루에 건지는 건 푼돈이지만 한 달쯤 모은다면 며칠 일당은 될 액수였다.

사람들은 화투판에 앉으면 날마다 김 중사에게 비결을 물었다. 처음에는 그런 거 없다며 손사래를 치던 김 중사가 드디어, 비결을 밝혔다. 계속된 질문에 시달리기도 했겠지만 비결도 없으면서 계속 돈을 따는 김 중사에 대한 의혹이 점점 커져가는 것을 의식한 탓이리라.

김 중사는 희죽거리며 조심스럽게 지갑을 열고 왠지 흉측한 기운이 도는 황갈색 가죽 조각을 꺼냈다. 사람들은 모두 몸을 움츠렸다. 충근이 가까이 다가가 만지려 하자, 김 중사는 가죽 조각을 뒤춤에 숨겼다.

"만지면 안 돼!"

"베트남에서 가져온 거야?"

작은 키 때문에 군대를 면제받은 박 씨가 급하게 물었다.

"면제는 빠지라고."

김 중사가 같잖다는 듯 말을 하고는 헛기침을 했다. 잔뜩 뜸을 들이던 그는 막상 말하려니 후회가 된다는 낯빛이었다. 붉어진 얼굴이 다른 날보다 술을 많이 마신 듯했다.

"뭐, 이미 내보였으니…. 자, 봐봐. 이건 다름 아닌 여우 거시기라네."

김 중사가 여우 암컷의 물건이라고 설명하자 그제야 다들 탄성을 질렀다. 그 신기한 물건을 한번 만져보겠다고 여러 손이 뻗쳐왔으나 김 중사는 부정을 탄다고 기겁을 하며 몸을 뒤로 뺐다.

"그런 요물은 빤스 속에 넣어야 더 좋은 법인데."

정 씨는 비꼬듯 말을 하고는 패나 빨리 돌리라고 했다. 그 말에 다들 웃었다.

"내가 얼마를 주고 이것을 샀는지 알아? 지난번 현장에서 친구에게 20만 원을 주고 산 거라고."

그는 보름치 월급이 넘는 돈이라고 말했다. 다른 사람들은 그 말을 믿지 않았다. 충근은 한 5만 원쯤 주었다면 믿을까 너무 과장이 심하다고 생각했다. 행운을 준다는 암여우 가랑이를 도려낸 살가죽이라니.

충근이 재빠르게 손을 뻗어 살짝 만져보았다. 김 중사는 그의 커다란 몸집에 맞지 않게 화를 버럭 내며 충근 어깨를 밀어냈다. 충근은 감정적으로 나오는 김 중사에게 화가 나서 홧김에 한 번 더 손을 내밀어 가죽을 움켜잡았다. 성질 같으면 확 뺏어서 침이라도 뱉어주고 싶었다. 김 중사는 놀라 가죽을 뺏어 지갑에 쑤셔 넣고 큰 소리로 버럭 역정을 냈다.

"뭐 하는 거야! 다신 절대 안 보여줄 거야!"

"그거 반칙 아닙니까? 보여준댔다 만댔다."

박 씨가 신경질적으로 물었다. 김 중사는 아차 싶었는지 비굴해 보일 만큼 나긋나긋하게 말했다.

"어, 그런가! 흐흐. 에잇! 다 미신이야 미신. 그러려니 하고 이해해줘. 우리가 누구야, 동료 아냐? 자 다시 판을 깔자고."

김 중사가 다시 판을 깔았으나 다른 사람들은 흥을 잃고 술이나 마시고 가자며 화투판에서 멀어졌다. 충근 역시 시큰둥해져서 자리를 털고 일어섰다.

충근은 숙소로 돌아오는 길에 손끝에 닿았던 여우 가죽을 떠올렸다. 무두질이 잘된 가죽이었다. 촉감이 부드럽고 끌리는 뭔가가 있었다. 예사롭지 않은 물건으로 느껴졌다. 김 중사에게는 헛소리 마라고 핀잔을 줬지만 그 가죽이 지갑 안에 있으면 정말 행운이 올 것 같았다. 아쉬운 마음에 입을 다시며 숙소로 향했다.

다음 날부터 김 중사의 비밀 무기 이야기는 주변으로 퍼졌다. 소문은 또 다른 소문을 낳고 흥미를 느낀 일꾼들은 현장 너머에서 배회하는 여우를 잡으려고 작정까지 했다.

그러던 어느 날, 충근이 일을 마치고 식당에 갔을 때 재밌는 소식이 기다리고 있었다. 중장비 하는 친구들이 여우를 한 마리 잡았다는 것이다. 충근은 친구 박 씨와 구경을 갔다. 귀가 커다란 여우 한 마리가 굴착기 정비소에 있었다. 충근은 사막여우의 자태에 완전히 빠졌다.

"귀엽네. 멋져. 행운을 불러올 수 있겠어."

밧줄로 동여매어진 여우는 덫에 걸릴 때 다쳤는지 한쪽 다리가 피로 범벅이 되어 있었다. 굴착기 기사는 다른 사람이 가까이 가는 것을 말리지 않았다. 사람들은 무엇보다 암놈인가를 궁금해했다.

굴착기 기사는 못 이기는 척하며 나뭇가지로 여우의 가랑이를 살짝 들어 보였다. 가랑이 사이에는 자기들과 같은 물건이 보이지 않았다.

충근은 뇌리로 파고드는 눈앞의 광경에 숨이 멎을 것 같았다. 털 사이로 드러난 붉은 맨살이 가슴을 떨리게 하였다. 절 처마에 매단 풍경 소리가 들리는 듯했다. 젖은 가랑이를 보자 모두 복권이라도 맞은 양 환호를 질렀다. 듣기에 민망한 탄성과 신음 소리도 들렸다. 주먹으로 자기 머리를 때리는 사람, 제 기운을 못 이기고 발을 구르는 사람도 있었다. 여우의 뒷다리가 부르르 떨렸다. 삽시간에 여우를 자신에게 팔라는 소리가 여기저기서 들렸다.

"턱도 없는 소리!"

굴착기 기사는 콧방귀를 뀌었다. 사람들은 하릴없이 천한 농담을 주고받으며 아쉬운 마음을 달랬다.

며칠 후, 식당에서 수백 명이 웅성거리며 아침을 먹고 있는데 문이 텅하고 열리면서 한 사내가 중앙으로 껑충껑충 걸어왔다. 더운 공기와 빛이 따라 들어와 길게 드리워졌다. 그는 화를 참을 수 없다는 듯 씩씩거렸다. 먼지가 회오리를 일으키며 천장으로 올라가 흩어졌다. 소란스럽던 식당이 일순간 조용해지고 모든 사람의 시선이 그를 따라 움직였다. 굴착기 기사는 떡 버티고 서서 숨을 몰아쉬었다. 그가 여우를 잡았던 사내라는 것을 한눈에 알 수 있었다. 그는 입술을 실룩이며 한 바퀴 둘러보더니 큰 소리를 질렀다.

"누가 내 여우 보지 훔쳐 갔어!"

그의 머리 위로 형광등에 앉았던 파리 떼가 일시에 날아갔다.

"뭘 훔쳐 가?"

"글쎄, 뭘 잃어버렸나 본데."

웅성거리는 사람들 속에서 누군가 깔깔거리며 웃기 시작했다. 그제야 건너 건너 상황을 전해들은 사람들이 따라 웃어댔다. 누군가 굴착기 기사의 여우를 죽이고 가랑이를 오려 간 것이다. 충근도 박 씨도 식탁을 두드리며 웃었다. 식판을 때리는 사람, 탁자를 때리는 사람, 옆 사람의 머리를 쥐어박는 사람, 자기 배를 때리며 웃는 사람, 굴착기 기사는 그 사람들 가운데 서서 버럭버럭 소리를 질렀다. 충근은 식판을 닥닥 긁어가며 밥 한 톨 남기지 않고 식사를 마쳤다.

김 중사가 여우 가죽을 꺼내 든 다음 날이었다.

"여우 보지라니, 수치심을 모르는 놈 같으니. 저런 삼류 양아치 같은 놈에게 이제는 별 몹쓸 짓을 다 당하는군."

충근은 터덜터덜 휴게실로 향했다. 3동 쪽은 쳐다보지도 않았다. 사실 밤새 여우 가죽을 얻으려 혼자 별 궁리를 다 했지만 마땅한 방법을 찾지 못했다. 게다가 여우 가죽 좀 만졌다고 그 많은 사람들 앞에서 김 중사에게 도둑놈 취급을 당한 탓에 자존심이 무척 상해 있었다.

"이게 다 그 미친 손맛 때문이야!"

충근은 벽돌을 쌓는 조적공이었다. 사람들은 그를 오 씨라고 불렀다. 충근은 비쩍 마른 몸에 날카로운 눈을 가졌으며 아는 것이 많았다. 모 지역 새마을 단체 간부도 했다고 자랑을 하곤 했다. 그는 사리도 밝아 남들에게 문제가 생기면 중간에서 딱 들어맞는 논리로 해결해주곤 했다. 성깔도 딱 부러져 입바른 소리도 곧잘 했다. 특히 기독교 역사에 통달한 듯 기독교 이야기가 나오면 빠지지 않았다. 고등학교를 마치고 신학대학을 가려 했는데 뜻대로 되지 않았다. 그 후 신앙을 버리지는 않았지만 전처럼 독실하지도 않았다. 불교에 관해서도 스님 못지않게 줄줄 읊었다. 그는 그런 자신을 많이 알아서가 아니고 많이 아는 것처럼 말을 할 줄 알기 때문이라고 했다. 어쨌든 그는 대단히 박식한 사내였다. 친구 박 씨는 그에게 벽돌을 쌓지 말고 영업사원을 하라고 권했다. 자신은 영업하다 말발이 먹히지 않아 그만두었지만, 오충근 정도면 그 세계에서 제왕이 될 거라고 추켜세웠다.

단지 오충근에게 문제가 있다면 화투를 치기만 하면 잃는다는 것이었다. 논쟁이면 논쟁, 돈벌이면 돈, 일이면 일 남에게 지기 싫어하는 그에게 화투만은 안 되었다. 화투는 입으로 치는 것이 아니었다. 그는 여러 가지 연구도 해보고 실력 있다는 사람들로부터 자문도 구했지만, 상황은 변하지 않았다. 돈과는 인연이 없거나 헛똑똑이 둘 중 하나였다. 화투판에서 충근은 김 중사의 맞겨놓은 금고라는 말도 들었다.

처음에는 별일 아니라고 생각했지만 자꾸 들으니 은근히 화가 났다. 문제는 김 중사였다. 애초 놈과 섞이지 말았어야 했다. 어울리면 어울릴수록 득이 안 되는 친구였다. 그의 말투도 마음에 들지 않거니와 습성도 싫었다. 곁눈질로 남의 패를 보는 것도 같고 밑장까지 빼는 것도 같았다. 언젠가는 화투 한 장을 손바닥에 숨기고 뒤집는 것을 보았다. 말했다간 한 놈 죽을 것 같아 속으로 '개자식' 하면서 며칠 동안 화투를 끊은 적도 있었다.

그러던 어느 날 충근에게 최고의 날이었다. 초저녁부터 화투가 잘 풀리기 시작하더니 연속으로 선을 잡았다. 화투 인생에서 최고 점수를 냈으며 무슨 부적이라도 몸에 지닌 것처럼 뒤 패가 짝짝 달라붙어 걷잡을 수 없이 판돈을 쓸어 모았다. 주변에서 첫 끗발은 개 끗발이라며 그의 기세를 꺾으려고 했지만, 운은 달아나지 않았다. 화투는 치는 대로 점수가 났다. 이대로 사흘만 따면 한 달 월급도 될 것 같은 기분이 들었다. 김 중사가 바로 이 기분을 느끼며 살고 있구나 싶었다. 콧노래가 나오고, 여유를 부리며 패를 거꾸로 풀어도 뒤 패가 맞거나 앞쪽에서 짝짝 붙어주었다. 쾌감과 충만한 자신감으로 몸이 달뜨고 피곤함이 전혀 느껴지지 않았다. 온몸이, 특히 손이 가벼웠다. 난생처음 신들린 손맛을 느낄 수가 있었다. 승자의 기쁨은 너무나 황홀했다. 그러나 하룻밤뿐이었다. 다음 날 그 기분을 만끽하려 했지만, 별자리가 바뀌었는지 도무지 풀리지가 않았다. 그날 이후 충근에게 다시는 그런 행운이 찾아오지 않았다. 그날을 기억하고 얽매이면 얽매일수록 상황은 더욱 나빠졌다. 그럴수록 그때의 황홀감은 그의 손과 가슴에서 더욱 생생해졌다. 그 와중에 김 중사는 연일 수입을 올렸고 충근은 딴 돈을 일찌감치 다 토해

놓았다. 그러다 김 중사의 여우 가죽을 본 것이었다.

"차라리 혼자 선데이 서울이나 보든가 김 대위하고 얘기나 하는 편이 낫지."

충근은 매점 옆에 있는 휴게실 문을 열고 들어갔다.

현장에는 지식인 출신이 꽤 있었다. 전직 교사도 있었고 공무원, 군인, 운동선수 출신도 있었다. 제일 흔한 사람이 장사꾼이었다. 어찌하여 이곳까지 왔는지 모르지만, 목적은 한 가지였다. 모두 돈을 벌고 싶어 했다. 휴게실에서 말이 되는 몇 사람이 모이면 정치 이야기가 꽃을 피웠다. 한국의 야사와 정사 그리고 세계정세부터 연예계까지 이야기가 닿지 않는 곳이 없었다.

"현 정부가 긴급조치를 계속 때리는데, 그만큼 한계에 다다른 것이 아닌가 싶어요."

김 대위가 나서서 이야기를 이끌고 있었다. 그는 이곳에서 좌장이요 박사 중의 박사로 통했다.

"글쎄요. 소식이 제대로 전해지지 않아서 모르지만, 조금 고생이 되더라도 이렇게 일자리를 마련해주는데, 정치적 한계를 극복해나가지 않을까요?"

충근이 말을 받았다.

"그렇다고는 할 수 있지만, 먹고살 만할수록 권리에 대한 욕구가 높아지는 법이라 숨통을 끝까지 죄지는 못할 겁니다. 사실, 나는 이곳 중동에서 반드시 한번은 노동자들이 들고일어날 거라고 봅니다. 알다시피 노동자들은 계속 모이고 불만은 더 쌓여가고 있잖습니까. 여기저기서 떠도는 소문들이 다 낭설은 아니라고 봅니다. 벌써 내가 들은 것만 해도 몇 건은 돼요. 현장 관리자들이 하는 꼬락서니가 여전히 군대식으로 부리기 때문입니다. 막말로, 함께 고생하는데 언제 우리가 같이 밥이라도 먹은 적이 있답니까? 해서 말인데, 이 정도 숫자면 해볼 만한 일이지요. 사람이 많으면 그만큼 단결하기가 쉬우니까요."

김 대위는 그럴듯하게 말을 했지만, 충근이 듣기에는 희망 사항 같았고 내용의 수위가 잡담의 선을 넘어 조금 위험하다는 생각이 들었다.

"그래도 박정희 대통령이 해놓은 일이 있는데, 도의상 쉽지 않을 것 같습니다. 말을 안 해서 그렇지 여기도 신봉자 많아요. 내가 대변인은 아닙니다만…."

충근이 반론했다.

"내 생각엔 먹고사는 문제와 박정희 치적은 별개인 것 같습니다. 그리고 나라에서 받은 은혜가 있다 치더라도 갚아도 벌써 갚았을 겁니다. 이제 뭔가를 얻어야 하는데 여전히 남 좋은 일만 하고 있는 거죠. 긴급조치가 그걸 말해주는 거 아닙니까? 내가 보기에는 악질 고리대금업자 같아요. 그들은 우리의 뼈까지 발라 먹을 겁니다. 경우도 상대방이 합당해야 찾는 거 아니겠습니까?"

김 대위 말에 주변에서 우려의 소리와 시원하다는 감탄사가 함께 나왔다. 충근은 그가 불평이 가득한 의견을 쏟아내는 게 불쾌했다. 이들은 돈을 벌려고 온 것이지 싸움이 목적이 아니라고 믿고 있었다. 자신의 의견이 가장 현실적이라고 생각했다.

"그렇다면, 이 항구 쪽에서도 사람이 제일 많이 몰리고 있는 여기서 일어난다는 겁니까? 선생 이야기가 이쪽을 염두에 두고 하는 말 같은데, 그게 가능하다고 봅니까? 일어났으면 벌써 일어났지요. 물론 불만이 있겠지요. 나도 그렇지만….."

충근은 홧김에 속마음을 드러내고 말았다.

"당장 우리 회사도 문제죠. 하도급업체 중에 돈을 못 받아 집에 부쳐주지 못했다는 소리가 있는데, 그건 알고 있으시죠?"

"물론이죠. 그것 때문에 불만이 많죠. 인편으로 온 편지에 그런 내용이 많아 회사에 항의하는 사람들이 있는 것으로 알고 있습니다."

충근과 김 대위의 이야기를 듣고 있던 누군가가 욕설을 내뱉었다.

"그런 일이 있었나? 이런 씨발 것들!"

여기저기서 불만이 쏟아져 나왔다.

"딴 데가 아니고 당장 여기부터 일어나야겠구먼. 이 더위에 생고 생하고 있는데 돈도 제대로 주지 않는다는 게 말이 되나?"

충근은 쓸데없는 일에 불똥이 튈까 봐 슬며시 입을 다물고 지켜 보았다. 그러나 그뿐이었다. 불만은 모래에 먼지 내려앉듯 흔적도 없이 사그라지고 말았다.

화투판에서 멀어진 충근의 일상은 순조로웠다. 그러던 중 굴착기 기사가 여우를 잡은 일이 벌어진 것이었다.

암여우를 보고 온 충근은 쉽게 잠자리에 들지 못했다. 누웠다 일어났다 방 안을 서성였는데도 잠이 안 와 복도까지 거닐었다. 여우의 모습이 눈앞에서 사라지지 않았다.

더위가 절정에 이르러 날이 몹시 더웠다. 소금을 먹지 않으면 쓰러질까 봐 불안하기까지 했다. 충근은 땀을 닦다가도 오줌을 누다가도 문득문득 여우가 생각나곤 했다. 오후 열기를 피해 잠깐 쉬는 틈을 타 사람들이 화투짝을 들었다. 그 모습을 보고 있자니 더욱 큰 간절함이 그를 옥죄었다. '행운의 여신이 내게 준 기회일지도 모른다. 이런 기회를 누군가에게 뺏긴다면 난 바보 자식이다.' 손바닥을 문지르면 땀이 흥건하게 올라왔다.

아라비아만에서는 연일 작업이 한창이었다. 준설선으로 흙을 파고 바지선에 설치된 크레인으로 철탑을 세웠다. 바다에서 흘러온 해무가 동북쪽으로 흘러갔다.

그날 밤은 공기가 좀처럼 식지 않았다. 혹시 다음 날 비라도 내리는 것이 아닐까 하는 생각이 들었다. 그렇다면, 일하기 좋을 게다. 어쩌면 우박을 구경할 수 있을지도 모른다. 비가 쏟아지면 먼지가 일어나 안개처럼 뿌옇게 현장을 감싼다. 비 생각을 하니 먼지 냄새가 나는 듯했다. 그때, 문득 은빛으로 빛나는 우박에 몸을 웅크리고 있을 여우가 생각났다. 왜인지는 모르겠지만 굴착기 기사가 내일이면 여우를 죽일 거란 생각이 들었다. '여우의 목숨이 다한 게 틀림없어. 굴착기 기사 놈이 내일 일을 치를 게 분명해.'

더운 공기에다 여우 생각까지 겹치니 시간이 갈수록 정신이 맑아졌다. 이리저리 뒤척이던 충근은 벌떡 일어나 3동으로 향했다.

104호실에는 여느 밤처럼 사람들이 두 패로 갈려 화투짝을 때리고 있었다. 방으로 들어선 충근은 김 중사 뒤에서 패를 보았다. 놈은 습관처럼 남의 패를 힐끔거렸다. 상대가 화투 패를 안으로 감추면 아닌 양 짐짓 몸을 움츠리며 자신의 화투 패를 보고 쓱 꺼내 들어 바닥을 치는 것이다. 두꺼운 손가락으로 작은 화투짝을 맞추어 가져가는 것을 보고 있자니 괴물같이 여겨졌다. '이런 무식한 놈에게 돈을 뺏기다니.' 그는 속으로 어이없는 현실에 탄식했다. 김 중사는 여전히 돈을 땄다. 정작 보지도 못할 남의 패를 힐끔거리는 것은 궁금한 것을 참지 못하는 천박한 성격이라 그런 것이고 기본적으로 패가 좋았고 나쁘더라도 뒤 패가 잘 맞아떨어졌다. 여우는 요물이라는 말이 떠올랐다. 오직 지갑 속에 고이 간직해 놓은 여우 가죽 힘일 것이다. 그게 아니라면 이렇게 잘 붙을 수가 없다. 알고 보면 잘되는 놈에게는 나름대로 무기가 있는 것이다. 그런데 자신에게는 아무것도 없다. 이런 한심한 인사라니.

"제길헐, 굴착기 기사 여우라도 몰래 잡아야 따려나?"

박 씨가 농담을 던졌다.

"아직도 살아 있대. 내가 잡으러 가야겠어."

누군가 뒤에서 맞장구를 쳤다.

"아마 어떤 놈이 가운데를 도려내도 낼 거야. 시간문제지. 내가 장담한다. 나는 차마 배짱이 없어서 못 하지만 말이야."

그 말에 되지도 않는 농담이 오고 갔다.

충근은 입을 꾹 다물고 구경을 하다가 슬그머니 자리를 나왔다. 그리고 숙소로 들어가 누웠다. '그래, 누군가 해치울 거야. 불 보듯 뻔한 일이지. 김 중사 돈을 다 딸 수만 있다면. 하! 그놈 똥 씹은 낯짝을 꼭 봐야 하는데.' 그는 끙끙거리며 뒤척이다가 두어 시간쯤 지나 슬며시 일어났다. 손과 발이 떨리고 마음은 이미 뭔가에 쫓기듯 조급해졌다.

충근은 작업복 바지에서 예리한 칼을 꺼내 들고 밖으로 나왔다. 몽유병 환자처럼 식당이 있는 곳으로 걸어갔다. 부탄가스 옆에 있는 붉은 비닐 끈을 두 발쯤 끊었다. 충근은 비닐 끈으로 올무를 만들어 당겨보았다. 팽팽한 끈이 손가락을 파고들었다. 이 정도면 레슬링 선수도 조일 수 있으리라. 충근은 가래침을 뱉고 주변을 살펴보았다. 아무도 없다.

누군가 해치울 거라면 먼저 하는 놈이 임자지. 당연한 거 아닌가? 자문하고 대답하며 여우가 묶여 있는 곳으로 걸어갔다. 중동까지 와서 지금 뭐 하는가 싶었다. 그런데도 다리는 걸음을 멈추지 않았다. 보름달이 유난히 밝은 밤이었다. 현장 울타리 밖에서 들개가 울어댔다. 온몸에서 땀이 비 오듯 흘러내렸다.

여우는 신음하며 한쪽에 누워 있었다. 혀가 밖으로 나와 헐떡였다. 내일은커녕 오늘 밤을 넘기지 못할 것 같았다. 입도 대지 않은 음식이 머리맡에 놓여 있었다. 멀리서 여우 울음소리가 들려왔다. 녀석은 동료의 소리에도 아무 반응이 없었다. 충근은 벽돌을 쌓아 왔던 굵은 손가락으로 여우 목에 올무를 감아 당기기 시작했다. 여우가 발버둥을 쳤다. 여우 목을 발로 누르고 손으로 줄을 놓지 않았다. 여우가 숨을 헐떡이는 것이 끈을 통해 손으로 전해졌다. 여우는 땅에 누워 허우적거리다 몇 분이 지나자 조용해졌다.

충근의 온몸이 땀으로 흠뻑 젖었다. 모든 세상 사람들이 눈을 뜨고 자신을 보는 것 같은 기분이 들었다. 충근은 끈을 놓고 여우 뒷발을 벌렸다. 그리고 준비해온 칼을 꺼냈다. 달빛에 여우의 흰 속살이 하얗게 드러났다. 어디선가 여우 울음소리가 들렸다. 곧이어 개 떼들 짖는 소리가 이어졌다.

다음 날 굴착기 기사는 씩씩대며 잃어버린 여우 가죽을 찾아다녔다. 충근은 온종일 목에 뭔가 걸린 듯 답답했지만 마음만은 하늘을 나는 듯했다.

굴착기 기사의 여우 가죽 찾기 소동이 있은 지 일주일이 지났다. 충근은 팬티 차림으로 그늘에 놓아둔 여우 가죽을 보고 흡족하게 웃었다. 중동 날씨가 워낙에 뜨거운지라 그늘에 두었는데도 바짝 말라 있었다. 검게 그을린 충근의 등으로 흘러내린 땀이 팬티 허리춤을 흥건하게 적셨다. 털이 난 허벅지에도 땀이 송송 맺혔다. 모양 좋게 가위질한 여우 가죽에 분무기로 물을 뿌리고 사포로 문질렀다. 얇아진 여우 가죽은 이전보다 훨씬 부드러웠다. 이로써 그에게도 남다른 무기가 하나 생긴 셈이었다.

충근이 화투판으로 돌아왔다. 그는 자리에 앉자마자 내리 세 판을 최고 점수를 내며 선을 먹었다. 김 중사는 의외의 표정을 감추려고 내내 괜스레 껄껄거렸다. 세 판 내리 돈을 잃자 김 중사는 지갑을 열어 여우 가죽을 꺼내 들고 입을 맞추며 복이 들어오기를 기원했다. 기도의 효과가 있었는지 다음 판에 선을 먹었다. 김 중사는 크게 웃었다. 그리고는 다시 여우 가죽을 꺼내 들고 이번에는 판을 쓸었다. 마치 주술사가 의식을 치르는 듯했다.

"뭐 하는 거야? 재수 없게."

정 씨가 화를 냈다.

"아, 복을 쓸어 담는 거지."

그러나 효과도 없이 무참하게 서너 판을 연이어 깨졌다. 김 중사 껄껄거리며 다시 여우 가죽을 꺼내 들었다.

"하긴 자네들도 딸 때도 있어야지. 자, 이제 예고는 끝났고 본 게임으로 들어간다네."

김 중사는 화투를 떼며 쉬지 않고 떠들어댔다. 역시 가죽을 만진 보람이 있는지 그 판을 먹었다. 그는 기쁨의 비명을 질렀다. 그러나 그 판 한 번뿐이었다. 충근은 자신이 원치 않을 경우만 빼고 선을 놓치지 않았다. 어디서 타짜 기술이라도 전수받고 화투판에 나타난 사람 같았다.

"속이는 거야, 뭐야!"

김 중사는 버럭 화를 냈다.

"뭐요? 내가 따면 속이는 겁니까? 거 성격 이상하시네. 화투 같이 못 치겠구먼."

충근이 덩달아 화를 냈다. 김 중사는 곧바로 사과를 했지만 사람에게 공갈을 쳐 기세를 꺾어보려는 속 보이는 술수였다. 충근은 그런 그의 뱃속을 알고도 남음이 있었다. 김 중사는 겁먹을 만큼 두려운 상대가 아닌 것을 애초에 알아봤었다.

모든 일이 뜻대로 되었다. 그날뿐만 아니라 그다음 날도, 그다음 날도 충근은 김 중사가 가지고 나온 돈을 다 뺐었다. 이제 충근은 김 중사의 금고가 아니었다. 충근의 지갑은 이제 두둑해졌다. 자신감이 생긴 충근은 주로 이용했던 104호 말고 다른 숙소를 돌아다니며 화투판에 끼어들었다. 역시 어디를 가도 여우 가죽은 뚜렷한 효과를 나타냈으며 큰판에서 그를 부르는 일까지 벌어졌다. 그는 매일 밤 화투판을 전전하는 전문 노름꾼 같았다. 낯선 판에 낄 때마다, 판을 싹 쓸어 담을 때마다 그는 자신에게 타일렀다. '조심스럽고 부드럽게, 여우처럼.' 여우 가죽은 사막의 신이 주신 은총이자 기이한 힘이었다.

하루는 충근이 식당에서 김 중사를 만났다. 음흉한 눈빛의 김 중사가 식판을 들고 충근에게 다가왔다. 김 중사는 충근의 몸에서 이상한 냄새가 난다고 생각했지만 대수롭지 않게 생각했다. 충근의 옆에 앉아 자신의 이야기를 쏟아냈다. 충근은 말없이 그의 이야기를 들었다. 어차피 104호실에 갈 일도 없고 이제는 상대할 만큼 가치 있는 친구도 아니었다. 큰판에서 놀고 있는 자신이 그가 떠들든가 말든가 신경 쓸 일은 없었다.

"나는 월남에서 죽을 고비를 몇 번이나 넘겼지. 죽음, 내가 그 사선을 넘을 때마다 묘한 생각이 들었어."

"딴 이야기 말고, 요즘에도 화투 잘돼요?"

충근은 그의 말을 중간에서 자르고 대뜸 근황을 물었다. 그러고 보니 그와 화투를 안 친 지가 한 달이 다 돼가는 것 같았다. 김 중사는 고개를 끄떡거렸다.

"그런데 말이야, 자네가 가고 난 뒤론 영 흥미가 없어."

충근은 그의 말은 아랑곳하지 않고 손등에 난 긁힌 상처를 쳐다 보았다. 일하다 다친 모양이었다.

"자네를 처음 봤을 때부터 난 알아봤어. 그러니까 지금은 아니지 만 척 보면 초보자라는 것을 알 수 있었지. 아니, 자네 기분 나쁘라 고 하는 말은 아니야. 이제는 상대도 하지 않는데 왜 그런 말을 하 겠어? 내가 보기에 그렇다는 말이야."

김 중사는 어색하게 웃으며 충근의 표정을 살폈다.

"그러니까 처음에 자네는 내가 봤을 때, 동네에서 대충 화투를 배 워 끼어든 거나 마찬가지였다는 말이야. 내가 아는 한 자네는 한 번 도 따지 못했어. 그런데 지금은 아니거든. 하루아침에 말이야. 자 네가 갑자기 돈을 따기 시작했어. 내가 알기에는 가능한 일이 아 니거든. 무슨 특수한 기술이라도 배웠나? 진정한 타짜를 만났다든 가?"

충근은 김 중사에게 관심이 없었지만 그의 말을 막지 않았다. 그 게 마지막 예의라고 생각했다.

"난 타짜들하고도 화투를 쳐봤어. 그 세계는 내가 노는 물과 달

라. 난 내 한계를 알아, 프로 세계와 아마 세계의 경계를 안다고나 할까? 부엌칼로 면도할 수 없잖아. 프로와 아마의 차이지. 나는 누가 뭐래도 아마추어야. 프로는 화투를 잘 치기도 하지만 진짜처럼 속이거든. 아마추어는 그런 게 없어서 좋아. 내 말은 선수들을 보면 한눈에 안다는 거야. 그런데 자네를 보면 이해를 할 수가 없어. 내가 아무리 생각을 해봐도 자네는 분명히, 기분 나쁘겠지만, 솔직히 아마추어거든. 그건 화투를 때리는 소리만 들어도 알 수 있어. 그런데 지금 어떤가? 자네는 타짜들 틈에서 화투를 치고 있어. 이게 이상하다는 거야. 거기서 승률이 절반이 넘어. 따고 있단 말이지. 이럴 수가 있어? 속이지 않고 속이는 사람 틈에서? 어떻게 그런 일이 벌어질 수 있을까? 내 여우 가죽보다 더 운이 좋은 뭔가가 있어?"

그는 주변을 살피며 넌지시 말을 했다. 충근은 여우라는 말이 귀에 거슬렸다. 그 말을 하려고 장황한 사설을 펼쳐놓은 것 같았다.

"더는 김 형과 말을 하고 싶지 않아요. 김 형은 타짜를 모르는 겁니다. 이 사우디에 진정한 타짜는 없어요. 도박이나 사기 전과자는 중동에 올 수 없잖아요."

"아니야. 사람이 이리 모였는데 타짜가 없다니, 그게 더 이상한 말이지. 뭐 있으면 어떻고 없으면 어때. 하고 싶은 말은 그게 아니고, 난 한 달 후면 귀국을 해. 지금까지 여우 가죽 힘으로 돈을 꽤 모았지. 미신이라고 말한다면 할 말이 없지만. 그런데 자네에게 깨졌거든. 이대로 귀국을 한다면 난 병에 걸릴 것 같네. 그래서 하는 말인데, 가기 전에 자네와 딱 한 번만 승부를 겨루고 싶네. 그래야

내가 밤에 잠을 제대로 잘 수 있을 것 같아. 지든 이기든 딱 한 번만 확인을 할 수 있다면 말이야. 어떤가, 오늘 밤 딱 한 판만 섰다를 하고 싶은데 붙어줄 수 있겠어? 돈을 떠나서 내 운을 시험하고 싶은데…. 자네는 이해 못 하겠지만 나에게는 무척 중요한 일이네. 만약 내가 지면 여우 가죽을 버릴 참이야. 왜 그런 것 있지 않나. 다른 것도 아니고 신묘한 힘을 지닌 것인데, 더 힘을 발휘하지 못한다면 어쩌겠나. 아무짝에도 쓸모가 없지. 이해해줘. 자네가 아니어도 매일 따고 있는데 왜 이런 말을 하겠나. 순전히 상처 받은 자존심 때문이네. 한 판이면 되네.”

김 중사는 고개를 뒤로 젖히며 쑥스럽게 미소를 지었다. 생각을 했다. 이 작자는 무엇을 원하는 걸까? 진짜 그의 말대로 누구보다 자신이 잘 이해하고 있다. 다른 의도가 있다면? 그 정도로 영리한 사내인가? 노리는 것이 뭘까? 자신이 질 줄 알고 있을 텐데 덤비고 있다. 충근은 밥을 먹으며 이리저리 생각해보았다. 김 중사도 그의 선택을 침묵으로 기다렸다.

“그냥 내기가 아니라 여우 가죽을 걸고 한단 말이죠?”

충근은 음흉하게 웃었다. 한 장이 더 생긴다니, 그럼 자신은 두 장이 된단 말인가!

“사람들은 한순간의 잘못된 판단으로 자신을 망치기도 하죠. 헛된 욕망에 눈이 멀어서요. 괜찮으시겠어요?”

충근은 김 중사에게 마지막 빠질 기회를 주었다.

“게임이 다 그런 거지. 헛되다면 헛될 수도 있지만 그 욕망 때문

에 하는 거 아냐? 큭큭. 어쨌든 허락한 거지? 역시 오 형은 화끈하
다니까. 이럴 줄 알았지."

김 중사는 기분 좋게 웃었다.

충근은 숙소로 돌아와 샤워를 하고 쉬었다가 밤 10시쯤 104호실
로 향했다.

"운을 시험하기에는 정말 좋은 날이야. 화투는 두 장 보기가 최고
지."

김 중사가 앉아서 화투 패를 섞고 있었다. 방에는 평소에 봤던 사
람 말고도 몇 사람이 더 있었다. 한쪽에서 잡지를 보거나 장기를 두
고 있던 사람들이 충근이 다가가자 모여들었다.

"한 판으로 끝을 내죠?"

충근은 빨리 끝내고 자리를 뜨고 싶었다.

"아니, 왜 이리 급해. 천천히 하자고, 일부러 구경 온 사람들도 있
는데. 선수답게 하자고. 느긋하게 게임을 즐겨야지. 막말로, 여기
서 깨지면 손을 떼야 하는데 말이야. 단판에 그리된다면 얼마나 억
울하겠나?"

김 중사는 점심때와 전혀 다른 모습이었다. 이래서 본성이 천박
한 작자들과 어울리면 안 되는 것이다.

"첫판에 뭐를 걸까요?"

김 중사는 주변을 둘러보며 아이들 동요 가락을 섞어 말을 했다.

"단판에 여우 가죽 아니었습니까?"

"왜 이러실까, 오 박사. 여기 모인 사람이 한둘인가? 오픈 게임이

있어야지."

김 중사는 화투를 리듬 있게 치면서 흥얼거리듯 말을 했다. 구경꾼들도 찬성했다.

"삼세판이지."

"좋을 대로 하십시오. 그래도 뭔가 걸어야 하지 않을까요?"

충근은 화투 패를 섞는 김 중사를 자세히 살폈다.

"이달치 월급 사십만 원을 걸지."

그 말에 주변에서 환호성이 일어났다. 김 중사는 첫판부터 세게 나왔다.

"부담스럽다면 줄여도 좋네."

"아니요. 그 정도 돈을 가져오지 않아서 말입니다."

"그럼 증인이 있으니 나중에 줘도 좋네."

"그럴까요? 다행히 그럴 일이 없었으면 좋겠지만요."

"자네야 항상 나를 이길 수 있으니까."

김 중사는 곁눈질로 주변을 쓱 훑더니 다시 화투를 섞기 시작했다. 마치 한 장 한 장 순서를 맞추어 섞는 것 같았다. 충근은 눈을 가늘게 뜨고 생각했다. 아무리 타짜라도 둘은 속이기 어렵다고 들었다. 설사 속인들 어떻게 되겠는가. 잃는다 해도 무슨 상관이 있겠는가. 저 거슴츠레한 눈은 무엇을 뜻하는 걸까? 충근은 쓰쓰름한 미소를 지었다.

김 중사가 화투를 내밀었다. 충근이 기리를 하고 화투를 나누어 가졌다. 충근 앞에 두 장이 놓였다. 혹시 손장난을 치지 않았을까.

그는 손가락으로 남은 화투를 눕혀 결 따라 대충 세어보았다. 열여섯 장이었다. 맞다. 마음먹고 속이려 든다면 자신은 알 수 없으리라. 그저 운에 맡기는 수밖에 없었다. 두 사람은 각자 패를 확인했다. 김 중사는 삼과 오가 나와 여덟 끗이 되었고, 충근은 사땡이 걸렸다. 사땡이라니. 오충근은 이겼지만 사가 나와 속으로 꺼림칙했다. 주변에서 아쉬운 소리가 들렸다. 김 중사는 화투를 침착하게 뒤집고 돈을 밀어주었다.

충근이 화투를 섞으며 김 중사가 뭔가 걸기를 기다렸다. 이달치 월급을 모두 걸었으니 돈은 바닥이 났을 거다. 충근이 이긴다면 이번이 마지막 판일 수도 있고 김 중사가 이긴다면 다음 판이 마지막이 된다. 그럴 일이 없을 거라는 것을 김 중사도 충근도 알고 있다. 충근은 김 중사가 지갑을 열기를 기다리며 계속 화투를 섞었다. 조금만 더 지체한다면 털고 일어서려고 마음먹었다. 오래 있으면 좋은 일이 없을 것 같았다. 자신의 뒤에 서 있는 처음 보는 사내들의 눈치가 수상했다. 놈들의 몸에서 나오는 기운이 충근을 압도했다.

김 중사는 머뭇거리다가 자신의 지갑을 꺼냈다. 그러더니 지갑을 통째로 던지며 지갑을 걸겠노라고 했다. 김 중사는 지갑을 열어 여우 가죽을 보여주었다. 그리고 징그럽게 웃어 보였다. '나이를 헛먹은 놈.' 충근은 속으로 뇌까렸다. 충근이 딴 돈 사십을 꺼내놓았다.

"지갑에는 지갑을 걸어야 경우에 맞는 법이지."

뒤에 있던 사내가 충근의 어깨를 꾹 누르며 말을 했다. 충근은 곁눈질로 뒤를 보았다. 각진 얼굴이 싸움깨나 한 얼굴이었다. 김 중사는 모른 척하고 시치미를 떼고 있었다.

"김 중사! 너무 겁주는 거 아냐? 등신만 사우디에 온 줄 아나? 시발 것. 정당하게 해야지."

같은 조적을 하는 동료가 한마디 던졌다. 이곳은 현장이고 직종별로 뭉쳐 있는 곳이라 누구든 함부로 할 수 없는 곳이다.

"누가 겁을 줬다고 그래? 에헤헤."

김 중사가 비굴한 웃음을 흘리자 어깨를 누르던 사내가 슬그머니 물러섰다. 충근은 화투 패를 섞으면서 어떻게 할지 생각에 빠졌다.

"프로도 뜸을 들이네? 설마 지갑을 안 가져온 건 아니겠지?"

두껍게 깐 목소리에 술집 기도 같은 말솜씨였다. 충근이 여기서 달리 말을 한다면 그들은 완력을 쓸 것이다. 별수 없이 충근은 자신의 지갑을 꺼내 김 중사 지갑 위에 올려놓았다. 검은 가죽 지갑 두 개가 포개졌다. 충근은 김 중사를 노려봤지만 김 중사는 눈을 마주치지 않았다. 화투를 섞어 김 중사 앞에 들이대는 순간, 갑자기 문이 열리면서 거친 목소리가 들렸다.

"재밌는 판이 벌어졌다고 해서 구경 왔소이다."

여우를 잡았던 굴착기 기사였다. 충근은 그를 보자 파랗게 질렸다. 김 중사는 낄낄거리며 충근이 손에 든 화투를 뗐다.

"왜 소리를 지르고 그래? 구경하러 왔으면 조용히 구경이나 할 것이지."

무슨 꿍꿍이란 말인가? 충근은 진땀을 흘리며 화투 패를 나눴다.

손끝이 가볍게 떨렸다.

"지갑에 뭐가 들었는지는 서로 확인을 해야 하는 것 아닙니까?"

굴착기 기사는 화투를 못 뒤집게 하고 커다란 손으로 지갑 두 개를 움켜쥐었다. 갑자기 일어난 일에 충근이 지갑에 손을 뻗으려 하자, 뒤에 있던 사람들이 어깨를 잡아끌었다.

"법대로 합시다. 뭐 죄진 것 있습니까?"

"야비한 새끼! 덫을 놓고 사람을 유인해?"

놈들은 바로 이걸 노렸던 것이다. 사내들의 손이 어깨를 더욱 강하게 눌렀다. 충근은 심한 현기증을 느꼈다. 굴착기 기사는 먼저 김 중사의 지갑을 들었다. 여우 가죽을 꺼내 냄새를 맡아 보고는 고개를 끄덕이며 다시 끼워 넣었다. 그다음 충근의 지갑을 들었다. 한쪽 입꼬리가 심하게 올라갔다. 굴착기 기사는 충근의 지갑 여기저기를 뒤졌다. 하지만 그는 낭패스런 얼굴로 변해갔다.

충근의 지갑에서 그들의 예상과 달리 여우 가죽은커녕 돈 만 원짜리 몇 장만 나왔다. 세 놈이 달려들어 충근의 주머니를 뒤졌으나 역시 아무것도 나오지 않았다.

"뭐하자는 거야? 김 중사. 피를 보자는 거야? 야, 애들 삽자루 가지고 모이라 그래! 어떤 놈 목이 먼저 끊어지는지 보자고."

보다 못한 조적공 서 씨가 자리를 박차고 일어나 소리쳤다. 김 중사의 얼굴이 사색이 되었다.

"됐어. 아무 일도 아니야. 진정하자고."

충근은 너그러운 목소리로 서 씨를 진정시켰다.

"패만 뒤집어서 보면 끝나는 거네요? 김 중사님, 맞습니까?"

김 중사는 말도 못 하고 떨리는 손으로 패를 뒤집었다. 사와 오가 나와 갑오였다. 동시에 탄식이 터졌다. 다음 충근은 또 사땡이 나왔다. 탄식과 충근을 응원한 사내들의 환성이 울려 퍼졌다. 김 중사의 얼굴이 흙빛으로 변했다. 부리나케 손을 뻗어 지갑을 움켜쥐었다.

굴착기 기사는 화를 참지 못하겠다는 듯 고함을 질렀다.

"시발, 김 중사. 법대로 해! 똑바로 알지도 못하면서, 이런 개망신이 어디 있어? 아무리 내가 기름밥을 먹고 살지만, 이건 아니지. 김 중사 이거 어떻게 할 거야! 원 쪽팔려서. 형씨, 미안하게 됐수다. 김 중사, 너 지갑에서 손 떼지 못해!"

다른 사람들도 여기저기서 손을 떼라고 소리쳤다.

김 중사는 억지웃음을 꺽꺽거리며 지갑에서 여우 가죽을 꺼내 충근에게 건넸다. 그는 뒤로 물러서며 한숨을 내쉬었다.

충근은 기뻤지만 웃지 않았다. 그는 억지로 인상을 쓰며 김 중사의 여우 가죽을 지갑에 넣고 자리에서 일어났다. 딴 돈은 구경꾼들 나누어 가지라고 놓고 나오니 뒤에서 손뼉을 치며 난리가 났다. 명 승부니 진짜 사나이답다느니 그들은 최고의 날이라며 떠들어댔다.

숙소로 돌아온 충근은 터져 나오는 웃음을 감추느라 입을 막고 큭큭거렸다. 한동안 입을 막고 발버둥을 치고서야 웃음이 잦아들었다. 자리에 누운 충근은 마음을 가다듬고 지갑 속 여우 가죽을 꺼내 형광등에 비춰보았다. 그러고는 슬며시 팬티 안에 손을 넣어 한 장을 더 꺼내어 겹쳤다. 한참을 그렇게 보다가 두 장을 사타구니 안에다 집어넣었다.

오충근은 화투를 치다가 소변을 보러 화장실에 들렀다. 앞 지퍼를 열고 일을 보는데 소변을 지렸다. 그는 신음을 질렀다. 성기 끝에서 시작된 극심한 고통이 온몸으로 퍼졌다. 노란 오줌이 나왔다. 지린내가 코를 진동했다. 근래 소변이 이 모양이다. '빌어먹을 사막.' 그는 간신히 소변을 보고 절룩이며 지퍼를 올렸다. 그는 고급스런 세면대 앞에서 이탈리아제 수도를 틀어 손을 씻었다. 얼굴과 귀를 비벼 씻고 수건으로 물기를 닦으며 전면에 있는 거울을 보았다. 뒤에 다른 사내가 일을 보고 다가와 옆에서 손을 씻었다.

거울에 비친 그 사내와 자신의 얼굴이 확연히 차이가 났다. '관리직이군.' 같은 햇볕에 함께 그을렸지만 관리직과 노동자는 누가 현장에서 일하고 누가 사무실에서 일하는지 단박에 알 수 있을 정도로 차이가 났다.

손을 닦던 사내는 주변을 살피며 킁킁거리다 자신의 옷깃을 벌리고 다시 냄새를 맡았다. 끝내 못마땅한 얼굴로 상의 이곳저곳을 킁킁거리며 화장실을 나갔다. 그러고 보니 어디선가 비릿하고 썩은 냄새가 났다.

충근은 거울에 가까이 다가서서 자신의 눈자위를 살폈다. 언제부턴가 눈 주변에 검게 테두리가 생기기 시작했다. 낮에는 일하고 밤에는 화투를 치기 때문에 그런가 싶었다. 귀국 날짜를 헤아려보았다. 거의 매일 한 번씩 생각하는 헤아림이지만 때마다 다시 생각하곤 했다. 거의 석 달 정도 남았다.

충근은 거울 앞에 놓인 프랑스산 향수를 목과 겨드랑, 손등에 뿌리고는 밖으로 나왔다. 충근이 화장실을 나올 때 다른 사내 하나가 들어왔다. 그 사내는 충근의 뒤에서 투덜거렸다.

"화장실 청소도 안 하나 쥐 썩은 냄새가 나는군."

숙소 안에는 한 무리의 사내들이 모여서 화투를 치고 있었다. 현장 숙소와는 다른 고급 숙소였다. 다른 이들은 모두 반소매 셔츠를 입은 현장 관리자들이었다. 현장 관리소장이 두 명 있었고, 하청업체 임원이 셋, 그리고 충근이었다. 충근은 하청업체 소장인 권 씨를 따라 이곳에 오게 되었다. 관리자들답게 판이 컸다. 충근은 머리를 넘기며 자기 자리로 가서 담배를 하나 꺼내 물었다. 쉬는 시간이라 잡담들을 나누고 있었다.

"그래서 협상을 했단 말이죠?"

한 사내가 화투를 장난삼아 섞으며 어이가 없다는 듯 말을 했다.

"그렇다니까. 과장 하고 대리를 납치했다는데, 워낙 무식해서 대안이 없었던 모양이라. 달리 방법이 있어야지. 사실, 문제야 회사에 있다는 걸 인정은 하지만 회사 형편을 전혀 고려하지 않아. 노무자들이란 배워먹은 게 싸움질이라 무조건 사고를 쳐야 해결된다고 믿어. 설마 직원을 어떻게 하지는 못하겠지만 만에 하나 머리가 어떻게 된 친구가 하나라도 있어서 사고를 치면 대책이 없는 거라."

"그게 무서운 거지. 국내였다면 경찰 불러서 어떻게 해보겠지만, 누구 하나 피를 흘리면 문제가 커지는 거잖아. 납치라니, 아무리 불만이 있어도 노무자들이 도를 넘어섰어. 사물을 총체적으로 볼 줄 모르니 노동판에서 그 짓이나 하지."

"그래서 어떻게 했는데? 사우디 경찰을 부를 수도 없잖아?"

"원, 소장님 농담도…. 그랬다가 임원들 모가지가 날아가는 건 물론이고 이쪽 법을 적용받아야 하는 것 아닙니까. 그렇다고 놈들이 요구하는 걸 다 들어줄 수는 없는 거고. 본사에서 이곳 사정을 다 아는 게 아니잖아요. 아무래도 현장은 현장이니까요. 설사 들어준다 해도 습관이 돼서 계속 직원들 납치하고 돈 요구하면 그땐 또 어떻게 합니까? 그래서 이러지도 못하고 저러지도 못하고 있는데, 어떤 사람이 근로자 중에 말 통하는 사람이 하나 있다고 해서 그 사람 불러다 중재시키고 해결했다더라고요."

"그게 누군데요?"

관리자들의 이야기를 듣고만 있던 충근의 머릿속에 퍼뜩 김 대위가 생각났다. 하지만 충근은 그들의 대화에 끼어들고 싶지 않아 조용히 입을 다물고 있었다.

"그건 말하지 않기로 했습니다. 혹시 나중에 소장님도 그런 일이 생기면 그때 연락하세요. 그 친구가 그때까지 여기에 있을지 없을지 모르지만 알려드릴게요."

"그런 사람이 다 있나? 하긴 별의별 인간이 다 모여 있는 곳이니, 빨갱인들 없겠어? 우리 현장에는 목사도 있고 승려도 있다니까."

"아무래도 이번 일을 겪으면서 보니까 현장이 심상치 않아요. 옆 현장 사람들 이야기를 들어보니까 노무자들 분위기가 험하다더라고요. 대사관에서 복지에 신경을 쓰라고 자주 지침이 내려오기는 하지만 그게 쉬운 게 아니잖아요?"

"자, 그건 그렇고 다시 한판 합시다. 오 선생도 선 한번 잡으셔야지요. 오늘 처음이신데 재미는 어떻습니까?"

"저야 구경 삼아 왔으니까요."

"아무래도 프로는 아닌 것 같은데, 운이 좋으시군요. 딱 보면 알지요."

"그렇습니다. 사장님들이 많이 도와주시니까요."

"근데 얼굴 안색이 안 좋으십니다."

"예, 요즘 몸이 좀 그렇습니다. 여기 소장님이 휴가나 주시면 좀 쉴까 합니다."

그들은 다시 화투를 돌리며 판을 이어나갔다.

"여기는 시낸데 여우 울음소리가 들리는군요?"

충근은 화투를 섞다 말고 여우 울음에 귀를 기울였다.

"귀가 밝으시군요. 나는 들리지 않는데."

옆에 있는 부사장이 말을 했다. 충근은 다시 귀를 기울여보았다. 역시 여우 소리가 아련하게 들렸다. 가는귀가 먹었으면 소음 속에서 생활하는 자신이 먹었을 텐데 이들이 그런가 싶었다. 아니면 자신을 무시하고 있거나.

충근은 그 말에 더 신경 쓰지 않기로 했다. 이제 막 현장 노동자들이 아닌 전혀 다른 판으로 옮겨온 것이니 당분간은 감정이나 승부 따위에 연연하지 않기로 했다.

그곳에서 늦게까지 화투를 쳤다. 권 소장 차를 타고 현장 숙소로 돌아왔을 때는 새벽 3시 가까운 시간이었다.

"수고했네. 그런데 자네 몸은 괜찮은가? 병원 좀 가보지?"

권 소장은 그 말을 하고 충근을 내려주었다. 어디선가 또 여우 울음이 들렸다. 충근은 얼마 전부터 자신의 몸에 무슨 일이 일어나고 있다는 것을 어렴풋이 느끼기는 했지만 뭐가 문제인지를 몰랐다. 특별히 통증을 느끼거나 불편한 데가 있는 것은 아니었다. 단지 가끔 환청이 있었다.

이후 현장 소장과 하청 간부들과 몇 번 화투를 치기는 했지만, 현장 일이 바빠져 계속하지는 못했다. 그때 차를 태워주곤 하던 권 소장이 충근이 무슨 병이 있는 것 아니냐며 안색도 안 좋고 몸에서 불쾌한 냄새가 나는 것 같다고 병원을 꼭 가보길 여러 번 충고했었다. 충근은 귀국 날짜를 헤아리며 병원을 가더라도 의료 시설이 낙후된 이곳보다는 국내로 가서 검사를 받으리라 생각하고 참았다. 소변볼 때 고통과 눈 주변에 검은 테두리가 점점 심해지고 있었다. 한번은 새벽까지 화투를 치다 숙소를 찾지 못하고 방황한 적이 있었다. 그때 현장 광장에서 들려오는 여우 울음을 들었다. 평소 작게 들렸던 소리에 비해 그날은 거의 분명하게 들을 수 있었다. 소리뿐만 아니라 먼발치에 얼핏 여우가 보였다가 사라졌다. 헛것이라고 생각했다. 여우가 현장에 들어올 수 없는 일이었다.

들개도 한국 노동자들이 닥치는 대로 잡아먹어 근처에 씨가 말랐다고 했다. 여우는 말할 것도 없었다. 한국 노동자들은 사자와 하마, 코끼리도 눈에 띄면 다 잡아먹을 것이다. 중동이기 망정이지 아프리카였다면 야생동물들 씨가 말라 유엔 차원에서 제지했을 것이다.

충근의 귀국 날짜가 차츰 다가오고 있었다. 그러던 어느 날, 관리자들이 우려하는 일이 터졌다.

1977년 3월 중순, 낮잠 중이던 충근은 항만 쪽에서 노동자들이 폭동을 일으켰다는 소리를 듣고 뛰어나갔다. 장비들도 폭동이 일어난 곳으로 몰려가고 있었다. 동료를 따라 도로를 건너려고 할 때였다. 바람이 불고 먼지 속에 동료의 뒷모습이 흐릿하게 보였다. 어디선가 함성이 들렸다.

충근은 이상한 기분이 들어 멈칫 섰다. 왼쪽으로 고개를 돌렸을 때 가시덤불 옆에 서 있는 두 마리 여우를 보았다. 혹시 착시인가 싶어 다른 곳을 봤다가 다시 가시덤불 쪽을 봤을 때, 역시 아무것도 보이지 않았다. '별일이네.' 충근은 길을 건넜다. 그때 길모퉁이에서 폭동 현장으로 달려가던 굴착기가 삽을 세우고 나타났다. 경적 소리가 울렸지만 기사도 그도 미처 피할 수가 없었다. 충근은 굴착기의 커다란 삽에 머리를 부딪치고 맥없이 넘어지면서 차 밑으로 빨려 들어갔다. 굴착기가 멈추면서 그의 두 다리를 반쯤 밟았다.

충근은 살을 뚫고 삐져나온 자신의 다리뼈와 철철 흐르는 피를 보고 까무러칠 듯 비명을 질러댔다. 충근의 비명은 폭동 소리보다 컸다. 굴착기는 뒤로 빠지고 기사가 내려 그 광경을 보고 사람들을 불렀다. 앞서가던 동료가 돌아왔다. 다급하게 근처에 있는 트럭을 끌고 온 동료는 기사와 함께 충근을 차에 실었다.

차 안에서 충근은 고통스러운 비명을 지르며 창문을 열라고 소리쳤다. 그는 허리띠 안으로 자신의 손을 넣어 성기에 끼어 있던 피에 젖은 가죽 두 장을 꺼내 유리창 밖으로 던졌다. 동료는 충근의 떨어진 피부라고 생각을 하고 기겁을 했다. 충근은 여우의 벌이라고 생각했다. 늘 마음에 걸렸지만 두 다리가 부서지고서야 털어버린 것이다. 트럭에서 떨어진 피 묻은 가죽은 바람에 밀려 도로 위를 구르다 가시나무 숲으로 사라졌다.

충근은 복합골절 진단을 받았다. 부러진 뼈를 맞춘 뒤 양쪽 다리에 깁스를 했다. 다시 걷기까지 많은 시간이 필요할 것이라는 의사의 말을 동료에게 전해 들었다.

입원을 한 지 2주쯤 지났을 때였다. 충근은 밤새 여우 울음소리 때문에 자다 깨다를 반복하며 선잠에 들어 있었다. 꿈인지 생시인지 사람들이 두런거리는 소리가 들렸다.

"이 환자 좀 어때?"

"다리보다는 성기 쪽이 문제입니다. 항생제가 듣질 않습니다. 썩는 냄새도 갈수록 심해지고…."

"음…, 아무래도 당장 귀국시켜야겠어."

"성기 쪽 연골 부패는 어떻게 하죠? 어떻게 보면 매독 같기도 한데 조금 다른 것 같기도 하고, 처음 본 증상이라…."

"그러게. 나도 본 적 없네. 매독의 일종이라면 어떻게 이곳에서 성병에 걸렸지? 동성애를 했나? 혹시 아직 보고 안 된 풍토병인가?

그거참."

"고환과 성기 주변에 검은 자국이 꼭 데인 것도 같습니다. 혹시 무슨 병균에 감염된 건 아닐까요?"

"환자가 통 말을 안 하니."

"성기를 절개해야 하지 않나요?"

"이 사람아, 성기를 잘라내는 게 쉬운가. 사실 지금으로선 그 방법밖엔 없는 것 같은데 이곳 시설로는 판단이 서지 않아. 그냥 빨리 귀국시키는 수밖에. 환청도 관계가 있을 수 있어. 병균이 신경을 타고 뇌에 들어가 감염을 시켰을지도 모르니."

사람들이 우르르 병실을 빠져나가는 소리가 들렸다. 다시 여우 울음소리가 들려왔다.

어
느
전
기
공
이
야
기

목공으로 보이는 사내가 식판을 들고 선 채 배식구에 고개를 들이밀고 욕을 했다.

"개새끼야! 이게 사람 처먹으라는 음식이야? 씨팔!"

주방에서 사내가 뛰어나와 목공에게 삿대질을 하며 소리를 질렀다.

"이게 얻다 대고 욕질이야? 밥 처먹으러 왔으면 밥이나 곱게 처먹고 갈 것이지, 별 미친 새끼 아냐. 그리고 식자재가 그렇게 나오는 건 난들 어떡해!"

"우리를 개돼지로 아는군!"

목공은 식기를 바닥에 내팽개치고 식당 밖으로 나갔다. 누구는 손뼉을 치고 누구는 주방 쪽을 향해 소리를 질렀다. 일꾼들이 한꺼번에 떠드는 소리에 주방 사내는 헛기침을 하며 슬며시 돌아섰다.

"무식한 놈! 야, 여기 소금 뿌려!"

조금 전보다는 수그러든 목소리였다. 주방 사내는 안으로 들어가려다 말고 식당 쪽을 향해 섰다. 붉게 달아오른 얼굴이 아무래도 꽤나 억울해 보였다.

"당신들 집에서 먹는 것보다는 나아! 카악 퉤!"

주방 사내는 가래침을 돋워 바닥에 뱉고 돌아섰다. 그때 주방 사내의 욕을 하며 지켜보고 있던 목공이 뛰쳐나가 주방 사내의 뒷덜미를 잡아챘다. 깡마른 몸에 성질이 꽤 급해 보였다. 까치발로 선 주방 사내는 뒷덜미를 움켜쥔 목공 손을 감아쥐고 말을 했다. 몹시 당황한 목소리였다.

"당신이나 나나 오죽 먹고살기 어려우면 중동 사막까지 와서 품을 팔겠어! 이게 사람이 할 짓이냐고. 잘 먹고 잘 살면 여기까지 왔겠어? 솔직히 여기서 나오는 음식이 잘하는 것은 아니지만, 당신 집에서 먹는 것보다는 나은 거 맞잖아?"

그 말에 목공이 화가 치밀어 주먹을 쳐들었지만 때리지는 않았다.

"내가 어떻게 먹고살든 네놈이 알 까닭도 없지만, 설사 내가 개밥을 먹다 왔다고 치자! 이 개고생을 하는데 먹을 거라도 제대로 먹여야 할 것 아니야. 이 개밥을 가지고 지금 집에서 먹는 음식과 비교를 해? 엉? 너도 식당에서 고생하겠지만, 하루 이틀도 아니고 이 식판에다가 삼시 세끼를 매일 먹어봐라! 음식 어지간히 잘 나와도 질리는 법인데, 지금 이 시래기도 아니고 된장국도 아니고, 쌀은 날아다니고. 벌레도 나와, 이 망할 인간아! 너는 이 밥 안 먹을 거 아냐?"

사람들이 식탁을 치거나 수저를 두드렸다. 확실히 먹는 것이 문제가 있기는 했다. 반찬은 양 많고 싼 양배추 요리가 대부분이고 쌀도 오래된 것을 사용하는지 냄새가 났다. 밥 상태도 엉망이었다. 질거나 물기가 없이 된밥이었다. 그렇다고 고기가 자주 나오는 것도 아니었다. 일꾼들이 보기에 때가 되니 배를 채울 뭔가를 주워다 내놓는 것 같았다.

"여기는 군대가 아니고 사회란 말이야! 새끼들이 모든 걸 군대식으로 해결하려고 들어!"

주방에서 다른 사람들이 나와 뜯어말리자 그제야 목공은 손을 놓고 사람들을 향해 한마디 하고는 씩씩거리며 밖으로 나갔다.

"우리도 식판 던지고 나가버릴까?"

류민호는 앞에 앉아서 다소곳하게 조금씩 국과 밥을 번갈아 먹는 강 집사를 보고 말했다. 강 집사는 고개를 흔들고 하던 대로 먹기만 했다.

"저 아저씨 어지간히 화가 난 모양이야. 근데 사실 먹고 싶지 않을 때가 있기는 하지만 집에서 먹는 것보다 낫기는 하다. 무엇보다 이 고추장이 없었다면 난 말라 죽었을 거야."

민호는 고추장에 비빈 밥을 순가락으로 크게 푸며 혼잣말처럼 늘어놓았다.

"간장과 고추장만 있으면 밥 한 그릇 다 먹는 줄 알아, 그지? 큭."

강 집사는 나직하게 말하고 웃었다.

"저 아저씨가 부러워. 성질 같아서는 나도 한번 들고일어나고 싶은데, 돈을 벌어야 하거든. 내가 일어나면 감당 못할 거야. 주방 다 날아간다고!"

민호는 들고 있던 밥숟가락을 덥석 물었다. 양 볼이 미어질 듯 부풀어 올랐다.

"그런데 먹는 건 그렇다 치고, 왜 월급은 제날짜에 안 나오는 거야! 동생한테 또 편지가 왔어. 힘든가 본데…. 그 애가 어지간해서는 그런 말 안 하거든. 너는 문제 없어?"

"나도 그렇지만, 곧 나오겠지."

"역시 강 집사는 마음이 좋아. 그런 여유가 있어야 하는데."

민호는 그 말을 하고는 벌겋게 비빈 밥을 입에 퍼 넣기 시작했다. 그의 입꼬리에 고추장이 묻었다. 강 집사는 민호 속도에 맞추어 서둘렀다. 밥을 다 먹은 둘은 함께 식판을 들고 일어났다.

점심을 마친 노동자들은 뜨거운 햇살을 피해 숙소로 가 한숨 자거나 식당에 머물러 담배를 피우며 잡담을 했다.

강 집사는 독실한 기독교 신자였다. 늘 그는 자신을 소개할 때 '독실한' 혹은 '진심으로'라는 말을 썼다. 그가 교회와 신앙, 믿음을 이야기할 때면 '독실한'이란 단어밖에 기억에 남지 않을 만큼 힘주어 여러 번 입에 올렸다. 민호는 강 집사가 자신의 신앙심을 너무 강조하기 때문에 도리어 그의 믿음이 거짓 같다는 느낌을 받을 때도 있었다.

민호에게 강 집사의 첫인상은 그야말로 꽤 귀여운 사내였다. 그는 보통 이하의 작은 체구였다. 얼굴 피부는 희고 부드러웠다. 남들은 하루면 검게 타들어갔지만 그는 깨끗했다. 벌겋게 달아오르기만 하고 살갗 속까지 타지 않았다. 누구 말대로 그는 계집애라는 표현이 딱 어울렸다. 외진 곳, 오지보다 더 오지 같은 중동 현장에서는 남다른 개념을 포괄한 단어다. 누구는 기도원에서 갓 나온 사람 같다고 했다. 몸은 얼굴보다 더 희어 밀가루 반죽으로 빚은 것 같았다. 어깨뼈와 척추가 공룡의 등뼈를 연상시켰고 앞쪽 빗장뼈는 균형이 잘 잡힌 옷걸이 같았다. 가늘고 진한 눈썹과 긴 속눈썹이 눈시울을 그늘지게 했으며 옆으로 긴 눈이 매력적이었다. 뜨거운 햇살을 손바닥으로 가리는 모습은 그야말로 도시를 거니는 처자였다. 가끔 그의 엉덩이를 때리며 "강 집사 어디 가나?" 묻는 사람도 있었다. 민호는 엉덩이를 맞는 강 집사가 아니라 때리는 사내의 마음이 이해가 될 지경이었다.

"어째서 교회나 다니지 중동에는 오셨을까? 일하러 온 거야? 아니면 전도하러? 외로움을 달래주러 왔나?"

동료가 장난삼아 말을 지껄이기도 했다. 강 집사에게는 소름 끼치는 말일 테지만 내색을 하지 않았다.

"교인이라도 먹고살아야 하는 것 아닙니까? 목사가 아닌 다음에야."

그는 수줍은 듯 대답을 했다. 목사가 되지 못한 '독실한 기독교인'의 말이었다.

사람들은 강 집사가 스스로 교인임을 말할 때면 늑대가 양의 목을 물어뜯듯 이때다 싶게 달려들었다. 그가 집사임을 강조해 반발하지 못하게 입을 묶어놓고 종교적으로 그를 농락했다. 곧잘 그는 궁지에 몰리곤 했다. 어김없이 '미친것들', '환자', '여기는 이슬람인데 기독교라는 것이 알려지면 목이 잘린다' 등의 터무니없는 말까지 읊어댔다. 더구나 무슨 일을 할 때마다 "교회 집사가, 그렇게 하면 되겠어?"라는 말 때문에 강 집사는 모든 기독교인의 짐을 홀로 진 성직자가 되어야 했다. 민호가 보기에 그는 일보다는 수행을 하고 있는 것 같았다.

　강 집사와 류민호는 110호실에서 함께 생활했다. 민호가 강 집사보다 두 살 많은 스물여덟이었고 강 집사는 여섯이었다. 중동에는 민호가 먼저 와 있었다. 민호는 강 집사와 전혀 반대의 인간이었다. 둥근 얼굴에 눈이 작아 부드럽게 생겼지만, 말투며 커다란 몸집에 시골 머슴 같은 둥그런 몸매는 노동판에 딱 어울리는 사내였다. 그는 습관처럼 코를 후볐다. 이 커다란 현장에서 코를 후비는 사내는 그뿐이었다. 코를 후비는 것으로 멀리서도 그가 민호임을 알아볼 수가 있었다.

　류민호는 처음부터 강 집사가 기독교 신자라는 것은 몰랐다. 다른 사람도 마찬가지였다. 강 집사가 집사인 걸 알게 된 것은 그가 현장으로 온 지 얼마 되지 않아서였다. 전혀 내색하지 않았는데 우연히 종교 이야기가 나오고 같은 기독교인을 만났을 때, 강 집사는 "형제 아니십니까? 저는 한국에 있을 때 집사였습니다."라고 자신을 밝혔다. 그 후로 집사로 불리었다. 그때부터 강 집사는 잠을 자거나 음식을 먹을 때마다 기도를 했다. 단연코 민호의 기억으로 그 이전에는 기도하지 않았다. 민호는 자신이 그렸다면, 설사 집사였다 하더라도 절대로 사람들 앞에서 집사라고 말을 하지 않았을 것이다.

"강 집사 기도하는 시간이 갈수록 길어지고 있어."

한번은 밥을 먹다가 기도하는 강 집사를 보고 민호가 던진 농담이었다. 사실이었다. 대놓고 기도다운 기도를 하더니 신심도 깊어지는 것 같았다.

하루는 민호가 일을 마치고 숙소에서 쉬고 있는데 용접공 조 씨가 110호를 방문했다. 조 씨는 강 집사를 찾았다. 마침 그때 강 집사는 숙소에 없었다. 무슨 일인가 물으니 머뭇거리며 이야기하길 며칠 후면 귀국하는데 강 집사에게 선물을 줄 게 있다는 말이었다. 무슨 선물인가 물었더니 그는 들고 있던 노란색 수건을 풀었다. 그 안에서 검은 표지의 두꺼운 성경이 나타났다. 손때가 묻은 낡은 성경이었다. 감탄을 하는 민호를 보고 조 씨는 우쭐하며 성경을 소중하게 들어보였다. '이 아저씨도 지독한 기독교인이었군! 중동까지 와서 성경을 읽다니.' 민호는 속엣말을 하며 겉으로는 고개를 끄덕였다.

"좋은 선물이네요."

조 씨는 흡족하게 웃었다.

잠시 후, 젖은 머리를 털면서 강 집사가 나타났다. 그는 조 씨를 반겼다. 둘은 예사 사이가 아닌 듯 손을 따뜻하게 잡고 인사를 나누었다. 민호는 잡지를 들고 누워서 씻으러 갈까 말까 망설였다. 저녁을 먹고 아직 샤워를 하지 않은 상태였다. 그는 누운 채 둘을 쳐다보았다. 손을 잡고 기도하듯 나직하게 이야기는 하는 모습에 웃음이 나왔지만, 기독교인들이기에 가능한 일이라고 생각했다.

두 사람은 침상에 걸터앉더니 이런저런 이야기를 주고받았다. 여전히 잡은 손은 놓지 않았다. 조 씨는 강 집사에게 항상 신앙인으로 살아가라는 말과 너무 일에 몰두해서 건강을 해치지 말라는 충고를 했다. 민호는 코를 후볐다. 그는 기독교 신자들은 순결하지만, 현실성이 떨어지는 사람들이라고 생각을 했다. 무엇보다 재미가 없는 사람들이었다. 한참 이야기를 나눈 조 씨는 귀국 준비를 한다며 돌아갔다. 생각지도 않았던 성경을 얻은 강 집사는 기쁨을 감추지 못했다. 앉은자리에서 한 장 한 장 조심스럽게 어루만지며 넘기던 그는 민호에게 성경을 얻은 것이 어떤 의미인지 설명을 하기 시작했다. 민호는 됐다고 손을 흔들고는 일어났다.

"난 좀 씻어야겠어."

방을 나가려던 민호는 강 집사가 혹시 섭섭하지는 않았을까 걱정돼 뒤를 돌아보았다. 그는 성경을 품에 안고 감격스러운 표정으로 누워 있었다.

110호에는 두 사람 말고 세 명이 더 있었다. 박 씨와 정 씨, 이 씨 모두 용접공이었다. 강 집사와 민호는 전기공이었다. 용접공 셋은 자주 어울렸다. 나이도 비슷하게 서른 중반으로 이십 대인 민호나 강 집사와 세대가 달랐다. 품팔이 노동자들이 그렇듯 그들도 온순하기 짝이 없는 사내들이었다. 종종 셋이 화투를 쳤으며 술을 마시고 노래를 부르기도 했다. 몸집이 작은 박 씨는 먹을 것에 집착해 그의 자리에는 늘 빵조각이나 먹다 남긴 콜라가 있었다. 쓰레기에 불과해 보이는데도 아무도 손을 대지 못하게 했다. 저승길을 간다 해도 봇짐에 넣어달라고 할 판이었다. 그런 면에서 이 씨와 정 씨는 사내다운 면이 있었다. 민호는 그들과 자주 어울리며 팔씨름을 하거나 모래판에서 씨름을 하곤 했다.

강 집사는 남들과 잘 어울리지 못했다. 막내라서 심부름을 자주 했는데 그때 빼고는 늘 혼자 있었다. 박 씨가 방 청소를 그에게 대놓고 시키려다 민호와 대판 말싸움을 한 적이 있었다. 고분고분하게 말을 듣는 그에게 차츰 청소를 시키다가 나중에는 숙소가 지저분하다고 화를 내기까지 했다. 숙소가 지저분한 것이 마치 강 집사가 게을러서 그런 것처럼 이야기하자 보다 못한 민호가 화를 내며 박 씨에게 따졌다. 한번 화를 내면 위아래 없이 대드는 민호의 성깔에 기가 죽어 박 씨는 말을 바꿨다. 결국, 청소는 그전처럼 돌아가면서 하게 되었지만 저녁밥을 먹고 숙소에 들어오면 강 집사가 대개 청소를 해놓았다. 민호도 그 정도까지는 뭐라고 말을 할 수가 없었다.

더운 여름날이었다. 야간작업을 마친 민호는 숙소로 향했다. 매점 옆 휴게실 앞을 지나는데 몇이 목소리를 높여 이야기하는 소리가 들렸다. 휴게실은 평소 담배를 나누어 피우며 세상 돌아가는 이야기를 나누곤 하는 곳이다. 그런데 근래에는 회사의 형편과 월급이 늦게 지급되는 것에 불만을 토로하는 모습이 자주 보였다.

"큰일이야."

휴게실을 지나쳐 숙소에 도착한 민호는 샤워를 하고 110호로 향했다. 104호실 앞을 지날 때 여느 날처럼 화투판 소리가 들렸다.

"체력들도 좋네. 매일같이 화투판이라니…."

민호가 목에 수건을 두르고 가뿐한 마음으로 코를 후비며 복도를 지나가는데 106호에서 강 집사 목소리가 들렸다. 평소 다른 방에 거의 가지 않는 강 집사라 의아한 생각이 들어 무슨 일인가 귀를 기울였다. '사람들 모여 예배도 보나?' 그러나 방에서는 예상과 전혀 다른 일이 벌어지고 있었다. 사내들 세계에서는 대수롭지 않을 수도 있지만 당하는 사람으로서는 아주 불쾌할 수도 있는 일이었다.

"왜 이러세요. 저 보내주세요."

"고추 한 번만 보여주면 보내준다니깐. 흐흐흐."

"이거 놔요! 놓으라니까요!"

민호가 벌컥 문을 열었을 때 사내 셋이 강 집사를 둘러싸고 있었고 한 사내는 강 집사의 앞에서 바지춤을 잡아당기고 있었다.

"뭐 하는 겁니까?"

민호가 목에 건 수건을 당기며 신경질적으로 말을 내뱉었다.

"어, 민호구나? 담배 빌리러 왔길래 장난한 거야! 너무 인상 쓰지 마라!"

팔을 괴고 누워서 낄낄거리던 김 씨가 미안한 듯 민호를 보고 말을 했다.

"빨리 나와! 담배 심부름은 누가 시킨 거야! 나이 어리다고 막 하지 마세요. 애가 무슨 장난감입니까? 이역 만리까지 와서. 니기미!"

216

민호는 강 집사가 밖으로 나오자 문을 세게 닫아버렸다. 다시 문이 열리면서 김 씨가 급하게 나와 강 집사를 부르며 담배를 건넸다. 강 집사가 담배를 받으려 하자 민호가 낚아챘다. 그 자리에서 손으로 이기고 바닥에 내팽개친 후 발로 밟아버렸다.

　"형, 왜 그래?"

　강 집사가 놀란 눈으로 민호를 바라보며 김 씨의 눈치를 봤다. 김 씨는 민호의 기세에 눌려 아무 소리도 못 하고 어색하게 웃기만 했다.

　"가! 너를 가지고 논 사람이야! 다시는 이 방에 오지 마!"

　민호는 들고 있던 수건으로 문짝을 사정없이 치고 돌아섰다.

　"거, 미안하다구."

　"괜찮습니다."

　민호의 가슴속이 불덩이로 뜨거워졌다. 돌아서서 강 집사의 팔을 잡고 끌다시피 110호실로 향했다.

　그 뒤로 강 집사가 이상한 행동을 시작했다. 가끔 잠을 자다가 민호의 다리에 발을 걸친다거나 지나가면서 손으로 허리를 감았다 떼기도 했다. 그때마다 민호가 "징그럽다. 저리 치우지 못해!" 하며 면박을 주었는데도 의도적이라고 생각이 들 만한 신체 접촉이 잦아졌다. 어떨 때는 혐오감마저 들었다. 엉덩이를 만지기도 하고 가랑이 사이에 손을 댔다가 잽싸게 떼기도 했다. 한번은 잠을 자고 있는데 그가 목을 껴안고 얼굴을 대고 누워 있었다. 기겁해 일어나 그를 살짝 밀쳐냈다. 부담스럽다는 말을 전해야 하는데 고민되었다.

하루는 식당에서 함께 밥을 먹다가 민호는 강 집사에게 넌지시 말을 건넸다.

"너, 혹시 동성애라고 들어봤냐?"

강 집사의 얼굴이 눈에 띄게 붉어지더니 이내 수저를 놓았다. 그는 입을 굳게 다물었다. 민호는 생각보다 심한 반응에 서둘러 말을 돌렸지만 강 집사는 부들부들 떨며 식판을 들고 나갔다. 민호는 아무 말도 하지 못하고 앉아 있었다.

중동은 외로운 곳이다. 말벗 하나가 고된 노동의 피로를 풀어줄 수 있었다. 강 집사를 만나기 전에는 하루 보내기가 쉽지 않았었다. 덥고 짜증나고 주변에는 온통 망할 자식들뿐이었다. 강 집사는 그날 이후 민호에게 호의가 담긴 행동을 하지 않았다. 더듬지도 않았으며 다가와 웃지도 농담을 하지도 않았다. 민호는 말벗 하나를 잃어버렸다. 큰 재산을 잃어버린 것과 같았다.

며칠 후, 민호는 세면장에서 강 집사를 만났다. 그날 일을 사과하려고 말을 건넸다.

"그날, 그냥 한 말이었어. 그걸로 아직 화가 난 거야?"

하지만 강 집사는 그가 말을 마치기도 전에 지나쳐버렸다. 민호는 다가가 농담이라도 건네려 어깨를 잡았다. 강 집사는 멈추어 서서 그의 손을 잡아 어깨에서 내렸다.

"그게 아니고."

민호가 궁색한 변명을 하기도 전에 그는 이미 세면장으로 들어가고 있었다.

"저거 완전히 계집애네."

민호가 그 말을 하고 돌아서는데 뒤에서 '쾅' 하고 문 닫는 소리가 들렸다.

민호는 워낙 잡기에 흥미가 없었다. 화투도 잡담도 포르노 비디오도 관심 밖이었다. 일이 끝나면 자기의 방에서 잡지를 읽거나 집에 편지를 썼다. 여동생이 보내준 편지를 몇 번이고 소리 내어 읽으며 시간을 보냈다. 놀이라고 할 만한 것은 종종 하는 족구나 축구 정도였다. 강 집사와 멀어지고 나니 혼자 보내는 시간이 많아졌다.

"왜, 둘이 싸웠어?"

하루는 화투를 치던 박 씨가 코를 비비는 민호에게 물었다.

"둘이 통 말을 안 하는 게 이상해, 한 사람은 코만 후비고."

박 씨는 입맛을 다셨다.

강 집사는 그날 이후 일을 마치고 숙소로 오면 휴식을 취하기보다는 밖으로 돌아다녔다. 잘 때쯤 돌아와 말없이 몸을 뉘곤 했다. 휴게실에서 제 잘난 맛에 떠들어대는 사람들 이야기를 듣고 앉아 있는 걸 본 적도 있고, 비디오방에서 밤늦게까지 포르노를 보더라는 박 씨의 말을 전해 듣기도 했지만, 민호로서는 그가 뭘 하고 다니는지 알 수 없었다.

하루는 민호가 식당에서 커피를 마시고 있었다. 식사를 마친 사람들이 둘러앉아 이야기를 나누고 있었다. 그들의 토론거리는 대부분 회사에 대한 불평이었다. 월급이 제때에 지급되지 않는다고 목청을 높였다. 지난번에도 현장 관리직 간부들과 다투던 문제였지만 그걸로 끝이었다. 그들은 끝까지 제날짜에 잘 나간다고 우겼다. 집에서 온 편지를 들이밀고 항의했을 때는 본사에 확인해보고 사실이면 빨리 해결하겠다고 둘러대기만 했다. 달리 직원들이 할 수 있는 말도 없어 보였고 편지 내용만 있을 뿐 당장에 사실 확인을 할 수가 없었다. 회사가 거짓말을 하고 있거나 아니면 행정 실수로 누락된 것일 수도 있었다. 두어 달째 그 불만이 해소되지 않고 사람들 사이에 이야기가 되었다.

민호는 저녁을 먹고 식당 한쪽에 마련된 편지함에서 여동생에게 온 편지를 받았다. 회사에서는 편지를 인편을 통해 해결했다. 정상적으로 편지를 주고받으려면 시간이 오래 걸렸다. 국내 사서함에 모인 편지를 회사가 수거해 각 현장으로 돌린다. 매일 혹은 일주일 단위로 오고 가는 사람을 통해 편지를 전달하는 것이 가장 빠른 방법이었다. 편지에서 여동생의 체온이 느껴지는 듯했다. 뜯어지는 봉투 소리가 애틋했다.

민호는 그날 밤, 늦도록 편지에서 눈을 떼지 못했다. 여동생은 생활이 어렵다고 했다. 어지간해서 힘든 내색을 하지 않던 동생이었다. 가끔 돈이 늦게 지급된 적은 있지만 이렇게 두 달씩이나 늦은 적은 없었다. 공항에서 마지막 인사를 나누던 때가 생각났다. 동생은 작업복 가방을 안고 앉아 있는 민호를 미안함과 근심스러운 눈으로 쳐다봤다. 옆에는 어머니가 서 계셨다. 그는 동생에게 이게 다 인생 경험이라고 말했다. 동생에게 돈 걱정하지 말고 공부만 하라고 일러주었다.

방 동료들은 잘 준비를 하고 있었다. 민호는 잠이 오지 않을 것 같아 방을 나왔다. 복도를 지나는데 이 방 저 방에서 화투 치는 소리가 들렸다. '속 편한 사람들 같으니.' 화투에 미치면 전쟁터에서도 화투를 친다는 말을 들은 적이 있다. 매점 앞에는 역시 사람들이 모여 앉아 담배를 피우며 잡담을 나누고 있었다. 쉴 만한 곳은 이곳뿐이었다. 한쪽에 신문도 있고 읽을 만한 잡지도 있었다. 주변을 둘러보니 안면이 있는 사람이 없었다. 민호는 잡지를 한 권 들고 창가 쪽 자리에 앉았다.

"벌써 몇 번째냐고? 왜 돈이 안 나와? 관리자들은 임금을 제때에 탈 거 아니냐고?"

"말하면 뭐 해! 날도 더운데 입만 아프지. 감히 직원들하고 개 잡부를 비교하냐고. 먹는 걸 봐. 같은 주방에서 나온다지만 음식이 다르잖아. 그렇다고 숙소가 같기를 하나, 뭐가 틀려도 틀릴 거 아냐? 망할 놈들."

"관리자 놈들은 무슨 말만 하면 계약서 운운하며 회사법이나 따지려 들고 말이야. 그래, 우리가 여기 올 때 월급 늦어도 된다고 계약서라도 썼느냐고?"

"장비를 앞세워서 콱 밀어버려야 하는 것 아냐? 댓 놈 죽어 자빠지면 뭐가 해결돼도 되지 않겠어? 안 그래요, 젊은이? 이럴 때 젊은 사람들이 총대를 메고 나서야 한다니까!"

머리가 허연 노인네가 거품을 물고 이야기하다가 느닷없이 민호에게 한마디 했다. 민호는 싸움이라면 잘하겠지만, 회사를 상대로 생각을 해본 적이 없었다. 갑작스런 질문에 당황한 민호는 무슨 말을 해야 할지 몰랐다.

"이게 뭐 젊은 사람 늙은 사람 따질 문젭니까? 같이해야지요. 이 럴 땐 똑똑한 놈 하나가 앞장서서 제대로 따져야 하는데 어떻게 이 놈의 현장에는 그만한 인물이 영 보이지를 않아."

"그래도 찾아보면 대학물 좀 먹은 사람들 있을 거 같은데…. 맨 국졸, 중졸에 잘 나와야 고졸인 사람들끼리 가서 따지다 지난번처럼 면박만 받으면 안 가느니만 못 하다니까요."

"근데 떼먹지는 않을 것 아니요?"

말없이 구경하던 사내가 말을 끊고 나섰다.

"지금 그걸 말이라고 하는 겁니까? 여보, 돈이 필요할 때 돈이지 두어 달씩 밀렸다가 주면 그게 월급입니까? 말을 바로 합시다. 댁 은 먹고살 만한지 모르지만 우리는 하루 벌어 하루 먹고 사는 노가 다란 말입니다. 알아요?"

바로 옆에 있던 나이 든 사내가 대뜸 언성을 높여 한마디 했다. 기에 눌린 사내는 말을 잘못한 듯하다며 겸연쩍게 웃었다.

민호는 들고 있던 잡지를 덮고 자리에서 일어났다. 사람들의 분 위기로 봐서는 이 집 저 집 돈 문제가 심각해 보였다. 방을 나설 때 보다 가슴이 더 답답해졌다. 바람이나 쐬야겠다는 생각에 숙소 건 물 사이를 거닐다가 사무동 쪽에서 오는 강 집사를 봤다. 강 집사는 무슨 즐거운 일이 있었는지 싱글싱글 웃고 있었다.

"어디 다녀오는 거야? 술 마셨어?"

민호는 강 집사의 어깨를 잡으며 얼굴을 살폈다. 향이 좋은 술 냄새가 은근하게 번졌다.

"형, 나 오늘 기분 좋아."

오랜만에 들어 보는 강 집사의 즐거운 목소리였다.

"뭐가 그렇게 좋은데?"

"나 숙소 옮길 거야!"

"뭐라고? 그게 무슨 말이야, 어디로 가는데?"

"전기설비 김 과장 사무실이 있는 곳으로."

"뭐? 뚱뚱이 김 과장 당번이라도 하겠다는 거야?"

"어떻게 알았어? 나 당번하게 해준대."

민호는 달리 할 말이 없었다. 현장 생활을 어떻게 할 것인가는 본인 스스로가 결정할 문제였다.

"그렇게 되면, 고생은 끝이겠네."

민호는 코를 후비다 흥 하고 풀었다.

"그렇지, 고생 끝이지. 사람들에게 놀림도 안 당하고. 그냥 사무실이나 화장실 청소하고 간단한 일만 하면 된대. 가끔 차도 세차하고."

손을 흔들며 기분 좋게 떠들어대는 강 집사의 말을 민호는 잠자코 들어주었다.

"근데 너 집에서 돈 안 나온다는 편지 못 받았니? 사무실 친구들 무슨 말 안 하데?"

민호는 상황에 안 맞는 질문이라는 생각이 들었지만 답답한 마음에 강 집사에게 물었다. 그러자 강 집사는 버럭 화를 냈다.

"돈? 우리가 못 받았으면 저들도 못 받았겠지. 사무실 직원들이 우리한테 사기라도 친대? 거기도 고생이라고. 지금 이 시각까지 자지 않고 일하고 있다고. 그리고 그걸 왜 나한테 물어?"

눈을 부릅뜨고 떠들어대던 강 집사는 쌩하니 몸을 돌려 숙소로 향했다.

민호는 모처럼 기분 좋은 강 집사 마음을 상하게 한 것 같아 미안한 생각이 들었다. 다가가 마음을 풀어주려 실없는 소리를 해댔다.

"너 그 사무실 가면 맛있는 것 좀 갖다 주라! 좋은 건 다 먹을 거 아냐? 양주 먹다 남은 거나, 거 지난번에 보니까 빵도 고급이던데. 안전화 같은 것도 신다가 조금만 까져도 갖다 버릴 것 아니야, 응? 하여간 좋겠다. 벌레 들끓고 똥 흘러넘치는 화장실에서 탈출할 수 있으니."

강 집사는 기분이 조금 풀어진 듯 고개를 끄떡거렸다. 민호와 강 집사는 어깨를 나란히 하고 걸었다. 숙소 건물 앞에 다다랐을 때 문득 민호가 멈춰 섰다. 민호는 밖으로 난 창문 너머로 방 안을 훔쳐보고 있었다. 그는 강 집사 팔을 당겨 창문 쪽으로 끌었다.

방 안에는 한 사내가 문 쪽으로 머리를 두고 모로 누워 있었다. 한 손에는 '선데이 서울'이 들려 있었고 다른 손은 자신의 물건을 꺼내 주무르고 있었다. 생각대로 되지 않는지 그의 물건은 흐늘거렸다. 강 집사는 그 모습을 보고는 하얗게 질렸다. 그는 민호의 손을 뿌리치고 걷기 시작했다. 민호는 그에게 다가가 농담을 했다.

"나이 든 인간들은 다 속물이야. 아무리 하고 싶어도 그렇지 방에서 저러고 있냐? 나 같으면 아주 죽어버린다. 저게 사람 꼴이야? 응, 안 그래? 아무리 사우디서 몇 년을 썩는다고 저런 짓을 하나? 성질 같아서는 문 박차고 들어가 배를 걷어차고 싶다. 막노동꾼이라 어쩔 수 없다니까."

민호는 낄낄거리고 웃었지만, 강 집사는 웃지 않았다.

"형, 저거 자연스러운 거야!"

강 집사는 언짢다는 듯 양미간을 세우고 그의 말을 막았다. 민호는 진지한 강 집사의 얼굴에 당황해 웃음을 멈췄다.

"저건 자연스러운 거라고. 여기 있는 사람 다 하는 거야, 다. 딱 한 사람 형만 빼고. 아니지 형도 할지 모르지. 구더기 넘치는 화장실에서."

"내 말은 그게 아니고, 그냥 웃자고 한 말이지."

"여기는 외로운 곳이잖아! 고독하고, 단지 돈을 벌러 왔을 뿐이야. 날씨는 너무 덥고, 모든 게 지겨워. 시발, 왜 그걸 모르느냐 말이야?"

강 집사는 빠른 걸음으로 110호를 향했다. 그 뒤를 천천히 따라 방으로 들어온 민호는 누워서 눈을 감고 있는 강 집사를 보았다. 달리 뭘 해야 할지 몰라 벌렁 누워버렸다.

민호는 가끔 강 집사를 만났다. 일을 마치고 사무실 근처를 지나칠 때면 잠깐 볼 수 있었다. 고무장갑을 끼고 빗자루나 걸레를 들고 있기도 했다. 그 모습이 웃겼지만 웃지는 않았다. 강 집사가 김 과장 사무실 쪽으로 간 것은 잘된 일이다. 고된 노동을 하지 않고 편하게 지내다 귀국을 할 수 있으니 말이다. 말하기 좋아하는 사람들은 강 집사에 대해 이런저런 말을 만들어냈다. 과장 따까리라느니, 애인이라느니. 강 집사는 그런 말을 듣고도 별다른 내색을 하지 않았다.

그가 숙소를 찾아온 것은 한 달이 조금 지난 후였다. 일을 마치고 숙소동으로 와서 저녁을 먹고 110호실로 오니 그가 앉아 있었다. 그가 보자마자 웃으며 비닐에 담긴 뭔가를 내밀었다. 달려들어 봉투를 받아 보니 양주가 있었다.

"오, 갓! 갓!"

독일산 백포도주였다. 민호는 반쯤 찬 병을 들고 방을 뛰어다니며 좋아했다.

"이거 양주 아니냐? 그래 포도주, 내가 알지. 이거 있는 놈들이 마시는 거잖아. 나 마시라고 이걸 가져왔어? 왜 소식이 없나 했다, 큭. 그래 한번 마셔보자. 일단 나부터 마시고 다른 사람한테 한 잔씩 돌리는 거야. 이게 바로 과장급들이 마시는 거라고 하면 다들 껌뻑하겠지? 아니지, 돈을 받아야지. 한 잔에 돈 백 원씩 받는 거야."

민호는 허풍을 떨었다. 모처럼 강 집사가 와서 즐겁기도 하지만 포도주가 그럴듯해 보이기도 했다.

"형, 여기서 자고 가도 돼?"

"안 될 것도 없지. 하룻밤만 자지 말고 언제든시 와!"

민호의 말에 강 집사도 좋아했다.

"그런데 얼굴이 많이 달라진 것 같다. 마른 거 아닌가? 눈이 쑥 들어간 거 같기도 하고. 당번도 쉬운 일이 아닌가 보다."

"난 잘 지내는데?"

강 집사는 아무렇지도 않은 듯 말하고 자신의 얼굴을 비볐다. 포도주를 한 잔씩 나누어 마시며 찬찬히 보았다. 역시 강 집사의 얼굴은 수척해진 것이 확실해 전보다 못했다.

그 이후 강 집사는 자주 숙소에 놀러 와 돌아다녔다. 몇몇 사람들은 당번이 일꾼들 정보 빼 간다고 눈치를 주곤 했지만, 강 집사는 개의치 않았다.

그날도 강 집사가 찾아와 이야기를 나누다 함께 잠이 들었다. 민호는 가슴께에서 뭔가 스멀대는 것 같은 기분에 잠에서 깼다. 강 집사가 조심스레 가슴을 더듬고 있었다. 민호는 어떻게 할까 생각하다 그대로 잠이 들었다. 다음 날, 민호는 머리가 빠개지게 아팠다. 너무 아파 하루를 쉬기로 했다. 몸살이 난 듯 무거운 몸을 이끌고 식당으로 갔다.

식당까지 걸어가는데 너무 더워 몸이 까라졌다. 태양이 하얗게 타올라 눈을 제대로 뜰 수가 없었다. 그간의 피로가 한꺼번에 밀려오는 듯했다. 이러다 쓰러지는 것이 아닌가 생각이 들 정도였다. 식당에는 일을 나가지 않은 사람들이 모여 뭔가에 화가 나 있었다. 아마 짐작건대 국내에서 월급 처리가 제대로 되지 않아 그런 것 같았다. 간신히 자리에 앉은 민호는 앞으로 고꾸라지며 탁자에 머리를 부딪치고 바닥에 떨어졌다. 모든 사물이 뒤죽박죽이었다. 몸이 전혀 말을 듣지 않는 것을 알았다. 동그랗게 모인 사람들의 얼굴이 점점 희미해졌다.

강 집사가 처음 주바일 동쪽 바닷가 현장에 도착했을 때, 그는 아직 퇴근하지 않은 많은 노동자 틈에 끼어 있었다. 인솔자는 회사에 들어가 몇 가지 서류를 쓰고 일할 곳을 보여주었다. 아라비아해에서 해무가 하얗게 밀려오고 있었다. 안전교육 시간에 여러 가지 주의 사항을 들었다. 그 어떤 이야기 속에도 이곳은 지낼 만한 곳이며 즐겁다는 말이 한마디도 들어 있지 않았다. 교육하는 그도 빨리 이곳을 벗어났으면 하는 표정이었고 그가 사람들에게 들려주는 말도 표정 그대로였다. 빨리 계약 기간 끝내고 벗어나는 게 상책이라는.

이곳에서는 세 가지를 조심하라고 했다. 여자와 술, 그리고 종교적 행위. 다른 것은 몰라도 마지막 이야기는 자신의 개인 의견 같았다. 어쨌든 사막에서는 할 수 있는 일이 그리 많지 않았다. 배치된 현장에서 일하고 씻고 먹고 자면 끝이었다. 매일 매일을. 그 외에 중요한 것은 아무것도 없었다.

"하이!"

반바지만 걸친 그가 활짝 웃으며 손을 들었다. 강 집사도 고개를 끄떡거렸다. 잔뜩 움츠렸던 마음이 풀리는 순간이었다. 모두가 한결같이 지옥이라는 이곳에서 웃는 사내가 있다니. 교육장에서 모인 사람들은 삼삼오오 그들끼리 쑥덕이며 방을 하나씩 나누어 차

지하고 강 집사 혼자 남았었다. 그가 안내된 곳은 류민호 혼자 쓰는 110호실이었다. 막 샤워를 했는지 그의 머리카락은 물기로 반질반질했다. 그곳 사람들이 그렇듯 동남아인처럼 검게 그을린 얼굴에 입술이 붉었다. 그 사이로 하얀 이가 반짝였다.

"새로 오신 분인가 봐요! 환영합니다."

그가 여전히 환하게 웃으며 일어나 손을 내밀었다. 강 집사는 얼떨결에 신발을 끌며 그의 손을 잡았다. 억센 손이 그의 여린 손을 쥐고 흔들었다. 그는 맞잡은 손을 놓자마자 코를 쓰다듬더니 구멍을 후볐다. 그에게서 상큼한 박하향이 났다. 강 집사는 손을 빼내 이마에 흐르는 땀을 닦았다. 공항에서 이곳으로 올 때까지 더위와 낯선 사람들 그리고 모래 먼지에 주눅이 들어 있었다. 그를 본 순간 피를 나눈 형제를 만난 듯한 포근함을 느꼈다. 강 집사는 그날 밤 깊은 잠을 잘 수 있었다.

강 집사는 이른 새벽에 잠에서 깼다. 간밤에 몽정한 것을 알았고 수치심이 밀려왔다. 누가 볼세라 비누와 수건을 들고 샤워장으로 향했다. 샤워실에는 아무도 없었다. 그는 불을 켜고 팬티를 빨고 샤워를 했다. 시원한 물줄기가 머리 위로 쏟아져 내렸다. 한참을 물을 맞고 있는데 누군가 그의 등을 만지는 느낌이 들었다. 화들짝 놀라 뒤를 보니 나이 든 사내 하나가 다가와 있었다. 넓은 샤워실에서 나타난 낯선 사내는 익숙한 그림이 아니었다. 두려움과 괴기함이 밀려왔다. 그의 웃는 모습이란 끔찍한 공포였다.

"진짜 자네 피부가 희군! 마치 여자처럼."

나이 든 사내는 낄낄거리며 다시 몸에 손을 대려 했다. 그는 놀라 뒤로 물러섰다. 그러고는 샤워기를 잠그고 부리나케 물건을 챙겨 샤워실을 빠져나왔다. 그 남자는 강 집사가 옷을 다 입을 때까지 힐 끗거리며 쳐다봤다.

날이 밝고 강 집사는 현장 구경을 시켜준다는 민호를 따라 옥상 으로 올라갔다. 그들이 일하는 곳은 아파트 공사 현장이었다. 사우 디 군인들이 묵을 관사라고 했다. 현장은 그다지 큰 곳은 아니었지 만, 아파트를 둘러싼 해안 도시 전체가 공사장이었다. 여러 회사 로 고가 보이고 각기 다른 현장이 펼쳐져 있었다. 모래펄이었을 그곳 에 새로운 세계가 건설되고 있는 중이었다. 덤프트럭이 줄을 이어 다니고 각종 장비들이 여기저기 야적된 자재들 사이를 누볐다. 현 장 뒤로 아라비아만의 짙푸른 바다가 펼쳐져 있었고 하늘에는 흰 구름이 끝없이 몰려왔다. 마치 손을 뻗으면 닿을 듯한 구름이었다.

"이게 세계 최대 규모의 현장이래."

"교육 때 그 말을 하더군요."

"대단한 한국이지. 이역 만리까지 와서 이런 대규모 공사를 벌이 다니. 난 이 바닷바람이 좋아. 가슴을 후련하게 해주거든."

"끈적거리지 않나요?"

"여기는 모든 게 끈적거려. 땀이 너무 흘러서 그럴 거야. 이 망할 더위만 없다면 평생 일을 해도 좋을 텐데 말이야. 자, 내려가자고 오늘부터 당분간 입선(入線)을 해야 해."

강 집사는 대부분 민호와 함께 일을 했다. 마치 진짜 친형처럼 그에게 모든 것을 기대고 싶었다. 그는 일도 잘하는 전기공이었다. 목소리도 우렁차서 입선할 때는 짝꿍에게 주는 신호가 현장 전체에 쩌렁쩌렁 울려 퍼졌다.

이곳에서는 모든 게 잘될 것 같았다. 조 씨 아저씨를 만난 것도 그렇다. 아저씨에게선 성경도 받았다. 이슬람 국가인 사우디는 다른 종교에 대해 엄격하게 단속한다는 이야기를 듣고 성경을 가져오지 않았다. 강 집사는 현장에 온 후 신앙에 대해 잊고 있다가 한 달 정도 지났을 때 조 씨 아저씨가 다른 사람과 종교 논쟁하는 것을 들었다. 자기도 모르게 형제라고 불렀다. 우연한 사건이었다. 너무 자연스러운 일이었는데 다른 사람들에게는 그게 아니었던 것 같다. 그 사람들은 그를 부를 때 집사를 강조해 불렀다. 놀림거리를 발견했으니 놓칠 리가 없었다. 날씨가 너무 더워서였거나 너무 심심해서 그럴 수도 있었다. 아니면 일에 지쳐 뭔가 사소한 휴식이 필요해서 그랬을 수도 있다.

"여기는 외로운 곳이지. 마치 지옥에 들어가려고 안달하는 자들의 천국이지. 자신이 지켜야 할 사람도, 자신을 아는 사람도 없이 혼자니까 지을 수 있는 모든 죄를 지으려고 경쟁을 하는 것 같아. 사람은 외로울수록 신앙이 필요한 건데 말이야. 그런 면에서 자네는 축복을 받은 걸세. 나를 만났지, 그래서 이 성경을 얻지 않았나?"

조 씨의 말이었다. 그는 별로 말을 주고받을 시간도 없이 귀국해 버렸다. 조 씨의 이야기를 듣고 강 집사는 혼자 있을 때 짓는 죄에 대해 많은 생각을 했다. 그리고 이곳 사람들이 경쟁적으로 짓는 죄에 대해서.

강 집사와 민호는 일과를 마치고 방에서 쉬고 있었다. 성경을 보던 강 집사가 유일한 말벗 민호에게 말을 건넸다.

"형, 이 언어라는 것은 희한해."

"성경? 나도 좀 알아. 한때 교회에 다녔으니까. 근데 난 듣고 싶지 않거든. 여기 성경 이상으로 많은 것을 주는 것이 있으니 바로, 선데이 서울이지. 너는 너의 성경을 보고 나는 나의 성경을 보고."

"아멘!"

강 집사는 답답한 표정을 지었다.

"나는 섹스!"

민호는 뒤로 벌러덩 누워버렸다. 강 집사는 다시 성경으로 펼쳐 들었다.

글자라는 것이 희한하다. 인간의 몸에서 만들어진 벌레와 같다. 글자의 진정한 힘은 종이에 들어가 그 종이가 사라지는 순간까지 동면해 있다가 인간의 눈을 통해 살아날 수가 있다. 무엇보다 글자는 인간의 심장과 뇌에 들어가 인간의 감정에 녹아 들어간다.

강 집사는 성경을 펼치는 순간 수많은 단어가 꿈틀거리며 머릿속으로 들어와 똬리를 트는 것 같았다. 그리고 온몸으로 전해졌다. 때로는 분노로, 때로는 무한한 환희로, 때로는 무감각하게 흘러가기도 했다. 그것은 북을 치는 채와 같다. 북의 울림이 멈추면 채를 적당하게 두드린다. 그러면 북은 다시 울기 시작한다. 성경은 북채다. 사람의 감정을 두드려 울게 만든다. 글자를 하나씩 해체를 하면 그저 꿈틀대는 원시 생물체가 되어 이미지의 조각들이나 흩어진 음표처럼 돌아다니지만 모두 한꺼번에 섞으면 성령이 되어 온몸을 떨게 한다. 글자들은 하나의 공간 안에 모여 단어를 만들고 단어는 문장을 이루어 살아난다. 자신들의 생식기를 만들고 기관을 만들어 고등 생물로 변해간다. 성경에 나오는 많은 인물은 고도로 단련된 이미지의 집합체이며 그 이름 글자로 작은 은행나무 씨가 거대한 나무로 변하듯 압축된 이미지를 펼쳐낸다.

강 집사는 뜨겁게 숨을 몰아쉬었다. 성경을 덮고 형광등 스위치를 껐다. 가로등 불빛이 방 안까지 들어와 은근하게 밝혀 주었다. 그는 '선데이 서울'을 얼굴에 덮고 자는 민호 곁으로 다가갔다. 벌써 자정이 넘은 시간이었다. 강 집사는 성경을 가슴에 얹고 민호 옆에 천천히 누웠다. 민호의 몸과 가까운 얼굴, 어깨, 팔, 다리에서 예민한 감각이 곤두서고 심장이 두근거렸다. 그의 몸과 자신의 몸 사이에 자력이 일어나 강 집사의 피부 깊숙이 묵혀 있던 생명력을 일깨우는 것 같았다. 강 집사는 가슴을 누르듯 성경을 힘주어 안았다. 그는 눈을 감고 잠을 청했다.

둘만 지내던 숙소를 다른 사람들과 함께 쓰게 되었을 때 강 집사는 화가 났다. 단둘의 생활을 방해받으리라는 생각 때문이었다. 하지만 내색할 수가 없었다. 민호는 다른 사람들을 너무 반겼다. 둘만 있는 것이 부담스러웠던 모양이었다.

강 집사는 류민호가 친형 같아서 좋았다. 그 이상을 생각해본 적은 없었다. 함께 다니면 욕설을 하거나 농담을 하는 인간들에게서

거리를 둘 수가 있었다. 한번은 담배를 얻으러 다른 방에 갔다가 성추행을 당할 뻔했었다. 그때도 민호의 도움을 받았다. 강 집사는 눈물이 날 뻔했다. 민호는 그에게 구세주였다. 현장에 그가 없다면 강 집사는 끝까지 견디지 못할 거라고 생각했다. 그는 가끔 장난처럼 민호를 만지는 것이 좋았다. 부드러운 느낌이 좋았고 박하 향 같은 그의 냄새도 좋았다. 어느 순간, 해서는 안 될 짓을 하고 있다는 죄의식이 들기 시작했다. 하지만 그에 대한 마음을 멈출 수가 없었다. 하지만 스스로를 동성애자라고 생각해본 적은 단 한 번도 없었다. 자신은 순수한 믿음을 지닌 신앙인인데 그런 저주는 가당치도 않은 일이었다.

그날도 무척 더운 날이었다. 오전 내내 전선을 나르고 사다리를 타고 입선을 했다. 여느 때처럼 같은 일의 반복이었다.

그날 점심을 먹으면서 민호가 던진 한마디는 무서운 말이었다.

"너, 혹시 동성애라고 들어봤냐?"

그것은 분명히 자신을 향한 말이었다. 온 신경에 '동성애'라는 말이 독극물처럼 퍼져 강 집사의 몸을 마비시켰다. 감정이 일시에 분노로 바뀌었다. 온몸을 부들부들 떨며 식판을 들고 자리에서 일어났다.

"혹시, 자네 크리스천인가?"

화장실에서 소변을 보고 나오다가 만난 전기 담당 김 과장이 그를 보고 말을 건넸다.

강 집사는 직원들과 말을 해본 적이 없고 그들에 대해서는 두려운 마음이 있었기 때문에 선뜻 대답하지 못했다.

"조 씨가 말한 사람이 자넨가? 크리스천이라면 어려워 말고 이야기해도 되네. 사실 나도 믿음이 있는 사람이니."

몸이 뚱뚱하고 목에 턱살이 부풀어 오른 사내였다. 그는 땀을 많이 흘리고 있었다. 김 과장 뒤에서 키가 크고 눈이 날카로운 대리가 도면을 들고 서서 강 집사를 쳐다보고 있었다.

"예!"

강 집사는 나직이 대답했다.

"집사라는 것도 맞고? 아마 그렇게 말을 들었지? 안 그런가, 박 대리?"

그는 뒤를 돌아보며 물었다.

"그렇죠. 강 집사라고 부르는 것으로 알고 있죠."

"그렇다면 말이야, 우리 형제가 이렇게 고생한다는 것은 말이 안 되지. 이번에 당번을 보던 사람이 귀국하는데 자네가 들어와 일을 좀 봐주지. 당번이 뭐 하는지는 알고 있지?"

"예?"

"당장 하라는 거 아니고 생각 좀 해보고 결정해도 되네. 하여간 할 마음이 있으면 언제든지 나에게 오게. 전기설비 사무실로 오면 돼. 뭐 꼭 그 일이 아니더라도 나에게 오라고. 일이 여간 힘들어야지. 어려워 말고 차라도 한잔씩 해. 이 기회에 형제들 모여서 환영식도 할 겸 말이지."

그는 강 집사의 팔꿈치를 툭 치며 어깨를 도닥거렸다. 그의 껄껄

웃는 얼굴에서 포근함이 느껴졌다.

강 집사는 과장 말대로 얼마 후에 짐을 싸 이동을 했다. 과장의 사무실 당번으로 사우디 생활을 다시 시작한 것이다. 기도에 응해서 일어난 일이라고 생각했다. 더는 민호와 있기 싫어 다른 곳을 배회하기도 지겨울 때였다. 110호실을 나오면서 강 집사는 입술을 지그시 깨물고 이 모든 잘못은 민호에게 있다고 뇌까렸다.

전기설비 사무실로 자리를 옮긴 강 집사는 박 대리에게 사무실 청소와 화장실 청소 그리고 방을 치우는 법을 배웠다. 전기 일에 비하면 그것은 일 같지도 않았다. 다른 일꾼들에게는 놀림거리가 한 가지 더 늘었다. 하지만 강 집사에겐 그다지 큰 문제는 아니었다. 밥을 먹을 때나 씻을 때도 사무실 직원들과 함께했기 때문에 일꾼들을 마주칠 일이 많지 않았다.

"정말 피부가 희구먼!"

어느 날 사무실 청소를 하고 있는데 회의를 마친 김 과장이 다가와서 그의 다리를 쓰다듬으며 한 말이었다. 그 말에 살짝 웃기만 했다.

한번은 전기팀 직원들 회식이 있었다. 그 자리에 강 집사도 함께했다. 바닷가 접한 곳이라 해산물들이 탁자 위에 가득 찼다. 서로 어깨를 두르고 노래를 부르기도 했으며 몸을 흔들며 춤을 추기도 했다. 장난기가 있는 직원은 강 집사에게 블루스를 추자고 나서는 사람도 있었지만 그렇게 짓궂게 괴롭히지는 않았다. 강 집사에겐 어디서나 들어봤던 가벼운 농담이었다. 관심을 보이는 그들의 농담이 싫지 않았다. 따라주는 술을 마시고 식은 안주를 데워다 놓았다. 사람들은 강 집사에게 착하다고 했다. 강 집사는 그 말이 참 기분 좋았다. 늦은 밤까지 양주에 포도주에 바닷가재에 삼겹살도 먹었다.

강 집사는 잠결에 자신을 더듬는 손을 느꼈다. 그토록 부드러운 손길은 처음이었다. 가슴을 더듬어 사타구니까지 내려왔다. 뭉클한 덩어리가 가슴속을 꽉 채웠다. 강 집사는 손을 거부하지 않았다. 그는 포근하게 잠이 들었다.

아침 햇살에 눈이 부셔 잠에서 깼다. 강 집사는 자재 창고 한쪽에 만들어진 방에 누워 있었다. 언제 어떻게 이곳까지 왔는지는 기억나지 않았다. 한 가지, 어둠 속에서 알몸으로 누워 있던 김 과장의 모습만 어렴풋이 떠올랐다. 강 집사는 머리가 깨질 듯 아팠다. 벽을 등지고 앉은 그는 한동안 그렇게 앉아 있었다.

강 집사가 전기팀 사무실에서 일을 한 지 한 달 정도 지났을 때였다.

"그러니까, 현장에서 사람들이 어떻게 움직이고 무슨 말을 하나 알아 달라는 건가요?"

강 집사는 불쾌한 기분에 그렇게 말을 했지만, 노골적으로 감정을 드러내지는 않았다.

"꼭 그런 일은 아닌데, 현장에서 일어나는 문제가 뭔지 알았으면 하는 거지. 현장을 안정시키는 게 내 일이거든."

김 과장은 박 대리와 서서 그에게 가끔 현장 숙소에 가서 동향을 알아봐 달라고 했다.

일꾼들이 배신자니, 앞잡이니 해도 당당하게 개의치 않았지만 마음 한편으로는 언젠가는 하게 되리라고 짐작했었다. 아니면 보따리를 싸서 저 지긋지긋한 현장으로 다시 돌아가야 할 것이다. 그들과 더불어 소파에 앉아 커피를 마시는데 향이 느껴지지 않았다. 강집사는 고개를 끄떡였다. 그리 어려운 일도 아니었고 숙소에 가보고 싶기도 했다. 단지 어느 만큼을 알아봐서 어느 만큼을 이야기해야 할지 자신의 처지가 우울할 뿐이었다.

강 집사는 거의 한 달 만에 110호실에 갈 수가 있었다. 그곳에는 여전히 민호가 다른 사람들 틈에서 코를 후비고 있었다. '동성애', 그가 한 말이 다시 뼈아프게 떠올랐다. 과장이 술만 마시면 옆에 와서 잠을 자고 더듬는다 할지라도 민호가 한 말은 유달리 자신을 흔들었다. '동성애'라는 말 뒤에 숨은 '너는 인간 이하의 짐승'이라는 경멸의 목소리를 들었기 때문이다. 사실 민호의 말에 무심하려면 자신은 절대 동성애자이면 안 되었다. 하지만 그와 떨어져 있는 한 달 사이 달리 어쩔 수 없는 일상이 되고 말았다.

"이곳은 너무 더워서 그런가요? 뭐가 뭔지 모르겠어요. 사람들이 다 이상해진 것 같아요."

장 집사의 말에 박 대리는 코웃음을 쳤다. 강 집사는 박 대리에게서 싸늘한 눈빛을 느끼곤 했다. 너와 나는 동등하지 않다는 암묵적 표현일 수도 있었다. 어쨌든 강 집사는 다시 민호의 곁에 누울 수 있었다. 그리고 그들이 하는 말을 대충 주워 담아 박 대리나 김 과장에게 들려주기만 하면 되었다.

　전기팀 사무실 당번을 제안 받던 날 민호와 110호실로 가다가 자위하는 사내를 봤다. 류민호는 웃어댔다. 이곳의 사내들은 정신적 육체적으로 거세된 짐승이었다. 사막과 바다만 보이는 모래펄에 새로운 세계를 건설하기 위해 모든 걸 잊고 짐승처럼 일만 했다. 강 집사는 사내들의 자위가 견디기 위한 슬픈 몸부림이라고 생각했었다. 민호가 그걸 이해하지 못하고 웃다니, 그것은 또 다른 모욕이었다. 강 집사는 민호에게 화를 내고 돌아섰지만 뒤돌아 생각해보니 그런 민호가 정상일 수도 있을 것 같았다. 이런 곳에서는 그런 광경은 슬픔이나 연민보다는 웃어넘기고 경멸하고 모욕하고 떠들어 넘기는 모습이 더 자연스러울 수도 있었다. 자신 또한 거세된 짐승으로서 달리 어쩔 수 없으니까. 강 집사가 달리 어쩔 수 없는 것처럼.

　그후 강 집사는 가끔 민호를 찾아가 일꾼들의 동향을 알아내 김 과장에게 알렸다. 일꾼들의 불만이 뚜렷한 어떤 흐름을 보이자 김 과장은 더욱 강 집사를 닦달했다. 놈들의 구체적인 행동을 알고 싶어 했다. 그는 조급한 마음에 쓸 만한 이야깃거리를 알아오라고 등을 떠밀었다.

　"몸이라도 팔아 봐!"

　"예?"

　"어…, 내 말은 그만큼 상황이 어렵다는 거지. 난 골치 아픈 일은 딱 질색이야. 나도 일꾼이라고. 매일 이 험한 일에 정신을 잃을 지경인데 다른 일꾼들 체불까지 신경을 쓴다니, 이게 말이 되냐고. 본사에서 일어나는 일까지 자네에게 설명할 수는 없지만 일단 사람들이 무슨 생각을 하는지 알아야 대응도 하지 않겠나 싶어서 말이야. 우리 현장에서 일어나는 일을 옆 현장 사람 통해서 듣는다는 게 좀 그렇더군."

"좀 더 신경을 쓰라는 말이시지. 현장에 가서 땀 흘리기 싫으면."

박 대리는 의자를 끌어다 앉으며 강 집사를 흘겨보았다. 그는 자기 말만 하고 하품을 하더니 자리에서 일어나 나가버렸다. 강 집사는 뭔가에 눌린 듯 가슴이 조여왔다.

김 과장에게 떠밀려 110호실을 가보니 민호가 누워 있었다. 온몸이 뜨거웠다. 간간이 누군가를 불렀는데 여동생이었다. 그가 집에서 보내온 편지를 읽어줄 때 들었던 이름이었다.

"이렇게 누워만 둬도 괜찮을까요?"

"더위 먹은 거 같아. 하루만 그렇게 놔두면 툭툭 털고 일어날걸."

확실히 이곳 더위는 사람의 몸뿐만 아니라 영혼까지 달구었다. 다음 날 다시 민호를 찾았을 때 그는 여동생의 편지를 읽고 있었다. 얼굴에 분기가 가득했다.

"나도 가만있으면 안 되겠어. 뭔가를 보여줘야지. 놈들 배 채워주려다 내가 죽을 수는 없지."

강 집사는 그의 말에 두려움을 느꼈다. 민호에게서 그런 강렬한 눈빛은 처음 보았다.

겨울로 접어들면서 현장의 밤 기온은 갈수록 떨어졌다. 한낮은 여전히 뜨거웠지만 밤에는 거의 영하까지 떨어질 때도 있었다. 일

교차 때문에 아침이면 지붕에서 하얀 습기가 대기로 솟아올랐다. 안개가 짙게 깔린 바다에 준설선과 대형 크레인을 세운 바지선이 이른 아침부터 바쁘게 움직이고 있었다.

일을 마치고 민호는 바다 구경을 가자며 강 집사를 데리고 밖으로 나왔다. 민호가 운전하는 차를 타고 현장 광장을 지나 바닷가로 나갔다. 바닷가에는 아직 작업 중인 일꾼들이 있었다. 선착장에는 오가는 차들이 끊이질 않았다. 바다 기슭에서 한 무리가 모닥불을 피우고 낚시를 하고 있었다. 가까이 다가가 보니 같은 현장에서 일하는 사람들이었다. 그들은 조금 취해 있었다.

"경찰이 여기는 안 오나 봐?"

"우리도 앉자."

민호는 강 집사를 데리고 모닥불 옆 빈자리를 잡고 앉았다. 사람들은 매운탕을 끓여 게걸스럽게 먹고 있었다. 간혹 작은 병에 숨겨 온 '싸대기'를 꺼내 돌려 마셨다.

그들에게서 '싸대기'를 몇 잔 얻어 마신 강 집사는 취기가 올라 노래를 흥얼거렸다.

"형, 나 진짜 기분 좋다. 내 인생 중에 제일이야. 흐흐."

"야, 너 오늘 내 방에서 자고 가."

둘은 모닥불에서 조금 떨어진 곳으로 자리를 옮겨 앉아 바다를 보았다. 크레인 작업 중인 바지선 주변으로 파도가 찰랑거렸다. 강 집사는 자신도 모르게 민호의 어깨에 머리를 기댔다. 며칠 전 기도를 할 때 일이 떠올랐다. 온통 죄스러운 생활에 두어 시간 동안 눈물이 끊이지 않고 솟아났었다. 대부분 어쩔 수 없는 일이었고 어떻게 해야 할지 모르는 일들이었다. 단지 이곳에 잘못 왔다는 생각만은 명확했다. 민호와 있으면 그런 복잡한 감정을 잊을 수 있었다.

민호가 다음 날 눈을 떴을 때, 이른 새벽이었다. 민호와 강 집사는 트럭 안에서 누워 있다가 잠이 들었다. 모래밭에는 모닥불의 흔적만 있었고 아무도 없었다. 강 집사는 그의 손을 꼭 잡고 있었다. 민호는 담요를 걷고 차를 몰았다. 숙소로 가는 도중에 강 집사는 눈을 떴다. 트럭이 사무동 앞을 지날 때, 사무실로 들어가는 김 과장과 눈이 마주쳤다. 김 과장을 지나치며 민호는 계단 위에 있는 그를 올려 보았다. 김 과장은 잔뜩 화가 난 표정이었다. 민호는 그를 보고 살며시 미소를 지으며 경례를 붙였다. 그러고는 차창을 열어 보란 듯이 침을 뱉었다.

"너, 강 집사! 이건 배신이야, 이러면 안 되는 거야!"

강 집사가 사무실로 들어갔을 때, 김 과장은 대단히 화를 냈다. 귀가 먹먹하고 바닥이 기우뚱했다. 김 과장의 말에 따르면 간밤에 일꾼들이 은밀하게 무슨 작당을 했다는데, 그 작당을 한 곳이 다름 아닌 110호실이었다는 것이다. 용접공들과 중기 기사들이 모여 밤새 무슨 이야기를 나누었다는데 알 수가 없다고 했다. 그런 중요한 순간에 강 집사는 임무를 저버리고 트럭을 타고 놀러 나갔으니 그들에겐 배신자일 수밖에 없었다. 강 집사는 과장의 말끝마다 '아멘'과 '주여'를 번갈아 되뇌었다.

강 집사는 창고 숙소에 들어서자마자 청소 도구를 패대기치고 침상을 걷어찼다.

"망할 새끼들, 그게 지들 문제지 왜 내 탓이야!"

강 집사는 침상에 털퍼덕 주저앉았다. 소리를 지르고 나니 더 우울해졌다. 창문 밖으로 줄지어 현장을 빠져나가는 트럭들이 보였다. 일꾼들을 태우고 현장으로 향하는 행렬이었다. 사늘하게 식는 자신의 심장을 느꼈다. 어제 민호가 자신을 끌고 바다에 간 것이 우연이란 말인가. 강 집사는 벌떡 일어나 안전모를 쓰고 밖으로 나갔다. 강 집사는 걸어서 현장에 도착했다.

"아저씨, 민호 형 봤어요?"

"아마 저기 9층에 있을 거야."

일꾼이 가리키는 곳에 민호가 보였다. 민호는 베란다에 서서 자신을 보고 있었다. 호이스트를 타고 올라간 강 집사는 민호 옆에 섰다. 민호는 강 집사를 보자 쓸쓸한 미소를 지었다. 그늘의 시원함이 더위를 잊게 해주었다. 둘 다 말없이 밖을 바라보았다. 건물 앞에서 불도저가 땅을 고르고 있었다.

"여기서 떨어지면 아마 죽겠지?"

강 집사가 침묵을 깼다. 민호가 그의 어깨에 손을 올려놓자 강 집사는 천천히 밀어냈다. 눈에서 눈물이 맺혔다. 다시 민호가 손을 뻗어 그의 어깨를 잡으려하자 이번에는 한 발짝 앞으로 나아갔다.

"형, 우리 여기서 뛰어내릴까?"

강 집사가 민호를 돌아보며 웃었다. 민호도 그를 따라 소리 없이 웃었다.

"어쩔 수 없었어. 지금 사람들이 너무 힘들어. 폭동이라도 일으킬 거야."

민호의 말에 강 집사는 고개를 끄덕였다. 그리고 길게 숨을 내쉬었다.

"어제 네가 있었다면 더 난처할 수 있었어."

강 집사는 고개를 흔들었다. 그는 누구의 말도 듣고 싶지 않았다.

"변명일 수도 있는데, 설명을 하자면…."

"아냐. 됐어. 오늘 과장이 사람을 부른대. 지금쯤 전화를 했을 수도 있겠네. 대사관일 수도 있고 사우디 경찰일 수도 있어. 중앙정보부에서 나올지도 모르지. 주동자를 색출해서 미리 방지한대. 아마 내일이면 누군가 오겠지, 빠르면 오늘 밤에 도착할 수도 있고."

"강 집사!"

"사실 이 말을 하려고 온 건 아닌데. 난 형을 이해해. 기분이 나쁘기는 하지만, 그럴 수밖에 없었겠지. 누구나 날 이용하니까. 난 괜찮아. 다 괜찮은데 말이지…, 내가 끝까지 버틸 수 있을까? 이곳에 왔던 그 모습으로 집에 갈 수 있을까? 그렇게 될까?"

"가야지, 무슨 말이야!"

"갈게."

"강 집사, 할 말이 있어!"

민호를 물끄러미 바라보는 강 집사의 얼굴은 모든 걸 굳게 닫은 표정이었다. 귀도, 입도, 마음까지도. 강 집사는 계단을 이용해 1층으로 내려왔다. 한참을 걸어 창고까지 왔다. 창고에 들어선 그는 불도 켜지 않고 침상에 쭈그리고 누웠다.

그날 점심시간, 식당에는 많은 사람이 모였다. 주방장도 참여했다. 그는 자신이 만들 수 있는 최고의 음식을 내왔다. 웅성거리는 일꾼들 사이에서 민호가 식탁 위로 올라섰다.

"말씀 다 들으셨지요. 경찰이 곧 들이닥친다고 합니다. 그전에 우리가 먼저 담판을 지어야 합니다. 그래서 계획을 앞당겼습니다. 지금, 바로, 우리가, 쳐들어갑시다!"

그가 말이 끝날 무렵 누군가 식당 창문을 깼다. 일시에 사람들이 약속이나 한 듯이 몰려나갔다. 사람들은 현장 사무실로 쳐들어가 임금 체불 문제를 해결하라고 강력하게 따졌다. 사무실 직원 중 놀란 몇은 도망을 치고 몇은 붙잡혀 꼼짝없이 감금을 당하고 말았다. 잡힌 사람 중에 김 과장과 박 대리가 있었다. 박 대리는 대들다가 몽둥이찜질을 당해 누워 있어야 했다. 일꾼들은 사흘 동안 사무실을 점거하고 직원들을 풀어주지 않았다. 결국, 본사에서 책임자를 급파했고 체불 임금에 관한 합의를 끝내고서야 일꾼들은 농성을 풀었다. 뒤탈도 없이 일은 성공적으로 마무리되었다. 워낙 치밀하게 계획했던 탓에 회사 측은 주동자를 잡아들이지 못했고 납치 문제 역시 문제가 커지는 것을 우려한 회사 측에서 크게 문제 삼지 못했다.

110호실에서 민호와 박 씨, 이 씨, 정 씨가 농성 뒷이야기를 나누었다. '싸대기'가 한 순배 돈 이후라 모두들 얼굴이 기분 좋게 붉었다.

"다행이야. 회사에서 주동자를 못 찾은 것 같아."

"아마 알걸요? 저들이 누굽니까. 단지 증거가 없으니 찍소리도 못 하는 거겠죠."

민호는 유독 자신을 증오에 찬 눈빛으로 바라보던 김 과장 얼굴이 떠올랐다.

"근데 그 김 대위라는 친구 참 똑똑하데. 불러서 같이 술 한잔해야 되는데…."

김 대위는 옆 현장 사람이었다. 이번 일을 계획하는 데 많은 도움을 받았었고 마지막에는 협상 책임자에게 일꾼들의 뜻을 전달하고 조율하는 일까지 처리해주었다.

"그쪽도 뭔가 계획이 있나 봅니다. 나중에 잘 처리되면 모두 모여 한잔하지요."

"그러자고. 뭐 도와달라는 말이 있으면 얘기해. 우리도 도와야지. 이제 우린 한식군데."

"근데 강 집사가 통 안 보이네. 민호 자네 봤나?"

"그러게, 이번에 강 집사 덕분에 우리가 심한 꼴 안 봤다던데 불러서 한 잔 줄까?"

그러고 보니 민호는 사흘 전 현장을 다녀간 이후 강 집사를 본 적이 없었다. 농성 때야 점거 중이어서 못 봤다고 해도 끝난 후에라도 찾아왔을 성싶은데 말이다.

"제가 가서 데리고 올게요."

민호는 창고로 향했다. 불이 꺼진 캄캄한 창고 안을 가로등 불빛이 하얗게 비추고 있었다. 그 불빛 끝에 둥그렇게 움츠린 형체가 보였다. 강 집사였다.

"강 집사! 강 집사! 뭐야, 왜 이렇게 뜨거워!"

민호는 그의 이름을 부르며 업고 내달렸다.

병원에 입원한 강 집사는 일주일 동안 의식을 찾지 못했다. 의사는 스트레스와 더위로 인한 과로라고 했다. 하지만 민호는 강 집사를 무너뜨린 정체를 짐작할 수 있었다. 예전부터 짐작은 했지만 말한 마디 들어주지 않았던 자신이 원망스러웠다. 깨어나면 모든 이야기를 들어주리라 마음먹었다. 하지만 민호는 끝내 강 집사의 이야기를 들어주지 못했다.

민호는 계약이 만료되어 귀국하게 되었다. 연장을 신청했지만, 회사에서 절대 불가였다. 당연한 일이었다. 민호는 강 집사에게 편지를 썼다. 고맙다는 말과 미안하다는 말, 그리고 국내에 들어오면 전화하라고 주소와 전화번호도 써넣었다.

민호가 한국으로 돌아온 지 몇 달이 지나 정 씨에게 전화가 왔다.

"민호, 나야 나. 정 씨."

새로운 일자리를 찾느라 여러 사람들을 만나며 정신없이 지내고 있던 차였다.

"정 씨? 부천 정 씨 아저씨요?"

"아니, 나, 사우디 정 씨."

"아, 정 씨 아저씨. 한국 들어오신 거예요?"

잊고 있던 사막의 더운 모래바람과 함께 110호실에 함께 지내던

정 씨 얼굴이 떠올랐다.

"응, 며칠 됐어. 근데 나 혼자 온 건 아니고…."

그는 강 집사와 함께 한국으로 돌아왔다. 정 씨는 '국력 일구는 열사(熱沙)의 장한 애국자'가 되어, 강 집사는 딱딱한 나무 상자에 누워서 말이다.

민호는 강 집사의 장례식장에서 만난 정 씨에게 그간의 이야기를 들었다. 민호가 떠나고 두어 달 후 강 집사는 박 대리와 시내를 나갔다가 충돌 사고가 있었는데 죄를 뒤집어쓰고 감옥에 갔단다. 그런데 꼭 한 달 만에 현장으로 돌아온 그는 제대로 걷지도 앉지도 못했다는 것이다. 사람들은 그가 감방에서 성폭행을 당한 것이라 수군덕거렸다고. 가난한 아랍 남자들은 평소 여자 손을 잡아보지도 못하고 죽는 경우가 허다해 수염이 잘 나지 않는 동양 남자를 보면 여자처럼 느낀다는 말을 민호도 들은 적이 있었다. 회사는 거동이 불편한 그를 조기 귀국을 시키기로 결정했는데 그런 상황에서 강 집사는 병원도 가지 않고 기도만 했다는 것이다. 그러다가 출국 일주일 전, 그는 숙소 지붕에 올라가 고압선에 매달렸단다. 101호실 박 씨가 강 집사가 떨어지는 것을 봤다고 했다. 그렇게 강 집사는 혈관이 타들어 간 시체가 되어 돌아왔다.

그날 밤 민호는 밤늦게까지 술을 마셨다. 강 집사의 장례식장에서 정 씨와 마셨고 혼자 술집에 들러 또 마셨고 술집을 나와 길바닥에 앉아 또 술을 마셨다.

"씨발, 왜 이렇게 가슴이 답답한 거야. 사람이 숨을 쉴 수가 없잖아."

민호는 울부짖었다. 고층건물 사이 좁은 골목의 어둠이 그의 울음을 먹고 깊어갔다.

사막의 모래바람

동호는 자기에게 날아온 축구공을 성우에게 찼다. 성우는 가슴으로 공을 받아 발아래로 떨어뜨려 발로 잡고 덤프 기사들이 움직이는 것을 살폈다. 공을 향해 달려오는 젊은 기사를 왼쪽으로 제치고 뒤에 오는 덤프 기사 다리 사이를 날렵하게 비켜서 골문을 향해 공을 날렸다. 안전화에서 흙먼지가 일고 공이 살짝 휘면서 그대로 그물로 빨려 들어갔다.

성우는 땀에 절어 누렇게 변한 셔츠를 뒤집어쓰고 운동장을 한 바퀴 돌았다. 나싯 번째 골이었다. 동호가 달려와 펄쩍 뛰며 그를 안았다.

그들은 염천이 이글거리는 갈색 사막에서 해가 질 때까지 축구를 했다.

정성우는 쉬는 날이면 방 후배 임동호와 같은 덕트 일을 하는 친구 김만석을 석산까지 끌고 가 덤프 기사들 틈에 끼어 축구를 했다.

동호는 이리저리 뛰어다니며 이 더운 사막 한가운데서 공을 차는 것은 미친 짓이라고 떠들어댔다. 그는 조금만 뛰어도 현기증이 나고 숨이 턱에 찼는데 다른 사람들은 잘도 뛰는 것이 신기했다. 그중 가장 돋보이는 사람이 두 살 위 성우였다. 성우는 온몸이 땀으로 범벅되어 마치 축구선수처럼 종횡무진 뛰어다녔다. 그는 신기에 가까운 발재간을 발휘해 3동 덤프 기사들을 농락하며 혼자 다섯 골을 넣고 경기가 끝났다.

"국가 대표가 온 거야 뭐야?"

시큰둥해진 덤프 노동자들이 한마디씩 던졌다.

"완전 중동 사람이야. 안 그래요?"

동호는 혀를 물고 넘어지듯 자리에 주저앉으며 만석을 향해 말을 했다. 만석도 그 자리에 주저앉아 뒤로 벌렁 누워버렸다. 심장을 태울 듯한 열기에 가슴이 터질 것 같았다.

덤프 기사들이 몰래 담근 '싸대기'를 꺼내 풀었다. 모두 어깨를 두르고 석양이 질 때까지 흥겹게 놀았다.

동호는 하나둘 석산을 떠나는 덤프트럭을 따라 술이 얼큰해진 성우와 만석을 태우고 황야를 가로질러 숙소로 향했다. 픽업트럭 바퀴에서 먼지가 일어 차를 따라왔다.

"상대편 기사들 단단히 열 받았을 거야."

동호가 이죽거리며 백미러로 성우와 만석에게 말했다.

"다섯 골이나 먹었으니."

만석이 조수석 등받이를 치며 깔깔거렸다.

"놀자고 한 축구 때문에 누가 열을 받아. 기사들 그렇게 속 좁은 사람들 아니야."

성우가 누런 모래바람이 날리는 창밖을 바라보며 말했다. 덤프 기사들이 신경질적으로 반응한 것은 축구 때문만은 아니었다.

경기가 끝나고 둘러앉아 음식을 먹고 있을 때 화를 내며 사람들을 부추긴 것은 강인호라는 사내였다. 큼직한 몸집이 인상적인 인호는 남들은 티가 날까 봐 맛만 보는 '싸대기'를 사발로 마셨다. 걸걸한 목소리는 일꾼들을 압도했다. 그의 이야기는 온통 불만이었고 불가능한 제안이었다. 그의 이야기대로 절대 될 것 같지 않았다. 그런데도 사람들은 그가 말을 멈출 때마다 환호했다.

"기름쟁이들 근성이 보통이 아닌데, 뭐라도 하고 말걸. 덤프가 한판 하자고 일어나면, 성우 너도 할 거야?"

만석이 성우에게 물었다.

"가만있을 수 있나, 우리도 죽겠는데. 누군가 불을 댕기면 발딱 일어서야 하는 거야. 사나이가 한 번 죽지 두 번 죽냐? 임금도 올리고, 현장 분위기도 바꾸고. 무슨 군바리도 아니고 우리가 월남 참전 용사야? 감시받고 군기 잡히며 일하게."

"당연하지. 동호 너도 화끈하게 싸워야 한다."

단호하게 말하는 성우의 대답에 만석은 고개를 끄덕였다. 백미러로 둘을 보던 동호가 지겹다는 듯 비아냥거렸다.

"맨날 말뿐 아냐? 들고 일어나니 어쩌니, 한 놈 죽어 나가야 조건이 바뀌느니, 말이 앞서면 자손이 귀하다는 말이 있는데 딱 그 짝이야. 그것도 건축이 하자는 것도 아니고 고작 덤프가?"

"너는 꼭 무슨 말을… 다들 답답하니까 그런 거지. 그러면 이대로 당하고 사는 게 맞냐?"

만석이 핀잔을 주었다.

"이 친구는 생각이 많아서 그래. 하지만 일단 방향이 정해지면 빠꾸가 없지. 노가다의 정신으로 벽이 있으면 뚫고, 자르고 제치고 가는 거지."

붉게 타들어가는 하늘에는 까마귀들이 선회했다. 석양이 흙더미에 스며들고, 모래 능선 위의 가시덩굴도 픽업트럭 지붕도 하늘빛에 붉게 물들었다. 앞쪽에서 덤프들이 뿌옇게 먼지를 일으키며 달려가고 있었다.

동호는 선글라스를 쓰고 흥겹게 콧노래를 불렀다. 그때 만석이 앞쪽을 손가락으로 가리키며 소리를 질렀다.

"성우, 봤어? 낙타야!"

"못 봤는데, 어디?"

성우가 눈을 부릅뜨고 몸을 앞으로 수그리며 만석이 가리키는 곳을 보았다.

퍼덕이는 까마귀들 가운데 짐승 한 마리가 쓰러져 있었다. 픽업트럭이 먼지를 일으키며 쓰러져 있는 낙타를 앞에 두고 멈춰 섰다. 까마귀 떼가 픽업트럭을 못마땅하게 쳐다보았다.

"망할 까마귀 새끼들."

성우는 차에서 내리면서 욕을 퍼부었다. 주머니칼을 꺼내든 성우가 낙타에게 다가가자 까마귀들이 물러섰다. 낙타는 눈썹을 누군가 도려내어 흉하게 눈알이 드러나 있었다. 혹시나 하고 뒤집어 봤으나 역시 반대쪽 눈썹도 없었다. 파리 떼만 쏴 하고 일어났다. 성우는 주변 사람들의 부러움을 한 몸에 받을 기회였는데 실망이 말이 아니었다.

"이런 제길, 벌써 어느 놈이 해먹었어!"

앞서 가던 덤프가 멈춰 서서 요란하게 경적을 울렸다. 성우가 돌아보자 이때다 싶은 기사들이 고개를 내밀고 야유를 던졌다.

"저 친구들 짓이네. 경우도 없나, 하나는 남겨놔야지. 낙타 눈썹 뜨기가 복권 맞추기보다 어렵다니까! 차라리 당나귀 눈썹을 구하고 말지, 원."

성호는 칼을 접어 주머니에 집어넣고 차로 돌아왔다. 그런 성호를 보며 만석과 동호는 키득키득 웃었다. 차는 다시 지평선 너머 지는 붉은 태양 쪽으로 달렸다. 피곤한 하루였다. 차가 숙소로 들어가려는데 다른 픽업 한 대가 현장에서 나오는 길이었다.

"관리자들이네."

만석이 한마디 했다.

"어디 좋은 데 가는 모양이지."

성우가 창문을 내리고 그들에게 손을 흔들었다. 상대방 차에서도 창이 내려오며 서로 마주 보았다.

동호는 얼핏 운전석에 앉은 김영학을 봤다. 영학과 동호는 고등학교 3학년 때 같은 반이었는데 우연히도 이곳 주바일 현장에서 만났다. 고등학교 때도 서로 친하지 않아 자주 말은 하지 않았지만 그래도 동창인데 반갑기보다는 남보다도 못한 사이였다. 동호가 봤을 때 영학이 나쁜 성격은 아니었는데 이곳 사람들은 신경질적인 그를 좋아하지 않았다. 동호도 처음에는 눈인사 정도는 했는데 나중에는 그것도 그만두었다. 동창이라는 관계가 이토록 부담스러운지 몰랐다. 둘 외에는 아무도 동창이라는 것을 아는 사람이 없었다. 같은 노동자로 왔다면 달랐을까?

동호는 영학을 힐끗 보고는 모른 척하고 먼지를 일으키며 스쳤다. 영학도 그들을 못 본 척 앞만 보고 차를 몰았다. 뒷자리에 관리자들이 앉아 있었다.

동호가 영학을 처음 만난 건 옆 현장에 문제가 생겼을 때였다.

'싸대기'를 한 잔 마시고 자려는데 샤워를 하고 온 성우가 차 열쇠를 찾았다. 밤늦게 어딜 가느냐고 물었더니 일이 있다고 했다. 동호도 잠이 오지 않아 따라나서려 하자 성우는 혼자 가겠다며 차 열쇠를 들고 나갔다. 성우는 다음 날 밤이 되어서야 숙소로 돌아왔다. 흥분된 마음을 가라앉힐 수가 없었다.

"뭐야? 어젯밤에 나가서 지금까지 뭘 한 거야?"

동호가 그를 보자마자 물었다.

"용접 일 하는 김 대위라고, 옆 현장에 간다기에 데려다주느라."

"김 대위? 군인이었어?"

"그렇지, 그랬으니까 사람들이 김 대위라고 부르지."

성우는 김 대위를 어제 처음 봤다. 성격이 부드럽고 아는 것도 많고 점잖은 사람이었다. 백 마디 말을 하는데 하나도 틀리지 않으니 뭘 하던 사람인지 궁금했다.

"그 사람이 왜 갔는데?"

"체불을 해결하려고 갔지. 그쪽에서 사람이 왔거든. 뭐 대충 그런 거야. 너무 알려고 하지 마, 골치 아프니까. 회사에서도 알게 되면 찍혀. 나야 이미 눈에 벗어난 지 오래잖아. 이런 일이 한두 번이어야지."

성우는 동호의 관심에서 벗어나기 위해 지나가는 투로 이야기하고 샤워실로 향했다. 두근두근 뛰는 가슴은 쉽게 가라앉지 않았다.

다음 날, 김영학이 현장으로 동호를 찾아와 담배를 내밀었다. 한 번도 없던 일이었다. 영학은 정성우에 관해 물었다. 영학은 이런 일로 여기까지 와야 하는 것에 울컥 짜증이 났다.

"정성우하고 친하다며?"

동호는 자신이 형이라고 부르는 성우에게 존칭도 쓰지 않고 경멸하는 눈빛까지 보이는 영학이 거슬렸지만 그젯밤 일이 마음에 걸려 말을 아꼈다.

"정 씨가 엊그제 옆 현장에 가서 사고 친 거 알고 있어? 뭐, 김 대위라고 하는 친구하고. 어떻게 이곳 중동까지 와서 그런 생각들을 할 수 있는지. 남들을 다 바보로 만들잖아."

"글쎄? 내가 아는 게 있어야지."

동호는 이맛살을 찌푸리며 말을 했다. 이 친구가 왜 나한테 그걸 묻지? 꽤 귀찮은 일인데 왜 자기가 직접 와서? 위에서 시켰나? 동호는 영학을 외면하고 담배를 피우며 생각했다.

영학의 눈에 동호가 자신의 눈을 피하는 것이 보였다. 뭔가 알고 있는 것이 틀림없었다.

"이 먼 타국까지 와서 꼭 문제를 일으키는 사람들이 있어. 나라 망신 아니냐? 노동자들 고생하는 건 알겠지만 이 모래벌판에서 누군들 편하겠냐. 자기 생각만 하고 살 수는 없지. 혹시라도 말이다…."

영학은 자신의 감정을 누르고 동호에게 가까이 다가갔다. 동호는 몸을 돌렸다. 김 대위나 성우가 하는 일에도 관심이 없지만 그렇다고 고자질을 하는 못난 놈이 되기는 더 싫은 일이었다.

"아니다. 너도 쓸데없는 일이 나서지 말고 일이나 하다 귀국해. 정성우가 끝까지 가려나 모르겠다. 나 같으면 그대로 모가지 날리는데, 윗분들이 먹고살라고 봐주라니 할 수 없지. 딱 조기귀국 감인데."

영학은 꼴에 동료랍시고 입을 다무는 동호가 못마땅했다. 담배를 던지고 동호의 어깨에 손을 얹어 지그시 눌렀다.

"수고해. 또 보자."

"그래."

동호는 영학의 손길에 굴욕감이 들었다.

영학이 내려가고 정성우가 다가와 무슨 말을 했는지 물었지만, 동호는 별일 아니라고 대답하고 연장을 들고 작업장으로 갔다.

새벽이 밝고 6시가 되자 알람이 울렸다. 동호는 손을 뻗어 알람을 껐다. 그는 밝아오기 시작하는 창문을 보고 몸을 뒤척였다. 조금만 더 자야지 했지만, 에어컨 소음이 귀에 거슬려 잠이 오지 않았다. 얇은 이불을 걷어내고 세면도구를 꺼내 쥐었다. 몸이 무겁고 기분이 처져 있었다. 오늘은 얼마나 더우려나? 그는 아직 단잠에 빠져 있는 사람들을 지나 숙소 문을 열고 나왔다.

세면장에는 아무도 없었다. 오늘은 일등이다. 스위치를 올리니 형광등에 불이 들어오고 줄지어 있는 세면대가 드러났다. 중간쯤으로 가서 수도꼭지를 돌리자 미지근한 물이 쏴 하고 쏟아져 내렸다. 이 정도면 시원하다는 생각이 들었다. 중동 물에는 석회질이 많아 요석에 걸리기 쉽다는 말이 있었다. 그 말이 사실인지 모르지만, 이빨을 닦을 때마다 생각났다. 아랍 사람은 마흔이 환갑이라는 말도. 너무 더워서 음식이 상하듯 사람도 쉬어버린다고 했다. 어디까지 사실일까?

간혹 몸 상태가 좋지 않을 때가 있었다. 감기 기운이 느껴지기도 하고 머리가 특히 아팠다. 바다에서 불어오는 열풍 때문인 것 같았다. 아니면 더위에, 짜증스런 노동에, 모래 먼지에, 타들어가는 자신의 얼굴에 더욱 그런지도 모른다. 성우는 자신의 몸이 좋지 않을 때면 '이 지독한 사막 먼지, 들개라도 한 마리 잡아먹었으면' 하고 소리쳤다. 한국에서 이런 날이면 후줄근한 소나기가 쏟아지고 도로를 타고 빗물이 흘러 배수구가 소용돌이칠 것이다. 도로에 쓰레기가 시원스럽게 빨려 들어가는 것을 봐야 하는데, 아마 이곳에서는 비가 온다면 뜨거운 비가 쏟아질 것이다. 황금색 흙탕물이 곳곳에 고여 있겠지. 동호는 알아들을 수 있는 말이 넘치는 도시가 그립고 고향 숲 속 울창한 나뭇가지 사이로 떨어지는 빗소리가 그리웠다.

동호는 미지근한 물로 세수하면서 거친 피부를 박박 문질렀다. 거울에 얼굴을 가까이 대고 쳐다보니 눈알이 노랗게 변한 것 같다. 황달에 걸렸나? 거울도 더위를 먹었는지 정상적으로 보이지 않는 것 같기도 하고 흐릿한 형광등이 가물거려서 그런 것 같기도 했다. 아침부터 뭔지 모를 우울한 기분에 짜증과 불쾌감이 들었다.

오늘은 무슨 일을 하게 되려나? 그 지독한 유리솜으로 보온재 감는 걸 시키려나 모르겠다. 동호는 근래 덕트 일을 하고 있었다. 본래는 배관공으로 사우디에 왔는데, 얼마 해보지 못하고 육 개월 만에 공사가 중단되었다. 할 수 없이 이곳 동쪽 끝 J항으로 와서 하도급업체에서 덕트 일을 배우고 있었다. 무슨 일이라도 해야 하루라도 일당벌이를 할 수가 있어 참고 견디는 중이었다. 이곳 날씨는 항만이라서 그런지 전에 있던 현장과 달리 습도가 높아 아침에는 숙소 지붕에서 물기가 흘러내리곤 했다.

수건으로 얼굴을 닦는데 서너 명의 사내가 들어와 세수를 했다. 그들이 떠드는 소리가 세면장에 울렸다. 세면장을 나와 불빛이 시원치 않은 복도를 걸었다. 형광등에 벌레들이 묻어 있어 그런지 희미한 복도가 길게 이어졌다. 102호실 문을 여니, 매캐한 담배 냄새와 에어컨 돌아가는 소음이 맞이했다. 먼지 묻은 에어컨이 달린 창 아래 탁자에는 어제 먹다 남긴 음식과 구겨진 비닐봉지, 지저분한 컵들과 술병이 어지럽게 놓여 있었다. 침상 아래에 아무렇게 벗어 던진 안전화, 누군가 가져다 놓은 선인장이 페인트 통 안에서 자라고 있었고, 삐걱거리는 사물함의 황갈색 나무 문에는 여배우가 작은 의자에 앉아 긴 다리를 꼬고 있었다. 그 아래에 작은 숫자가 나열된 달력이 아직 2월이었다. 침상 한쪽 구석에 '선데이 서울'이 여러 권 쌓여 있었다.

잠이 없어 항상 1등을 했던 성우가 오늘 늦장을 부린다.

102호실에는 모두 여섯 명의 노동자들이 모여 있었다. 다른 숙소도 사정은 비슷하지만, 전에 있던 곳에서는 세 명씩 방을 썼다. 그곳 사정은 이곳과는 비교도 할 수 없을 정도로 좋았다. 자고 입는 것, 먹는 것, 일하는 장비와 관리, 모든 면에서 나았다. 달리 말하면 호사를 누린 셈이었다. 그곳이 호텔이면 이곳은 여인숙도 되지 않았다. 물론 국내에서 일할 때보다야 훨씬 좋기는 하지만.

"동호야, 몇 시?"

성우가 베개에 얼굴을 묻고 시간을 물어보았다.

"6시 좀 지났어요."

성우는 밤새 몸 상태가 좋지 않아 잠을 설쳤다.

"죽겠네. 몸이 말이 아니야."

"몸살 아녜요? 아스피린이라도 먹지 그래요. 나도 한 알 먹을까 하는데. 오늘 그런 날인가 봐요."

"그건 아니고, 소금을 너무 먹어서 안 좋은 것 같아."

"소금 너무 먹으면 더위 먹어요. 형이 말하지 않았나?"

"그랬지."

방은 군대 침상처럼 마루가 짜여 있었고 걸어 다닐 수 있도록 공간을 비워뒀다. 침상에는 성우 외에 땜장이 김 씨, 껑다리 미장 오씨, 기독교 열렬 신자 박 집사 그리고 이 목수가 누워 있었다. 나이는 동호가 막내고 나머지는 서너 살씩 위인 삼십 대 중후반으로 대부분 고만고만한 나이였다.

"아저씨들도 오늘 일어나기는 쉽지 않을 것 같아요. 어제 휴게소에서 영화 보고 술까지 마시고 오셨더라고요."

아침에 씻는 사람은 동호와 박 씨, 성우 정도이고 대부분 그냥 출근했다. 동호는 아침마다 흥건하게 젖어 있는 게 싫어 샤워를 꼭 했지만, 다른 사람도 그런 것은 아니었다. 에어컨에 민감한 껑다리 김 씨나 이 씨는 에어컨에서 먼 입구 쪽에서 잠을 잤다. 더위에 강한 그들은 땀을 흘리지 않았다.

"어제 금발 머리 끝내주던데. 혀 놀림이 보통이 아니야."

이 씨가 바지에 손을 집어넣고 일어나며 아침 인사를 했다. 그의 덥수룩한 머리가 폭탄을 맞은 듯 멋대로 뻗쳐 있었다.

"밤새 금발한테 시달렸겠군."

성우가 옆에 누워 있는 이 씨에게 말을 하고는 발로 툭 찼다.

"아침부터 헛소리하지 말고 슬슬 일 나갈 채비를 하자고. 오늘은 또 얼마나 찌려나? 고국에 있는 마누라가 이 고생을 하는 줄 알아야 하는데 말이야! 안 그래요. 정 형?"

"그러게 말예요. 개뿔이나 알겠나. 바람이나 안 피우면 다행이지."

"바람 피우면 가만있나, 당장에 쫓아가서 갈가리 찢어 죽이지."

땜장이 김 씨가 기지개를 펴며 한마디 거들었다.

"바람을 알게 피우나. 사우디까지 들리게 나, 바람피워요. 여보! 하고 떠들겠어. 참나! 김 씨도."

"슬슬 일어나자고, 죽지 못해 하는 일이라도 시간은 맞춰 나가야 하루가 흐르지."

박 집사가 일어나자마자 성경을 펼쳐 들었다. 몰골이 까맣게 변해 꼭 동남아인 같은 박 집사는 성경을 점잖게 몇 줄 읽더니 기도를 하고 일어나 이불을 털어 갰다.

박 집사는 늘 성경을 끼고 있었고 틈만 나면 독송했다. 누군가 기독교가 어디까지 사실이고 거짓인가를 따지며 시비를 걸어도 엄청난 인내로 그 말을 다 받아주었다. 그리고 나름대로 설명을 해주려고 노력했다. 그럴수록 상대는 되지도 않는 개똥같은 논리를 늘어놨다. 막무가내 논리를 당해내지 못한 박 집사는 막판에 노가다의 무식함을 탄식하며 말을 끝내곤 했다. 하지만 끝까지 화를 내지는 않았다. 그의 화를 돋우기 위해 일부로 대들었던 사람들도 나중에는 포기하고 말았다. 김 씨 말대로 성경을 뺏어 변기에 처넣기 전에는 화를 내지 않을 테지만, 하느님이 존재하지 않는다고 가장 강력하게 믿는 성우도 그 방법은 반대했다.

하지만 그런 박 집사가 포르노를 볼 때는 제일 앞좌석에 앉기를 주저하지 않았다.

"포르노가 무슨 죄가 있나? 만든 놈들이 문제지."

보는 것은 문제가 없다는 투였다. 당연한 자기합리화다. 이 지독한 사막에 무수한 별과 개와 혹은 여우 울음 속에서 포르노를 보는 것 외에 다른 위안이 있겠는가.

"자 일어납시다."

김 씨가 재촉을 하니 다른 이들도 하나둘 이불을 걷어 젖히고 침상 아래로 발을 내려 신발을 찾아 신었다.

"어제 이만큼 마셨나? 지독하군. 그 많은 술이 누구 배 속으로 다 들어간 거야."

김 씨가 에어컨 아래에 있는 플라스틱 통을 열어 보고는 고개를 저었다. 그 통에는 몰래 만든 '싸대기'를 담아 두었었다. 다른 사람들은 소주도 내려 마신다고 하는데 이 방에서는 과일주인 '싸대기'만 있었다. 뚜껑을 닫을 때까지 과일주의 달콤한 냄새가 더운 공기를 타고 방 안에 흩어졌다.

동호가 안전모를 쓰고 복도로 나갔다. 아는 얼굴들이 하나둘 방에서 나와 식당으로 갔다. 사백 명쯤은 한번에 수용하는 식당이 반쯤 찼다. 동호는 식판을 들고 줄을 서서 차례가 오기를 기다렸다. 오늘 아침은 닭튀김이 보이고 콩나물국에 김치와 김도 보였다. 밥과 반찬을 타고 한쪽에 있는 고추장을 떠서 밥 위에 얹었다. 아침은 입맛이 없어서 그런지 대충 비벼 먹는 버릇이 생겼다.

102호 식구들이 한 탁자에 둘러앉아 밥을 먹었다. 간장에 비비기도 하고 국에 말아 먹기도 했다. 아침은 늘 그런 식이다.

아침을 먹고 이를 쑤시며 대기하는 버스 쪽으로 걸어갔다.

"어이, 102호. 그 방은 밤새 잠도 안 자고 뭐 했던 거야? 떠드는 소리가 밖에까지 들렸어. 술을 마시려면 곱게 마셔야지. 사우디 경찰에 꼰지르는 수가 있어."

커피를 들고 있던 107호의 늙은 김 씨가 동호네 사람을 보고 웃으며 농담을 했다.

"놀러 오셔서 한잔하시지. 침만 삼키고 주무셨단 말입니까?"

"나 술 못 마셔. 머리가 아파서 말이야. 이곳 물은 도대체 적응이 안 돼."

너댓 대의 버스가 시동을 건 채 노동자들이 타기를 기다렸다.

"이 버스는 에어컨이 고장 났나? 왜 이리 더워. 다른 버스 탈까?"

동호는 다른 버스로 갈아타려다가 버스에 타는 사람들이 많아 그냥 자리에 앉았다. 에어컨을 컨 지가 얼마 안 돼 그럴 수도 있겠다 싶었다. 달리다 보면 나아지겠지 생각했지만 한참을 지나서도 영 시원찮았다. 창을 열자 아침부터 달구어진 더운 바람이 쏟아져 들어와 머리를 흩트렸다. 그렇게 20분 정도를 달려 현장에 도착하니 파헤쳐진 흙더미 사이로 덤프며 굴착기, 불도저가 열을 지어 세워져 있는 게 보였다.

왼쪽 거대한 벌판에는 정유 시설들이 세워지고 있었고 다른 쪽에는 드넓은 광장에 항만 공사에 쓰일 숱한 철골들과 장비들이 쌓여 있었다. 그 앞으로 아라비아해의 푸른 바다가 펼쳐졌다. 동호가 탄 버스는 정유 시설 현장을 가로질러 아라비아해 쪽에 서 있는 종합 병원 현장으로 달렸다. 4층 본관 건물은 골조 공사가 끝나고 내부 공사가 한창 진행 중이었다.

차는 덜컹거리며 비포장도로를 달려 병원 현장으로 꺾어 들어갔다. 주차장에는 먼저 온 버스들이 있었고, 픽업트럭 몇 대가 연장과 사람을 내려놓고 있었다. 관리자들은 포장으로 그늘을 만든 전용 주차장을 사용하고 있었는데 승용차 한 대만이 덩그러니 놓여 있었다.

"구름 좋다."

버스에서 내린 성우가 서쪽 하늘로 길게 벗어나는 구름을 가리켰다. 버스에서 내린 노동자들은 사무실로 향했다. 소장이 먼저 나와 출근하는 사람들을 확인하고 있었다. 노동자들은 출근부에 사인을 하고 작업 일정을 들은 후 삼삼오오 현장으로 올라갔다. 아침부터 내리쬐는 태양이 뜨거웠다.

"귀국하기 전에 낙타 눈썹을 만들어야 하는데, 그 망할 낙타 눈썹을 구할 수가 없으니, 아무래도 낙타를 잡으러 가야겠어."

안전모를 들어 땀을 닦던 성우가 느닷없이 낙타 눈썹 이야기를 꺼냈다.

"또 그 낙타 눈썹. 큭."

"사우디까지 왔는데 행운을 가져다준다는 기념품 하나쯤은 가지고 가야지. 내가 처음 이곳에 와서 배운 게 그거라고. 직접은 못 해 봤지만."

성우는 처음 낙타 눈썹을 보았을 때를 떠올렸다. 항상 꼭 제손으

268

로 해보고야 말겠다며 머릿속에서 수십 번도 더 뇌까렸던 기억이다.

먼저 낙타 눈썹 부적을 갖기 위해서 기억할 것은 항상 주머니칼을 가지고 다녀야 한다는 것이다. 기회는 예고가 없는 법이다. 고속도로를 달리다 보면 사막에 누워 있는 놈을 만날 테고 그때 눈알 전체를 오려야 하기 때문이다. 이때, 다음 사람을 위해 다른 쪽 눈썹은 놔두는 것이 예의다. 낙타 눈썹에도 경우라는 것이 있다. 잘라온 눈꺼풀을 잘 펴서 음지에서 말린다. 썩지 않게 잘 말려야 한다. 다 마르면 사포질을 해서 얇고 부드럽게 만든다. 사포질은 흠집이 나지 않도록 정성스럽게 조심조심 해야 한다. 눈꺼풀 가죽이 부드러워지면 가위로 눈썹 주변을 정리한다. 그리고 손톱깎이로 눈썹을 다듬는다. 눈썹은 뻣뻣하고 굵어서 짧게 잘라주는 것이다. 막깎는 것이 아니라 모양을 살려서 그대로 깎아야 한다. 제일 중요한 것은 구멍이 너무 크면 안 된다는 것이다. 적당한 크기로 아귀를 맞추려면 구멍의 끝을 기워야 하는데 양쪽을 똑같이 기워야 동그래진다.

성우는 단꿈에서 깨어난 사람처럼 눈을 가늘게 뜨고 배시시 웃었다.

"낙타 눈썹은 모양을 만드는 일이 제일 중요해. 눈썰미가 있어야 해. 예술적 감각 말이지. 이게 기술이고 솜씨인 거지. 여기서 제각기 다른 낙타 눈썹 부적이 탄생하는 거라고. 제대로만 만들면 부르는 게 값이니 말이야."

"그래요? 근데 그걸 어디에 써요?"

동호 말에 성우는 멍하니 잠깐 생각을 하더니 갑자기 와자하게 웃었다.

"하하하. 그냥 지갑에 넣고 다녀, 복이 생기니까. 가끔 자랑도 하고. 부적 아닌가, 부적."

"어이, 성우, 동호, 빨리 와! 젊은 사람들이 왜 이렇게 걸음이 느려."

앞에 가던 김 씨가 손짓을 하며 불렀다.

"예, 갑니다. 가요."

현장에 도착한 성우와 동호는 한곳에 쌓아둔 덕트를 정리했다. 일을 시작한 지 두 시간 정도가 지났는데 안전모 아래로 땀이 뚝뚝 떨어지기 시작했다. 동호는 안전모를 벗고 땀 좀 식히러 창가 쪽으로 가서 앉았다. 성우는 담배를 빌린다고 다른 곳으로 갔다.

"뭐 해?"

유 씨가 어느 틈에 가까이 와서 동호의 어깨를 쳤다.

그는 일명 당번이라는 직함을 가지고 사무소나 소장의 일을 거들어주는 일로 일당을 챙겨가는 친구였다. 그 외의 임무 하나가 현장 파악이었다.

"일 안 해?"

"일하다 잠깐 쉬는 거예요. 이 땀 안 보이세요?"

동호는 젖어 있는 장갑을 벗어 힘껏 짜 보았다. 장갑에서 땀이 주르륵 떨어졌다.

"땀은? 여기서는 그냥 서 있어도 땀나는 곳이야. 조금 걸어왔다고 나도 땀 흘리는 것 봐라."

그는 자신의 이마와 가슴을 벌려 보였다. 가슴에도 땀이 흥건하게 젖어 있었다.

"일 안 해도 그 정도인데, 일하는 사람은 어떻겠어요?"

"놀러 왔어? 돈 벌어먹으러 왔는데, 땀 흘리는 거야 당연하지."

동호는 헛웃음이 났다. 유 씨도 자기와 같이 현장 일하는 노동자 아니던가. 건성으로 고개를 끄떡이고 몸을 일으키는데 그가 어깨를 누르며 더 쉬라고 했다. 동호는 마지못해 있는 척 그와 함께 창틀 가까이에 섰다.

"이곳은 시원하네. 근데 저 사람 지금 뭐 하고 있는 거야?"

둘이 서 있는 10여 미터 앞에 전기공 한 명이 음식을 넣어두었던 종이 상자에 불을 붙이고 있었다. 파리 떼가 모이는 것을 기다렸다가 불로 지지는 중이었다.

"저런 것들을 데려다가 돈을 쳐주니, 환장할 노릇이지. 국내에 있으면 끼닛거리도 제대로 해결하지 못할 것들이 말이야. 여기 데려다 놨으면 열심히 일해야 하는데, 파리 가지고 장난이나 치니?"

유 씨는 손가락질을 하며 한탄조로 말을 했다.

"오죽 갑갑하고 답답했으면 저러겠어요. 그렇다고 일을 안 한 것도 아니잖아요. 한국 사람이 제일 많이 일한다고 하던데."

"잘하기는… 내가 보기에는 아직 멀었어. 일본 사람들은 말이야, 기계처럼 일하거든. 온 힘을 다한다고. 그건 아무리 일본인이지만 배워야 해."

유 씨는 눈을 가늘게 뜨고 앞을 주시하며 목소리를 깔고 말을 했다. 소장에게서 들은 이야기였다. 언젠가 농땡이 치는 놈을 만나면 말해주리라 기억해두었던 말이다. 전기공이 파리를 만족할 만큼 태워 죽였는지 다시 전깃줄을 들고 일어났다.

"뭐 하냐, 따까리! 웬일이야? 할 일이 없나 보지. 화장실 청소 다 했나 봐?"

담배를 얻어오던 성우는 동호와 서 있는 유 씨를 보자 가슴속에서 뜨거운 덩어리가 치받는 걸 느꼈다. 나쁜 새끼, 욕이 입에서 절로 흘러나왔다. 성우는 유 씨의 어깨를 툭 치고 이빨이 다 보이도록 입을 크게 벌리고 웃었다.

"따까리라니, 니기미."

유 씨는 동호에게만 슬쩍 몇 가지 묻고 갈 생각이었는데 성우를 만났으니, 일찌감치 자리를 뜨지 않은 것이 후회됐다.

"유 형, 기분 나빠? 그래, 미안! 그 말을 기분 나쁘게 생각하는지 모르고. 잘 보여야지 찍히면 조기 귀국시킬라. 소장이 정보 좀 알아서 오래? 궁금한 거 있으면 나한테 물어봐! 어떤 놈이 데모하려고 무슨 작당을 하고 있는지 다 알려 줄 테니까."

"물을 것도 없이 현장 돌아가는 거 다 알아. 그리고 나 그렇게 나쁜 놈 아니야."

"아, 미안. 나쁜 놈이라니. 농담 한번 했는데, 그걸로 그렇게 말하면 내가 미안하지. 다 먹고 살자고 나와서 우리끼리 다투면 안 되지. 안 그래, 동호?"

"그거야 그렇죠."

"그래, 그런 거야. 소장한테 나 좀 좋게 이야기 해줘. 돈 좀 올려

받게. 벌써 3년짼데, 계약할 때 그 돈이라니까."

성우는 나쁜 놈 놀려주는 것도 꽤 힘든 일이라는 생각이 들었다. 자신의 행동이 시답지 않게 느껴졌다. 입안에 쓴맛이 도는 것 같아 침을 퉤 뱉었다.

"자네는 입 때문에 문제가 많아."

유 씨는 불쾌감을 감추지 않고 퉁명스럽게 말을 받았다.

"그래서 사정을 하는 것 아닙니까? 따까리 아저씨."

"근데 왜 매일 나한테 시비야! 정 씨."

유 씨는 수치심이 극도에 달했다. 혹시나 성우에게 기세를 꺾일까 하고 따졌지만, 말끝으로 갈수록 목소리는 작아졌다.

"정 씨라니. 내가 나이가 몇 살이나 위인데, 관리자도 아니고 같은 일꾼이. 관리자들 화장실 청소하니까 눈에 뵈는 게 없나. 콱 대가리를 깨서 사막에 묻어버릴까 보다. 너 일꾼 노임으로 장난치는 거 다 알아. 속이 좋아서 참는 줄 알아, 이 따까리 새끼야!"

성우는 턱이라도 한 대 갈기려고 주먹을 쭉 쳐들었다.

"형, 왜 그래요? 남들 다 보는데."

"간신 아랫도리 새끼. 중동까지 와서 같은 노동자끼리 피 빨아 먹고 살다니. 에이 더러운."

"유 형은 가세요, 가! 다음에 이야기합시다. 형은 손 내리고."

"빨리 가, 자식아!"

성우는 다시 바닥에 침을 뱉었다.

유 씨는 아무 말도 하지 못하고 벌겋게 달아오른 얼굴로 안전모를 내려쓰고 계단 쪽으로 걸어갔다.

"같은 일꾼끼리 왜 그래요?"

"저게 일꾼이야? 거머리지."

유 씨 뒤에 대고 큰소리를 내질렀다.

평소 논리적이던 성우는 자신도 모르게 충동적이 될 때가 있는 것을 알고 있었다. 오늘이 그날이었다. 둘이 안전모를 쓰고 일하던 곳으로 돌아오자 사람들은 속이 시원하다고 성우를 치켜세웠다. 성우는 우쭐해서 다음에는 한 대 쥐어박겠다고 장담을 했다.

구경거리도 없어지자 작업이 시작되었다. 지하 덕트 공장에서 만든 덕트를 등에 지고 지상으로 날라 설치를 하였다. 성우가 도면을 들고 통을 순서에 맞게 달도록 지시했다. 많은 통이 올라왔고, 천장을 덮을 정도로 설치되었다. 다른 한쪽에서는 배관 용접을 하고 있었다. 다른 쪽에서는 사다리를 들고 전기공들이 배선을 하고 있었다.

"정성우 어딨어?"

소리를 지르는 젊은 대리는 다름 아닌 김영학이었다. 그는 동호를 알아보고 신경질을 부렸다. 동호는 달리 무슨 말을 할지 몰랐다.

"물 뜨러 갔는데."

"왜, 분위기 흐리고 그래, 짜증나게. 과장이 가보라고 하잖아."

"그냥 서로 말다툼했을 뿐인데."

동호는 별일 아닌 듯 고개를 갸웃거렸다.

"일꾼이 일이나 하지, 왜 시비를 걸어서 문제를 일으켜. 확 조기 귀국시켜버릴까 보다."

확실히 이날은 동호도 기분이 좋지 않았다. 찌뿌둥한 날씨 때문일 수도 있었고, 아침부터 편치 않던 몸 상태 때문일 수도 있었다. 조기 귀국이란 말을 들으니 속이 울렁거렸다. 더구나 다른 이도 아니고 동창이니 말이다.

"거 시발, 말하고는. 조기 귀국이라면 벌벌 기어야 하나. 날도 덥구먼."

입을 우물쭈물하다가 결국 말이 나오고 말았다.

"뭐? 너 지금 그게 말이야?"

영학 역시 다른 사람도 아닌 동호의 말이라서 더 감정이 솟구쳤다. 그렇지 않아도 그에게 서운한 게 있던 차였다.

"뭐라고? 어디서 에어컨이나 쐬다 와선."

동호가 눈을 치켜뜨고 한마디 쏘아붙였다. 동호는 이미 뱉은 말이 후회됐다. 평소 자신답지 않았다. 자리를 뜨고 싶었다.

"이 자식이! 어디서 눈깔을 부라리고."

영학은 동호의 어깨를 잡았다.

키가 한 뼘 정도 큰 영학이 동호를 내려보며 주먹질을 할 태세였다. 공중에 떠 있는 영학의 주먹을 본 동호는 안전모를 벗어 바닥에 패대기쳤다. 동호가 같이 멱살을 마주 잡고 밀어붙이자 둘은 씨름하듯 엉켜버렸다. 동호가 먼저 짧은 주먹을 휘둘렀다.

"이 자식, 네가 먼저 때렸어."

주먹을 한 대 맞은 영학은 동호의 손을 잡고 소리를 질렀다. 둘은 뒹굴면서 서로 주먹질을 했다. 싸움이 났다며 사람들이 몰려들었다. 누군가는 영학은 혼 좀 나야 된다고 동호를 두둔했고 누군가는 둘을 뜯어말렸다. 주변에 있던 사람들이 대부분 현장 노동자들이어서 동호 편을 들어 한마디씩 했다.

"왜 일 잘하고 있는 사람한테 시비를 걸어. 날도 더운데."

"그게 다 매를 버는 짓이지. 아이고, 시건방 떨더니 잘 됐네."

"동호야 더 때려. 아주 죽사발을 만들어버리라고."

기가 죽은 영학은 깔고 있던 동호를 놔주고 일어섰다. 영학은 별다른 말은 하지 않고 먼지 묻은 바지를 털었다. 동호는 누워서 화가 난 채 영학을 노려봤다. 누군가 동호를 일으켜주었다. 동호는 잠시 비틀거리더니 곧 중심을 잡고 다시 영학에게 달려들었다. 사람들이 다시 동호를 붙잡았지만 동호는 손을 뿌리치고 막무가내로 영학에게 달려들려 했다. 동호는 말리는 사람들 손에 붙들려 이리저리 끌려 다녔다. 문득 고등학교 졸업식 날이 떠올랐다. 어지럽게 날리는 밀가루와 웃음들, 환호와 혼란스러움, 곧 다가올 사회에 대한 두려움과 해방감이 운동장을 가득 채웠었다. 서로 악수를 청하고 환호를 했던 친구들. 그런데 그중 한 놈과 이 머나먼 중동에서 주먹질을 하고 있다니. 그는 일 끝날 때까지 술에 취한 듯 현장을 휘청휘청 돌아다니며 누군가에게 욕을 하였다.

그날 밤, 성우가 잠을 자는 동호를 깨웠다.

"잠깐 나가자! 재미있는 일이 생겼어."

다른 사람들도 일어나 앉아 있었다.

"뭔데요?"

"아까 취사반 뒤에 구덩이에 들개 한 마리가 빠져 있더라고. 한 마리 잡아보자고. 기분도 그렇고 한데."

"아, 나는 그냥…."

동호는 그 말을 하는데 부은 입술이 아팠다.

"나와 봐. 개 잡다 보면 기분이 풀린다니까."

성우와 껑다리 미장 오 씨는 동호를 억지로 끌고 나갔다. 김 씨와 이 목수, 박 집사는 보일러실에 먼저 내려가 개를 끓일 준비를 했다. 성우와 오 씨, 동호가 몽둥이와 보따리를 챙겨 취사반 뒤로 갔다. 막사를 둘러싼 울타리 아래 음식쓰레기를 놓고 파놓은 구덩이 속으로 랜턴을 비추니 들개 한 마리가 으르렁거리고 있었다. 파랗게 반짝이는 눈빛이 필사적이었다.

"너무 마르지 않았나?"

"배부른 소리 하고 있네. 들개가 다른 개하고 같나? 보기에는 좀 그래도 이런 게 훨씬 맛있다고."

랜턴 불빛이 어지러운 가운데 세 사람은 구덩이에 빠진 개를 몽둥이로 패기 시작했다. 개 울음소리가 울려 퍼지고 잠시 후 혀를 문 개가 옆으로 쓰러졌다. 셋이서 개를 보따리에 넣고 보일러실로 내려갔다. 얼마나 몽둥이찜을 했는지 피비린내가 진동했다. 보일러실을 들어가니 박 집사가 준비를 마치고 기다리고 있었다. 동호가 토치램프와 라이터를 성우에게 주었다.

"어이쿠 냄새야. 좀 씻길까?"

"씻기기는 그냥 털을 태우라고. 내가 물을 떠 놓을 테니. 김 씨 형님은 도마하고 칼을 좀 내놓고."

모두 개 태우는 걸 구경하려고 성우 등 뒤로 둘러섰다. 성우가 토치를 열고 불을 붙이자 '쉿' 소리를 내며 파랗게 불이 붙었다. 불 세기를 조절하고 개에게 대자 털이 노린내를 풍기면서 흔적도 없이 타들어갔다. 흙과 모래 오물에 피까지 털에 더덕더덕 붙어 있어 그야말로 개죽음이며 참상이었다. 그런데 갑자기 개가 괴성을 지르며 벌떡 일어난 것이다. 성우는 놀라 토치램프를 뒤로 던지고 나가 떨어지고 뒤에서 구경을 하던 사람들도 순간적으로 놀라 도망을 쳤다. 개는 엉덩이에 불이 붙은 채 마구 짖어대며 사람들하고 뒤섞여 날뛰었다. 나갈 구멍을 찾으려고 미친 듯이 껑충껑충 뛰어다녔지만 개가 도망칠 구멍을 찾기란 쉽지 않았다.

그 상황을 정리한 사람은 기독교인 박 씨였다. 어깨가 다부진 그는 미친 듯 날뛰는 볼썽사나운 개가 오가는 길을 막은 다음 쇠파이프로 닥치는 대로 갈겼다. 쇠파이프에 사정없이 난타당한 개는 더는 움직이지 못하고 자빠져 혀를 빼물고 바르르 떨었다.

중동 사막에서 가장 불쌍한 존재라면 그건 들개다. 한국인이 가는 곳에는 개들이 종적을 감추었으니, 아무리 노동자 신세가 처량하다고 하더라도 개 신세와는 비교할 바가 아니었다. 혹시 낙타라면 모를까.

혀를 물고 자빠진 개를 보고 그들은 깜짝 놀란 가슴을 달래며 웃음을 터트렸다. 동호는 아예 배꼽을 잡고 주저앉았다. 웃음소리가 몇 분간 이어지고 그림자는 엉키어 지하실 벽을 장식했다.

　그날 동호는 꿈을 꾸었다. 중동으로 떠나오던 날, 버스 타는 곳까지 나와 손을 흔드는 할머니의 모습이다. 동호의 삶을 함께 기뻐하고 염려하는 단 한 명의 가족이었다. 삼류 영화관 필름처럼 비가 쏟아지는 낡은 화면 속에 자신도 할머니도 불분명한 모습으로 나타났다 사라졌다. 동호는 질기고 음울한 꿈을 꾸다가 일어나 자리에 앉았다. 할머니가 꿈에 나타나다니, 무슨 일이라도 생기신 건가? 어쩌면 내가 사고를 당해 죽기라도 하나? 그는 일어나 앉으면서 할머니를 나직이 불렀다. 희미한 불빛 안에서 에어컨이 돌아가고 있었다. 그는 다시 한번 할머니를 불러보았다. 할머니가 밥상을 들고 건넛방으로 와 문을 두드리는 모습이 떠올랐다. 그는 뒤로 누워 부르튼 입술로 살며시 웃었다. 입술이 찌릿했다. 서글픔, 할머니에 대한 그리움, 모든 걸 때려치우고 한국행 비행기를 타고 싶다. 그는 몸을 누이고 베개에 얼굴을 묻었다.

　이런 우울한 날이 되풀이된다면 돌아버릴 것이다. 개라도 잡지 않으면 더욱 죽을 맛이었을 것이다. 방 안에는 코 고는 소리와 에어컨 소리가 어둠 속에서 뒤섞여 떠돌았다.

　"커피를 마셔보라고. 난 완전 중독됐어. 친구보다 좋다니까. 왠 줄 알아? 공짜거든."

　성우 말대로 국내에서 꿈에도 꾸지 못했던 커피와 우유를 식당에서 공짜로 마셨다. 성우는 식판을 들고 자리에 앉을 때부터 커피를 한 잔 가득 채워 밥을 먹으며 한 모금씩 마셨다. 쓴맛이 피로를 잊게 하고 입안에 쌓인 먼지를 씻어 내렸다.

"베트남에 있을 때부터 마시기 시작했어. 주로 미국산으로. 그런데 여기는 우유가 넘쳐나."

"우유는 설사하고 커피는 독해서…."

동호가 대답했다.

"사실 이게 다 보이지 않는 굴레거든. 공짜로 커피까지 마시게 해주니 얼마나 행복하냐, 그러니 뼈가 으스러지도록 열심히 일해라. 공짜가 그냥 공짜가 아닌 거지. 니미, 갑자기 열불 나네."

성우는 커피를 벌컥벌컥 마셨다.

"그러니까 아까 하던 이야기를 하자면, 누군가 이 사막에 판을 깐 거지. 이를테면 한몫 잡아 보려고 수작을 부리는 거야. 그 노름판에 노가다를 떼로 불러들여 부려먹는 거다 이 말이지."

"우린 일한 돈만 받으면 되잖아. 우리가 무슨 화투짝도 아닌데 노름판은…. 나는 그럼 광은 아닐 테고 흑싸리 껍데기야?"

동호는 평소 성우를 잘 따르긴 했지만 이번 말은 기분이 나빴다. 이렇게 고생하는데 노름판의 화투짝이라니. 그때 누군가의 고함이 식당에 퍼졌다.

"뭐야?"

성우가 놀라 뒤를 돌아보니 한 사내가 식판을 내던지며 탁자에 앉아 울음을 터트렸다.

"왜 우는 거야? 마누라가 바람이라도 났나?"

성우가 자리에서 일어나 목을 빼고 살펴보다가 갑자기 비명을 지르며 머리를 숙였다. 붉은 식판 하나가 공중에서 돌면서 성우 머리 위로 지나갔다. 음식이 쏟아져 얼굴을 때렸다.

식판이 날아온 쪽에는 키가 작은 사내 하나가 서 있었다. 밥을 먹고 있던 700여 명의 사람들이 일시에 바라보았다. 식판을 던진 사내는 원통한 듯 울고 있었다. 그 사내 주변에는 팔을 걷어붙인 사내 넷이 동시에 식판을 들고 주방 쪽을 향해 일어섰다. 성우와 동호는 얼른 몸을 움츠리며 자리에서 피했다. 이어 식판 네 개가 동시에 선두를 다투며 주방 쪽으로 날아가 배식구 앞 빈 공간에 떨어져 뒹굴었다.

"오늘인가?

성우는 주변을 둘러보며 말을 했다.

"뭐가요?"

예사롭지 않은 분위기에 동호는 겁이 났다.

"저 사람들 덤프 기사들이잖아. 기름쟁이들이 한바탕할 거라는 소문이 있기는 했는데…."

"그래요? 근데 우는 건 좀 이상한데?"

"그러게, 무슨 일이지?"

최초의 사내는 울부짖기만 할 뿐 별다른 말을 하지 않았다. 다른 사내들이 주위 사람들에게 뭐라고 악을 쓰는데 무슨 소린지 알아들을 수가 없었다.

그때 주방장이 칼을 들고 뛰쳐나왔다.

"식판 던진 놈이 어떤 새끼야?"

기세 좋은 그의 외침이 끝나기도 전, 숟가락과 젓가락이 그를 향해 날아갔다. 주방장은 두툼한 목살이 접히도록 목을 수그리고 재빠르게 안으로 뛰어 들어갔다.

노가다 판에서 식판을 던지는 행위는 극에 달한 분노의 상징이다. 그들은 화가 머리끝까지 치솟아 보였다. 동호는 어리둥절해 어떻게 해야 할 줄 모르고 그들을 바라보기만 했다.

식당 안 공기가 출렁거렸다. 조금 뒤 또 다른 식판 하나가 창문을 깨부수고 밖으로 날아갔다. 뭔가 중대한 일이 벌어질 거라는 긴장감이 돌았다.

가까이서 이야기를 전해들은 사람들은 탁자 위에 올라가 고함을 치고, 발로 의자를 걷어차고, 식판을 바닥에 패대기쳤다. 현장 안에서 먹는 음식을 던지거나 유리창을 깨면 안 되는 규칙이 한순간에 무너졌다. 일종의 저항이었다. 뒷일은 개한테나 주고 지금은 분노에 충실할 순간이다. 사람들의 돌발적인 움직임은 파문처럼 퍼져갔다.

"무슨 일이야? 알아야 때려 부수든 잡아 죽이든 무슨 지랄을 하지?"

성우는 소리를 질렀다.

"지금 밥이 넘어가! 일꾼이 관리자에게 죽통을 얻어맞았다잖아! 그것도 한 대도 아니고 서너 대를. 나이도 어린놈한테."

동호는 그 말을 듣는데 당장에라도 날아올 주먹이 떠올랐다.

"누가? 누구한테?"

"박 대리 그 어린 새끼가 덤프 기사 이 씨를 갈겼대."

슬그머니 수저를 내려놓았다. 그동안 관리자들에게 받았던 모멸감들이 한꺼번에 떠올랐다. 그들의 어감은 늘 수치심을 주었다. 동호도 울컥 분노가 치솟았으나 멈칫했다. 동시에 화난 관리자들의 보복이 떠올랐다. 관리자들은 이 집단적인 행동에 책임을 물을 것이다. 사우디 감방에 가거나 국내로 소환되어 지하실에 끌려가 죽도록 맞는다는 이야기가 떠올랐다.

성우는 다른 노동자들처럼 욕을 하고 식판을 던지려다 망설이는 동호를 발견했다. 의아했다.

"이럴 때는 멋지게 던지는 거야. 뭘 망설여?"

동호는 성우의 시선을 느끼고 욕을 하며 어정쩡하게 식판을 던졌다. 그런데 어설프게 던진 식판이 앞사람 등에 맞았다. 놀란 동호는 다른 무리에 섞여 떠들어대는 척했다.

이미 대부분의 식판이 바닥에 뒹굴고 있었다. 사람들은 그에게 주목했다.

분한 마음에 목청껏 떠들어대던 한 무리가 소용돌이처럼 식당 밖으로 뛰쳐나갔다.

"뭐야? 밟으러 가는 거야?"

동호 옆에 있던 한 노동자가 재미난 구경거리를 만난 사람처럼 신이 나서 따라 나가려 했다. 동호는 버럭 소리를 질렀다.

"관리자에게 주먹뺨을 맞았잖아요. 웃음이 나와요?"

소리를 지르고 난 동호는 순간 당혹감에 얼굴이 붉게 달아올랐다. 조금 전까지도 화난 관리자들의 책임 추궁을 걱정했던 자신이 아닌가. 누가 볼까 주위를 곁눈질로 살피니 다행히도 사람들은 조금 전 그 철없는 사내를 타박하느라 자신을 보는 이가 없었다. 동호는 돌아서서 얼굴을 마구 비볐다.

그때 누군가 탁자 위로 올라가 큰 소리로 사람들의 시선을 불러 모았다. 사람들은 또 누군가 싶어 소리를 죽이고 그를 바라보았다. 동호는 하얀 햇살에 반쯤 드러난 그가 낯설지 않았다. 어디서 봤더라.

"오늘 덤프 기사 한 사람이 일이 더디다고 주먹으로 맞았답니다. 다 아시다시피 덤프 기사들의 행동에는 일리가 있었습니다. 계약서가 문제 있다는 건 우리뿐만 아니라 직원들도 아는 사실입니다. 수당과 퇴직금은 두루뭉술하게 넘어가고 게다가 다치고도 공상(公傷) 처리도 못 받은 사람이 한둘입니까? 열사의 사막에서 가족과 떨어져 개고생하는 건 우립니다. 그런 우리에게 임금 착취는 물론 인격 모독에 폭력까지 자행하고 있습니다. 박 과장이라고 알 겁니다. 어디 그놈에게 수모 안 당해본 사람 있습니까? 더 이상 두고 볼 수는 없습니다. 박 과장에게 가서 정당한 우리의 권리를 말해야 합니다."

중키에 헐렁한 작업복을 입은 사내의 말은 무게감이 있었다. 식탁에서 내려온 그는 동호의 어깨를 살짝 짚고 스치며 나아갔다. 동호는 그의 얼굴에서 분노보다는 후덕한 미소를 보았다. 경망스럽지 않은 반면에 따뜻한 목소리에 힘이 있었다. 생각과 행동거지에 조심성이 배어 있고 사람의 마음을 움직일 줄 아는 사람, 그에게서 그런 기운이 느껴졌다.

사건 시작부터 폭발까지 얼마 걸리지 않았다. 동호와 성우가 화투짝에 관해 이야기를 하다가 밥 수저를 놓고 밖으로 뛰쳐나와 도망치는 관리자를 향해 돌을 던지기까지 20여 분 정도 걸렸다. 관리자가 도망치니 더욱 신난 사람들은 관리자들을 지치지 않고 쫓아다녔다.

그들이 떠난 식당에는 바닥에 흩어진 음식과 뒤집힌 황갈색 식판, 뒤엉킨 식탁들이 한바탕 소동이 지나간 후의 정적 속에 널브러져 있었다. 주방에서 몸을 웅크리고 있던 주방장이 고개를 내밀자 그 뒤로 다른 사내들도 황당한 표정으로 식당 안을 쳐다보았다. 깨진 유리창 밖에는 노동자가 팔을 걷어붙이고 환호를 하고 있었다.

"관리자가 도망을 쳐, 체면 깎이게! 하하하."

성우는 허리에 손을 올리고 호탕하게 웃었다.

"동호 네가 관리자에게 돌을 던지다니, 어떻게 이런 일이…."

성우는 동호의 어깨를 잡고 목을 흔들었다. 그는 그날 몇 번에 걸쳐 도망치는 관리자를 흉내 내었다.

"아까 식당에서 연설했던 그 사람이 누군지 알지?"

성우가 동호에게 물었다.

"모르지. 어디선가 본 듯은 한데."

"김 대위야, 김 대위. 멋있지?"

"아!"

동호는 그를 한 번 더 보고 싶었지만 여러 무리 속에 그를 다시 찾기란 쉽지 않았다.

그날 노동자들의 소동은 단순한 화풀이 이상으로 커졌다. 식당 앞에는 평소 보지 못했던 사람들의 움직임이 있었고 여기저기 구불거리며 퍼져 있는 비포장 모랫길에 사람들이 긴박하게 뛰어다녔다. 작업화를 묶을 시간도 없이 몰려다니며 관리자들을 쫓거나 사무실 유리창을 깨뜨렸다. 그리고 누군가 회사 간부 차에 휘발유를 붓고는 불을 붙였다. 검은 연기와 함께 불길이 일었다. 사람들이 손뼉을 치며 함성을 질렀다. 현장에 시꺼먼 연기가 치솟았다.

"식당에서 무슨 일이 생긴 모양이야!"

최 대리는 공정표를 그리다가 밖을 보고 말을 꺼냈다.

"또 쌈박질이군, 무식한 노가다 새끼들. 도대체 참을성이 없어."

혼잣말을 하는데 멀리서 관리자로 보이는 누군가가 도망치는 모습이 보였다.

"저 새끼들, 왜 그래? 식당에 불이라도 났나?"

창가로 다가온 직원 몇 명이 웅성거렸다.

"뭐 하는 거야? 저거 아무래도 데모를 하는 것 같은데요?"

오 대리가 말을 했다.

"이 상놈의 새끼들, 죽여버릴까 보다."

베트남에서 특수부대원으로 특수 작전을 했다는 최 대리는 팔을 걷고 밖으로 나갔다. 그는 외부 계단을 뛰어 내려가며 도망쳐 온 관리자와 몸이 부딪쳤다.

"뭐야! 김민철 씨 아냐? 노무자들 앞에서 점잖지 못하게?"

"폭동입니다, 폭동이요."

김민철은 공포에 질린 눈으로 뒤를 돌아보며 소리를 질렀다. 민철은 최 대리를 힘껏 제치고 사무실 안으로 뛰어 올라갔다.

최 대리는 화가 치밀어 계단을 성큼 내려갔다. 그는 제일 먼저 뛰어온 노동자의 멱살을 잡고 바닥에 보기 좋게 패대기를 쳤다. 다시 뒤에 오는 노동자의 발을 걸어 옆으로 던지고 세 번째 노동자를 잡으려는데 머리 위로 뭐가 날아왔다. 살짝 피하고 보니 쇠파이프였다. 그는 눈이 휘둥그레지며 두 번째 파이프가 날아오자 머리를 웅크리며 감쌌다. 가타부타 말이 필요 없었다. 각목 하나가 날아와 그의 손등을 후려쳤고 최 대리는 노동자들 앞에 주저앉았다.

"미쳤어? 나 관리자야. 관리자라고."

최 대리는 얼굴이 흙빛이 되어 고함을 쳤다.

최 대리는 몰려오는 화난 노동자들을 보고 비로소 보통 일이 아닌 것을 깨달았다. 온몸에 소름이 돋는 공포를 느껴, 뛰어 내려온 계단을 올려 보았다. 긴 포물선을 그린 돌이 날아왔다. 최 대리는 계단을 향해 뛰기 시작했다. 반쯤 올라섰지만 허리와 바지춤이 노동자들에게 잡혀 계단 아래로 굴러 떨어졌다. 노동자들의 어지러운 발길들이 자신의 시야를 가렸다. 곧 발길질과 각목이 날아오기 시작했다.

그는 얼굴을 감싸고 살려달라고 비명을 질렀다.

민철은 계단을 뛰어 오르다 뒤를 돌아보았다. 힘자랑을 일삼던 최 대리가 몰매를 맞고 있었다. 민철은 파랗게 질려 사무실로 뛰어 들며 소리쳤다.

"폭동이에요, 다 도망쳐요!"

그는 다급하게 한마디 던지고 책상을 가로질러 뒷문 쪽으로 뛰었다. 폭동이라는 금기된 단어가 사무실에 울려 퍼지자 모든 것이 일순간 멈췄다. 곧이어 무리가 계단을 달려 올라오는 소리가 들렸고 직원들은 서류를 집어 던지고 책상에 무릎을 부딪치며 뒷문으로 도망쳤다. 노동자들은 사무실에 들어와 집기들을 던지고 밀치며 덤프 기사의 뺨을 때렸다는 박 과장이란 작자를 찾았다. 미처 도망가지 못한 젊은 직원 두 명이 머리를 감싸고 비명을 지르며 책상 밑으로 기어들어 갔다. 뒷문으로 도망치는 관리자 한 명의 뒷덜미를 잡아챘다. 붙잡힌 직원은 비명을 지르며 뒤로 넘어졌다. 서류가 어지럽게 널린 바닥에 얼굴을 댄 직원은 공포에 질린 눈빛으로 노동자들을 올려 보았다. 노동자들은 붙잡힌 직원에게 박 과장 있는 곳을 대라며 욕설을 날리고 발길질을 했다.

관리동 건물을 빠져나온 직원들은 눈에 띄지 않기 위해 직원용 작업복을 벗어 던지고 셔츠 차림을 하거나 노동자의 작업복으로 갈아입었다. 누구랄 것도 없이 현장으로부터 최대한 멀리 도망쳤다. 차를 끌고 현장 밖 다른 현장 사무실로 도망을 치거나 배를 타

288

고 바지선으로 피했다. 노동자들이 배를 끌고 바지선까지 올 리 없다고 생각했다.

사건 두 시간 전은 그저 평범한 하루였다.

덤프가 달릴 때마다 먼지가 꼬리를 물고 일어났다. 에어컨이 작동되지 않아 열어놓은 창문으로 더운 공기와 먼지가 창으로 밀려들어 왔다. 덤프 기사 황 씨는 '다란 석산'에서 석재를 싣고 현장으로 달려오고 있었다. 항상 그렇듯 평범하고 평온한 현장이었다. 여느 때와 다름없이 관리자들이 노동자들을 닦달하며 공사를 진행하고 있었다. 항만에는 크레인이 움직이고 굴착기가 땅을 파고 트럭이 모래 먼지를 일으키며 쉴 새 없이 오고 갔다. 에어컨이 돌아가는 사무실에서는 한쪽에서 몇몇 직원이 도면을 펼치고 공정 회의를 하고 있었고 당번 노동자들은 청소를 했다. 아라비아해에 떠 있는 바지선을 바라보며 느긋하게 모닝커피를 즐기는 직원도 있었다.

김 대리가 정문에서 석재를 싣고 오는 덤프트럭을 살펴보고 있었는데, 이상한 기분이 들었다. 덤프들이 전속력으로 달리지 않았다. 바퀴에서 일어나는 먼지만 봐도 알 수 있었다. 한 대도 아니고 두 대, 세 대가 그 모양이라 차를 세우지 않을 수가 없었다.

"왜 속도가 이 모양이야?"

그는 운전석에 앉아 있는 덤프 기사를 불쾌한 표정으로 울려보며 물었다. 관리자가 무슨 말을 하든 언짢게 듣는 게 노동자들이다. 나이를 따져서 그러는 사람도 있고 말투가 기분 나빠서 그런다는 사람도 있지만 그건 중요한 게 아니다. 그들은 노동자이고 자신들은 관리자다. 명령할 수가 있으며 지시와 지도를 할 권한이 있었다. 워낙에 현장 밥 먹는 일꾼들이란 약점을 잡히면 기어올라 다루기가 어려워지는 법이다. 모든 것을 떠나 관리자가 지시자라는 것을 각인시키지 않으면 작업을 진행할 수가 없다.

"규정 속돈데여?"

덤프 기사는 고까운 마음에 앞만 바라보고 존칭도 반말도 아닌 말끝을 흐렸다. 고분고분하게 말을 듣지 않는 모양에 김 대리는 화가 치밀었다.

"지금 나한테 규정 이야기하는 거야?"

문짝을 한 대 치고 싶어 한 발 뒤로 물러섰지만, 너무 높게 느껴졌다. 태양빛이 유리창에 반사되어 그의 눈을 되쏘았다. 김 대리는 손바닥으로 햇빛을 가리려는 순간에 덤프 기사의 매서운 눈초리를 보았다. 당장 끌어내려 귀국시키겠다고 일침을 놓고 기를 꺾고 싶었지만, 뒤에서 다가오는 덤프를 보고 쓴맛만 다시며 통과시켰다. 이놈들이 무슨 작당을 한 듯싶었다. 일시에 이렇게 느긋한 속도로 몰려다닐 일이 없다. 당번의 덤프 기사들 분위기가 심상치 않다던 말이 떠올랐다.

김 대리는 사무실로 전화해 박 과장에게 사실을 알렸다. 박 과장도 베트남과 태국에서 청춘을 보낸 경험 많은 다혈질의 사내였다. 그는 반란을 진압할 장수처럼 지프를 끌고 나타나 중기 사무실로 갔다. 김 대리의 상황 설명을 다시 들은 박 과장은 차를 몰고 석산

쪽으로 달렸다. 얼마 가지 않아 서서히 다가오는 덤프 한 대와 마주쳤다. 역시 말대로 규정 속도로 달려오고 있었다. 그는 차를 세우고 덤프 기사에게 내리라고 지시를 했다. 덤프 기사 황 씨가 차에서 내리자마자 얼굴에 바짝 다가가 따지듯 물었다.

"몇 킬로야?"

"50킬로 규정 속도여."

황 씨는 박 과장을 외면하고 일없다는 투로 시큰둥하게 말을 던졌다.

"야! 언제 규정 속도로 달렸어. 지금 공사 망해 먹자는 거야? 빨갱이 짓 하려고 작정했어?"

조국 근대화의 열정이 담긴 목소리였다. 황 씨는 이때다 싶어 준비해둔 말을 꺼냈다.

"그럼! 규정대로 해야지여! 저쪽 현장은 일은 우리보다 적게 하고 임금은 두 배 세 배로 받는데, 우리는 등신이여? 뭐빠지게 일만 하고 남들보다 적게 받게. 돈 30만 원에 너무 많이 일한다고여."

"그래서 개기겠다?"

박 과장 역시 자꾸 이도 저도 아닌 '여'로 끝나는 말끝이 불쾌했다. 이놈들이 주제를 잊어버리고. 정강이 한 대 걷어차고 조기 귀국시키면 한국에 도착하자마자 지하실로 끌려가 빨갱이로 죽어 자빠질 거라는 말 한마디면 징징 울 놈이 아니던가.

"그게 아니고, 우리도 이렇게 해야 경우가 맞단 말이지. 돈도 적은데 죽기 살기로 할 필요가 있는가 말이지. 계약은 계약이니까 규정 속도 50 놓고 달리는 게 경우라는 거여.”

“경우라니, 어디서 가르치려고 들어!”

박 과장은 버럭 소리를 질렀다. 이런 경우라면 일단 기를 죽여놓아야 했다.

“뭐라고? 말투가 그러네. 아무리 관리자라지만. 보자 보자 하니까 나이도 어린 사람이.”

“뭐라고, 어린 사람? 이거 아주 등신 중에 상등신이네. 경우는 따지면서 처지는 몰라? 그래서, 법대로 하겠다? 개소리하지 말고 빨리 올라타서 100킬로로 밟지 못해!”

“못 해!”

기사 황 씨가 눈을 부라리며 박 과장에게 얼굴을 들이댔다.

“이런!”

박 과장이 황 씨의 먹살을 잡아채 덤프트럭으로 밀어붙였다. 황 씨가 박 과장 손목을 잡아 비틀었다. 손이 꺾이자 박 과장이 화가 치밀어 주먹으로 덤프 기사 황 씨의 뺨을 갈겼다. 황 씨는 수치스러움에 얼굴이 벌게졌다. 이내 박 과장에게 달려들어 먹살을 잡았다. 덤비는 황 씨에게 놀란 박 과장은 다시 뺨을 두어 대 더 갈겼다. 그러고는 바닥에 내동댕이쳤다. 황 씨는 수치심으로 멍하니 바닥만 바라보았다.

“직원 먹살을 잡아? 이 인간 미쳐도 단단히 미쳤군. 당장 조기 귀국이야!”

분이 안 풀린 박 과장은 주저앉은 황 씨에게 달려들려 했으나 다른 덤프트럭이 오는 것이 보여 멈추었다. 그 차도 규정 속도로 달리는지 느긋해 보였다. 덤프에서 경적이 울리고 기사가 창으로 얼굴을 내밀어 소리를 질렀다.

"이따 보자! 뭔가 하겠다는 건데 다 잘라주마. 비행기 삯 물고 조기 귀국당해 두고두고 후회하게 만들어주지. 감히 어디서 개겨. 돈 벌러 왔다가 빚지고 싶어서 환장했어!"

차를 몰고 관리동 쪽으로 향했다. 그는 운전대를 잡아 흔들며 욕설을 퍼부었다.

"이 새끼들, 작당한 놈들 당장 조기 귀국 시켜 본때를 보여주겠어."

차는 뿌연 모래 먼지를 일으키며 거칠게 달렸다.

"황 씨, 왜 그래?"

뒤따라온 덤프에서 기사가 내려 황 씨에게 다가왔다. 그는 붉게 부어오른 얼굴을 한 손으로 가리고 차에 올라탔다. 황 씨는 자신이 중심이 되어 문제를 만들고 싶지 않았다.

"황 씨!"

황 씨가 차를 몰고 현장으로 가자 다른 기사도 별수 없이 그를 따라 현장으로 차를 몰았다. 김 대리는 앞으로 조심하라는 경고의 눈빛을 보내며 덤프트럭을 통과시켰다.

노동자들은 가끔 기본 계약에 불만을 품고 반항을 했다. 그럴수록 관리자들은 더욱 강하게 계약 조건을 내밀었다. 그런데 사실 김 대리가 보기에도 분명히 문제가 있는 계약이었다. 수당과 퇴직금

등 중요한 사항이 빠지고 일괄적으로 진행했기 때문에 문제의 소지가 많았다. 다른 현장에서는 어느 정도 근거가 있는 계약을 하는데 자신의 회사에서는 그렇게 하지 않고 있었다. 늘 마음에 걸리는 일이었다. 김 대리 말고도 계약 문제를 우려하는 직원들이 몇 더 되었다. 언제고 문제가 크게 터질 거라고 뒤에서 수군대기도 했다.

"공사를 정말 싸게 맡았어. 다른 나라의 반값에 공사하니 말이야! 아무리 임금을 싸게 데려다 쓴다지만 어느 정도지. 아쉬워서 도장 찍고 왔지만 하다 보면 그게 아니거든."

"그래서 그런지 은근히 반항한다니까. 가끔 무서워. 저번에 이 기사가 현장을 돌아보고 있는데 머리 위에서 쇳조각이 떨어졌대. 하마터면 맞아서 골로 갈 뻔했지. 현장 일하는 사람들이 무식해서 머리가 돌면 무슨 짓을 할지 모른다니까."

엊그제 같은 대리끼리 나눈 대화였다. 저들이 한꺼번에 들고일어나는 날에는 노동자들 정강이 까고 따귀 때리던 직원들은 뼈도 못 추릴 것이다.

황 씨 사건은 이렇듯 직원들과 노동자들 사이에 갈수록 앙금이 커지는 상황에서 벌어진 일이었다.

현장에 도착한 황 씨는 방파제에 싣고 온 돌을 부렸다. 덤프를 주차하고 식당에 들어와서 밥을 먹는데 두어 숟가락 뜨자 더 넘어가지 않았다. 주위에 앉은 동료들이 못 참겠다고 불만을 토로하면서 박 과장에 대한 성토를 주고받았다. 분노가 한탄으로 이어지자 황 씨는 목울대가 뜨거워지면서 떨렸다. 동생뻘도 안 되는 놈에게 주먹으로 맞다니. 먹고산다는 게 뭔가 싶었다. 문득 처자식의 얼굴이 떠올랐다. 억누르고 억눌렀던 눈물이 주르륵 흘렀다.

"황 씨!"

"나, 귀국하고 싶다."

그는 울먹였다.

"황 형."

덤프 기사 정 씨가 그의 어깨에 손을 얹는 순간 벌떡 자리에서 일어났다가 풀썩 다시 주저앉은 그는 입을 벌리고 뜨거운 숨을 내쉬었다. 머릿속에 여러 생각이 지나갔다. 딸아이 등록금, 아직 셋방에서 사는 어머니, 식당일을 나가는 처. 공항까지 따라와 손을 잡던 어머니 얼굴을 생각하니 더욱 눈물이 흘렀다. 그는 속으로 참아야한다고 다짐을 했지만 한번 터진 눈물은 더 멈추지 않았다.

"박 과장 이 인간, 오늘 죽여버린다!"

정 씨가 벌떡 일어나 식판을 주방 쪽으로 던지고 입구를 향해 씩씩거리며 걸어 나갔다. 날아가는 식판 때문에 모두 놀라 수저를 멈추고 정적이 흘렀다.

황 씨는 결국에 소리 내 울음을 터트렸다. 기사들은 입안의 음식을 우물거리며 서로 눈빛을 마주쳤다. 그중 최고참인 이 씨가 수저를 바닥에 던지고 일어섰다.

"어떻게 할까요?"

젊은 기사가 벌떡 일어났다.

"다 일어나!"

이 씨의 말이 떨어지기 무섭게 다른 몇몇 기사들도 식판을 번쩍 어깨 위로 들고 일어섰다.

"오늘 기름쟁이들 근성을 보여주자고. 얼마나 배짱이 있는지 박 과장 그 새끼 배때기를 갈라보자고!"

강인호가 소리를 질렀다.

"기왕에 일 터진 것 끝을 보자고. 어차피 한번은 일을 벌여야 해! 지금이 그때야."

인호 말에 나머지 기사들도 일제히 일어서기 시작했다. 그때 옆에 말없이 밥을 먹던 김 대위가 움찔거리며 움직였다. 김 대위는 등 뒤 덤프 기사들의 이야기를 들으며 말없이 밥을 먹고 있었다. 예상하지 못한 일이 바로 옆에서 터지고 있었다. 자세히 듣지 않아도 너무나 잘 아는 일이었다. 전 같으면 금세 다가가 분노를 함께 나누고 먼저 앞장서서 뛰쳐나가겠지만, 순간이긴 하지만 망설였다. 이 상황이 무엇을 의미하고 어떻게 변하리라는 몇 가지 상황이 머릿속에 그려졌다.

김 대위는 자신을 힐끗거리는 인호의 시선을 느꼈다. 화를 참지 못한 황 씨 주변의 기사들이 박 과장을 잡아 죽이겠다고 몰려나가자 식당 안은 더욱 혼란스러워졌다. 김 대위는 고개를 들고 식당 안을 둘러보았다. 몰려드는 사람과 웅성거리는 사람들, 모른 척하고 밥을 먹는 사람들…. 무질서해 보이지만 확연하게 구별할 수 있었다. 구경거리 났다며 웃는 사람들도 있었다. 이들이 함께하지 않으면 먼저 뛰쳐나간 사람들은 조기 귀국에 빨갱이가 되어버릴 것이다. 김 대위는 식탁 위로 올라갔다. 주변의 이목이 일시에 그에게 집중되었다. 그는 떨리는 목소리로 강하고 말을 꺼냈다.

"오늘 덤프 기사 한 사람이 일이 더디다고 주먹으로 뺨을 맞았답니다. 다 아시다시피 덤프 기사들의 행동에는 일리가 있었습니다. 계약서가 문제 있다는 건 우리뿐만 아니라 직원들도 아는 사실입니다. 수당과 퇴직금은 두루뭉술하게 넘어가고 게다가 다치고도 공상 처리도 못 받은 사람이 한둘입니까? 열사의 사막에서 가족과 떨어져 고생하는 건 우립니다. 그런 우리에게 임금 착취는 물론 인격 모독에 폭력까지 자행하고 있습니다. 박 과장이라고 알 겁니다. 어디 그놈에게 수모 안 당해본 사람 있습니까? 더 이상 두고 볼 수는 없습니다. 박 과장에게 가서 정당한 우리의 권리를 말해야 합니다."

사람들은 김 대위의 일장 연설을 듣고 더욱 흥분하여 박 과장 나오라고 외치며 식당 밖으로 쏟아져 나갔다.

현장이 발칵 뒤집혔다는 소문이 빠르게 번져나가면서 사람들이 모여들었다. 일 공쳤다며 숙소로 들어가 버리는 사람도 있었지만 모인 사람 수는 수백 명에 달했다. 그들이 한목소리로 사무실로 향했다. 관리자들은 그들을 피해 도망을 쳤고 노동자들은 도망간 관리자들을 찾는다고 돌아다녔다. 각목을 휘두르며 기물을 부수고 그간 당하고 지냈던 일에 대한 분풀이를 해댔다. 사람들이 식당에서 사무실로 모이더니 이내 바닷가가 보이는 서쪽 광장으로 웅덩이에 물이 모이듯 몰려들기 시작했다.

"동호야!"

동호는 사람들의 열기에 현기증을 느꼈다. 무리에서 혼자 나와 숙소로 향하고 있는데 누군가 그를 불렀다. 소리 나는 쪽을 바라보니 김영학이 서 있었다. 영학은 놀랍게도 노무자의 옷으로 갈아입고 노란 안전모를 눌러쓰고 있었다. 하얀 안전모만 썼던 그가 현장 노동자들이 쓰는 노란 안전모를 쓰고 있으니 처음에는 잠깐 알아보지 못했다.

"너 너는, 거기서 뭐 하는 거야?"

"나 좀…."

영학은 혹시라도 아는 얼굴을 만날까 주위를 두리번거리며 동호에게 다가갔다. 수치심에 얼굴이 붉어졌다. 이 자식한테 꼭 이런 모습을 보여나 하나. 하지만 어쩔 수 없다, 어떻게든 살아야 한다. 영학은 스스로를 다독였다.

동호는 그에게 따라오라고 말을 하고는 자신이 몰던 픽업트럭 쪽으로 데리고 갔다. 영학은 조수석에 앉자 조심스럽게 말했다.

"미안하다."

동호는 고개를 끄덕이며 시동을 걸었다.

"어디로 갈래?"

"일단 정문으로 나가봐야지."

동호는 사람들이 몰리는 큰길을 피하고 샛길로 차를 빠르게 몰았다. 사람들이 힐끗거리며 쳐다봤지만, 소란스러운 현장이라 아무도 그가 직원을 데리고 나가는 것이라 생각하지 못했다. 하지만 정문 밖으로 나갈 수가 없었다. 어느 틈에 노동자들이 바리케이드를 치고 출입을 통제하고 있었다.

"뭐야?"

정문 앞을 지키던 사내가 몽둥이를 들고 다가와 물었다.

"여기 동료가 배가 아파서 그런데 잠깐 병원에 좀 다녀올 수 없나요?"

"지금 그걸 말이라고 하는 거야! 죽을병 아니면 며칠만 참아. 현장 사무실에 가보면 구급약이 있으니 그걸 쓰라고. 지금 여기를 트면 골치가 아파."

문앞에 서 있는 노동자들이 여기저기서 돌아가라고 했다. 동호는 차를 돌렸다. 괜히 시간을 끌다 아는 사람이라도 만나면 큰일이었다.

"어디로 가지?"

동호는 영학에게 물었다.

"옆 현장 부두로 갈 수 있어? 다른 현장으로 가는 게 낫겠어."

"그럴까? 항구 쪽으론 사람들이 갈 일이 없으니."

사람들을 피해 샛길로 빠지려고 하는데 앞쪽에서 덤프트럭 세 대가 달려왔다. 한 대를 지나치고 두 대째 지나치는데 운전석에 성우가 앉아 있었다. 성우는 동호를 알아보고 손을 들었으나 동호는 그를 못 본 척하고 슬쩍 지나쳤다. 동호는 덤프트럭들을 뒤로 보내고 샛길로 들어서자 가속페달을 힘껏 밟았다. 이제 옆 현장 부두로 가기만 하면 된다고 생각을 하고 있는데, 느닷없이 뒤쪽에서 경적이 울렸다. 거울을 보니 먼지 속에 덤프 한 대가 달려오고 있었다. 성우가 창밖으로 몸을 내밀고 동호를 쫓아오는 중이었다. 영학을 알아본 것이리라. 성우는 가끔 김 대리를 손봐주겠다고 벼르고 있었는데, 알아봤다면 그냥 보내 줄 리가 없었다.

"달려, 동호야!"

영학은 파랗게 질린 얼굴로 말했다. 덤프는 괴물처럼 질주하며 쫓아왔다. 대충 쫓아오다 돌아갈 법한데 성우는 사냥에 재미를 붙인 사냥꾼처럼 경적과 고함을 지르며 이 상황을 즐기고 있었다. 동호는 단념하는 것이 낫겠다는 생각이 들어 차를 세웠다. 픽업트럭이 멈추자 덤프도 섰다. 동호는 차에서 내려 덤프 쪽으로 화를 내며 걸어갔다. 덤프에서 성우가 내리자 뒤따라 사내 둘이 더 내렸다. 사내의 손에 몽둥이가 들려 있었다.

"저 새끼 잡아. 관리자야!"

성우가 손가락으로 차에서 내려 도망치는 영학을 가리켰다. 사내 셋이 김영학을 쫓아갔다. 동호는 영학을 향해 내달리려는 성우의 가슴팍을 밀었다.

"뭐 하는 거야, 형! 쟤는 내 친구야!"

성우 뒤에 서 있던 두 사내 중 한 명이 영학을 향해 달리고 또 한 명은 덤프에 올랐다.

"친구가 패냐?"

"쟤는 내 동창이라고!"

"정신 차려 너를 때린 관리자라고!"

"시발, 동창이라니까, 동창이라고!"

동호는 소리치며 다시 성우의 가슴을 밀었다.

영학은 도망치다 옆을 스치는 덤프의 기세에 눌려 그대로 주저앉고 말았다. 덤프 운전을 했던 사내가 차에서 내려 그의 옆구리를 걷어찼다. 영학은 배를 움켜쥐고 옆으로 굴렀다. 뒤이어 달려간 사내가 합세해 영학을 발로 밟았다. 영학은 머리를 감싸고 웅크렸다. 사내 하나가 영학 등에 몽둥이찜을 가하자 들판에 비명이 퍼졌다.

"이놈 죽여서 바다에 버리자!"

"그럴까?"

두 사내는 영학에게 일부러 겁을 주기 위해 이죽거렸다. 두 번째 몽둥이가 올라갔을 때, 성우가 달려와 그들을 말렸다.

"그냥 보내줘. 내 후배 동창이래."

"그게 말이 돼? 이놈 악랄하다면서. 이참에 뼈를 오지게 부숴놔야 노동자 무서운지 알지."

"알아. 근데 쟤 동창이라잖아."

"그래서 놔주자고?"

"빨리 석산에 가서 사람들을 데려와야 해. 지금 이게 중요한 게 아니야. 사우디 경찰이 길을 막기 전에 가야 한다고."

"그래도….."

"알아. 자, 가자고. 지금 가야 해, 지금!"

성우는 서성거리며 못내 아쉬워하는 그들을 데리고 덤프로 갔다. 영학은 피가 흐르는 입술을 닦으며 먼지를 일으키고 달려가는 덤프를 바라보았다. 동호는 영학을 픽업트럭에 태우고 옆 현장 부두로 갔다. 예인선을 타기 위해 직원들이 모여 있었다. 그들은 노동자들이 다가갈 수 없는 바지선으로 가려고 했다. 동호가 직원들 옆에 차를 세우자 영학은 말없이 손을 내밀었다. 둘은 악수를 하고 헤어졌다.

동호가 돌아왔을 때 현장은 시장판처럼 소란스러웠다. 노동자들은 떼를 지어 이리저리 몰려다녔다. 동호는 같은 덕트 일을 하는 무리에 섞여 함께 다녔다. 달리 할 일이 없었다.

"어차피 이렇게 된 거 끝을 봅시다."

굴착기 기사 전민수가 덤프 기사들을 찾아왔다. 그는 째진 눈끝이 양옆으로 치올라가 날카로운 인상을 주었다.

"전 기사 마음이야 알겠지만…, 무슨 생각이라도 있는 거야?"

최고참인 이 씨가 민수의 말에 관심을 보이자 다른 덤프 기사들도 귀를 기울였다. 강인호도 전민수를 알고 있었다. 숙소가 한 건물에 있었다. 그의 주변에는 늘 사람들이 모여 있었다. 들리는 말에 1971년 월남의 깜라인만과 꾸이년에서 일어난 스트라이크의 주동자로 구속됐었다고도 하고, 같은 해 한진 본사 방화 싸움 때도 있었다고 했다. 하긴 현장 노동자란 일을 따라 움직이는 데다가 그 현장에서 크고 작은 소요가 끊이지 않다 보니 이상한 일도 아니었다. 인호 역시 주동자로 일을 벌이지는 않았지만 여러 싸움에 참여했다. 하지만 외국에서 대규모로 싸운 적은 이번이 처음이었다.

전민수가 함께하겠다고 찾아온 것은 이 다툼이 더 이상 덤프 기사들만의 문제가 아님을 보여주는 것이었다. 인호는 일어나서 그를 반겼다. 노동자들이 앞으로 무엇을 할 것인지 생각하면 민수 같은 사람은 절실했다.

민수는 점심을 일찍 먹고 차 밑으로 기어 들어가 낮잠을 자고 있었다. 소란스러운 소리에 잠을 깨자 동료 하나가 달려와 덤프가 사고를 쳤다고 알려주었다. 민수는 우르르 달려가는 덤프 기사 무리를 따라 뛰었다. 그들 뒤를 따라가 함께 유리창을 깨고 사무실 집기를 던지며 박 과장을 찾았다. 민수는 사람들 속에서 생각했다. 이 기회에 현장의 여러 조건을 바꿀 수도 있겠다고. 전부터 이렇게 열악한 곳에서 별 탈 없이 일이 진행되고 있는 것이 이상할 정도였다. 작업환경, 산재, 임금, 무엇 하나 걸리지 않는 것이 없었다.

"폭동이야."

민수는 이런 싸움을 알고 있었다. 사람이 많이 모이면 그만큼 불만이 증폭되기 쉬웠고 한번 터지면 걷잡을 수 없었다. 노동자들의 동요는 불씨가 있는 숲에 거센 바람이 불 때처럼 순식간에 일어난다. 하지만 오래가지 못했다. 더구나 협상에서 밀리게 되면 때에 따라서는 작업 조건이 더 나빠지기도 했다. 회사에서 보란 듯이 징벌 차원에서 관리하기 때문에 숨도 쉬지 못하게 만든다. 지금부터가 중요할 수도 있었다.

"빨리 다른 사람들을 더 모아야 합니다. 일꾼들은 휘발유 같습니다. 불같이 일어났다가 뭔가 불안하면 삽시간에 흩어지니까요."

"글쎄, 갑자기 일어난 일이라…."

이 씨는 연배에 맞게 진중한 사람이었다. 이 씨 뒤에 서서 민수의 말을 듣고 있던 인호는 고개를 끄덕였다. 아직 사람들이 모여들고는 있지만, 틈틈이 서성거리거나 뒤로 빠지는 사람도 있었고 더러는 구경하듯 팔짱을 끼고 구경하는 사람들도 있었다.

"다른 직종도 사정은 같습니다. 덤프만이 아닌 현장 전체 이름으로 회사와 일괄적으로 협상을 하는 게 이롭습니다. 그러려면 모두 함께 일어나야 합니다."

"전 기사 말은 알겠지만…."

민수의 말이 일리가 있다는 것은 덤프 기사들도 알고 있었다. 그들 역시 어린 나이 때부터 현장에서 이일저일 겪으며 잔뼈가 굵은 사람들이었다. 하지만 문제는 책임질 사람이었다. 민수가 스스로 나서긴 했지만 그에게만 맡길 수는 없는 일이었다.

이 씨는 깊은 생각에 빠졌다. 민수는 그런 이 씨를 재촉하지 않고 말없이 바라보았다. 사리에 밝고 진중해 보이지만, 결국 사측의 보복에 따른 개인적 두려움과 연장자로서 느낄 수밖에 없는 책임감 사이에서 갈등하고 있다는 것을 짐작할 수 있었다.

"이제 와서 회사 간부들을 찾아가 미안하다고 할래요? 부당해서 부당하다고 말한 게 잘못이에요? 우리가 사람을 태워 죽였습니까? 때려죽였습니까? 개돼지처럼 맞으면서 일하는 게 부당하다는 거 아녜요. 여기서 물러나면 쟤들은 전보다 더 부당하게 대할 거예요. 그때는 찍소리도 못 하고 당한다고요. 쟤들은 이런 일에 전문갑니다. 답은 하납니다. 일을 크게 벌여 끝을 봐야 한다고요."

이 씨는 인호의 말을 듣고 고개를 끄덕였다.

"그래, 인호 네 말이 맞다. 지금 멈추면 관리자 놈들은 전보다 더 기고만장할 거다. 전 기사, 그래서 우리가 어떻게 하면 되겠나?"

덤프 기사들은 민수의 말대로 다른 직종의 대표를 모아 이 사태를 어떻게 할 것인가 논의하기로 결심을 굳혔다. 민수는 곧바로 움직이기 시작했다. 주변에 있는 사람들을 설득해 조를 짜고 행동지침을 내렸다.

저녁 무렵 정성우는 동호를 찾아다녔다. 어디에 있는지 보이지 않았다. 돌팔매질에 각목 몇 번 휘두르고 사람들과 몰려다니다 보니 어깨도 결리고 배도 고팠다. 잠시 틈이 있을 때 숙소에 가봤지만 없었다. 식당으로 가니 젊은 친구들로 빼곡했다.

"해서 말입니다. 저는 두렵다기보다는 즐겁습니다. 이런 기쁨이 어디에 있습니까? 제가 여기에 와서 가장 기쁜 날입니다. 그 콧대 높고 으스대던 놈들이 돌멩이 안 맞겠다고 도망치는 모습을 상상이나 했겠습니까. 이럴 때 제대로 버릇을 고쳐놓지 않으면 언제 또 기회가 있겠습니까? 또 개돼지처럼 굽실거리면서 벌벌 기어야겠습니까? 봤잖아요, 모여서 소리 한번 지르니까 줄행랑치는 거. 사실 쟤네 숫자 얼마 되지도 않습니다. 이래서 큰 회사에서는 노조가 됐든 협회가 됐든 뭐든 만들어서 항의하고 임금 올려 받고 단체 협상하는 겁니다. 아마 여기에 있는 사람들도 잘 알 겁니다. 뭐 당장 내일 떠날 사람도 있고 이번 주나 다음 달 귀국할 사람도 있는 판에 노조까지는 말할 수 없지만, 기왕에 일 이렇게 벌어진 거 하늘이 도운 셈치고 싸움 한번 대차게 해서 손짓 발짓 잘못하면 어떻게 되나 보여줍시다. 내가 앞장서겠습니다. 비록 쉬운 일이 아니나 나는 현장이 바뀔 걸 생각만 하면 즐겁습니다."

이십 대 젊은 사람들이 환호를 질렀다.

"저 사람 누굽니까?"

성우는 앞에 있는 사내를 끌어 물어보았다. 그의 얼굴은 벅차오르는 감정 때문인지 상기돼 있었다.

"굴착기 기사 전민수라고, 대단해요. 화끈하잖아요?"

"여기에 있는 사람만으로는 안 됩니다. 일단 사람을 더 모아야 합니다. 숫자가 많아야 저들도 겁이 나서 우리 이야기를 듣는 척이라도 합니다. 어설프게 하면 되레 당하고 맙니다. 그리고 모인 사람들이 조직적으로 움직여야 합니다. 다 군대 다녀오지 않았습니까? 많은 사람들이 움직이려면 조직을 짜야 하고 전달 체계를 만들어야 합니다. 그렇지 않습니까?"

그의 질문에 전체가 군대 구령처럼 힘차게 대답을 했다.

강인호는 그 모습을 보고 혀를 내둘렀다. 전민수는 마치 이번 싸움을 위해 여기에 온 사람처럼 보였다. 어쨌든 그가 없었으면 일이 힘들었을 것이다. 인호는 김 대위를 찾았다. 김 대위도 식당 밖에서 창을 통해 그 모습을 쳐다보고 있었다. 인호는 김 대위에게 다가가 말을 붙였다.

"대표 격인 사람들을 모아놨더니 기왕에 이렇게 된 거 크게 한판 벌이자는 분위긴데요. 젊어서 그런지 그간 너무 화가 나서 그런지 이 기회에 우리의 처지를 바꿔야 한다고요."

인호는 한껏 들떠 김 대위에게 말을 걸었다.

식당 안에는 한 사람 한 사람 이름을 호명하며 조를 짜는 중이었다. 김 대위는 강인호를 끌고 식당에서 떨어져 나와 광장 쪽으로 걸었다. 광장 쪽에도 사람들이 모이고 있었다.

강인호는 비록 나이는 자신보다 어리지만 김 대위의 의견을 존중했다. 그는 모든 상황을 읽을 수 있는 눈이 있으며 진실된 인간의 냄새가 느껴졌다. 어렸을 때 그런 사람을 만난 적 있다. 동네 선배 하나가 청년들을 이끌고 데모를 하러 다녔었다. 헌신적이고 정치적이었으며 하는 말마다 틀리지 않았다. 무엇보다 그가 많이 아는 게 신기했다. 인호 생각으로는 세상의 모든 법칙을 꿰뚫은 사람이었다. 거친 현장 생활 속에서 그런 인물은 더욱 값지게 느껴졌다. 무슨 일이든 즉각적으로 달려 나가는 노동자들에 비해 일단 먼저 생각하고 말을 뱉는 김 대위 같은 사람은 상황을 정리해주고 그 안에서 길을 찾을 수 있도록 했다. 그는 나서지 않지만 이미 전체를 이끌고 있다고 생각했다. 이번 일도 김 대위가 큰 힘이 되리라 생각했다.

현장 내에서는 김 대위를 아는 사람이 몇 있었다. 일이 있으면 찾아가 조언을 구하곤 했다. 최근 옆 현장에서 관리자를 납치하는 싸움이 있었다. 체불과 근로조건을 가지고 싸움을 벌이다가 우발적으로 벌어진 사건이었다. 직원을 납치하기는 했는데 다른 돌파구를 찾지 못한 노동자가 김 대위를 찾아갔다. 그는 국내에 있을 때부터 김 대위를 아는 사람이었는데 회사와의 중재를 부탁했다. 회사도 그 사건을 외부로 알리고 싶지 않았으나 워낙 노동자들이 거칠게 대항을 해 대화에 어려움이 있었다. 사우디 정부에서는 데모를 인정하지 않기 때문에 알려졌다가는 책임자 처벌로 끝나는 것이 아니라 공사 수주가 전면 재검토에 놓일 수도 있어 이러지도 저러지도 못하고 있었다. 더구나 현장 문제가 대사관까지 알려지면 본사에서 관 공사 수주를 하는 데 불이익이 있었다. 회사나 노동자들은 조속히 해결을 짓고 싶어 했다. 김 대위는 옆 회사 현장으로 들어가 같이 죽자며 관리자를 납치한 노동자들을 진정시키고 회사 책임자를 설득해 마무리 지었다. 노동자 중에는 회사와 대화로 문제를 푸는 김 대위를 '사꾸라 같은 놈'이라고 손가락질하는 사람도 있었다.

"전 기사가 잘하고 있어요. 사람이 많으면 저렇게 자신 있게 앞서는 사람이 반드시 있게 마련입니다. 이번 일에 중요한 역할을 해낼 겁니다. 단지 좀 우려가 되는 건, 일을 너무 쉽게 보고 대안 없이 밀어붙이기 때문에 나중에는 감당하지 못하는 일이 생길까 걱정이 되기는 합니다. 지금 그의 의견대로 모두 따라가기 때문에 그의 말이 중요합니다."

김 대위는 인호에게 말은 차분하게 했지만 머릿속에서는 또 다른 걱정거리가 있었다. 식료품을 들여오는 배송 직원에게 사우디 방위군이 무장하고 이곳에 올지도 모른다는 소식을 들었다. 방위군 이야기가 잘못된 것이라 하더라도 사우디 정부가 자기 나라에서 일어난 폭동인데 손을 놓고 있지는 않을 것이다. 회사에 명백한 잘 못이 있다 하더라도 일을 낸 건 노동자이니 노동자에 대한 처벌이 있을 것이다. 이미 식당에서 뛰쳐나올 때부터 되돌릴 수 없는 문제 였다. 이제는 대표로 뽑힌 사람들이 어떻게 하느냐에 달린 운명이 되었다.

노동자 몇이 달려와 회사 임원 중 한 명이 지프에 마이크를 달고 정문으로 들어온다고 알려주었다. 임원이라면 본사에서 발 빠르게 급파한 직원일 것이다. 김 대위와 강인호는 정문으로 달려갔다. 이 미 사람들이 많이 모여 있었다. 회사 임원이라는 자는 낯이 익은 사 내였다. 언젠가 회장이 시찰을 나왔을 때 함께 현장을 순시하는 것 을 본 적이 있었다.

"여러분, 진정하세요. 저는 차만호 전무입니다. 열사의 사막에서 얼마나 노고가 많으셨습니까. 저는 여러분들의 이야기를 듣고자 저 멀리 고국 땅에서 밤새 날아왔습니다."

지프차에 달린 확성기에서 거만스러운 목소리가 흘러나왔다. 몇 사람이 인호 주변으로 모여들었다.

"어떻게 할까요? 죽여버린다고 사람들이 벼르고 있던데."

"그냥 놔둡시다. 저 사람이 우리를 사람으로 봤습니까. 이제 일 이 터지니까 부랴부랴 달려와 저러는 것 아닙니까? 진작 사람 대접 했으면 이런 일이 터졌겠습니까? 대화는 무슨 얼어 죽을 대화랍니까? 뭔 내용을 들고 온 것도 아니고, 회장이 직접 온 것도 아니고. 괜히 어쭙잖은 사람들 상대하다가 꼴만 우스워집니다. 저들이 어디 우리를 동등하게 여겨서 약속한다고 지키기나 하겠습니까?"

인호가 걸걸한 목소리로 시원하게 한마디 했다. 민수도 사람들과 정문으로 달려왔다. 민수는 인호와 김 대위가 함께 있는 것을 보고 인사를 하며 다가갔다. 그의 날카로운 눈은 김 대위를 빠르게 훑었다. 인호가 둘을 인사시켰다.

"이야기 들었습니다. 반갑습니다. 점심때 식당에서 일장 연설로 사람들을 감동시켰다는 그분이군요."

민수가 손을 내밀어 김 대위와 악수를 했다. 김 대위는 민수의 어투와 표정에서 자신을 좋아하지 않는다는 느낌을 받고 껄끄러웠다.

"회사가 급하기는 급했나 봐요. 전 기사 생각은 어때요?"

인호가 민수에게 물었다.

"말하면 뭐합니까? 일하는 놈 무섭다는 걸 보여줘야지요. 사람을 무시하면 어떻게 되나 불알이 쑥 들어가도록 책임을 물어야지요. 싸움 그렇게 하는 것 아닙니까?"

민수는 말이 끝나자마자 전무가 타고 있는 지프로 달려갔다.

마이크를 단 지프차가 안으로 들어오려 하자 사람들이 몰려가 차를 못 움직이게 했다. 차 전무는 애국심을 강조하며 이러면 어찌 되는지 떠들었지만 이미 분노가 하늘을 찌르는 사람들 귀에 들어오지 않았다. 노동자들은 차를 에워싸고 흔들어댔다.

"여러분, 이러시면 안 됩니다. 이건 빨갱이들이나 하는 짓입니

310

다. 모두 감방 갈 수 있어요. 고국에서 여러분만 기다리는 가족들을 생각해보십시오, 여러분."

다급해진 전무의 말은 협박조로 변해가면서 언성이 높아졌다. 차는 앞으로도 뒤로도 갈 수가 없었다. 한 노동자가 차창을 깨고 운전기사의 멱살을 잡아 끌어냈다. 비명이 마이크를 통해 들렸다. 사람들은 더욱 기세를 올려 혼내주라고 죽이라고 고함을 치거나 발을 구르고 차를 걷어찼다. 흥분한 노동자들이 차를 잡고 흔들자 차가 들썩거렸다. 결국, 차 전무도 끌려나왔다. 사람들은 더 크게 고함을 질렀다.

"그만합시다. 괜히 죽어 자빠지면 시체 만들어 감당 못 할 일만 생깁니다."

김 대위가 인호에게 다가가 말을 했다. 그 사이 노동자 몇이 차 전무를 끌어다 바닥에 꿇어앉혔다.

"좀 심한 거 아니야? 명색이 전문데."

한 노동자가 농지거리를 던지자 민수가 버럭 화를 냈다.

"이 항만 공사에서 몇이나 죽어 자빠진 줄 알아? 누구 목숨은 귀하고 누구 목숨은 개돼지만도 못하다는 거야?"

"아, 형님도 제 말은 그 말이라니까요. 명색이 임원인데 개만도 못한 노동자들에게 매를 맞았으니 얼마나 억울하겠나? 이런 말이죠."

"말을 처음부터 그렇게 했어야지."

민수는 차 위에 올라가 흥분한 사람들을 향해 소리를 쳤다.

"이게 간부라는 사람들입니다. 간부랍시고 차를 타고 들어와 마이크로 떠들어대면 모든 것이 해결될 거로 생각했던 겁니다. 우리가 지금 무슨 그럴듯한 연설 듣자고 이렇게 일하다 말고 이짓을 하는 겁니까? 정말 해결을 하고 싶으면 뭔가를 들고 와야 하는 것 아닙니까? 불만이 뭔지, 이번 사고에 대해 어떻게 대처를 하겠다든지, 이후에 어떻게 우리를 대하겠다든지, 여기가 대충 흥정하고 흩어지는 도깨비시장입니까? 대충 떠들면 잠잠해지고 다시 들고 일어나고 하게. 나는 여기 차 전무에게 정식으로 요청합니다. 말장난 그만하고 정확하게 내용을 가지고 와서 책임 있는 대표끼리 이야기를 하자고 말입니다. 여러분 안 그렇습니까?"

"옳소! 옳소!"

해가 이미 꺾어져 서쪽 황야로 내려가고 있었다. 민수는 환호하는 노동자들 속으로 내려오면서 김 대위를 쳐다보았다. 그의 걱정하는 눈빛이 마음에 들지 않았다.

사꾸라. 그 말이 떠올랐다. 언젠가 회사와 치열한 싸움을 한 적이 있었다. 흔히 말하는 배운 사람들이 멋지게 사람들을 이끌고 있었다. 정말 사리가 분명하고 모든 것을 선명하게 보여줄 줄 아는 친구들이었다. 특히 협상할 때는 관리자들의 말문을 막아 꼼짝 못 하게 했다. 모두가 만족할 수 있는 그럴듯한 협상문을 썼다. 하지만 문제는 싸움이 끝나고 작업장으로 돌아왔을 땐 아무것도 지켜지지 않았다는 것이다. 협상자들은 온 힘을 다했다고 했지만 결국 아무 변화도 일어나지 않았다. 밀림에서 장대비가 쏟아지는데 우산도 없

312

이 줄창 비를 맞는 기분이 들었다. 뭐가 부족했을까? 왜 저들은 늘 거짓과 위선으로 사람들을 농락하는 것일까? 민수는 세 가지를 믿지 않기로 했다. 사장과 경찰 그리고 협상가. 특히 말 잘하는 재주꾼들은 다른 사람이 보지 못하는 것을 보는 혜안을 가졌지만, 현실적인 희망보다는 절망을 간신히 면한 뜨뜻미지근한 내용을 그럴듯하게 포장해서 보여주었다. 그들이 왜 장사꾼들 편에 서지 않고 노동자 편에 서 있는지가 궁금할 뿐이었다. 왜 그럴까? 하긴 사람 사는 사회에 무슨 일인들 일어나지 않겠는가. 동료를 밟고 끼닛거리를 챙기는 놈들이 한둘인가. 민수 생각에 그들은 단순히 노동자들 일을 통해 정치적인 영향력까지 계산을 해내는 사람들이었다. 김대위는 그러고도 남을 인간임을 누구보다 잘 알고 있었지만 중요한 것은 그는 민수가 싸울 대상이 아니라는 점이었다. 그런 종류의 인간들은 싸움 경력도 풍부하고 빠져나갈 구멍도 잘 알고 있으면서 어느 정도까지는 중요한 일을 할 줄 아는 것이 다행이라면 다행이었다. 아마 그 역할 때문에 주변에 존재하는지도 모른다.

인호는 민수의 선동과 빠른 판단 행동에 크게 감동했다. 역시 그에 대한 믿음이 맞았다.

"자, 이후 대책을 논의해봅시다."

인호는 들뜬 어조로 대표자들을 불러 모았다. 사람들은 날카롭고 급진적이기까지 한 민수보다 걸걸하니 조금은 모자라 보이는 인호를 더 친근해했다. 그가 모이자고 하면 잘들 모였다. 민수는 여전히 경계의 대상이었다. '모진 놈 옆에 있다가 정 맞는다고 했는데'

라며 우려를 하는 사람도 있었다. 민수가 무슨 말을 하면 너무 과한 것은 아닌지 일단 걱정부터 하는 사람도 있었다.

인호는 대표들과 함께 지정해 놓은 숙소로 갔다. 김 대위도 직종 대표는 아니지만 참고인 자격으로 함께했다. 그들은 집중적으로 현 상황에 대해 논의를 하고 요구 사항을 정리하기 시작했다. 여러 요구안을 모으니 스무 가지가 넘었다.

노동자들과 함께 요구 사항을 정리하면서도 김 대위는 이후 변화에 대해 생각했다. 회사에서는 어떻게 나올 것인가? 건설회사 신임 사장은 삼십 대에 사장에 오른 사람으로 성향을 알 수가 없었다. 언젠가 현장에서 그를 본 적이 있다. 말쑥한 검은 정장에 비쩍 마른 몸이었다. 그는 초인적으로 일한다고 했지만 믿지 않았다. 초인적으로 일하는 사람은 현장 노동자들이었다. 노동자들은 노동에 훨씬 못 미치는 임금을 받고 말없이 일했다. 인내심과 포용력, 성실성 그들은 많은 것을 인내하며 초식동물처럼 자신이 아닌 숲을 위해 존재했다. 그런 면에서 경영자들은 육식동물에 가까웠다. 김 대위가 보기에는 그들은 군림하며 치열하게 뜯어먹기를 즐겼다.

여하튼 특출난 능력이 있다는 젊은 사장은 지금 무슨 생각을 하고 있을까. 이번 일은 외국에서 일어난 일이라 회사보다는 정부 쪽에서 관여할 확률이 높았다. 사우디 정부에서도 놀랄 일이면 더욱 명확해진다. 책임은 회사가 지겠으나 해결의 지점이 정부라면 그것이 득이 되는지 해가 되는지 판단이 잘 서지 않았다. 국내에 긴급조치가 내려진 상황에서 발생한 저항이라 적잖이 놀라서 반응도 만만치 않을 터였다. 정부 관리들은 아마 충격을 받아도 단단히 받았을 것이다. 사람을 마치 전시 물품처럼 공수해 달러를 벌어들이다가 생각지 못한 사건이 터졌으니 말이다. 그만큼 이곳 책임자들이 혹독한 대가를 받을 수도 있었다. 요구 사항 논의를 위해 모인 사람들은 책임자 처벌에 대한 문제를 첫 조항에 넣었다. 그리고 만약에 들어주지 않을 시 저항 수위를 높이는 계획에 대해 논의도 했다.

김 대위는 잠깐 쉬는 시간에 밖으로 나와 담배를 피웠다. 노동자들은 차를 타고 돌면서 규찰을 서기도 하고 무리 지어 모여서 불을 피우고 어두워지기 시작한 현장을 지키고 있었다.

현장은 고립되어 있었다. 이미 사우디 방위군이 바리케이드를 치고 서쪽 지역을 완전히 통제했다는 이야기가 들렸다. 상황이 좋아 보이지는 않았다.

"이번 기회에 싹 다 바꿔야 하는데…."

인호가 나와 소변을 보면서 김 대위에게 문득 말을 걸었다.

"그러겠지요."

김 대위 옆에 선 인호는 걸걸하게 말을 늘어놓았다.

"협상에 성공만 하면 바로 다음 날부터 싹 다! 큭큭. 비로소 노동법이라는 게 적용이 되면 산재도 되고 임금도 오르고 폭력도 없어지겠죠. 이런 싸움은 일어나기가 어렵지만 일단 일어나면 많은 것을 얻는 거 아니겠습니까?"

인호는 생각만 해도 기분이 좋았다.

"희생도 따르겠지만…."

"별일 없다니까 자꾸 걱정하시네. 그리고 설마 살인죄를 저지른 것도 아닌데 죽기야 하겠습니까? 아무리 군바리 독재자지만, 워낙에 현장이 개판인데 이해는 하겠지요. 저는 놈들 불알이 바짝 오그라들었다고 생각하니 그것만으로 속이 다 후련합니다. 큭큭."

"그러게요. 지하실에 끌려가 다리가 부러지도록 맞아도 개돼지처럼 끌려다니고만 살 순 없죠."

민호는 껄껄거리며 웃었다. 김 대위도 웃었지만, 가슴은 서늘했다. 지하실에 끌려가 물고문에 전기 고문, 온갖 상상을 넘어서는 폭력을 당할 게 뻔하다. 몇 명이 희생을 치를 것인가? 자신도 해당될 것이다. 입에서 피와 쓴 침이 길게 흘러내리고 몸에서 쇠 냄새를 피우며 바닥을 기게 될 것이다. 그 고통을 모를 수도 있지만 안다고 해도 사람들은 들고 일어난다. 철학과 사상 이전에 인간으로서 당하는 모멸감은 결국에는 공포심을 이긴다. 이곳 노동자들은 공포와 두려움에 떨면서도 해방감을 맛보고 있다. 이들은 죽어도 그 맛을 잊지 못할 것이다. 삶에서 저항하지 않는 비굴한 안락이 얼마나 얄팍하고 허접한 것인지 깨달아 가게 될 것이다.

"설마 죽기야 하겠는가!"

김 대위는 뇌까리며 다시 깊은숨을 몰아쉬었다. 득도 되고 싸움도 무리 없이 끝냈으면 했지만 사우디 방위대가 나선 상황에서 둘 다 얻기는 어려웠다.

휴식 시간이 끝나고 두 번째 회의에 들어가자 견해 차이를 보이더니 이내 두 개의 확연한 입장으로 갈라졌다. 민수는 이 기회에 분명한 싸움을 해 완전히 바꾸자고 줄기차게 주장했다.

"이를테면 이런 겁니다. 내가 많지는 않지만 그래도 여기저기 여러 싸움을 겪어봤을 때, 이 상황을 빨리 마무리 지으려고 생각하게 되면 십중팔구 아무것도 챙기지 못하고 모두 빵에 가더라는 겁니다. 거짓말 같아요? 내가 이 자리에 있는 것이 무엇을 뜻하는지 모르겠습니까? 알기 때문에 보다 확실하게 득이 되는 방법을 말하고자 하는 겁니다. 지금 뭔가 분명한 싸움의 내용을 만들어내지 못하면 현장은 더 열악해지고 여기 모인 사람들은 더 곤란한 처지에 놓일 겁니다."

민수는 협상만을 이야기하는 데 질렸다는 투였다. 그는 힘 있는 한 차원 높은 투쟁을 끌어내고 싶었다.

"여기서 뭘 더하자는 겁니까? 사무실과 자동차 부수고 불까지 질렀습니다. 주바일 서쪽은 완전 차단이 되었고 계엄까지 선포되었다는 소문이 돌더군요. 저기 정문 바리케이드 쪽에 외국 기자들이 보이잖아요. 여기서 뭘 더 나갑니까? 전쟁이라도 하자는 겁니까?"

민수와 반대 의견을 가진 노동자가 어이없다는 얼굴로 이야기했다.

"이미 사람들이 자생적으로 조직하고 있어요. 돌격대 만들고 규찰도 서고 다음에 뭘 해야 할지 굳이 말을 하지 않아도 알아서 합니다. 하루도 지나지 않았는데 싸울 준비를 하고 있단 말입니다. 대부분 군인 출신에다가 상당 부분 월남에도 다녀왔고, 심지어 4·19 혁명을 겪은 사람도 많이 있습니다. 노조 투쟁 경험도 있는 사람도 많이 있을 겁니다. 저기 김 대위님도 계시지 않습니까. 지금 상황이 어떻게 굴러갈지 다 알지만, 회사 관리자들은 모를 겁니다. 놀랐겠지요. 하지만 그들의 양보를 받아 내기란 쉽지가 않습니다. 돈 문제라면 마누라도 바꿀 위인들이니까요. 지금까지의 수많은 경험을 생각해보십시오. 뭐가 바뀌었습니까? 힘들더라도 조금만 더 저항 수위를 올립시다. 우리가 책임질 일은 조금 더 수위를 높이더라도 마찬가지일 것입니다. 하지만 얻는 것은 서너 배의 차이가 있을 거라 봅니다. 김 대위님, 안 그렇습니까?"

김 대위는 담배를 피워 물고 깊은 생각에 잠겨 있었다. 민수의 말에 일리가 있지만, 그가 우려되는 것은 일반 노동자들이었다. 지금 대표들 사이에서도 일치된 의견을 얻어내기가 쉽지 않은데 그들을 하나로 규합할 수 있을까. 김 대위는 조심스럽게 입을 열었다.

"경험이 많은 사람들이야 잘 해나가겠지만, 지금 현장에는 이런 싸움을 겪어보지 않은 일반 노동자가 한 3000명 정도 됩니다. 그 수가 며칠을 일사불란하게 유지해나가기는 쉽지 않을 거라 생각이 드는데요. 솔직히 잘 판단이 서지 않습니다."

"저기 노동자들이 외치는 변화에 대한 갈망을 못 믿는단 말씀이신가요? 지금 모여서 고함을 지르고 노래하는 소리가 안 들리시나요?"

민수는 김 대위의 말이 싸울 의지가 없는 협상가의 변명처럼 들려 화가 났다.

"노동자들 간 다른 저항 수위에 대한 어떤 복안이라도 있습니까?"

"제 생각에는 우리끼리의 현장 안에서 떠들어서는 아무것도 밖에 알려지지 않는다고 생각합니다. 그래서 하는 말인데, 아예 부두 쪽에 정박해 있는 준설선을 타격하는 것이 어떨까 싶은데."

역시…. 김 대위는 이 자리에서 준설선 타격에 대한 이야기가 나오리라 예상했었다. 오후부터 노동자들 사이에서 술렁이는 이야기를 들으며 우려하고 있었다.

"그건 안 됩니다. 전쟁이 난 것도 아닌데."

김 대위는 말이 안 된다고 못을 박았다. 민수의 김 대위에 대한 감정은 적의로 바뀌었다. 하지만 자기의 속마음을 내비치지 않았다. 민수는 속으로 '사꾸라 같은 놈'을 되씹었다.

"한 여섯 척을 조져놔야 말이 좀 되지 않겠습니까? 그 정도는 해줘야 놈들 똥줄이 탑니다. 죽을 수도 있겠다는 생각이 들게 해야 합니다. 그런 거 하자고 여기 모인 것 아닙니까? 우리가 청소부도 아니고."

"여기 모여 있는 사람들이 감당할 수 있는 정도만 벌입시다."

준설선이라니, 그것도 여섯 대를. 그 상황이 된다면 노동자들 대다수가 도망가고 남은 사람들은 피를 볼 것이다.

김 대위의 우려대로 민수는 싸움의 수위가 높을수록 유리하다고 믿었다. 최선 혹은 최악으로 상황을 만들 수도 있는 도 아니면 모식의 결정이었다.

김 대위는 생각했다. 폭력만이 난무하는 싸움이 될 것이다. 무엇을 얻자는 것인가? 부당한 계약서이지만 사실상 노동자들은 그 계약을 따르겠다고 서명하고 일을 하고 있었다. 다른 사람들은 어떻게 생각할까. 그들도 동의하기가 쉽지 않을 것이다.

　노동자들의 의식 속에는 혁명적 속성과 기회주의적 속성이 동시에 존재하고 있다. 어느 쪽이 더 현실성이 있는가에 따라 선택이 이루어진다. 각박한 삶 속에서 본능적으로 공격하는 방법보다는 빠져나가는 법을 잘 알고 몸을 수그리는 데 익숙해 있다. 현실적 전망이 보이지 않는다면 움직이려 들지 않을 것이다.

　"준설선은 좀 아닌 것 같습니다."

　김 대위는 고개를 흔들었다.

　다른 사람들은 김 대위의 호흡까지 지켜보고 있었다. 그들도 예상되는 결과가 있었다. 준설선이든 뭐든 구체적인 사건이 터지면 회사는 그것을 빌미로 빠져나갈 것이고 책임자들은 빨갱이로 매도할 것이다. 그렇게 된다면 이전보다 더 열악한 상황이 될 것이다. 극단적이지 않게 조금씩 변화시키는 것은 어떨까. 민수는 사람들의 생각이 김 대위 쪽으로 흐르는 분위기를 느꼈다. 점진적 변화란 가능하지 않으며 기회가 있을 때, 최대한 투쟁 수위를 높여 조건을 바꾸는 것만이 길이다. 민수는 사람들을 다시 설득해야 한다고 생각했다.

　"어차피 한 척도 물어줄 돈 따윈 없고 몸으로 때울 텐데 어설프게 하느니 분명하게 하는 게 낫지 않습니까? 우리가 여기서 자동차 유리창이나 깨고 일 안 한다고 아무것도 바뀌지 않습니다. 그건 밖에 전혀 알려지지 않아요. 아시잖아요. 벌써 이 항만 공사 때 사고로 다치고 죽은 사람이 얼마입니까? 누가 그들을 기억이나 합니까? 난 아무것도 두렵지 않습니다. 두려움이 우리를 그들에게 굴복시킬 겁니다. 싼 금액으로 공사를 맡아서 저임금으로 메우려는 구조에서 얼마나 고되게 맞아가면서 일을 해야 합니까? 우리가 여기서 더 잃을 게 있습니까? 우리가 처음 왔을 때, 모래펄에 천막 치고 시작했습니다. 언제까지 이래야 하느냐고요. 회사는 떼돈을 벌겠죠. 하지만 우리는 망가진 몸으로 돌아가야 합니다. 우리의 분노가 모처럼 타오르고 있는데 차 몇 대 불태우고 말자고요? 그래서 또 그대로, 아니 그보다 더 열악한 환경으로 돌아가자고요? 나는 못 합니다. 그거 하자고 여기 모여 이 중요한 시간을 허비하고 있습니까?"

"옳소!"

인호가 주먹을 치올리며 소리쳤다. 민수의 처절한 말에 다른 이들도 동의했다. 김 대위는 싸움은 맺힌 한이나 열정으로만 이루어지는 것이 아니라 현실을 보아야 한다고 말을 하려다 입을 다물었다. 자신에게 현실주의자나 겁쟁이 타협주의자라는 이야기가 나올 법한 분위기였다. 김 대위는 지금으로선 강경한 태도가 대안이 될 수도 있겠다고 자위를 했다.

민수는 대표들과 함께 일을 조직하기 위해 움직였다. 김 대위에게는 정중하게 요구안에 대한 검토를 맡겼다. 김 대위는 별말 없이 그렇게 하겠다고 일을 받았다. 안은 별로 손을 댈 게 없었다. 사람들은 몰려나가 조를 짜고 기동대를 만들어 보다 체계적인 싸움을 조직화했다. 쉽게 응하는 사람도 있었지만 차마 누가 보는 것처럼 두려움에 떠는 사람도 있었다.

3월의 사우디 서쪽 항만은 영상 10도 이하로 떨어진다. 낮은 한국의 여름처럼 덥지만, 밤에는 그렇지가 않았다. 성우는 숙소 앞에서 자신을 부르는 사람들의 목소리를 들었다. 밖으로 나왔을 땐 이미 트럭에 시동이 걸려 있었다. 그는 얼른 뒤에 올라탔다. 조수석에 앉은 민수가 사람들이 타는 것을 확인하고 있었다. 민수가 성우를 보자 손짓을 하며 아는 척을 했다. 성우는 마음이 뿌듯했다.

"어디 가는 거래요?"

성우가 옆자리에 앉은 노동자에게 물었다.

"준설선을 타격한다고 하는데."

"준설선이요?"

"아마 그럴 거예요."

성우는 낮에 준설선 타격에 대한 이야기를 들었었다. 하지만 미친 짓이라고 무시해버린 이야기였다. 정말로 그 일을 한다니 자신이 잘못 들은 건가 의심했다. 지금 자신들은 데모하는 거지, 그야말로 말 그대로 전쟁을 일으키려는 것은 아니었다. 트럭에는 성우 다음에도 사람들이 계속 올라탔다. 트럭이 설 때마다 내려야 하지 않을까 생각했지만 다른 이들이 눈에 들어왔다. 그들도 자못 심각한 얼굴로 말이 없었다. 바다 쪽에서 불어오는 찬바람이 점점 더 거세졌다. 사이렌 소리가 들렸다. 지금이라도 내려야 한다는 생각에 벌떡 일어서려는데 트럭이 가속페달을 힘껏 밟고 달리기 시작했다.

비로소 이 밤이 여느 밤과 다르다는 것을 느꼈다. 장비들은 멈추어 서서 침묵했다. 대신 곳곳에서 노래를 부르거나 함성이 들렸다. 일이 너무 커지는 거 아냐. 성우는 불안했다. 그런 성우와는 달리 트럭에 함께 탄 용접공 김 씨는 군가 '전우야 잘 가거라'를 큰 소리로 불렀다. 다른 노동자들이 하나둘 따라 불렀다. 홋, 크게 잘못 엮였네. 헛웃음이 나왔다. 노동자들은 다른 군가를 불렀다. 앞에 베트콩이라도 있는 듯 노래를 부르는 게 마치 넋을 뺀 광신도 집단 같았다. 도망가야 한다는 생각이 걷잡을 수 없이 몰려왔다. 다시 벌떡 일어서는데 노래를 부르는 노동자들이 보였다. 갑자기 배신자가 된 듯한 기분이 들었다. 그래도, 하는 생각에 망설이고 있을 때 차가 덜컹거리며 멈추었다. 방파제가 있는 바닷가까지 와 있었다. 어둠 속에서 파도 소리가 들리며 멀리 바지선 불빛이 보였다.

"어떻게 된 거야?"

바다에는 아무것도 없었다. 여섯 척이나 있던 준설선이 어디에도 보이지 않았다. 노동자들은 트럭에서 내리며 안도의 숨을 쉬며 김빠진 목소리로 장난 섞인 말들을 주고받았다.

"세계 톱뉴스로 타전되는 줄 알았는데 틀렸군!"

훤칠한 키의 용접공 김 씨는 바닷바람을 맞으면 숨을 깊게 들여마셨다.

"다 도망쳤어! 빌어먹을! 아무것도 없어. 어떻게 된 거야!"

민수는 헛발질을 하면서 두 팔을 벌려 바지선 쪽을 향해 욕을 했다.

"씨발, 누가 준설선을 다 빼버린 거야? 니미."

성우는 저들은 우리를 보고 무슨 생각을 할까 싶었다. 허탈한 웃음이 나왔다. 뭐가 뭔지 모르게 되었다고 생각했다. 성우는 우두커니 바지선을 바라보았다. 민수가 씩씩대며 사람들을 불러 모았다.

"동지들, 아쉽지만 오늘은 돌아가야겠습니다. 돌아가서 계획을 다시 세우도록 합시다."

돌아오는 길에도 노동자들은 노래를 불렀지만, 성우는 입을 다물었다. 가슴이 울컥하며 저려 왔다. 비겁한 마음에 차에서 뛰어내렸더라면 두고두고 수치가 될 뻔했다. 얼마나 어리석은 일인가. 두려워할 것 없다. 아무 일도 일어나지 않는다. 성우는 혼자 눈을 감고 다짐했다.

김 대위는 트럭이 오는 것을 보았다. 부두에서 불길은 치솟지 않았다. 배가 불탔다면 총을 들고 방위군이 쳐들어와 진압했을 텐데 아무 일도 일어나지 않았다. 차에서 내려 김 대위 쪽으로 다가온 민수는 대수롭지 않게 말을 뱉었다.

"내부에 배신자가 있습니다. 준설선이 하나도 없이 사라졌더라고요."

그 말을 듣는 순간 김 대위는 머리에 번뜩이는 게 있었다. 민수 쪽 사람들이 준설선에 불이라도 질러 우리들의 사연을 알려야한다고 오후부터 말을 흘리고 다녔던 것이 생각났다. 전민수의 의도였는지 아니면 다른 사람의 의견을 받아서 그랬는지 모르지만 그가 뭘 노렸는지 알 수 있을 것 같기도 했다. 민수는 부두에 도착하기 전부터 배가 없으리라는 것을 예상했으리라. 그는 생각보다 노련한 싸움꾼이다. 현장에는 관리자와 노동자로 딱 갈리는 것처럼 보이지만 같은 노동자 중에 당번이라는 비공식 직함이 있다. 당번은 과장급 직원들의 시중을 든다는 겉으로는 청소 같은 잡일을 하면서 뒤로는 노동자들의 동향을 그들에게 알렸다. 그들은 배신자라고 손가락질을 당했지만 땀 흘리며 위험을 무릅쓰고 일하지 않아도 되는 일이라 속으로는 자신에게 기회가 오기를 바라는 사람들도 있었다. 당번뿐만 아니라 아무리 관리자가 막말한다지만 그들과 관계가 돈독한 반장이나 조장들도 있게 마련이었다. 심지어는 사우디 관료들까지 아는 사람도 있었다. 여기서 일어나는 대부분의 일은 거의 공개된다고 보는 것이 정확하다. 그걸 알고 있다면 준설선을 타격하자는 말도 마이크에 대고 떠든 결과가 된다. 그렇다면, 지금까지 배가 있다는 게 이상한 일일 수밖에.

김 대위는 허탈한 기분이 들었다. 이것이 노동자들 싸움이며, 그런 판을 읽은 민수의 행동에는 전혀 문제가 없을 수도 있었다. 결과적으로 회사에 이번 싸움이 만만하지 않다는 것을 인식시킨 계기가 됐을 수도 있다.

돌격대는 숙소에 들어가 있는 사람들을 모아 싸움에 동참을 시키려고 현장을 돌아다녔다. 스피커에서 숙소 넘어 동쪽에 있는 광장으로 모이라고 쉬지 않고 떠들어댔다. 민수의 목소리였다. 그는 마치 이 싸움을 위해 이곳에 온 사람 같았다.

동호는 동료들과 함께 바다가 보이는 동쪽 광장으로 갔다 열렬한 선동과 결의를 듣고 빠져나와 현장을 둘러보았다. 사막의 밤공기는 차가웠다. 정문 쪽을 바라보던 동호는 온몸이 굳었다. 입구에는 바리케이드를 설치한 사우디 방위군들이 기관총을 겨누고 있었다. 이곳에서 죽을 수도 있겠구나. 동호는 부들부들 떨었다.

성우는 젊은 노동자들과 식당 앞에 모여 불을 피우고 술을 마시고 있었다. 군가와 애국가가 종종 들렸다. 아침에만 해도 작업복을 입은 사람들과 장비들이 오가던 곳이었다. 평소 같으면 야간작업이 있는 사람만 오고 갈 한적한 시간에 아무도 자지 않고 있었다. 차가운 바닷바람이 뼛속까지 파고들었다. 담요를 가지고 나와 뒤집어쓰고 있을까 했지만 들어가자마자 경찰들이 총을 쏘며 들이닥칠 것만 같았다.

동호는 식당 앞에 모여 군가를 부르는 무리 속에서 성우를 발견했다.

"뭐해?"

"어, 동호야. 부두에 갔었어."

"부두는 왜?"

"준설선 찾으러."

"준설선은 왜?"

"분노를 보여주려고. 다 깨부수려고 큰맘 먹고 갔는데 바다가 허전하더라고. 허탕 치고 여기저기 좀 몰려다니다 바람만 쐤어."

"무섭지 않아?"

"무섭기는… 나는 신나! 내가 여기 온 지가 거의 3년이 다 돼 가는데 이런 날이 올 줄 어떻게 알았겠어. 매일 지독한 더위에 죽어라 일만 하다가 일다운 일을 하는 것 같아. 일꾼들이 어떻게 지금까지 성질을 죽이고 말없이 살아왔는지 대단해. 관리자 새끼들 도망치는 모습을 생각만 해도 속이 탁 트이는 것 같아. 자기들이 현장 주인인 양 개소리를 까대더니 지금은 흔적도 없어. 일꾼들이 아무 거리낌 없이 말하고 놀고 돌아다니고 불을 피워도 아무 문제가 없잖아. 지금 이 광경을 영원히 잊지 못할 거야.”

“돌격대가 사람들을 강제로 끌어낸다고 불만도 있던데?”

“누가 그러디? 항상 몇 놈이 문제기는 하지. 봐라! 현장이 변하면 누가 좋겠냐? 자기들은 손가락 하나 까딱 하나 안 하고 구경만 하고 거저먹겠다는 놈들이 있는 거지. 임금이 오르면 제일 먼저 가서 받을걸. 대충 무리로 움직여주기만 하면 조금 나아지는데 그걸 못하겠다는 심보지. 하긴 당직 새끼들 언제부터 우리 편이었다고 그 상판으로 목청을 높이는 꼴이란 역겹지.”

“사실 나는 조금 무서워. 사우디 사람들은 우리를 하찮게 여기잖아! 저기 총 들고 서 있는 거 보이지?”

“아무리 우리가 노동자들이라고 해도 우리는 외국인이야. 총으로 쏠 수는 없겠지. 저기에 주눅이 들면 또 따귀 맞아가면서 일해야 한다. 자 봐라.”

성우는 돌을 들어 정문을 향해 던졌다. 어두운 밤에 돌이 바람을 가르고 날아가 그들 앞에 떨어져 굴러갔다.

“야, 쏴봐라! 갈기란 말이야!”

그는 몇 발자국 앞으로 가서 가슴을 내밀고 소리를 질렀다. 동호는 등줄기가 싸늘해지는 기운을 느꼈다. 사우디 방위군의 조명이 성우를 향해 비추었다. 그의 몸이 밝은 빛에 드러났다. 조명 빛 사이로 밤안개가 흘렀다.

"놈들, 총이나 제대로 다룰 줄 알겠어? 이 몸이 월남에서 베트콩들과 총질을 하면서 직접 전쟁을 한 몸이시다! 야! 야! 야!"

성우는 온 힘을 다해 속에 있는 모든 것이 빠져나오도록 고함을 질렀다. 끝내 목에 사레가 걸려 기침을 하고 말았다.

"형!"

동호는 조명과 안개 그리고 두 팔을 벌려 고함치는 성우의 호기어린 광경을 보면서 왠지 모르게 가슴이 뜨거워져 눈물이 핑 돌았다.

"아까는 고마웠어."

"동창? 그 자식 운 정말 좋았다. 아니면 뼈도 못 추렸을 텐데. 하여튼 난 이제 알았어. 많이 깨달았지. 배짱이야! 밟을수록 대가리를 쳐들어야 한다고. 자, 밟아라! 내가 네 발아래서 죽어주겠다! 이 싸움이 있기까지 얼마나 크고 작은 싸움이 있었겠어. 알고 보면 늘 우린 싸워온 거야. 하지만 싸우고 나면 고통스러우니까 잊고 싶어하거든. 그리고 어지간하면 대충 무마해서 넘어가면 된다고 생각들을 하는 거지. 그냥 떠들다 말겠지 하면서 아무도 쳐다보지도 않고 기억도 하지 않아. 그런데 이번에는 달라, 뭔가를 보여줘야 해. 국내에서도 다 알게끔 말이지. 박통이 놀라 자빠져 오줌 싸는 꼴을 생각해보라고. 어때? 기분 좋지?"

"무서워. 누가 그러는데 형들 대부분 잡혀가 고문당할 거라는

데."

"그래서 고문하고 겁주는 거야. 꼼짝 마라 그러는 거지. 난 내일 죽더라도 저 새끼들 놀라 꼬꾸라지는 꼴을 보고 싶다. 노가다 잘못 건들면 이렇게 되는구나, 이놈들도 생각이 있는 사람들이구나, 장난질하면 망하는구나, 그걸 알게 해줘야 하는 거야. 어설프게 떠들다 붙들려 가면 그야말로 개죽음이다. 뭔가 하는 것 같이 해야 놈들이 제대로 알아듣지. 관리자 놈들은 어떻게 사탕발림으로 대충 무마하고 넘어가려 할 텐데, 이 정도로는 안 하니만 못해."

그는 입김을 뿜어내며 당당하게 말을 했다.

"어이! 정 형, 빨리 와!"

성우를 부르는 소리가 들렸다.

"너는 여기서 현장을 지키라고. 이 형님은 정말 일다운 일을 하러 가야 하니까."

그는 동호의 어깨를 잡고 흔들며 전장으로 떠나는 병사처럼 의연하게 말을 하고 그들 쪽으로 달려갔다.

운동장 곳곳에 모닥불이 타고 있었다. 동호는 가까운 모닥불로 갔다. 모여 있는 사람 중 더러는 낯이 익었다. 그는 눈인사를 건네며 모닥불에 좀 더 가까이 갔다. 나무 타는 냄새에 집 생각이 났다.

"귀국 며칠 남지 않았는데 별일을 다 겪는군."

중년의 노동자가 담뱃불을 붙이면서 어이없는 웃음을 지었다. 그는 동호에게 자리를 내주며 담배를 권했다. 동호는 담배를 거절하면서 그의 얼굴을 보았다. 많은 주름이 노동의 이력을 말해주었다.

"여기 온 지 얼마나 됐어?"

"작년 가을에 왔습니다."

"젊어 보이네. 이 싸움이 끝나면 그나마 조금 나아질 거야. 그래 봐야 이 지독한 사막의 더위가 가시지는 않겠지만. 사람 꼬락서니는 조금 나아지겠지. 내가 무슨 말을 하는지 알 거야."

"예."

그는 밤하늘을 쳐다보았다. 남쪽 하늘에서 쌍발기 비행기 한 대가 밤하늘을 울리며 날아오고 있었다.

"높은 놈 하나 오는군."

그는 씁쓸한 미소를 지으며 담배 연기를 뿜어냈다.

"높은 사람이라니요?"

"이 큰 현장이 이 지경이 됐는데 대사든 소사든 오지 않겠어. 자칫 잘못하면 이 중동에서 통째로 쫓겨날 텐데. 지금쯤 발칵 뒤집혀 있겠지. 오죽하면 전쟁에나 쓰는 기관총을 설치하고 난리를 치겠어. 내가 봤을 때, 별일 아니구먼. 내가 보기에는 높은 놈들이 그걸 바라는 것 같기도 하다니까. 그래야, 일이 생겨 밥값을 하거든. 사람이 거의 죽어 자빠져 들고 일어나기를 바랐던 것처럼, 엎어져 할딱거려도 못 본 척하는 거지. 한마디로 무식한 놈들이 따로 없다는 거지. 아니면 왜 이런 일이 끊이지 않고 일어나겠어. 안 그래?"

쌍발 비행기는 요란한 소리를 내며 현장 근처를 선회하더니 서북쪽으로 날아갔다.

"어느 놈인지 아주 오줌이 지리겠구먼."

노동자는 껄껄거리며 웃었다. 다른 이들도 따라 웃었다.

"아저씨는 안 무서우세요?"

"무섭기는. 지금보다 더 큰일을 저질러도 일꾼들은 아무 문제가 없다니까. 우리를 귀국시키고 나면 누굴 붙잡고 일을 시키겠어. 알고 보면 이 지경이 된 것도 자기들 책임인데 말이야. 우리가 여기 데모하러 온 건 아니잖아. 참다 참다 못 참겠으니까 들고 일어나는 거지. 내가 국내서도 그렇고 태국에서도 그렇고 여기서도 크고 작은 소요를 겪어봤을 때 높은 놈들이 하는 짓거리는 뻔하지. 대충 요구 들어주겠다고 해서 사태를 진정시킨 다음에 주동자를 색출한답시고 이 사람 저 사람 잡아들이지. 그 사람들 귀국시켜 감옥에 보내고 다른 사람들한테는 대역죄이나 너그럽게 용서해준다 거드름 피우고 또 일을 시키는 거지. 마치 큰 선심이나 쓰듯이…. 그야말로 당연히 줄 것을 눈곱만큼 주면서 온갖 생색을 내겠지. 단지 책임자라고 앞에 섰던 사람들만 그 고통을 치르는 거지. 아마 이 정도면 되게 혼이 났을걸. 그걸 알면서 나서는 사람들이 있더라고, 우리는 딱 중간에서 구경하다 대충 뒤로 빠지는데. 역시 사람 사는 곳에는 인물이 따로 있는가 봐. 그 몇몇 사람들 때문에 나머지가 숨이라도 쉬고 곯지 않고 산다고나 할까. 여기서 불 쬐거나 돌 좀 던지고 차 좀 때려 부순 사람은 아무 탈 없을 거야. 세상사라는 것이 그런 거지. 그나저나 관리자 놈들 박살난 상판대기를 보면서 일을 해야 하는데 귀국이라니 아쉬워."

"한국에 들어가서 쉬었다고 또 나오시면 되잖아요?"

"아니, 이젠 안 올 거야. 내가 이런 말 하면 그렇지만, 어머니 돌아가시는 것도 못 봤다니까. 이게 사람 새끼가 할 짓이야? 돈이 다 무슨 소용이야. 고생한 값도 안 나오는걸. 산업전사고 나발이고, 덤핑 공사의 손실을 헐값 노동으로 메우겠다는 이야긴데, 이런 양아치 판에 이용당하느라 어머니 마지막도 못 보다니. 사람 꼴이 아니지. 안 그래?"

동호는 함께 욕을 해야 할지 위로를 해야 할지 난감했다. 그는 그런 동호의 마음을 눈치 채고 씨익 한번 웃더니 기지개를 켰다.

"이렇게 싸움을 할 때야 제대로 쉴 수가 있으니. 나는 어디가 조금이라도 눈을 붙여야겠어. 젊은이도 대충 눈치 봐서 구석에 박혀 쉬라고. 이거 며칠 못 가. 싸움도 길이 들어야 잘하는데, 여기 노가다들은 아직 길이 안 들었어. 매일 귀국하는 놈과 들어오는 놈 갈리니 죄 딴생각들이야. 나부터 말이지. 회사에 반은 속고 반은 얻어내겠지. 하여튼 아쉽네. 껄껄껄."

중년의 노동자는 웃었지만 다른 이들은 웃지 않았다. 긴장한 얼굴로 고개를 숙이거나 담배를 물고 허공을 쳐다보았다. 마이크 소리가 간간이 들렸다. 공포를 이기게 하려는 선동이었다.

멀리서 여우 울음소리가 들렸다.

1977년 3월 14일 새벽, 주바일 시 북부 해변 비행장에는 많은 사람이 미 공병 쌍발기를 타고 오는 한국 대사를 기다리고 있었다. 활주로 불빛을 따라 서서히 다가온 쌍발기는 미끄러지듯 긁는 소리를 내며 착륙하였다. 프로펠러가 모래바람을 일으키면서 도는데 문이 열리면서 미 공병과 한국 대사 일행이 모습을 드러냈다. 대사는 긴장된 얼굴로 그를 맞이하는 사람들에게 다가와 인사를 나누었다. 사우디 동부 지역의 군인과 방위군 사람들, 주바일 시장과 경찰서장 그리고 건설사 간부 등 30여 명이 대사를 맞았다.

대사는 차례대로 악수하고 간단한 의견을 나누었다. 미 공병도 이번 사건에 신경을 곤두세우고 있었다. 자신들이 관리하는 현장의 노동자도 대부분 소요에 참여해 미군들과 그들의 가족을 대피시켜 놓은 상태였다. 한국 대사가 별도의 간단한 브리핑을 받는 대로 모두 모여 회의를 하기로 했다.

김지수는 현장 노동자 관리 대상 이름들을 죽 훑어보았다. 아는 이름이 있었다. 노동자들은 그를 김 대위라 불렀다. 김 대위는 삼십 대 중반이긴 하지만 꽤 신중하고 온건한 입장을 가진 관리 대상자였다. 지난번 관리자 납치 사건 때 참고 조사를 하면서 만난 적이 있어 그의 성격을 알고 있었다. 그가 특별한 목적을 가지고 중동에 온 것으로 보이진 않았지만 노동쟁의 경력이 있어 눈여겨보고 있었다. 현장 안에 김 대위가 있다는 것이 안도가 되었다. 그는 빨갱이적 기질이 다분히 있으면서도 대화가 되었다. 이번 소요에 십중팔구 김 대위도 직간접적으로 연루되어 있을 것이다.

"자네는 언제 왔나?"

대사는 건설회사 사무실에서 기다리고 있던 중앙정보부 파견 직원인 김지수를 보고 놀랐다. 대사관에서 먼저 떠났다는 말을 들었지만 미 공병 비행기를 얻어 탄 자신보다 먼저 와 있으리라고는 생각지 못했다.

"어제 대책회의 마치자마자 미 공병 수송기를 타고 왔습니다. 그쪽에 아는 사람이 있습니다."

"역시 요원들은 뭐가 달라도 다르구면. 근데 이 현장 소요가 단순 소요인가 아니면…."

"더 조사를 해봐야 알겠지만, 그쪽 움직임으로 봐서는 우발적이고 단순 소요인 것으로 보입니다. 특별한 외부 자극이나 돌발적인 어떤 행동이 없을 때는 더는 악화되지 않을 겁니다. 단지 소요 규모가 크다는 것이 마음에 걸립니다. 사람이 많으면 상황이 어떻게 변할지 아무도 모르니까요. 그나마 이 현장이 다른 곳보다 열악한 현장 조건에서 생긴 관리상 문제라 해결 지점도 복지와 임금이라 복잡하지는 않을 것으로 보입니다. 문제는 사우디 정부 쪽 반응인데 만만치 않습니다."

"그럴 테지. 그게 제일 중요하지. 그쪽은 어떤가?"

"일단 이번 사건에 나설 것으로 보이는 사우디 쪽 책임자들과 그들의 성향을 알아보고 있습니다. 일단 현장 문제가 정리되는 대로 보고를 드리도록 하겠습니다. 또 하나 본국에서 충격이 좀 큰 모양입니다. 곧 중정에서 어떤 식으로든 사람을 보낼 것 같습니다."

"사람들이 기다리네. 자세한 이야기는 나중에 하지. 그런데 사전에 전혀 몰랐나?"

"얼마 전 다른 현장에서 직원 납치 사건이 있었습니다. 그때 이곳 현장 상황을 짐작하기는 했지만, 폭력 사건이 일어날 줄은 몰랐습니다."

김지수는 곤혹스러운 표정을 지었다. 둘은 회의실로 들어갔다. 간단한 소개와 인사말을 하고 곧바로 직접적인 소요 배경과 현장 현황에 대한 건설사의 보고가 시작되었다. 대부분 노동자의 비조직적 속성과 예측 불허의 성격에 대해 이야기할 뿐 소요 사태의 본질에 대해서는 애매하게 피해갔다. 사실 회사로서는 다른 회사보다 상대적으로 적은 임금이나 군대식으로 규율을 강요한다는 말을 하기는 어려웠다. 대충 얼버무리는 선에서 인정하고 넘어갔지만, 대사는 말할 필요도 없이 회사의 책임이 크다는 것을 짐작했다. 그렇다고 현장을 운영하는 회사를 질책하고 소요를 일으키는 노동자들을 두둔할 수는 없는 일이었다.

김지수는 별다른 말을 하지 않았지만, 회사 직원들 태도가 변하지 않는 한 이런 소요 사태가 계속 일어나리라는 것을 전부터 예상하고 있었다. 근본적으로 본국 정부와 회사들이 수주 우선으로 공사를 강행하는 풍토 속에서 충분히 예고된 사건이었다. 간간이 터지는 폭력 사건을 조사하다 보면 겉으로는 우발적이지만 회사 직원을 바라보는 노동자의 오래된 분노를 느낄 수 있었다. 지난해 여름에 있었던 반장 살인 사건도 그런 예였다. 이곳 주바일 인근 건설 현장에서 터진 사건이었다. 일곱 명의 일꾼들이 집단으로 반장을 때렸는데, 그중 하나가 삽으로 후려친 게 반장 목을 부러뜨렸다. 그 노동자는 국내로 귀국 조치되어 살인죄로 형사처분을 받았다. 너무 더위 날씨를 탓하기도 하지만 열악한 조건에서 견디기 어려운 강압적인 관리가 순간적으로 사람을 변화시킨다. 심지어 굴착기로 작업반장을 찍어 중태에 빠뜨린 일도 있고, 관리자 숙소를 장비로 들이받아 사람이 다친 일도 있었다. 노동자가 작업 중에 사망한 것이 원인이 되어 파업하는 경우도 있고 이곳처럼 관리자의 폭행이 원인이 된 곳도 있지만, 그 모든 사건의 근본은 비인간적인 근로자의 처우였다. 이러한 내용을 누구나 알지만 좀처럼 인정을 하지 않으려했다.

간혹 외국 관리자들을 만나면 한국 관리자들에 대해 고개를 흔들었다. 이번 사건도 외국 관리자들은 무조건 회사나 정부의 태도에 비판적인 시각을 가지고 있었다. 불가능한 일을 근로자들의 피와 땀으로 대신하고 있다. '소요', 근로자로서 당연한 것 아닙니까? 그들이 그렇게 말을 할 때면 어깨를 으쓱할 뿐이었다.

"더위 탓일 뿐이다!"

간단한 말이다. 회사 간부들과 이야기할 때면 종종 그 말을 쓴다. 그럴 때면 관리자들은 외면을 한다. 노동자를 인간 이하로 대우한 것 자체를 인정하지 않기 때문이다. 머릿속에 자신의 아랫것들이라는 의식이 뿌리 깊게 있으니 그들에게 명령이 아닌 부탁 혹은 점잖은 지시란 상상할 수도 없다.

"날이 밝으면 내가 직접 들어가겠습니다. 불타는 사막 한가운데서 대역사를 이룬 우리나라 국민이 아니겠습니까."

대사는 사건 해결에 적극적이었고 애국심이 중심이었다. 애국심이 근로자의 처우 개선에는 도움을 주지는 못하지만, 최소한 중간적인 입장을 지키려고 노력은 할 수 있었다.

김지수는 대사의 결단이 사건 해결에 도움이 될 거라는 판단이 들었다. 다음 날, 대사의 차량은 호위차를 앞세우고 현장으로 향했다. 현장으로 가면서 사우디 방위군이 쳐놓은 몇 개의 바리케이드를 지나야 했다. 바리케이드 너머에서 연기가 치솟고 있었다. 현장이 전쟁터로 변해 있었다.

동호는 광장 한쪽에서 졸고 있다가 아라비아의 새벽 여명에 눈을 떴다. 수평선과 하늘이 맞닿아 있었고 바지선들이 잔파도가 이는 고요한 바다에 떠 있었다. 배가 고팠다. 모닥불에서 불씨가 남아 연기가 피워 오르고 사람들은 담요를 덥고 누워 있거나 담배를 피우고 있었다. 하루 사이 꽤 지쳐 보였다.

정문 쪽 노동자들이 술렁댔다. 곧이어 마이크에서 본국 대사가 현장으로 들어오고 있다고 전했다. 동호는 벌떡 일어나 정문 쪽으로 달려가기 시작했다. 간밤의 그 비행기에 대사가 있었음이 분명했다. 그가 문제를 해결하기 위해 날아온 것이다. 대사가 구세주처럼 예감되었다. 모든 게 잘 풀릴 것 같은 기분이 들었고 공기마저 가볍고 맑게 느껴졌다. 정문으로 구석구석에 흩어져 있던 사람들이 대사를 보려고 모여들었다.

"난 내키지 않는단 말이오."

민수는 화를 냈다. 정문으로 가서 대사가 못 들어오게 봉쇄를 하자고 했다.

"그게 그리 간단한 문제가 아니잖습니까. 상대는 회사 간부가 아니라 대사요, 대사. 그를 무조건 못 들어오게 막는다는 게 말이 됩니까?"

사람들은 언성을 높였다. 대표들 다수는 대사의 말을 들어보자는 의견이었다. 무슨 협상을 하는 것도 아니고 단지 상황을 알아보겠다고 들어오는데 그를 앞에 두고 사실을 알려야 한다고 생각했다.

"김 대위는 어떻게 생각을 하십니까?"

한 노동자가 김 대위에게 물었다. 마치 그가 자신들의 입이 되어주길 부탁하는 투였다. 김 대위는 망설였다. 분명히 아무리 국민을 대표하는 대사라고는 하지만 회사 편만 일방적으로 들 수밖에 없는 처지가 분명하다.

"어려운 문젭니다. 지금 사람들이 모여들어 환호를 지르는 판에 아무 이유 없이 막는다면 내부 반발이 더 심할 것 같습니다. 그는 중재를 위해 온 사람이기도 하고…."

"그게 말입니까? 알만하신 분이. 저 사람이 와서 할 수 있는 일이 있습니까? 우리를 위해서 무엇을 해줄 수가 있습니까? 대사가 여기에 들어오는 이유는 너무나 단순합니다. 그것은 빨리 청소하고 일을 할 준비를 해라, 그리고 일을 하면서 합법적으로 쌍방이 자리를 잡고 부족한 게 있으면 대화와 협력으로 해결하라, 이거 아닙니까? 그게 말이 돼요? 지금 대사가 여기서 하는 일은 회사를 지원하는 것입니다. 그걸 모르시는 게 아니잖아요?"

"섣불리 대사를 막아섰다가는 사람들이 우리에게 등을 돌릴 수 있지 않을까요? 명색이 대사인데."

김 대위의 말에 다른 사람들이 말이나 들어보자고 계속 되풀이된 주장을 했다. 민수는 결국 두 손을 들고 말았다.

"후회할 겁니다. 대사란 작자가 우리에게 할 수 있는 일은 아무것도 없단 말입니다. 아무것도."

민수는 너무 분명한 문제에 사람들이 자신을 고스란히 바치는 것으로 보였다. 사람들이 정문으로 다가가 환호를 질렀다. 더러는 냉담한 반응을 보이기도 하고 항의성 발언을 하기도 했지만 대부분 대사가 자신들의 문제를 풀어줄 거라 믿고 있었다.

대사 일행의 차는 정문 바리케이드를 지나 현장 안으로 들어왔다. 곳곳에 불탄 승용차와 자재 더미의 잔해들에 혼란스러웠던 전날이 고스란히 담겨 있었다. 모닥불의 잔재에서 불꽃이 일고 각목과 쇠파이프를 든 노동자들이 규찰을 서고 있었다. 국내에서는 간간이 일어나는 일이지만 사우디 친구들이 보면 놀랄 만한 일이었다.

승용차는 노동자들이 가리키는 방향으로 천천히 움직여 바다 쪽에 인접한 광장에 도착했다. 거기에는 3000여 명의 노동자들이 무리를 이루고 있었다. 광장 입구에서 차가 멈추자 노동자들은 손뼉을 치며 환영했다. 더러는 여전히 손가락질을 하는 사람도 있었다.

치밀하게 조직된 일이라면 이런 광경은 없을 거야. 김지수는 노동자들에게서 눈을 떼지 않았다. 한눈에 대표자들을 알아볼 수 있었다. 한 무리로 모여 있는 사람들 속에서 김 대위가 눈에 띄었다.

그는 어두운 얼굴로 대사 행렬을 바라보고 있었다.

한 노동자가 다가와 들뜬 목소리로 '대사님'이란 호칭을 쓰며 일행을 중앙으로 안내했다. 그는 대사를 앞에 두고 그럴 수밖에 없는 상황을 설명했다. 다른 노동자가 말렸지만 그는 화를 내며 할 말은 다 해야 한다고 고함을 질렀다. 앉아 있던 사람들이 그를 데리고 나가고서야 대사는 대표들과 마주했다. 대사는 '국민'들에게 먼저 인사를 하겠다며 단상으로 올라갔다. 한참을 수평선만 바라보며 말이 없자 노동자들은 긴장했다. 대사는 참으로 노련한 사람이었다. 대사가 말을 시작하자 침묵으로 끌어올린 긴장감으로 노동자들을 휘어잡았다.

"여러분, 늦어서 미안합니다. 소식을 듣고 최대한 빨리 온다는 것이 이제야 도착했습니다. 여러분, 지금 저 앞바다에 아침 해가 뜨고 있어요. 우리 다 같이 애국가를 부릅시다."

줄곧 노동자들을 날카로운 눈초리로 훑어보고 있던 김지수까지도 대사의 말 속에 빨려 들어가 아라비아해를 붉게 달구는 뜨거운 해를 바라보았다. 거짓말처럼 근로자들이 하나둘 새벽의 고요를 깨고 애국가를 부르기 시작했다.

김 대위는 대사의 행동에 감탄했다. 그는 자신의 지위와 사명 그리고 노동자들의 어려운 처지를 그대로 읽고 자신의 의도대로 끌고 갔다. 애국가를 부르리라고는 상상도 하지 못했다.

"저 정도는 돼야 대사라 하지 않겠소?"

김지수가 김 대위에게 다가가 팔꿈치를 툭 치며 말을 건넸다. 김 대위는 깜짝 놀랐다. 낯익은 얼굴이었다.

"자주 만나는군요."

"이게 어디 보통 사건입니까? 세계가 난리 났습니다. 이 정도면 성공해도 단단히 한 것 아닙니까?"

그는 대사가 연설하는 모습을 쳐다보며 말했다. 대사의 온몸이 아침 햇살에 빛나고 있었다. 지친 노동자들이 더욱 그를 우러러봤다.

대사는 느닷없이 베트남전에 참전을 했던 사람들 손을 들어보라고 했다. 상당히 많은 수가 손을 들었다. 그는 베트남 대사였던 이력을 상기시키며 친근감을 표시했다. 대사는 베트남이 패망한 이유가 분열과 이기심, 애국심의 결여라고 목소리를 높였다.

"어제 낮부터 여러분은 제대로 먹지도 못하고 고생이 컸을 것입니다. 이 꼴이 웬일입니까? 남의 나라에 와서 꼭 이래만 합니까? 나는 우리 국민은 절대 그럴 국민이 아니라고 믿어왔기에 더욱 가슴 아픈 것입니다."

서서히 대사가 자기의 본심을 꺼내 들기 시작했다.

"만일 이런 일을 고국에 계신 여러분의 가족들이 알면 얼마나 가슴 아파하겠습니까? 이제 어제부터 있었던 일을 잊어버립시다."

대사는 선동하듯 손을 치켜들고 목소리에 열을 다해 노동자들을 설득했다. 주변에서 흐느끼는 소리가 들렸다. 김 대위는 대책위 사람들을 쳐다보았다. 많은 대표도 그의 연설에 감복하는 눈치였지만 난처한 표정을 짓는 사람들도 있었다. 냉정해지려고 고개를 돌리는 사람도 있었다. 대사는 곧, 모든 권한을 자신에게 넘기고 이제 청소를 하고 작업에 들어가자는 말을 했다. 결국 이야기의 초점은 하나도 나오지 않았다. 손뼉을 치는 사람들도 있었고 옳다고 고개를 끄덕이는 사람들도 있었다.

"여러분 우리 다 같이 일어서서 대한민국 만세를 부릅시다!"

대사의 마법은 만세를 부를 때 절정에 달했다. 모두 일어나 만세 삼창을 하였다. 김지수는 김 대위의 얼굴을 쳐다보았다. 김 대위의 허탈한 표정은 붉은 햇살에 벌겋게 변해 있었다. 김 대위는 입술을 꾹 깨물었다. 처음부터 대사를 들여놓지 말고 협상부터 했어야 했다. 예상은 했지만 예외를 바라며 대표들끼리 생길 큰 언쟁을 피하고자 한 결정이었다.

"요구 사항이 뭡니까?"

김지수는 김 대위에게 물어보았다.

"글쎄요. 난들 압니까."

"왜 그러십니까? 설마 김 대위님이 여기서 구경만 했을까요?"

"중정이면 간첩 잡는 곳인데 왜 노사문제에 간섭하시려 듭니까?"

"오다 보니까 최소한 승용차 30여 대는 불에 탔던데, 이 정도면 국가 안전을 위협하는 폭동 아닙니까? 박 대통령 각하 성격에 해병 대까지도 파견될 수 있는 상황이죠."

"국가 안보가 걱정되면 혹독한 환경 속에 일하는 노동자들을 고민하셨어야 하는 것 아닙니까?"

"그러게요. 근데 저는 시키는 대로 하는 말단이라…. 어차피 사건이야 터졌고 들어줄 수 있는 것을 들어줄 테고 불가능한 것은 못 들어줄 텐데, 아무래도 중요한 것이 책임자 처벌이죠. 사람 못할 짓이죠."

김지수의 말 속에는 이미 모든 상황은 정리되었다는 전제가 있었다. 김 대위는 화가 나 자리를 빠져나와 숙소로 향했다. 잠시 후 대표들이 모여들었다.

"당장 일을 시작하자는 멍텅구리 녀석이 있다니까. 도대체 처음부터 왜 일을 벌인 거야!"

민수가 고함을 치며 들어섰다. 그는 발아래 있는 깡통을 걷어찼다.

"지금 조별로 연락해서 일단 대기하라고 하고 지시가 떨어질 때까지 움직이지 말라고 하죠. 괜히 잘못 처리하면 여기에 있는 사람들 죄만 뒤집어쓰고 귀국 조치될 겁니다. 아무 성과도 없이 피만 보고 끝을 낼 수는 없잖아요. 이게 우리 화 풀자고 한 일이랍니까!"

인호 역시 벌게진 얼굴로 씩씩대며 말했다.

"그러기에 애초 대사를 무작정 들이지 말자고 하지 않았습니까? 이거 어떻게 수습할 겁니까?"

민수의 화는 누그러지지 않았다. 김 대위도 우려는 했지만, 대사가 단 한 번에 사람들을 해산시킬 만큼 위력을 발휘할 줄은 생각지도 못했다.

"전 형, 진정하고 대책을 논의해봅시다. 지금이 이번 사태에서 가장 중요한 시점이 아니겠습니까."

김 대위가 사람들을 자리에 앉혔다.

"어차피 여기서는 저쪽이나 이쪽이나 조심스러울 수밖에 없습니다. 대사가 아무리 말을 잘해 사람을 달래놨다고 하지만 실질적인 소득이 없으니 가만있지 않을 것이고 또 함부로 상황을 정리하지도 못할 겁니다. 여기서 다시 노동자들이 저항을 할 경우 수습도 틀어지니까요. 일단 협상을 준비하는 데 집중을 합시다. 협상은 몇 시로 잡혔습니까?"

"오전 7시입니다."

"그렇게 빨리요? 준비하기도 벅차겠군."

김 대위는 고개를 저었다.

"대위님, 협상도 좋지만 안 들어주면 어떡할 겁니까?"

민수가 따지듯 물었다.

"지금으로써는 이 방법밖에 없지 않습니까? 죽어도 놈들이 들어주지 않겠다면 그때 가서 다른 방법을 찾아야겠지요. 그럼 전 형은 지금 협상 말고 다른 생각이 있습니까?"

"아니 싸움 하루 만에 협상이니 뭐니 말이 나온다는 게 그 결과를 보지 않아도 뻔하다는 생각이 듭니다."

민수의 울분 어린 목소리가 커지기 시작했다.

"앞에 기관총을 들이대고 있는데 무작정 끌고 가기에는 너무 상황이 부담스럽잖아요. 차라리 잘된 일일 수도 있다고 보는데. 자칫 잘못하다가는 노동자들이 등을 돌릴까 걱정됩니다. 그게 제일 두려운 것 아닙니까?"

김 대위도 답답하다는 듯 목소리가 높아졌다.

민수는 기관총이란 말에 할 말을 잃었다. 확실히 그들은 총을 들이대고 위협을 하고 있었다.

"기관총, 그래 무섭기는 하죠."

민수는 고개를 저었다. 여기까진가? 더는 말을 해봐야 서로 다른 입장만 확인할 뿐이었다. 달리 다른 방법이 있는 것도 아니었다. 이제는 막다른 골목에 몰렸다는 생각이 들었다. 김 대위도 더는 대화를 할 의욕이 생기지 않았다. 민수는 한마디 외치고 얼굴을 문질렀다. 그리고 입술을 깨물었다. 그가 보기에도 여러 가지로 상황이 좋지 않았다. 주변에 둘러서 있는 대표들만 불쌍해졌다는 생각이 스쳐 지나갔다. 어쩌면 대사가 뛰어났다기보다는 사람들이 대사에게는 기대가 너무 컸던 것이 아닐까 생각도 들었다. 자신보다 대사를 더 믿었다면 그건 자신의 한계였다.

민수는 손을 털고 밖으로 나왔다. 그는 사람들 속으로 사라져버렸다. 나머지 사람들은 협상안을 다시 검토했다. 협상에 나갈 내용은 대충 이러했다.

1) 이번 사태와 관련해서 회사 측의 보복 등으로 말미암은 근로자들의 희생이 없도록 할 것.

2) 근로자에 대한 구타 행위를 금할 것.

3) 현재의 관리직원 전원을 교체할 것.

4) 사원과 기능공과의 차별 대우를 바로잡을 것.

5) 복지후생 시설을 개선할 것.

6) 현행 근로계약 기간 2년을 1년으로 단축하고 연장 근무를 희망하는 자에게는 연 3회의 유급휴가를 실시할 것.

7) 국경일 휴무 및 주 휴무를 철저히 할 것.

8) 주 48시간 급여제를 시행하고 임금을 100퍼센트 인상할 것.

9) 상여금을 연 300퍼센트 지급할 것.

10) 동일 직종의 임금 수준을 평준화할 것.

11) 근로자에게 귀책사유가 있는 차량 파손의 경우에도 변상 조치하지 말 것.

12) 모든 상해는 공상으로 처리할 것.

13) 이미 체결된 근로계약서를 개선되는 조건에 맞도록 갱신해서 재체결할 것.

"결국, 승인은 회장이 할 텐데 다른 건 몰라도 돈 문제만큼은 양보하지 않을 것 같네. 니미."

인호가 말하자 갑자기 웃음이 터져 나왔다. 맞는 말이었다. 회장이 돈 문제라면 양보를 할 리가 없었다.

이제 협상만 남았다. 협상단은 여러 논의 끝에 직종 대표 전체로 정했다. 김 대위는 자신이 빠진 것을 크게 문제 삼지 않았다. 문제는 전민수였다. 손을 털고 나간 이후로 다시 돌아오지 않았다. 자기만 빠지려고 한다는 성토가 나올 무렵 그가 나타났다. 검은 눈은 충혈되어 있었지만 날카로운 기는 살아 있었다.

"잠깐 자리를 비웠습니다. 죄송합니다. 저는 여러분과 끝까지 함께하겠습니다."

민수에게 협상 논의를 대충 설명하고 마지막 발언을 돌아가면서 했다. 거의 말이 끝났을 때 황 씨가 들어왔다. 미안해서 격려해주려고 왔는가 했는데 뜻밖에 자신도 대표로 들어가고 싶다는 말이었다. 그러고는 사람들을 천천히 둘러보았다.

"나는 민수 대신이야."

"그게 무슨 말예요? 아저씨, 여기 들어오는 게 무슨 의민지 알아요?"

황 씨가 걱정스러운 인호가 단념시키려는 마음으로 물었다.

"알다마다. 그래서 하는 거지! 내가 빠지는 것도 우습지 않나?"

민수는 어이없는 웃음을 흘리며 그를 제치고 앞으로 나가려고 했다. 황 씨가 민수를 막아섰다.

"이번 협상단이 모두 처벌을 받게 되면 여기 현장엔 누가 남나. 자네라도 있어야지."

"아저씨 말도 틀린 말은 아닌데… 알아서들 하십쇼. 나중에 후회는 말고요."

인호는 민수의 어깨를 툭 치고 밖으로 나갔다. 이어 다름 사람들도 말없이 방을 빠져나갔다.

밖에는 노동자들이 모여서 대표들을 한 명씩 환송했다. 마지막으로 나온 김 대위와 민수는 대표들의 뒷모습을 지켜보았다. 민수의 두 눈이 붉었다.

오전 7시부터 시작한 협상은 12시가 넘어서야 1차로 마무리되었다. 협상단은 12시 반부터 노동자들을 불러 모았다.

김 대위는 협상단 뒤에 앉아 있었다. 어떻게 구했는지 현장 잠바 차림의 김지수가 다가왔다. 김지수는 김 대위에게 담배를 권했다. 김 대위가 거절하자 김지수는 혼자 담배에 불을 붙이고 길게 내뿜었다.

"협상도 거의 끝나 가는데 긴장 푸세요. 이제 책임자 처벌만 남았네요."

인호가 대표로 협상 결과를 발표했다. 모든 게 불만족스러운 내용이었다. 예상했던 대로지만 가장 중요한 책임자 처벌과 임금 문제는 이곳에서 결정할 수 없다는 이야기였다. 단지 처벌과 관련해서는 대사관에서 노동자 입장에 서서 최대한 노력한다는 말뿐이었다.

"김 대위님은 처벌자 명단에 포함되지는 않을 겁니다."

김지수는 작은 소리로 김 대위의 귀에 대고 말을 했다.

"나는 그런 부탁한 적 없소."

"큰아버님께서 고위직에 있더군요."

김 대위는 굳게 입을 다물었다.

"꼭 그게 아니더라도 이번 일에 주동적으로 나선 것으로 보이지 않고, 대표에도 들어가지 않았잖아요. 또 이후라도 말이 되는 사람이 한 사람은 있어야 하는 것 아닙니까? 이 각박한 현장이 하루아침에 손바닥 뒤집듯 바뀌지 않을 테니까요."

김 대위는 그의 말소리가 잘 들리지 않아 고개를 갸웃거렸다. 귀에서 알 수 없는 울림이 들렸다.

"이번 사건이 얼마나 큰지 아십니까? 하루 이틀 내 본국에서 중정 감사가 뜹니다. 국무총리도 방문한다고 하더군요. 그만큼 본국에서 충격이 큰 것이겠지요. 지금 제가 제일 고민하는 게 뭔지 아십니까? 첫째가 집단 추방에 대한 염려입니다. 터키 노동자들이 집단으로 추방당한 경험이 있어 신경이 꽤 곤두서는 문제입니다. 단지이 회사만의 문제는 아닙니다. 그리고 둘째가 여기에 있는 사람 중한 사람이라도 이곳 사우디 법정에 세우지 않는 것입니다. 본국에 송환되면 그것도 고통스러운 일이겠지만 이곳 사우디 법에 비하면차라리 백번 나을 겁니다. 김 대위님도 제 마음을 이해하리라 생각합니다. 그게 아니라도 어쩔 수 없지만. 하여간 언제 또 봅시다."

그는 담뱃불을 발로 박박 비벼 끄고 자리를 떴다.

협상 결과에 많은 노동자가 반발했지만 말뿐이었다. 이미 싸움은 끝났고 대부분 노동자가 자기 자리로 돌아가 일상적인 노동을 하고 싶어 했다. 사우디 감방에 갈 수도 있다는 소리에 두려울 수도 있었고 이역 만리라 더욱 빨리 지친 것일 수도 있었다.

14일 밤 사우디 경찰은 소요 주동자 5명을 구속하고 폭력을 써노동자의 폭동에 원인이 된 직원을 출두 조사하였다. 대사가 사우디 정부와 협상하여 구속자를 4일 뒤 석방을 하여 본국으로 추방하였다. 본국으로 추방된 노동자는 20명이고 회사 직원은 5명이었다.

25명이 사우디의 다란공항을 출발하여 김포공항에 도착했을 때,

버스 한 대가 대기하고 있었다. 공항 뒤로 나온 노동자들은 5명의 관리자와 따로 떨어져 버스에 태워졌다. 중앙정보부에서 파견나온 사내들이 노동자들을 버스에 태워 어디론가 끌고갔다.

주바일 파업 2년 뒤인 1979년 여름 귀국을 앞두고 있던 김지수는 사우디아라비아 서부에 있는 제다 시 현장에서 한국 노동자들의 집단 소요가 발생했다는 보고를 받았다. 조사 차 그곳에 갔을 때, 공교롭게 협상장에서 김 대위를 만났다. 김 대위 역시 연장 근무 말미라 귀국을 앞두고 있었다.

"아홉수가 안 좋은가 봅니다. 여기저기서 크고 작은 폭력 사고가 일어나니 말예요. 근데 김 대위님 귀국 며칠 안 남았다고 하는데 조용히 지내시다 가시지 그 틈을 못 참고 여기서 일을 벌이고 있습니까?"

"글쎄 말입니다. 내가 가는 곳마다 이런 일이 생긴다고 보기에는 그렇고, 곳곳에서 이런 일이 일어납니다. 그만큼 현장의 현실이 어렵다는 말이겠지요. 말 그대로 귀국 며칠 남지 않았는데 말입니다."

"갈수록 소요가 늘어납디다. 이곳 중동에 적응하느라 그러는지는 모르지만 다들 충돌에 익숙해지는 것 같습니다."

"한국 회사들이 오로지 노무비 아껴서 공사비를 빼먹으려 하니 자꾸 이런 일이 발생하는 거겠지요."

"인정합니다. 그 틈바구니에 저도 일이 있는 거고요. 그것이 좋든 나쁘든 간에 말입니다. 저는 국내 상황이 좋지 않아 조만간 귀국해야 할 것 같습니다. 이곳 문제만 처리하고 들어갈 겁니다. 혹시 국내에서 만나면 소주 한잔합시다."

"그럽시다."

"이런 말을 하기 그렇지만, 큰아버님 만나면 좋게 말 한마디 해주십시오."

둘은 그렇게 헤어졌고 다시는 만날 일이 없었다. 제다의 현장에서는 노동자들의 농성이 좀 더 길게 갔다.

동호도 귀국 날짜가 다가오고 있었다. 3년간의 중동 생활을 마치고 귀국을 결정했다. 동호에 앞서 성우는 주바일 파업 이후, 줄곧 관리자들과 부딪쳐 싸우더니 끝내는 조기 귀국을 당했다. 주변에서 계약 만기가 돌아오는 성우에게 몸을 사리라고 충고했지만, 성우는 강제 귀국 당한 20명에 대한 미안함 때문에 그 짓은 못 하겠다고 말을 하곤 했다.

어느 날, 그들이 그랬던 것처럼 식당에서 밥을 먹다 말고 식탁에 올라가 선동을 하였다. 그 전날 또 한 사람이 작업 도중에 산재를 당했다. 식판이 일제히 날아다니고 몇 장의 유리창이 깨졌으나 더 이상의 폭력은 없었다. 도망치는 관리자도 없었고 기관총을 들고 쫓아오는 방위군도 없었다. 하지만 그는 선동죄로 강제 귀국 조치를 당해야 했다.

성우는 떠나기 전날 밤 잠에 들지 못했다. 다음 날 동호는 일을 나오면서 모로 쓰러져 새우잠을 자는 성우를 보았다. 몸은 잔뜩 웅크리고 있었지만 얼굴이 평온해 보였다. 잠을 자다 말고 가끔 눈을 떴을 때 침상 끝에 걸터앉아 무릎에 팔꿈치를 대고 앉아 있던 그의 뒷모습이 떠올랐다. 그는 이번에 귀국을 한다면 다시는 중동에 나올 수 없을지도 모른다.

동호는 구부러진 성우의 등을 보고 생각했다. 고민이 별로 많지 않은 그가 밤새 잠을 못 이루는 이유는 무엇일까?

"형, 성우 형."

동호는 마지막 인사라도 나누고 일을 가려고 성우를 깨웠다.

"그냥 둬. 밤에 이야기하면서 인사 나눴잖아."

"그래, 더 자게 둬. 일도 없는데 뭐 하러 꼭두새벽에….."

그 말이 맞았다. 성우는 동호가 보기에도 근래 보기 드물게 깊은 잠에 들어 있었다.

그날 저녁 야간작업까지 마치고 와 보니 성우의 자리는 비어 있었다. 숙소도 더없이 깨끗하게 청소가 되어 있었다. 전날까지 그가 앉아 있던 자리는 이가 빠진 것처럼 비어 있었고 이내 다른 사람이 들어 올 것이다.

현장에는 소요 사태에 대해 이야기를 나눌 사람이 하나둘 떠나가고 있었다. 이제 누구를 만나도 그런 일이 있었다더라 정도만 이야기했다. 그날의 이야기를 나눌 수 있는 사람을 만나면 시간 가는 줄 모르고 신나게 떠들어대곤 했다. 그날 그 자리에 있는 듯 생생하게 떠들다 보면 그 한복판에 있는 착각에 빠지곤 했다.

사우디 동쪽 사막은 일찍이 존재하지 않았던 새로운 도시가 하나 하나 만들어졌다.

동호는 계약을 1년 더 연장했었는데, 일도 점차 마무리되어 갔고 동호의 귀국 날짜도 가까워오고 있었다. 그와 비슷하게 귀국을 하게 된 사람은 성우와 더불어 자주 놀러 다녔던 김만석이었다. 거의 귀국 한 달을 앞두고 만석이 동호에게 전자제품을 사러 시내에 가자고 했다.

갈 때는 동호가 운전했다. 둘은 폐차 직전의 낡은 픽업트럭을 타고 시내를 다녀오는 길에 아는 현지인을 만났다. 그와 이런저런 이야기를 나누다 근처 어디에 낙타를 묻었다는 말을 들었다. 만석은 귀가 솔깃해 그곳을 들러 가자고 했다. 동호의 반대에도 만석은 자기가 운전을 해서라도 들르고 싶다고 했다. 만석은 숙원인 낙타 눈썹을 꼭 구할 수 있을 것 같은 느낌이 들었다. 숙소로 돌아가자고 재촉하며 짜증을 내는 동호를 끌고 황야 지대를 한참을 돌고 돌아 낙타의 흔적을 찾았다.

황혼이 지는 흙더미들 사이에서 반쯤 묻힌 낙타를 찾아 눈깔을 도려온 만석은 보란 듯이 차 유리에 던져 붙였다. 징그러운 살가죽을 보고 동호는 소름이 끼쳤다. 만석은 깔깔 웃으며 하늘이 선물을 주었다고 발을 구르며 좋아했다. 그는 종이에 정성스레 말아 앞 유리 아래 두었다. 한껏 들뜬 만석은 멋진 드라이브를 해보자며 속도를 내기 시작했다. 얼마 달리다 보니 앞쪽에서 덤프 한 대가 질주해 다가오고 있었다. 동호는 속도를 줄이라고 말을 하며 안전벨트를 매려고 했다. 만석은 자기를 믿으라며 운전대를 꼭 잡았다. 덤프가 빠르게 스쳐 가자 픽업트럭이 흔들거리며 낙타 눈썹이 바닥에 굴러 떨어졌다. 한 손으로 운전대를 잡은 김만석은 다른 손으로 낙타 눈썹을 잡으려 몸을 수그리다 갑자기 핸들을 돌리고 말았다. 바퀴가 급하게 휘면서 차가 도로를 벗어났다. 급하게 굴곡진 길로 들어선 픽업트럭은 한쪽으로 비틀거리며 모로 서서 달리더니 이내 뒤집히고 두 사람은 차 밖으로 나가떨어졌다. 동호는 차가 뒤집힐 때 창문에 부딪히며 정신을 잃었다. 정신을 차려보니 뒤집힌 차에 깔려 있었다. 만석은 죽었는지 움직이지 않았고 동호의 다리에서는 피가 흘러내렸다. 동호는 도와달라고 소리쳤다. 사막에다 공허한 소리를 지르고 있는데 잠시 후 덤프가 달려와 멈추더니 한 남자가 뛰어내렸다. 그들이 픽업트럭에 쇠줄을 걸고 당기자 차가 바로 세워졌다. 덤프 기사는 둘을 트럭에 싣고 병원으로 달렸다.

동호는 다리가 부러져 병원에서 한 달쯤 치료를 받고 귀국행 비행기를 탔다. 만석 역시 다리가 부러져 치료를 받고 같은 날 공항에서 만났다.

"낙타 눈썹 때문에 벌받았잖아요."

동호가 만석을 보자마자 우스갯소리를 했다.

"근데 어느 놈이 가져간 거야?"

만석은 그 와중에도 낙타 눈썹을 찾았다.

"누가 가져가요. 없어졌겠지."

"그나저나 고맙다. 동호 친구 말이야. 김영학 대리가 산재로 처리해줘서. 꼼짝없이 보상도 못 받고 평생 장애인으로 살 뻔했는데. 낙타 눈썹 따다가 사고당한 게 산재면 누가 회사 엿 같다고 데모 하냐, 충성을 다하지. 그 친구 산재로 돌리려고 상사에게 무릎까지 꿇었다더라. 진짠지 모르지만."

"그럴 놈 아니에요."

"웃기네. 사실이라니까. 그래서 동창이 좋은 거야. 친구가 좋고."

"사람이야 다 같죠. 환경이 문제지. 안 그래요?"

모처럼 둘은 많은 이야기를 나누었다. 둘을 태운 대한항공 보잉기가 서서히 이륙해 아라비아해 상공을 지나기 시작했다.

떠나는 자와 남는 자

토목과 김 과장은 사무실로 들어가 쉬고 싶었지만 근래 일을 재촉하는 소장 눈치가 보여 현장을 한 바퀴 더 돌았다.

도는 길에 태국 노동자들과 격투기 경기를 벌인다는 목수 엄 씨가 궁금해 그리로 가보았다. 한국 노동자를 때려 눕혔다는 태국 노동자 이야기는 한동안 현장 안에서 화제였다. 그런 태국 노동자와 한판 붙는다니 대단한 사람이 분명했다. 하지만 엄 목수를 만난 김 과장은 의아했다.

눈은 반쯤 감겨 있고 목이 가늘어 목젖이 유난히 튀어나와 보였다. 큰 키에 굽은 등, 당최 신뢰가 가지 않는 인상이었다. 다만 철근토막처럼 단단하게 생긴 장딴지가 위안이 되기는 했다. 손가락만 구부릴 줄 알면 아무나 사우디를 오는 세상이라지만, 이건 좀 아니다 싶었다. 두 번씩 무허가 경기는 좀 그렇지 않은가 하고 자신이 문제를 제기하자, 현장 소장은 조선 놈이 조공으로 쓰는 태국인한테 첫 경기를 졌는데 그럼 그만둬? 하고 반문을 했다. 이렇게 한국인 자존심이 걸린 셈인데 선수라는 친구가 조금은 딸려 보였다.

"이번 시합에 이길 자신 있어요?"

되지도 않는 질문인지 엄 목수는 심드렁해하더니 마지못해 대답했다.

"뭐, 해봐야겠지만, 별일 있겠습니까?"

태국 아이들 쯤이야 하는 투였다. 첫 번째 친구도 그랬었다.

"태권도 사범이었다던데, 대회 같은 데서 상 타봤어요?"

"국가대표는 아니어도 전국체전에는 나가봤습니다."

"어련히 알아서 하시겠지만, 노동자들 사기가 있어서 이겨야 하는데. 원하는 것 없습니까? 특별히 먹을 거라든가."

"됐습니다. 밥이 보약이죠."

엄 목수는 히죽 웃으며 눈을 깜빡거렸다. 왜 그가 노동자들 사이에서 추천이 됐을까?

"군대에 있을 때 미군 병사 여럿을 혼자 상대한 적이 있어요. 모두 골로 갔다지 아마!"

옆에서 나이든 노동자가 한마디 거들었지만, 김 과장은 건성으로 들었다. 군대 이야기만 아니었다면 모를까.

주변 서너 개 현장에서 특별히 뽑힌 친구라 혹시 뭔가 다른가 생각했는데 아무리 봐도 특출해 보이지 않았다. 전에 3라운드까지 버틴 친구는 그래도 특수부대 출신에 종합 10단이니 뭐니 하면서 화려하기는 했는데, 태국 친구의 집요한 장딴지 공격에 주저앉았다.

"태권도만 했어요? 뭐 합기도라든가 유도 이런 거 안 했어요?"

"안 했는데요. 발차기 한 방이면 끝나지 않겠어요?"

"지난번 친구도 장담했어요. 운동한 친구들의 허풍은 아니겠죠?"

"그때 봤는데 기본기가 약하더군요. 이 태권도라는 게 발길질만 한다고 되는 게 아닙니다. 노동일하고 같습니다. 정통으로 배워야 합니다. 그게 무슨 말인가 하면, 기본기죠. 보면 안다는 겁니다."

그는 망치를 내려놓고 두 팔을 올리더니 한쪽 발을 올려 걸어차려고 시늉했다.

"아아 됐습니다. 나는 잘 모르니까."

김 과장은 필요한 것이 있으면 부탁하라고 말을 하고 돌아섰다. 벌써 현장 주차장 넓은 곳 가운데에 목수들이 대충 만들어놓은 네모반듯한 링이 땡볕에 펼쳐져 있었다.

올 초 한국인들과 태국인들이 두 번이나 집단 싸움을 했다. 두 나라 국민성이 비슷해서 그런지 싸움이 일어나면 크고 작은 문제가 발생하곤 했다. 긴장 관계가 지속되면서 작업에 좋지 않은 영향을 미쳤다. 신경이 곤두선 현장 소장이 이 문제를 타개할 방안으로 격투기 시합을 제안했다. 그것 또한 위험한 일이기는 했지만 남자들의 세계에서 힘의 질서를 인정하는 소장은 별일 없을 거고 좋은 결과가 나올 것이라고 믿었다. 그래서 그런지 1차 경기를 한 후에는 별다른 마찰이 없이 작업이 잘 진행되었다. 두 번째 경기는 한국 노동자들이 줄기차게 요구해 이번 주말에 2차 경기가 준비된 것이다.

김 과장은 오후 마지막 일과로 바닥 파는 작업을 하는 옆 건물로 향했다. 며칠 전부터 파일 하나가 박히지 않아 고생하고 있었다. 뭔가가 묻혀 있는 것 같은데 방법이 없었다. 사람이 들어가 파든 크레인으로 걸어 올리든 방법을 찾아야 하는데, 영국인 감리가 신중히 처리하는 바람에 작업이 늘어지고 있었다. 여러 방법을 써봤지만 다 실패를 했다. 가장 손쉽게 처리하는 방법은 사람이 직접 들어가는 방법이라고 결론을 내렸다. 영국인 감리가 작업 날을 격투기 시합 날로 잡았다.

김 과장이 사무실을 나올 때부터 땀이 나더니 한 바퀴 돌고 나니 온몸이 땀에 흠뻑 젖었다. 근래 노동자들이 엉뚱한 일을 해놓기 일쑤여서 더 자주 돌아다니다 보니 과로로 쓰러지기 일보 직전이었다. 현장에서 가장 힘든 일은 삽질이 아니라 걷는 일이라는 말이 진리였다. 노동자들과 실랑이를 벌이면서 한참을 걷다 보면 기진맥진해 그대로 주저앉고 싶을 때가 한두 번이 아니었다. 일꾼들이 쓰러질 때쯤이 밥 때라는데 틀린 말이 아니었다. 몸은 힘드나 잠깐 현장에 신경을 쓰지 않으면 노동자들이 오작을 내놓으니 쉴 틈이 없었다. 오작을 고칠 기회가 있으면 다행인데 덮어버리고 다음 일을 진행하게 되면 그야말로 곱으로 품이 들어갔다. 영국 감리들은 집요하게 잘못을 짚어냈다.

사람들을 다루기가 쉽지 않았다. 이곳에서 일하는 사람들에겐 이해하기 힘든 일들이 종종 일어났다.

한번은 한 사내가 굴착기로 옆에 서 있는 사내 머리를 찍은 사건이 발생했다. 왜 그랬는가 물었지만, 기사는 그럴듯한 이유를 대지 못했다.

362

"사람이 보이지 않았습니다."

사람이 보이지 않았다니… 어쩌면 뱅글뱅글 도는 태양이나 지독한 모래바람 때문일 수 있었다. 술을 못 마셔서 그럴 수도 있고, 가족과 너무 오래 떨어져 그럴 수도 있었다. 문제는 사람이 다쳤고, 누군가 책임을 져야 한다는 것이다. 사고자는 사고자대로 관리자는 관리자 대로 책임이 따른다.

한 노동자가 있었다. 지독하게 더운 오후 시간에 쉬려고 아스팔트를 까는 차 밑에 들어가 낮잠을 자고 있었다. 운전기사가 그를 보지 못하고 차를 몰았다. 차가 1미터쯤 움직였을 때 뜨겁게 달구어진 도로 위에 비명이 울려 퍼졌다. 노동자는 두 다리가 깔려 뼈가 부서져 버렸다.

노동자만 그런 것이 아니었다.

옆 현장 대리 중에 성질이 급한 친구가 있었다. 과장이 자주 질책을 하자 젊은 혈기에 몇 대 쥐어박아 과장을 기절시켜버렸다. 다른 과장이 말리자 그 과장까지 두드려 팼다. 그 주먹질이 얼마나 시원했겠는가? 부럽다고 아무나 할 수는 없다. 어쩌면 열사의 사막에는 사람을 홀리는 아랍의 마법이 뜨거운 공기 속에 숨어 있는지도 모른다.

자재를 담당하는 과장이 있었다. 현지 장사꾼이 그를 초대해 함께 술을 잔뜩 마셨다. 다음 날 일어났을 때 뭔가 잘못된 것을 알았다고 한다. 엮인 것이었다. 모든 자재를 그를 통해 사지 않으면 악명 높은 사우디 감옥에 가야 했다. 그는 귀국시켜 달라고 소장에게 서너 달을 매달렸다.

한국인이 아니면 버티기 힘들다는 사막 현장. 별들이 무수히 쏟아져 은하수를 질리도록 볼 수 있는 곳. 작업을 잘하든 못하든, 술을 마시든 개를 잡아먹든, 태국인들과 치고받고 싸움을 하든, 관리자로서 두 가지만 피했으면 하는 게 있었다. 사망 사고와 파업이다. 모진 현장 작업은 어쩌면 안전핀이 떨어져 나간 수류탄을 들고 작업하는 것일지 모른다.

외국인들이 수군거리는, 한국 업체는 불가능한 일을 잘도 해낸다는 말은 간단한 의미다. 말도 안 되는 싸구려 수주로 인건비도 안 나오는 공사에서 놀랄 만큼 돈을 벌었다는 말에 다름 아니었다. 그러니 누군가는 불가능한 이 공사에서 부당하게 당해야 한다. 그들이 현장 노동자들이라면 그들을 압박하는 직원들도 다르지 않다. 위에서 눌러대는 압축기에 노동자를 깔아뭉개고 있으니 말이다. 그래도 살아서 돈이라도 벌어 간다면 보람을 느낄 것이다.

김 과장이 현장에 도착했을 때 크레인 한 대가 사람을 매달아 파일 구멍 위로 올렸다. 파일의 검은 구멍 속으로 한 사람이 내려가기 시작했다. 혹시 모를 가스에 대비해 방독면까지 쓰고 전기선과 그라인더가 준비되어 있었다.

하늘이 오전 내내 흐리더니 빗방울이 떨어지기 시작했다. 비가 조금 굵어지는가 싶더니 이내 쏟아지기 시작했다. 파일 안에도 비가 내렸다. 김 과장이 걱정스럽게 손바닥에 떨어지는 빗방울을 보고 있었다.

일을 마친 김 대리가 숙소로 향하는데 어느 날과 달리 주차장에 사람들이 많이 모여 있었다. 며칠 전에 2차 격투기 시합이 있을 거라고 들었었다. 오늘이 그날이군. 목요일 오후 일을 마친 인근 현장 노동자들이 주차장으로 모여들기 시작했다. 한국인과 더불어 외국인 노동자도 2000명 정도 모였다. 차들이 경적을 울리고 주변에 쌓아둔 음료수가 동이 났다. 각설이가 나와 춤을 추고 노래도 불렀다. 1시간 정도 돌아가면서 노래를 부르다가 본 경기가 시작되었다.

글러브를 낀 두 선수가 갖은 찬사를 받아가며 링에 올라섰다.

하늘이 오전 내내 흐리더니 빗방울이 떨어지기 시작했다.

엄 씨는 가벼운 도복 차림으로 어색한 권투 글러브를 끼고 차분하게 서 있었다. 먼저 얻은 1승으로 사기가 오른 태국 선수는 권투 글러브를 맞부딪치며 위협을 주었다.

곧 소장의 수신호가 나가자, 심판은 두 선수를 중앙으로 불렀다. 관객들은 거의 실성한 사람들처럼 소리를 질러댔다. 두 선수가 주먹을 부딪치고 자기 코너로 갈 즈음 심판이 호각을 불어 경기를 알렸다.

비가 조금 굵어지는가 싶더니, 단단한 널빤지로 만든 링 위로 쏟아지기 시작했다.

두 노동자가 막 경기를 시작하려는 찰나 경기장 뒤쪽에서 폭발음이 들리더니 검은 연기가 하늘로 솟구치는 것이 보였다.

"아! 이런!"

폭발음에 김 대위는 숨이 멎는 듯했다.

비가 굵어져서 그런지, 폭발음 때문인지 관객들이 소리를 지르며 좌우로 흩어졌다. 빗속에 관리자들과 링 위에 세 사람이 덩그렇게 남았다. 태국 선수는 엄 씨가 날린 돌려차기 한 방을 제대로 맞고 뒤로 고꾸라졌다. 그제야 엄 씨는 폭발음이 울린 쪽을 쳐다보았다. 심판은 카운터를 하다가 멈추었다. 손뼉을 치다가 연기 나는 쪽을 바라보던 소장의 얼굴에 깊은 주름이 잡혔다.

"이런!"

김 대위는 폭발음을 듣고 현장으로 달려갔다. 직원들이 몰려드는 사람들을 통제하며 다들 숙소로 들어가라고 소리치고 있었다. 웅성거리는 사람들 너머로 크레인이 두 대가 사고 난 파일을 향해 서 있고 직원들과 파일 박는 토목 기능공들이 주변에서 부지런히 움직이고 있었다.

흐린 하늘을 등지고 크레인이 우두커니 서 있었다.

"김 과장님, 무슨 일이에요?"

김 대위는 막 앞을 뛰어가는 김 과장을 불렀다. 그도 연배가 비슷한 군인 출신이라 가끔 옛이야기를 안주 삼아 가끔 술을 마시곤 했었다.

"아, 김 대위. 그게 좀. 아직 귀국 안 했어요?"

"열흘 남았잖아요. 근데 무슨 일입니까?"

"사고 났어요. 아, 큰일 났네."

김 과장은 굳은 표정을 지으며 빠르게 걸어갔다. 대위는 김 과장을 따라 현장으로 들어갔다. 파일 안에서 가스가 폭발해 들어갔던 노동자가 변을 당한 것이었다. 무엇보다 지금 중요한 일은 사고를 당한 사람을 꺼내 오는 일인데 그 작업을 할 사람을 찾지 못하고 있었다.

김 과장도 이런 사고를 처음 당해본다며 당황한 표정이었다. 영국인 감리는 뭐라고 떠들며 모든 잘못을 한국인 기술자들에게 있다는 투로 목소리를 높이고 있었다. 한쪽에서는 사람들을 돌려보내려고 통제를 하는 통에 현장은 어수선했다. 그러면 그럴수록 사람들이 현장 주변을 서성거렸다.

"모두 현장에서 내보내."

소장이 지시했다. 직원들이 현장에 있던 노동자들을 철수시키고 밖으로 내보내기 시작했다.

"파일 속으로 내가 들어가 볼까요?"

김 대위는 과장에게 도움을 주겠다고 했다.

"위험한데. 아직 가스가 차 있을지도 모르는데."

"달리 사람이 없다면…."

"그래 주면 고맙죠. 내가 담당자에게 말을 해볼게요."

현장 소장도 와서 누군가를 들어보내라고 직원들을 몰아세운 터라 자청해서 들어가겠다는 사람이 있어 빨리 서두르라고 했다. 구멍으로 들어갈 사람이 정해지자 무전기를 채워주고 헤드램프, 방독면과 예비용 밧줄을 가지고 왔다. 들어가기 전에 공기를 빼내는 작업을 했다. 1시간 정도 하고 들어갈 준비를 했다. 감리는 이런 주먹구구 작업이 어디 있는가 항의를 했지만, 한국 관리자들은 작업을 진행시켰다. 감리는 한국 관리자들에게 삿대질을 하며 "Responsible!"만 외치다 사라졌다.

크레인을 파일 입구 쪽으로 움직였다.

"뭐야, 당신이야?"

소장은 뜨악한 표정을 지었다. 이내 상관없다는 투로 빨리 일을 진행하라고 관리자들을 닦달했다. 김 대위와 소장은 현장 문제로 두 번이나 대면해 목소리를 높인 적이 있는 사이였다.

김 대위는 직원들이 준 안전띠를 매면서 주변을 둘러보았다. 파이프 지름은 한 사람이 간신히 들어갈 정도였다. 김 대위는 안전띠를 매고 자신의 옆으로 늘어뜨려진 크레인 갈고리에 안전 고리를 끼웠다. 옆에서 서너 명이 달라붙어 김 대위를 거들었다. 방독면을 쓰자마자 땀과 습기가 시야를 가렸다. 크레인이 김 대위를 10미터 정도 띄운 후 파일 구멍 위로 위치를 맞춘 다음 천천히 내렸다. 검은 구멍 안은 어두워서 아무것도 보이지 않았다. 전깃줄과 가스를 빼는 비닐관이 구멍 안으로 빨려 들어가듯 넣어져 있었다. 사내도 자신처럼 모든 준비를 한 상태에서 들어갔을 것이다.

김 대위는 무전기로 내리라고 신호를 하면서 공중에 몸을 맡기고 안으로 내려갔다.

"괜찮아요?"

김 과장이 밖에서 무전기로 물었다.

"아직은."

김 대위는 대답하고 크레인 기사에게 내리라고 손짓을 했다. 서서히 내려갈수록 더욱 깜깜했다. 헤드랜턴으로 발밑을 비췄다.

김 대위는 왜 자신이 여기에 있는가 싶은 생각이 들었다. 위를 처다보니 자신을 매단 밧줄이 외롭게 휘청거리고 있었다. 잘 묶어 놨는지 허공에서 돌지는 않았다. 두 다리가 허벅지 사이로 낀 벨트로 저리다는 느낌이 들었다. 차츰 아래로 내려갈수록 엎드려 있는 사내가 보였다. 파일 안은 생각보다 좁고 더웠다. 너무 더워 귓속에 이명까지 있었다. 이런 데서 어떻게 작업을 했을까 싶었다. 아래로 내려갈수록 코를 찌르는 독한 냄새가 났다. 어둠 속에서 쓰러져 있는 사내가 어렴풋이 보였다. 바닥에 가까워지자 사내는 예상대로 까맣게 타 있었다. 사내의 몸에서 연기가 나는 듯도 했다. 작업복은 청색이었을 텐데 검은 군청색으로 변해 있었다. 사내가 쓴 방독면은 고무가 타서 오그라들었고 정화통이 찌그러져 조금 찢겨 있었다. 폭발에 대한 충격으로 죽었는지, 질식사인지, 화재로 죽었는지 모를 일이지만 사내의 몸에서 아직도 타는 냄새가 나는 것 같았다. 김 대위는 사내 손에 들려 있는 그라인더를 빼서 들었다.

"자, 이제 집에 갑시다."

그라인더를 한쪽에 치우고 자신의 밧줄을 풀어 그의 허리에 묶었다. 자신을 올리라고 무전을 하자 크레인이 움직이며 김 대위와 밧줄로 묶은 사내의 몸이 천천히 올라갔다. 구멍 밖으로 보이는 하늘이 노랗게 보였다. 김 대위가 파일 안으로 들어간 지 십 여분 만에 크레인의 밧줄에 매달린 김 대위와 사망한 사내가 끌려 올라왔다.

김 대위는 샤워를 하고 급히 차려진 빈소로 갔다. 죽은 노동자의 친한 동료가 상주가 되어 문상객을 받고 있었다. 한쪽에서 서럽게 우는 소리가 들렸고 다른 한쪽에서는 노동자들이 관리자들에 항의하는 거친 목소리가 들렸다. 김 대위가 들어가니 여기저기서 다가와 악수를 청했다. 그는 향을 사르고 절을 두 번 반 했다. 밥을 먹으라는 다른 동료의 말을 뒤로하고 밖으로 나왔다. 계속 머리가 아프고 피로가 풀리지 않았다. 귀에 이명이 있었다. 용접할 때도 그런 적이 있지만, 이번처럼 오랫동안 이어진 것은 처음이다. 구석으로 가서 담배를 피워 물었다.

갑자기 입구 쪽이 소란스러워졌다. 검은 양복을 입고 관리자들을 대동하고 들어서던 소장이 노동자들에게 붙들려 있고 그들을 떼어내려는 관리자들이 서로 엉켜 소리를 지르고 있었다.

김 대위는 담배를 끄고 밖으로 나왔다.

"여, 여기가, 오늘 사고 난 사람 빈소인가요?"

사내가 김 대위에게 다가와 물었다.

"그렇습니다. 문상 오셨나요?"

"예. 가만있을 수가 있나요. 이역 만리에서 사고로 죽었는데."

"이래서 노조가 있어야 한다니까!"

그와 같이 온 사내가 노조를 운운하며 눈물을 글썽거렸다.

그들은 다른 현장에서 일하는 노동자들이라고 했다. 마지막 인사라도 하려 왔다는데 이야기를 들어 보니 가까운 거리도 아니었다. 어떻게 이 밤에 먼 거리를 오게 됐냐고 물으니 그냥 마음이 그랬다고 한다. 그들은 고인을 위로하기도 하고 이런 사고가 발생하는 현실에 대해 불만을 터뜨리기도 하고 노동자로 사는 자신들의 신세를 한탄

하기도 했다. 김 대위는 그들을 빈소로 안내하고 다시 밖으로 나왔다. 명치를 틀어막고 있는 덩어리가 가슴을 짓눌러 뻐근한 고통이 밀려왔다.

 김 대위는 조촐한 가방을 들고 공항 가는 회사 버스를 탔다. 막상 버스를 타고 가니 적지 않은 시간을 보내고 떠난다는 게 실감이 났다. 다른 노동자들과 앉아서 비행기가 도착할 때를 기다렸다. 집에 가는 노동자들은 들뜬 기분으로 현장에서 있었던 이야기를 나누었다. 아마 하룻밤을 새우더라도 현장 이야기만 할 것이다.
 "귀국하는 중인가 봐요? 얼마나 계셨습니까?"
 옆의 사내들이 갑자기 김 대위에게 물어보았다.
 "글쎄요. 한 3년 반쯤 있었습니다."
 "돈 좀 버셨겠네. 그래 주로 어디에 계셨소?"
 "주로 주바일에 있다가 다른 현장에서 한 1년 있었죠."
 "아니 그 유명한 주바일이요? 거기 폭동이 일어났던 곳 아닙니까?"
 "그랬죠."
 "그럼 거기 이야기나 좀 해주세요. 사람도 꽤 죽었다고 하던데."
 "뭐, 그런 것은 아니고."
 그들은 김 대위 주변으로 몰려들어 주바일에서 있었던 여러 가지 일들을 질문하기 시작했다.
 "그런 일은 기록에 남겨야 하는 것 아닙니까?"
 "누군가 하겠죠."

김 대위는 웃으면서 말했다.

"댁이나 나 같은 노동자는 안 되고, 누가 해도 할 거예요. 안 그래요? 아, 저기 비행기 시간 대충 됐나 봐, 관리자 새끼들이 오라고 그러네. 여기까지 와서 반말하는 것 봐! 젊은 놈이."

"그러거니 하세요. 그렇게 배워먹어서 그래요."

김 대위는 가방을 챙기면서 눈을 부라리는 노동자에게 말을 했다.

"그러니까 당하는 겁니다. 언젠가 한번 전체 노가다가 일어나야 하지 않습니까."

사내는 생각만 해도 신이 나는지 주먹을 불끈 쥐었다.

"갑시다. 빨리 오라고 성화네. 가는 마당에 싸울 수는 없지 않습니까."

"아니, 내가 한마디 하렵니다. 자꾸 그러거니 하면 끝도 없다니까요."

눈을 부라렸던 노동자가 나이 어린 관리자에게 씩씩거리며 가자 그 뒤를 다른 동료도 따라갔다.

김 대위도 따라가 근처에 있는 의자에 앉아 눈을 감았다. 갑자기 졸음과 피로가 몰려왔다. 잠깐 쉬고 있는데, 누군가 어깨를 두드렸다. 눈을 떠보니 김지수였다.

"김 대위님이 귀국하신다기에 얼굴이나 볼까 하고 왔는데…."

김지수가 손을 내밀었다.

"배웅 나온 거요?"

"사무실이 가까이에 있으니까요."

둘이 가볍게 손을 잡았다.

"국내로 가면 또 현장 일을 하시는 겁니까?"

"모르겠어요. 당분간 조금 쉬었으면 하는 생각도 있는데."

"부럽군요. 나는 이 더운 곳에서 버텨야 하는데."

"이곳이 그리울 겁니다."

김 대위는 웃으면서 말을 했다.

"맞아요. 김 대위님이 가시면 서운할 겁니다."

"골치 아픈 인간이 하나 줄어 좋겠죠."

"또 누군가 이곳 사막으로 오겠죠. 자연스러운 거죠. 무리가 있으면 자연히 중심이 생기고, 중심이 생기면 싸우고. 경험이 계속 축적되어 언젠가 강력한 노조가 생기겠죠. 여기서 깨달은 것은 그게 자연스러운 일이라는 겁니다. 당연히 김 대위님 같은 분이 고생하실 테고요."

"나는 반건달이죠. 그야말로 이도 저도 아닌 반지식인 반노동자 뜨내기죠. 가끔 생각합니다만, 나에게는 울분이나 분노가 없어요. 왜 그럴까? 적지 않은 노동을 했는데도. 노동이 생활이 되었는데도. 나는 뭐지? 내 한계가 가끔 고민이 들더군요."

"솔직히 말하면 김 대위 같은 사람이 더 골치 아픕니다. 노동자들은 자기 권리라 분노와 증오가 있어요. 분명하고 정당합니다. 문제는 다른 세계와 소통을 하려는 사람들이에요. 대가도 없는데 명분도 고통도 중요하지 않지요. 늘 다른 세계를 끌어다 다리를 놓으려고 합니다. 그래서 물러서지도 않죠. 당연히 어디서 멈출지, 어디까지 할지 예측을 못 합니다. 시스템 안을 누비는 비인가 부품들이죠. 사회에 도움이 될지는 모르지만, 군인들이 싫어하죠. 나는 비인가 제품을 통제하려는 봉급쟁이고."

"근데 왜 안 잡아들입니까?"

"방금 말했잖습니까. 노동은 권리라고. 늘 그 안에 계시잖아요. 선을 넘으면 악수 대신 올가미와 채찍을 쓰라는 명이 떨어지겠죠."

"그런가요?"

김 대위도 웃고 김지수도 웃었다.

김 대위가 탄 비행기에는 고인이 된 두 사람도 함께 탔다. 현장에서 사망한 노동자들이다. 그들은 멈춰버린 심장으로 가족들 품으로 돌아가게 된 것이다.

비행기 승객 대부분이 일을 마치고 귀국하는 노동자였다. 아는 얼굴도 한둘 있었지만, 대부분 모르는 얼굴들이었다. 목돈의 꿈을 이룬 탓인지, 양주를 마시며 귀국을 즐기는 사람들이 많았다. 긴 비행시간을 떠들면서 보내거나, 긴장이 풀려 깊은 잠에 빠진 노동자도 있었다.

김 대위 주변에는 그다지 얼굴이 밝지 않은 사람들이 앉아 있었다. 나중에 알았지만, 그들은 가정불화가 생겨 조기 귀국을 하는 사람들이었다. 시신이 되어 비행기를 타고 태극기에 덮여 귀국하지 않는 것만도 다행이겠지만, 가족을 위해 머나먼 길을 온 사람들에게 가정 파탄은 그야말로 산재 아닌 산재에 속했다. 그들 중 일부는 새 출발을 하고, 몇은 몇 년을 두고 서서히 무너져갈 것이다. 그들에게 전부였던 가정이었기에 높은 곳에 떨어져 철근에 심장이 찔린 것이나 다름 없었다.

언젠가 서울 근교 현장에서 일할 때, 이라크에서 근무하던 중 마누라가 도망을 간 노동자가 있었다. 그는 현장에 나오지도 못하고 늘 벽에 기대앉아 있었다. 사정을 아는 동료들은 일당이라도 챙겨가라고 건들지 않았다. 어느 날, 그는 현장에서 나가 무작정 걷다가 난간 아래로 떨어져버렸다. 그를 붙잡아 줄 생명줄은 없었다. 어쩌면 아내가 그가 보내준 돈으로 다른 남자하고 생활을 시작했을 때, 이미 생명줄은 끊어진 것이나 마찬가지였을 것이다.

안양 쪽에 사는 모 씨가 있었다. 아내가 도망친 이후 줄곧 혼자 살았는데, 거의 오십 대 후반까지 버텼다. 일 년 중 반은 현장에서 일하고 반은 술을 마시면서 지냈는데, 간암으로 세상을 떴다. 그는 늘 아내를 탓했다. 죽을 때 빈손이라 장례를 치를 돈도 없었다. 친구들이 무연고로 상을 치를 뻔한 그를 없는 형편에 돈을 모아 최소한의 비용으로 장례를 치러주었다.

영등포에 임 모 씨라는 사람도 있었다. 사막에 다녀온 후 이혼했다는데, 플랜트 용접사였던 그는 거의 노숙자처럼 살다 길에서 얼어 죽었다고 들었다. 그는 아들을 만나는 날이면 틈틈이 용역을 나가 번 돈으로 양복을 빌려 입곤 했단다. 평소에는 미친 듯이 술을 마시고 길바닥에서 잠을 잤다. 친구들이 데려다 일을 시킬 수가 없을 정도로 술을 마셔댔단다. 한동안 보이지 않아 동료들이 이곳저곳으로 전화를 해보니, 영등포 인근에서 얼어 죽은 채 발견되었다고 그의 누나가 들려주었다.

　김 대위와 잘 아는 도봉동에 사는 키 작은 한 사내도 있었다. 성격도 다혈질이고 일도 잘했다. 인생 마무리도 단순 명료했다. 그는 중동에 세 번이나 나가 서울 북부 지역에 볕이 잘 드는 한옥을 하나 얻을 수 있었다. 하지만 얼마 지나지 않아 이혼하게 되었고 중동에 너무 오래 나가 있던 탓에 아내와의 관계가 이상해졌다고 후회를 하곤 했었다. 그는 이혼한 지 3일 만에 여관에서 숨이 끊어진 채 발견되었다.

　오 씨 이야기도 있다. 중동에서 2년을 근무하고 김포공항에 도착하기 일주일 전에 여동생에게 전화를 받았다. 자신이 그토록 사랑하던 아내가 죽었다는 소식이었다. 처제 말대로 모든 잘못은 자신의 탓이었다.

　그는 읍내 면사무소에서 말단으로 근무하다가 중동 붐에 귀가 솔깃했다. 갑자기 사회가 변화하는 것을 느꼈다. 돈을 벌려고 하나둘 고향을 떠나 변화를 꾀하고 있었다. 서울에서 친구가 개천에서 판잣집을 짓고 살더라 했을 때는 무시할 수 있었는데, 중동에 다녀와서 땅 사고 주택을 샀더라 했을 때는 마음이 흔들렸다. 아내도 초등학교 교사를 하고 있었는데, 오 씨는 박봉의 공직 생활 대신 한몫 잡을 수 있다는 중동행의 꿈을 달랠 수가 없었다. 결국, 아이 둘을 데리고 여동생이 있는 서울로 올라온 것이다.

　아내는 떠나던 날, 이곳에 다시 올 수 없을 것 같다고 했다. 오 씨는 매일 단순한 생활이 반복되는 고향에 미련이 없었다. 아내도 한 이삼

년이면 안정된 생활을 할 수 있을 거라는 꿈에 부풀어 있는 남편을 어찌할 수가 없었다. 박봉의 공무원 생활을 버리고 중동행 비행기를 탄 사람이 한둘이 아니어서 그리 특별한 일도 아니었다.

그는 중동 모래바람을 쐬며 2년 동안 비지땀을 흘리고 귀국 날짜를 기다리는데, 아내가 인천의 한 여관에서 죽은 채 발견되었다는 것이다. 사내가 집으로 돌아왔을 때는 일곱 살, 다섯 살 아들과 여동생이 울기만 했다.

처제는 가정을 비운 형부를 탓했다. 언니는 남편이 고생해서 번 돈을 받아쓰기가 뭐해 돈을 불려볼 욕심을 가졌다. 그래서 동네 아는 장사꾼에게 돈을 빌려주었는데 일이 잘못되어 돈을 돌려받지 못했다고 했다. 여관에 그 장사꾼과 아내가 함께 죽어 있었다고 했다.

오 씨는 아내처가 외간남자와 함께 죽어 있는 것보다 아내가 젊은 나이에 죽었다는 것에 더 가슴 아파했다. 피를 토하듯 비통해했다. 이런 참담한 결과를 바랐던 것이 아니었다. 차라리 고향을 떠나지 말고 초등학교 교사로 남아 있었다면…. 사내는 자신의 머리를 상에 수십 번을 찍었다. 피가 터질 때야 멈추었다. 그에게는 아이들이 있었다.

여동생 말에 의하면 사내가 오기 전에 돈을 마련하려고 애를 썼지만 그만한 돈을 마련할 수가 없었다고 한다. 그래도 설마 이런 일이 벌어질 것이라고 아무도 생각을 하지 못했다고 했다. 아내와 사이가 좋았던 여동생은 여동생대로 평생을 두고 자책했다.

오 씨는 두 번 다시 중동 이야기를 꺼내지 않았고 홀로 아이들을 키웠다. 아내의 장례를 끝으로 처가 가족들과 연락도 끊고 아내의 일도 잊기 위해 무던히 애를 썼다.

여관에서 죽은 아내와 그 사내, 중동에서의 일들, 서울로 올라올 때의 자기 모습, 그리고 당시와 비교도 할 수 없을 정도로 자리 잡은 당시의 공무원 동료들.

아내와 결혼을 했을 때, 지역 최고의 미인을 꿰찼다고 시기가 대단했었다. 자존심 강한 아내의 끝이 왜 그리되었는지 이해가 되지 않았다. 단지 자신의 잘못이라고 되뇌기만 했다.

10년, 20년, 30년이 지난 어느 날, 현장 일도 다니기 버거울 때 문득 아무 일도 아니라는 생각이 들었다.

"어머니가 왜 그랬을까요?"

하루는 당시 사내의 나이가 된 아들에게 어머니 이야기를 상세하게 들려주자 돌아온 질문이었다.

"모질지 못해서 그렇지. 그저 딱 초등학교 교사였는데, 내가 돈에 눈이 멀어서. 지금 생각해 보면 아무 일도 아니었는데, 아무 일도. 정 아니면 이혼밖에 더하겠어. 다 내 탓이다. 아무 일도 아닌데."

아내가 조금만 모질게 상황을 받아들였더라면 아마도 지금 옆에 함께 있을 터였다. 그러고 보니 그날 이후 아내의 제사를 한 번도 지내지 않은 것을 알았다. 오 씨는 서울 인근에서 미용실을 하는 처제를 물어물어 찾아갔다.

나이 든 미용사가 신문을 보고 있다가 손님에게 자리를 내주었다.

"짧게요."

사내는 한마디 하고 반백이 된 머리를 맡겼다. 그리고 눈을 감았다.

거의 오십 대 중반을 넘긴 미용사가 가위질을 시작했다. 흰 머리카락이 가위질할 때마다 가운 위로 쓸려 내렸다.

"아저씨, 미용실에는 처음이죠?"

미용사가 말을 했다.

"어떻게 아셨소?"

"이발소 머리는 티가 나요. 미용실은 머리 모양 따라 깎는데, 이발소는 조금 다르죠."

"그런 게 있었나요?"

사내가 웃으며 말을 하자, 가위질이 멈칫했다. 안경 낀 미용사는 안경 너머로 거울을 찬찬히 살폈다.

"미용실은 중동을 다녀온 후로 처음이오. 그때는 자주 깎아 주는 처제가 있었는데."

가위질이 멈춘 지 한참이 되어 사내는 눈을 떴다.

"얼굴은 잊었는데 목소리는 그대로군요."

미용사의 목소리가 떨렸다.

"그런가? 그리 늙었나?"

가위질이 다시 시작되었다.

"어쩐 일로?"

"다음 주가 언니 제삿날인데 함께 지냈으면 해서."

"왜 지금에 와서?"

"나이 탓인가 봐. 이제 사진이라도 함께하고 싶으니. 그러자면 제 삿밥이라도 올려야지 싶어서."

사내는 거울을 보니 예전의 처제 얼굴이 살아나고 있었다. 가위질이 자꾸 엇박자가 났다. 처제는 눈 아래 볼을 떨면서 웃어 보이려 애썼다.

"가야죠!"

"나도 이제 죽을 때가 됐나 봐."

처제 손에 자기 손을 올려놓고 가볍게 두드렸다.

이발을 마친 사내는 머리를 쓰다듬으며 미용실을 나왔다. 미용사는 가운을 접고, 건널목을 건너는 형부를 바라보며 눈시울을 붉혔다.

김 대위는 미용사의 사연을 다 듣고, 차 한 잔 마신 후 미용실을 나왔다. 미용실 옆에 신축건물이 올라가고 있었다. 건물을 지나면서 힐끗 안을 쳐다보니 노동자들 서넛이 내부 공사를 하고 있었다. 잠깐 서서 안을 들여다보는데 쓴웃음이 나왔다. 김 대위는 발길을 돌렸다.

모처럼 시간이 남는데 건설노동조합에나 가볼까? 하는 생각이 들었다. 한국에 건설노조가 만들어지는 데에 적잖은 시간과 숱한 희생을 필요로 했다. 주바일 이후 10년 쯤 걸렸을까.

김 대위가 버스 정류장으로 갈 때, 인근 변두리 동네임에도 주변에 몇 개의 신축건물이 올라가고 있고, 그 뒤 옆 동네까지 가면 신축 아파트 현장에 타워크레인이 서 있었다. 멀리 한강 주변은 말할 것도 없고, 대단지 건설이 곳곳에서 벌어지고 있었다. 수백 수천 명이 작업하는 대규모 현장에는 건설노동조합에서 걸어놓은 현수막이 펄럭이고, 긴 스피커를 얹어놓은 노동조합 승합차가 현장을 누볐다.

영광의 신화 속에 가려진 노동자들의 서사

–

박일환
시인

1.

최경주 소설가는 건설노동자다. 중학교를 졸업하고 바로 노동 전선으로 뛰어들었으니 노동자로 산 세월이 얼추 사십 년이다. 그의 부친도 평생 노동일에 묶여 사셨다는 걸 생각하면 '아득하다'라는 말이 실감으로 다가온다.

최경주가 글판에 얼굴을 내민 건 1997년에 전태일문학상 소설 부문 우수상을 받으면서였다. 그 후 진보생활문예지라고 일컫던 『삶이 보이는 창』에 일터 이야기를 담은 산문을 한동안 연재했다. 그 무렵 썼던 산문들을 모아 『닥트공 최씨 이야기』라는 제목을 단 산문집을 펴낸 게 2006년의 일이다. 그 뒤로 한참의 세월이 흐른 지금에야 첫 소설을 출간하게 되었으니, 노동판에서 부대낀 세월 못지않게 글판에서 자신이 끼어 앉을 자리 하나 만들기 위해 악전 고투하며 뚫고 온 세월 또한 만만치 않다.

건설노동자답게 이 연작소설은 건설 현장을 다룬 이야기이다. 다만 무대는 우리나라가 아니라 열사(熱砂)의 땅, 중동의 건설 현장이다. 이 작품의 초고를 본 게 몇 년 전이었던가. 건설 현장에서 일을 하는 동안 틈틈이 국회도서관에 가서 자료를 찾아가며 썼다고 들었다. 그만큼 공들여 썼음에도 이제야 독자들을 찾아 나서게 되었다. 노동이 힘든 만큼 글쓰기 역시 힘들지만 그렇게 쓴 작품이 독자들에게 가닿는 건 더욱 힘든 세상이 되었다.

박근혜 전 대통령이 재임 중에 청년들을 향해 중동으로 가라고 한 적이 있다. 청년 일자리 해소 대책 중의 하나로 나온 발언이기는 했지만 아무래도 자신의 아버지 시절에 있었던 중동 붐에 대한 향수가 작용했을 거라는 점에 생각이 미쳤다. 대통령의 말을 들은 청년들은 분노했다. 국내에서 일자리 만들어낼 생각은 안 하고 뜨거운 사막 한가운데로, 그것도 언제 전쟁이 터질지 모르는 화약고를 안고 있는 위험 지대로 청년들을 몰아넣겠다는 거냐는 항의는 일리가 있다. 현대건설을 비롯한 우리나라 건설사들이 중동에 가서 엄청난 토목공사를 따내고 성공시킴으로써 국제신인도를 높이고 우리나라 경제 발전에 커다란 기여를 했다는 건 다 아는 얘기다. 그래서 흔히 중동 신화라는 말을 쓴다. 당시에 현대건설 사장이었던 이명박 전 대통령이 자신을 드러낼 때 많이 써먹는 레토릭이기도 하다. 그럼에도 거기서 막대한 이익을 얻은 기업 혹은 기업가만 역사 기록에 남는 건 불공평하다. 오히려 중동 신화의 주역은 산업역군이라는 말로 불리던 수많은 노동자들이었다. 그들이 몸 바쳐 써내려간 서사는 모두 어디로 갔단 말인가!

이명박이 대통령 자리에 오를 수 있었던 이유는 그가 한때 성공

신화의 아이콘이었기 때문이다. 신화는 실제 현실을 바탕으로 해서 형성되기도 하지만 일단 신화가 되고 나면 종교성을 띠기 마련이다. 신화는 소망의 현현이다. 그래서 현실에서 자신의 소망을 이루어줄 것이라고 믿는(혹은 믿고 싶어 하는) 누군가를 찾아 신화를 만든 다음 그 울타리 안에 들어가 심리적 위안을 얻는다. 그래서 거짓 신화의 꺼풀을 벗겨내고 그 자리에 마땅히 들어가야 할 진짜 서사를 만들어내는 일이 필요하다. 최경주의 이번 작업은 그런 맥락에 놓여 있다.

2.

중동 파견 노동자들을 다룬 소설은 생각보다 그리 많지 않다. 단편으로 다룬 작품은 제법 있지만 장편이라는 큰 그릇에 담아 풀어낸 작품은 쉽게 눈에 띄지 않는다. 그중에 두드러지는 건 배평모의 『지워진 벽화』(창작과비평사)이다. 배평모는 작품에서 잔혹한 햇살 아래 열다섯 시간 이상을 노동해야 하는 야만적인 작업환경, 그로 인해 인간의 고귀한 품성이 파괴되어가는 과정을 그리고 있다.

배평모와 최경주의 작품에는 여우 이야기 등 공통된 몇 가지 작은 일화가 등장하는데, 그런 부분보다 더 눈길을 끄는 건 중동 이야기의 전사(前史)로 베트남전을 끌어들이고 있다는 것과 주바일 항만 폭동 사건을 다루고 있다는 사실이다. 두 소설에서 중심 역할을 하는 인물이 베트남전에 참전한 경험이 있다는 건 두 작가가 어떤 식으로든 베트남과 중동 사이에 연관 고리가 있을 거라는 점을 염두에 두었기 때문일 것이다. 하지만 접근하는 방식은 서로 다르다.

배평모가 베트남과 중동 건설 현장에서 공통적으로 바라보는 지점은 인간성을 파괴하는 야만성이다. 그래서 배평모는 후반으로 가면서 인간성 회복과 망가진 영혼의 구원 문제에 관심을 집중시킨다.

> 나는 확신했다. 어떤 미담이나 선행 못지않게 가혹한 시련을 이겨내는 용기와 신념이 아름답다는 것을. 나는 진보된 기술이 인간을 야만적인 도구로 만들고 지능 높은 두뇌에서 짜낸 계획이 인간을 탐욕의 노예로 전락시키는 이곳에서 자신을 온전하게 지키고 있는 아름다운 인간을 보았다. (『지워진 벽화』, 323쪽)

주인공 인지훈은 베트남전에서 상급자를 죽인 죄의식을 안고 중동으로 왔다. 거기서 만난 인도인 쿠레시와 동료 길관수를 통해 인간의 위대함을 보면서 인간이라는 존재에 대해 가졌던 환멸감을 내려놓게 된다. 배평모가 정글과 사막을 병치시킨 건 둘 다 인간성을 말살시키는 극한의 공간이라고 보았기 때문일 것이다.

이에 반해 최경주는 노동의 의미와 노동자는 어떤 존재인가 하는 부분에 더욱 집중한다. 김 대위가 베트남에 돈 벌러 온 노동자들을 만나도록 설정한 건 전쟁터에서도 생존을 위한 노동과 그로부터 파생되는 아귀다툼이 벌어지고 있다는 걸 보여주기 위함이었다. 생존을 위한 노동은 자본가와 상층 권력자들을 제외한 대다수 노동자가 피해갈 수 없는 운명이라는 게 최경주가 이 작품 안에서 취하고 있는 서술의 기본 바탕을 이루고 있다. 또한 배평모와 달리 베트남전과 중동의 건설 특수가 남한 사회의 경제 도약을 위한 발

판이 되었다는 사실에 방점을 찍고 있다.

주바일 항만 폭동을 다루는 방식도 다르다. 배평모는 직접 서술이 아니라 소설 속 등장인물인 강찬식이 동료들에게 자신이 현장에서 겪은 일을 들려주는 형식을 취하고 있다. 워낙 큰 사건이어서 상당히 자세하게 전말을 들려주고 있는 편이긴 하지만 소설 전체에서 이 사건이 핵심적인 부분을 차지하고 있지는 않다. 최경주의 작품에서는 폭동의 전후 맥락과 진행 과정이 더 상세하게 서술되고 있다. 주바일 항만 폭동 사건을 이야기하고 싶어서 이 소설을 썼구나 싶은 마음이 들 정도이다.

일단 해당 사건의 줄거리를 추려서 정리해보자.

1977년 3월 13일이었다. 사우디아라비아의 주바일 항만 공사를 하던 현대건설 사업장에서 노동자 수천 명이 대규모 폭동을 일으켰다. 원인은 복합적이었다. 다른 업체에 비해 낮은 임금, 회사의 강압적인 노무관리에 따른 관리자들의 횡포, 열악한 노동조건 등이 불만을 누적시켰다. 그러던 중 기폭제가 되는 사건이 발생하는데, 낮은 임금에 불만을 품은 덤프트럭 기사들이 운행 속도를 줄이는 일종의 태업을 벌이다가 관리 사원에게 폭행을 당한다. 이 소식을 들은 노동자들이 그동안 쌓인 불만을 터뜨리며 관리 사무실 건물을 부수고 방화한 나음 관리 사원들의 자동차에도 불을 지르는 등 걷잡을 수 없을 정도의 과격한 폭동 형태로 치닫는다. 사우디아라비아 군대가 출동할 정도로 위험한 상황이 전개되었다가 당시 유양수 주 사우디아라비아 대사의 중재 덕분에 다음 날 수습 국면을 맞이할 수 있었다. 이토록 큰 사건이었음도 국내에는 언론 통제로 인해 보도되지 않았고, 그해 6월 국회에서 잠깐 언급이 되었을 뿐이다.

최경주는 건설 현장에서 함께 일하던 선배들로부터 이와 관련한 이야기들을 전해 들었을 것이다. 위험한 건설 현장을 돌아다니다 보면 전설처럼 떠도는 이야기들이 얼마나 많겠는가. 나라 밖, 그것도 머나먼 중동의 사막까지 가서 자신의 노동을 팔아야 했던 선배들의 사연은 소설가의 귀를 충분히 자극했으리라.

최경주는 주바일을 이야기하기 전에 1974년에 있었던 현대조선소 소요 사태를 먼저 다루고 있다. 이 사건 역시 노동자들이 일으킨 대규모 폭동으로, 박정희 재임 기간 중 가장 규모가 큰 노동쟁의였다. 남성 사업장에서 이런 정도의 대규모 쟁의가 다시 일어나는 건 1987년 노동자대투쟁에 이르러서이다. 최경주가 현대조선소와 주바일을 소설 속으로 끌고 들어온 건 여러 이유가 있겠으나 조직화된 노동운동 이전의 역사를 기록해보고 싶다는 열망이 상당히 작용한 듯하다. 두 사건은 우발적으로 일어난 사건이었고, 그런 만큼 일시적 분노의 폭발에 그치면서 노동운동의 발전이라든지 사회변혁으로 가는 경로 같은 건 만들어내지 못했다. 다만 건설 부문의 노동자들이 조직화된 노동운동을 고민하게 만드는 계기는 되었을 거라는 추론에는 충분한 개연성이 있다.

모처럼 시간이 남는데 건설노동조합에나 가볼까? 하는 생각이 들었다. 한국에 건설노조가 만들어지는 데에 적잖은 시간과 숱한 희생을 필요로 했다. 주바일 이후 10년쯤 걸렸을까.

김 대위가 버스 정류장으로 갈 때, 인근 변두리 동네임에도 주변에 몇 개의 신축 건물이 올라가고 있고, 그 뒤 옆 동네까지 가면 신축 아파트 현장에 타워크레인이 서 있었다. 멀리 한강 주변은 말할 것도 없고, 대단지 건설이 곳곳에서 벌어지고 있었다. 수백 수천 명이 작업하는 대규모 현장에는 건설노동조합에서 걸어놓은 현수막이 펄럭이고, 긴 스피커를 얹어놓은 노동조합 승합차가 현장을 누볐다.

　이번 연작소설의 마지막 대목이다. 중간 세월이 생략되어 있긴 하지만 김 대위라는 인물이 결국 건설노조 활동을 하고 있는 것으로 마무리를 짓고 있다. '적잖은 시간과 숱한 희생'의 구체적 사례로 선택한 것이 현대조선소와 주바일이었던 셈이다. 그렇다고 해서 목적의식을 앞세워 두 사건을 단순히 재현하는 데 그치고 있지는 않다. 실제 사건을 다룬다 할지라도 소설이 보고서나 르포는 아니라는 점을 작가는 누구보다 잘 알고 있다.
　「조선소 소요」에서는 사촌 여동생 미영이와 이선우의 러브라인을 집어넣어 소요 현장의 이야기에 한 겹의 이야기를 더 둘러주고 있다. 이런 구도는 긴박감을 누그러뜨리는 역할을 한다.
　주바일 사건을 다룬 「사막의 모래바람」 역시 단순히 폭동의 전말만 서술하지는 않는다. 동료들끼리 축구 시합을 하는 노동자들의 일상, 들개 사냥, 낙타 눈썹을 둘러싼 이야기 등이 자칫 소설의 흐름이 일방향으로 몰려가는 걸 막아준다. 특히 동창 관계로 설정한 노동자 동호와 관리자 영학의 대립 관계, 그리고 폭동 과정에서 발휘되는 우정과 그로 인해 변화되는 모습을 통해 단순히 폭동에 대한 보고가 아니라 그 안에 있는 인간 군상의 복잡성까지 고찰하도록 해준다.

3.

앞서 말한 두 폭동 이야기가 분노와 저항의 서사라면 「거간꾼들」, 「여우 가죽」, 「어느 전기공 이야기」는 개인의 서사를 다루는 작가의 이야기꾼 능력이 유감없이 발휘된 작품들이다. 짜임새 있는 구성을 바탕으로 독자의 흥미를 유발시키며 이야기 속으로 끌고 들어가는 힘이 있어 소설 읽는 재미를 한층 높여준다.

「거간꾼들」은 상황에 따라 한 인간이 얼마나 비정한 모습으로 변화해갈 수 있는지를 실감나게 보여준다. 체불 임금을 받으러 갔던 박성호 일행은 대신 중동에 보내주겠다는 김 사장의 말을 믿고 소개료까지 쥐어가며 중동행 비행기를 탄다. 그러나 사우디아라비아의 리야드 공항에 내렸을 때 그들을 맞아주는 사람은 아무도 없었다. 박성호는 절망에 빠진 동료들을 다독여가며 공항에서 만난 한국 회사 직원들을 통해 일자리를 얻는다. 그런 다음 수완을 발휘해 동료 노동자들에게 일자리를 소개시켜 주는 일을 하며 돈을 벌고 설비 담당 소장의 자리에까지 오른다. 그러면서 '박성호가 자신들을 중동으로 보낸 김 사장을 닮아간다'는 말까지 듣는다. 그 후 귀국을 한 박성호는 부장으로 승진한 뒤 전자회사 공장의 신축 공사 현장 소장을 맡게 된다. 이때 예전에 자신에게 사기를 친 김 사장이 협력 업체 신청을 하러 왔다 다시 만나게 되고, 이를 기화로 박성호는 김 사장을 파멸시킨다. 흔한 복수담으로 비칠 수도 있는 이야기를 탄탄한 플롯으로 무리없이 전개시키고 있다. 그러면서 인간은 다면성을 지닌 존재임을 확인시켜준다.

"좋은 일을 하면 행운이 생기지."

박성호가 체불 임금을 받으러 갔다 드럼통을 잘라 만든 불깡통

곁에서 불을 쬐고 있는 허름한 행색의 모자(母子)를 보고 아이에게 자신의 외투를 벗어주자 동료가 했던 말이다. 저 말이 역설로 진행되는 과정, 그게 인간 세상의 한 단면임을 부정할 수 없으리라.

「여우 가죽」은 일과 후 숙소에서 벌어지는 화투판을 소재로 삼고 있다. 화투판에서 번번이 판돈을 쓸어가는 김 중사에게 노골적인 불만을 갖고 있던 오충근은 어느 날 김 중사의 비술이 여우 암컷의 거시기 가죽을 소유하고 있기 때문이란 걸 알게 된다. 그러던 중 굴착기 기사가 여우 한 마리를 잡아놓았다는 얘기를 듣게 되고, 한밤중에 몰래 여우 거시기를 도려내어 자신의 소장품으로 삼아버린다. 여우 가죽의 힘을 얻게 된 오충근은 화투판에서 승승장구를 하고, 낌새를 눈치챈 굴착기 기사의 함정에 빠질 뻔했으나 무사히 위기를 넘긴다. 사타구니에 여우 가죽을 숨긴 채 관리자들과도 화투판을 벌이며 잘나가던 오충근은 그러나 사타구니에 숨긴 여우 가죽 때문에 세균 감염으로 인한 환청과 착시 현상에 시달리게 되고, 결국 그로 인해 파국을 맞이한다. 거친 사막에서 노동자들이 24시간 노동만 하는 건 아니다. 고립무원의 현장에서 날마다 되풀이되는 거친 노동을 견디게 해줄 무언가가 필요하다. 그건 몰래 과일로 담가 마시는 밀주 '싸대기'일 수도 있고, 황색 잡지 '선데이 서울'일 수도 있고, 화투판일 수도 있다. 노동 외의 시간에 벌어지는 그런 일상 속에서 잡아낸 이야깃감을 흥미진진한 필치로 그려내는 솜씨가 뛰어나다.

이 작품집 안에서 내가 가장 흥미롭게 읽은 건 「어느 전기공 이야기」이다. 강 집사라 불리는, 여자처럼 곱상한 이십 대의 전기공. 그가 겪어야 했던 내면의 갈등과 불행으로 치닫는 과정을 따라가노라면 저릿한 슬픔 한 줄기가 가슴을 치고 간다. 같은 숙소를 쓰며 형처럼 믿고 의지하던 류민호에게 동성애적 감정을 느끼면서도 자신의 신앙과 배치되는 현실에 절망하다 관리자 김 부장의 눈에 들어 그의 당번 생활을 하게 된다. 그러다가 동료 노동자들의 동태를 감시해서 보고하는 임무까지 주어지면서 감당하기 힘든 상황으로 내몰리고 만다. 그런 강 집사에게 남은 선택지는 그리 많지 않았다. 결국 숙소 지붕에 올라 고압선에 자신의 몸을 맡기면서 강 집사의 절망은 끝이 난다. 류민호를 비롯한 노동자들이 체불에 항의하며 사흘 동안 사무실을 점거하는 이야기가 중간에 삽입되어 있긴 하지만, 이 작품에서 그건 그리 중요치 않다. 강 집사의 불행은 중동의 건설 현장이라는 특수한 공간에서 벌어진 일이지만, 인간의 보편적 비극에 맞닿아 있다. 소설은 결국 인간을 다루는 것이라 할 때, 소설의 본령이 무엇이어야 하는지 새삼 돌아보게 된다.

4.
이 땅에서 노동자는 어떤 존재일까? 자본가에게 노동을 착취당하는 존재? 그건 일면적인 정의에 지나지 않을 수 있다. 인격에 대한 착취, 어쩌면 그게 착취의 본질일지도 모른다. 똑같은 인간이 아님을 끝임없이 주입시킴으로써 복종을 내면화시키는 것, 그렇게 해서 저항의 싹이 자라지 못하도록 길들이고자 하는 게 자본가들의 노림수이기도 하니까. 하지만 노동자들은 한순간도 저항을 멈춘 적이 없다. 지금 당장은 납작 엎드려 있는 것처럼 보여도 언젠가는 폭발시키고야 말 분노를 차곡차곡 쌓아두고 있다. 노동자들의 저항은 저임금과 체불에 대한 분노 외에도 차별에 대한 분노가 더 큰 원인으로 작용할 때가 많다. 한마디로 노동자도 인간이라는, 제대로 된 인간 대접을 받으며 살고 싶다는 소망! 너무나 당연한 말이지만, 작품 속에 나온 1970년대를 한참 지나온 지금도 크게 달라졌다고 보기 어려운 게 현실이다.

"뭐 전쟁터에 와서 돈 벌겠다는 일 자체가 고생인데, 새삼스럽게 고생했다고 떠들어봐야 자기만 바보 되니까요. 그래도 사람이 어려움은 참아도 차별은 못 참는 거 아니겠습니까?"
　―「김 대위」 중에서

"노동자들이 여기까지 나온 이유야 많지만, 꼭 뭘 더 달라고 싸우겠어? 그건 장사꾼에게나 어울리는 일이지. 인간적 모멸감이 때로는 모든 걸 걸게 만드는 거잖아. 간부들에게 노동자는 사람 이하이니까, 쭉 팔려서!"
　―「조선소 소요」 중에서

"벌써 몇 번째냐고? 왜 돈이 안 나와? 관리자들은 임금을 제때에 탈 거 아니냐고?"
"말하면 뭐 해! 날도 더운데 입만 아프지. 감히 직원들하고 개 잡부를 비교하냐고. 먹는 걸 봐. 같은 주방에서 나온다지만 음식이 다르잖아. 그렇다고 숙소가 같기를 하나, 뭐가 틀려도 틀릴 거 아냐? 망할 놈들."
　―「어느 전기공 이야기」 중에서

몇 대목만 뽑아봤는데, 노동자들의 불만과 분노가 어떤 지점에서 형성되고 있는지를 알 수 있다. 대사 중에 나오는, 스스로를 '개 잡부'라고 비하하는 표현은 자기모멸을 내포하는 동시에 그런 모멸을 안겨준 자들에 대한 비아냥이 담긴 말이기도 하다. 그런 '개 잡부'들이 들고일어나면 어떤 일이 벌어지는지 두고 보라는 말일 수도 있다는 거다. 「사막의 모래바람」에 나오는, 소요에 참가한 노동자의 다음과 같은 말이 그런 심리를 잘 보여주고 있다.

"무섭기는… 나는 신나! 내가 여기 온 지가 거의 3년이 다 돼가는데 이런 날이 올 줄 어떻게 알았겠어. 매일 지독한 더위에 죽어라 일만 하다가 일다운 일을 하는 것 같아. 일꾼들이 어떻게 지금까지 성질을 죽이고 말없이 살아왔는지 대단해. 관리자 새끼들 도망치는 모습을 생각만 해도 속이 탁 트이는 것 같아. 자기들이 현장 주인인 양 개소리를 까대더니 지금은 흔적도 없어. 일꾼들이 아무 거리낌 없이 말하고 놀고 돌아다니고 불을 피워도 아무 문제가 없잖아. 지금 이 광경을 영원히 잊지 못할 거야."

잠시의 승리 뒤에는 보복이 따르기 마련이고, 실제로 주바일 소요 사태 이후 구속자와 강제 귀국자가 생긴다. 그리고 강제 귀국자들은 중앙정보부로 끌려가 모진 고문을 당한다. 자본과 국가가 한 몸임은 새삼스러운 일이 아니다. 1970년대는 경제 개발이 최우선의 목표였고, 그 목표를 방해하는 건 국가를 부정하는 것이나 다름없다는 논리가 횡행했다.

"이 먼 타국까지 와서 꼭 문제를 일으키는 사람들이 있어. 나라 망신 아니냐? 노동자들 고생하는 건 알겠지만 이 모래벌판에서 누군들 편하겠냐. 자기 생각만 하고 살 수는 없지. 혹시라도 말이다…."

「사막의 모래바람」에서 관리자 위치에 있는 영학이 하는 말이다. 1970년대는 어느 때보다 국가주의가 통치 이념으로 굳건하게 작동하던 시대다. '나라 망신'이라는 말은 주입당한 국가주의가 무의식 속에 깊이 내장되어 있음을 보여준다. 이번 연작소설에서 국가주의의 문제를 정면으로 다루고 있지는 않다. 그럼에도 중간중간 그런 문제의식을 엿볼 수 있는 대목들을 배치해 놓았다. 중앙정보부 요원인 김지수라는 인물을 설정해놓은 것도 그런 이유일 것이다.

5.

중동에서 돌아온 이들은 그 후에 어떻게 됐을까? 소원대로 한몫 잡아 그럭저럭 잘 살게 된 사람들도 있을 것이다. 피땀 흘려 모은 돈을 밑천 삼아 노동자의 처지에서 벗어나게 된 이들도 있을 테고. 하지만 노동자가 자신에게 씌워진 노동의 굴레를 벗어나기는 그리 쉬운 일이 아니다. 상당수는 국내로 들어온 다음 제대로 된 일자리를 못 찾아 다시 중동으로 나갔다 들어오기를 반복하기도 했다.

소설 끝부분에서 작가는 중동 파견 노동자들의 불행한 사연 몇 가지를 들려준다. 주로 가정파탄을 겪으며 절망 상태에서 비참한 죽음에 이르는 이야기들이다. 언제나 승리와 영광은 국가와 자본이 가져가고 패배와 굴욕은 노동자의 몫으로 돌아오곤 한다.

　"그러니까 아까 하던 이야기를 하자면, 누군가 이 사막에 판을 깐 거지. 이를테면 한몫 잡아 보려고 수작을 부리는 거야. 그 노름판에 노가다를 떼로 불러들여 부려먹는 거다 이 말이지."
　　──「사막의 모래바람」 중에서

　"사막에 판을 깐" 자들은 누굴까? 그리고 그 노름판에 올려진 판돈은 누가 다 가져갔을까? 개평조차 제대로 얻지 못한 노동자들은 지금 어디서 어떤 모습으로 살아가고 있을까? 이런 의문들에 대한 해답을 찾는 건 독자들의 몫이다. 해답이 어렵거나 복잡한 건 아닐 테니, 책을 덮고 잠시 눈을 감아보기 바란다. 그리고 사우디아라비아의 사막 위에서 이글거리는 태양을 떠올려 보기 바란다. '열사(熱砂)의 땅'이라는 말 속에 노동자들의 고통과 회한, 분노를 대입시킬 수 있을 때 당신은 무사히 독서를 마친 셈이 될 것이다.

    등단 20여 년 만에 나오는 첫 소설집이다. 노동조합 동료가 '전태일문학상'에 글을 보내보라고 했던 게 1997년이었으니 20여 년이 되었다. 소설 부문 상금 50만 원으로 조합원들과 술 마시고 나머지 17만 원인가, 북녘동포돕기 성금으로 보낸 기억이 있다. 그해 여름 연맹체육대회 때 경기지역 조합원이 다가와 악수를 청하며 "등단을 축하드립니다" 했을 때 '아, 이런 걸 등단이라고 하는구나!' 생각했었다.

    글은 쉬지 않고 썼다. 어느 순간 이제 그만 쓰자는 생각이 들었다. 홍대 앞 거리 귀퉁이에 있는 두리반의 유채림 형에게 "형님, 그만 절필합니다" 했더니, 그냥 노느니 쉬엄쉬엄 쓰라고 했다. 글을 잊은 지 1년쯤 지난 어느 날 문득 내가 작가였나? 이대로 끝내기 아쉽다는 생각이 들었다. 혼자 좋아서 갈기듯 써왔지만 최소한 작가였다는 검증은 있어야 하지 않나? 그래도 20년을 썼는데. 혹시나 하고 경기문화재단에 창작지원금 신청을 했다. 다행히 지원금을 받았다. 아니었으면 영영 끝냈을지 모르겠다.

    '중동 이야기'라는 주제로 쓴 글이었다. 내 나이대 현장에 들어온 사람은 1970년대 '골드러쉬'처럼 귀에 딱지가 앉도록 들은 중동에 다녀온 선배들 이야기다. 사람 목을 치는 할라스 광장, 모래바람에 휩싸인 현장, 그리고 중동 들개와 여우 이야기. 그 중심에 전설처럼 전해지는 주바일 항만 공사 현장을 불태운 폭동 이야기. 이 소설 속 이야기는 정주영의 회고록이 아닌, 직접 지켜본 사람들의 이야기다.

1983년 노가다 판에 들어온 내가 문학을 통해 나를 인식하기 시작한 첫 작품은 황석영의 「객지」다. 아, 이런 게 내 모습이구나! 하는. 「객지」의 '대위'는 내 안에 또 하나의 상징이었다. 노조에 가입하고 활동을 하면서 많은 '대위'를 봐왔다. 그래 '대위'가 있다면 중동으로 갔을 거야. 그곳에서 무엇을 했을까? 중동으로 팔려간 숱한 노동자들의 불편부당한 일이 있었고, 폭발했다면 그 안에 '대위'가 있었기 때문이 아닐까? 그래서 이 글의 '김 대위'는 「객지」에서 건너온 활동가고 나머지는 선배들의 피어린 삶이다.

주바일 소요 사태는 당대의 정주영 회장과 이명박 사장 시절에 있었던 일이다. 중동 신화의 절정이었던 주바일 항만 공사 현장에서 일어난 소요 사태는 전쟁 후 돈이 되면 뭐든 해야 했던 민중들을 대상으로 열악한 작업환경과 저임금으로 돈을 챙긴 기업 때문에 일어난 충돌이다. 주바일 이후 이명박은 사장에서 서울시장으로 대통령을 거쳐 감옥까지 가는 파란만장한 삶을 살았다. 그 이면에는 피와 땀으로 점철된 밑바닥 노동자가 있었다. 그 기나긴 기간 동안 건설노동자는 중동에서 다시 남한 땅으로, 늙어 쓰러질 때까지 이 사회 밑바닥에서 허덕이고 있다.

시인인 박일환 형이 내가 쓴 글 중 이 작품을 처주었다. 좀 더 다듬어서 작품을 만들라고 등을 떠밀곤 했다. 그 힘으로 여기까지 왔다. 군에 입대하기 전 아들놈이 "아빠 책 나오면 보내주세요!" 했는데, 제대하고 복학을 준비하는 시점에 책이 나오게 되었다.

　참으로 늦었지만, 그 뜨거운 사막에서 소금 물고, 소금보다 더 지독한 폭언과 착취를 견디어야 했던 선배들에게 여기 잡다한 자신들의 이야기가 꿈에서나마 땀을 식히는 작은 위로가 됐으면 한다.

사막의 모래바람

최경주 연작소설

초판 1쇄 발행 · 2019년 7월 11일

지은이 · 최경주
펴낸이 · 황규관

펴낸곳 · 도서출판 삼창
출판등록 · 2010년 11월 30일 제2010-000168호
주소 · 04149 서울시 마포구 대흥로 84-6, 302호
전화 · 02-848-3097
팩스 · 02-848-3094
홈페이지 · www.samchang.or.kr

종이 · 대현지류
인쇄제책 · 스크린그래픽

ISBN 978-89-6655-112-5   03810